古典詩歌研究彙刊

第十三輯

龔鵬程　主編

第 6 冊

張先詞接受史

夏婉玲　著

國家圖書館出版品預行編目資料

張先詞接受史／夏婉玲 著 — 初版 — 新北市：花木蘭文化出版社，2013〔民 102〕

目 4+288 面；17×24 公分

（古典詩歌研究彙刊 第十三輯：第 6 冊）

ISBN 978-986-322-074-9（精裝）

1.（宋）張先 2. 宋詞 3. 詞論

820.91   102000925

ISBN-978-986-322-074-9

9 789863 220749

古典詩歌研究彙刊
第十三輯　第六冊　　　　　　　ISBN：978-986-322-074-9

張先詞接受史

作　　者　夏婉玲
主　　編　龔鵬程
總 編 輯　杜潔祥
出　　版　花木蘭文化出版社
發 行 所　花木蘭文化出版社
發 行 人　高小娟
聯絡地址　235 新北市中和區中安街七二號十三樓
　　　　　電話：02-2923-1455／傳眞：02-2923-1452
網　　址　http://www.huamulan.tw 信箱 sut81518@gmail.com
印　　刷　普羅文化出版廣告事業
初　　版　2013 年 3 月
定　　價　第十三輯 20 冊（精裝）新台幣 28,000 元

張先詞接受史

夏婉玲 著

作者簡介

夏婉玲，國立成功大學中國文學碩士，現任高雄市立高級商業職業學校兼任教師。

提　要

　　本文以張先及其詞作為探討對象，援用西方「接受美學理論」，通過歷代讀者的接受與反應，探討張先詞在不同時代氛圍下所展現的文學定位及其藝術價值。全文共分六章，各章要旨如下：

　　第一章「緒論」：闡明研究動機、目的、範圍與方法。

　　第二章「張先詞的傳播接受」：通過歷代張先詞集版本的流傳、互見情形，探析張先詞集各版本編排之同異及與他人詞集的交互關係，並以計量分析歸納、整理歷代詞選與詞譜，一窺選本擇錄張先詞的情形，藉以瞭解各代對張先作品的審美取向與接受效應。

　　第三章「張先詞的創作接受」：析論歷代詞人對張先和韻、仿擬、集句作品之研究，含共時接受與歷時接受兩端，或自作品體製與內容風格討論歷代創作者對張先詞之接受程度，或以張先作品為討論重心，探析歷代接受群體之特性及其接受成因與消長情形。

　　第四章「張先詞的批評接受──宋、金、元、明代」：針對宋代至明代詞話、詩話、筆記、詞籍序跋與評點資料之歸納、分析，申說歷代對張先批評之五大面向──論張先生平軼聞、論張先詞整體風格、論張先詞「三影」成就、論張先填詞技巧及考辨張先詞作。

　　第五章「張先詞的批評接受──清代」：析論清代詞論資料對張先詞「整體風格與詞史定位」、「本事考辨評述」、「填詞技巧」、「藉韻文論張先詞」四大面向之關注。

　　第六章「結論」：總結歷代對張先詞傳播、創作、批評接受之要點，歸納張先詞於歷代接受中所呈現的詞作特色與詞學地位。

誌　謝

　　對臺南最著迷的，是濃濃的人情味和吃不盡的美食；而對成大印象最深刻的，則是中文系館外那一樹火紅的鳳凰花及成功湖畔胖到飛不動的麻雀們。能在如此優越的環境中求學，無比幸福！

　　細數在成大的一千多個日子，是最貧窮也是最富有的階段。獨自來到陌生的城市、課堂上每一次的震撼教育、課後繁重的作業、修習中等學程以致一學期修十九個學分、接手計畫助理卻什麼都不會的窘境，以及在讀書與生活之間尋求穩定的經濟來源，都曾使我焦慮萬分。但一次次的衝擊過後，我感受到自己不斷地進步，也因生命中諸多貴人的幫助，讓我順利通過每一次挑戰。

　　由衷感謝指導教授王偉勇老師，在學術研究、人生方向及日常生活中的關心與指引。一個下午在雲平大樓巧遇多次的緣分，牽引著我們的師生情，老師「望之儼然，即之也溫，聽其言也厲」的形象，是學生所嚮往的儒者風範；細膩精準的問學態度，分秒必爭的工作效能，讓學生不敢須臾懈怠；而樂觀圓融的處事哲學，如師如父的叮嚀關切，對學生而言，更是日後成為經師人師的最佳指標。

　　感謝黃文吉老師與高美華老師撥冗審查論文，給予拙作寶貴意見，論文始能趨於完善。兩位老師對學術研究的嚴謹態度，令學生深深感佩。

感謝不斷為我加油打氣的「勇樣粉絲團」：學長福勇、宏達，學姐王璟、曉雯、淑華、淑惠、乃文、瑋郁，給我諸多鼓勵與支持，並不吝出借論文相關書籍與資料；感謝玉鳳，三年來我們經歷了許多難關，最後終於能夠一起開心畢業；感謝宥伶、巽雅、吳雙，能與你們一起在王門學習是何等幸福又幸運的事。此外，感謝小傅、綉真、榆惠，有你們的陪伴，讓生活更多采多姿；感謝安雯、安惠，替我影印論文；感謝佩瑜，為我翻譯摘要，你們給予的恩惠，點滴在心頭。

感謝祐群，無論苦樂總是陪伴著我，與我一同分享與承擔。也感謝祐群父母的諸多照顧，將我視如己出，讓在異地求學的我，也能感受到家庭的溫暖。

最後，感謝愛我的父母和家人，無怨無悔地付出，養育我、栽培我，作我永遠的精神支柱，讓我能無後顧之憂地完成學業；特別感謝爺爺、叔叔、孃孃在臺南的照顧，謝謝！

謹將此論文獻給所有讓生命充滿著意義的你們。

目

次

表目次

第一章　緒　論

第一節　研究動機與目的

　　傳統文學史之寫作方式，往往僅留意作家與文本間的交互關係，然一部作品的意義、價值及其審美效果在歷史的變動中無疑會不斷地變化、發展或轉移、消失，若要全面性的研究一位重要作家，以讀者為中心之接受面向絕不可忽略。唯有將作家、作品、讀者緊密結合，才能更深入地建構出作家在文學史中的定位。所以高中甫曾說：「任何一位偉大作家，都應當也有必要為他寫一部接受史，這是文學科學的一個內容，也是構成一部完整的文化史、社會史的一個部分。一個作家的接受史，它一方面能更全面、更深刻地去認識作家，同時也反映了不同時代的審美情趣，鑑賞能力，期待視野，社會思潮以及某些意識形態上的發展和變化。」〔註1〕這是一個值得深思的問題。

　　自清代起，已有學者將接受概念帶入詩詞領域，如王夫之《薑齋詩話》即云：「作者用一致之思，讀者各以其情而自得。」又說：「人情之游也無涯，而各以其情遇」；〔註2〕譚獻《復堂詞話》也說：「作

〔註 1〕　高中甫：《歌德接受史》（北京：社會科學文獻出版社，1993 年 4 月），頁 2。
〔註 2〕　〔清〕王夫之：《薑齋詩話》（臺北：木鐸出版社，1982 年 4 月），

者之用心未必然，而讀者之用心何必不然。」〔註3〕清代學者開始注意到讀者因社會環境、文學發展與個人經驗之差異，而對詩詞作品產生不同之解讀。然此種意識僅如曇花一現，並未持續發展。直至八○年代中期接受美學理論傳入中國，學者始嘗試融合中西文論，探討讀者在文學史上的重要意義，拓展了中國文學研究的新視野，成為近年來新興的研究趨勢。然就現今出版之論文、專著觀察，以接受美學為主題之研究，多著眼於詩歌體製，詞學領域則未盡善，雖已初具規模，仍亟待後人深入開發。

張先（990～1078），字子野，烏程（今浙江湖州）人。宋仁宗天聖八年（1030）進士。歷任宿州（今安徽宿縣）掾、知吳江（今屬江蘇蘇常道）縣、嘉禾（今浙江嘉興縣）判官、永興軍（今陝西長安縣）通判，知渝州（今四川巴縣）、安州（今湖北安陸縣），嘉祐四年（1059）以都官郎中致仕。張先詞在北宋地位相當獨特，他與晏殊、柳永同時，然其詞風卻在晏、柳之外，另闢蹊徑，以小令之法創作慢詞，形成溝通傳統豔詞與市井新聲兩股勢力間的橋樑。在創作方面，張先工於鍊字造語，許多名句亦膾炙人口，歷代傳誦不歇；陳廷焯譽之為「古今一大轉移」，〔註4〕並視張先獨為一體，評價之高，由此可見。然觀近人詞學研究成果，相較於晏殊、柳永、歐陽脩、蘇軾等同期詞家，張先所受到的關注顯然遜色許多，相關論著多為單篇散論之評析，系統性的詞論、箋注、年譜等專書著作則寥寥可數。臺灣研究張詞之相關學位論文亦僅止李京奎《子野詞研究》與曾秀華《北宋前期小令詞人研究》〔註5〕兩本，前者在張先生平、詞集版本、詞作特色及音律表

卷一，頁4。

〔註3〕〔清〕譚獻：《復堂詞話》，收錄於唐圭璋編：《詞話叢編》（北京：中華書局，2005年10月），冊四，頁3987。

〔註4〕〔清〕陳廷焯：《白雨齋詞話》，收錄於唐圭璋編：《詞話叢編》（北京：中華書局，2005年10月）冊四，頁3782。

〔註5〕李京奎著：《子野詞研究》（臺中：東海大學碩士論文，1978年6月）；曾秀華著：《北宋前期小令詞人研究》（臺北：東吳大學碩士論文，

現等方面均有論述，頗具開創性，然此文於 1978 年完成，距今已逾三十載，臺灣未見其他張先詞專題研究，後繼無人；後者甄綜北宋前期小令詞人予以綜合論述，非專論張先之作。而論及張先詞者，多集中討論詞人與詞作之交互關係，輔以歷代詞學評論佐證，未見以讀者角度探析張詞之作。有鑑於此，筆者期以西方接受美學理論，架構張先詞接受史，並從傳播方式、創作借鑒及批評史料三方面著手，探討歷代接受者經時代風氣、政治、社會背景、個人或文壇審美趣味之影響，對張詞審美標準的強弱反應。

第二節　前人研究成果概述

一、接受史之研究現況

接受美學理論自八〇年代中期傳入中國，開拓了中國文學研究的新視野。近十年來，以接受美學理論研究中國文學之期刊論文、專書數量大幅增加，研究面向亦漸趨多元，茲就目前兩岸相關期刊論文、研究專著與學位論文歸納如次（不含詞學接受研究）：

（一）期刊論文、研究專著

自 2000 年至 2010 年，以「接受美學」理論為研究方法，運用於中國文學研究之期刊論文與專著約可歸為「以作者為探討對象」、「以作品為探討對象」、「以文體、流派及時代性文學為探討對象」三端，茲臚列如次：

1996 年 6 月）。

表 1-1：2000～2010 年以「接受理論」為研究主題之期刊論文、
　　　　專著一覽表

分類	出版類型	論文（專著）名稱
以作者 為探討 對象	期刊論文 〔註 6〕	蕭華榮〈千秋萬歲名，寂寞身後事——文學批評史上的李白〉
		王衛平〈魯迅接受與解讀的接受學闡釋及重建策略——魯迅接受史研究〉
		焦雨虹〈胡適的「接受史」〉
		陳友冰〈李賀詩歌接受現象初探〉
		楊再喜〈中興詩人對柳宗元詩歌的接受——以陸游爲例〉
		張安琪〈日本平安時代對白居易詩歌的接受〉
		楊慧〈清代「紅樓夢」八家評批讜論——從接受與闡釋視閾分析〉
		謝佩芬〈宋祁對韓愈的接受——以重新、探源、校改爲中心的討論〉
	研究專著 〔註 7〕	蔡振念《杜詩唐宋接受史》
		李劍鋒《元前陶淵明接受史》

〔註 6〕 蕭華榮著：〈千秋萬歲名，寂寞身後事——文學批評史上的李白〉，《華東師範大學學報（哲學社會科學版）》，1995 年 06 期，頁 138～145；王衛平著：〈魯迅接受與解讀的接受學闡釋及重建策略—魯迅接受史研究〉，《魯迅研究月刊》，2001 年 11 期，頁 28～32；焦雨虹著：〈胡適的「接受史」〉，《江淮論壇》，2005 年 04 期，頁 136～141；陳友冰著：〈李賀詩歌接受現象初探〉，《淡江中文學報》18 期（2008 年 6 月），頁 89～113；楊再喜著：〈中興詩人對柳宗元詩歌的接受——以陸游爲例〉，《蘭州學刊》，2009 年 11 期，頁 206～208；張安琪著：〈日本平安時代對白居易詩歌的接受〉，《湖北成人教育學院學報》，2010 年 02 期，頁 89～90；楊慧著：〈清代「紅樓夢」八家評批讜論——從接受與闡釋視閾分析〉，《大連大學學報》31 卷 3 期（2010 年 6 月），頁 33～36；謝佩芬：〈宋祁對韓愈的接受——以重新、探源、校改爲中心的討論〉，《師大學報》56 卷 1 期（2011 年 3 月），頁 83～113。

〔註 7〕 蔡振念著：《杜詩唐宋接受史》（臺北：五南書局，2002 年 2 月）；李劍鋒著：《元前陶淵明接受史》（濟南：齊魯書社，2002 年 9 月）；楊文雄著：《李白詩歌接受史》（臺北：五南書局，2003 年 3 月）；劉學鍇著：《李商隱詩歌接受史》（合肥：安徽大學出版社，2004 年 8 月）；朱麗霞著：《清代辛稼軒接受史》（濟南：齊魯書社，2005 年 1 月）；劉中文著：《唐代陶淵明接受研究》（北京：中國社會科學出版社，2006 年 7 月）；羅秀美著：《宋代陶學研究：一個文學接受史個案的分析》（臺北：秀威資訊科技出版，2007 年 1 月）；米彥青著：《清代李商隱詩歌接受史稿》（北京：中華書局，2007 年 7 月）。

		楊文雄《李白詩歌接受史》
		劉學鍇《李商隱詩歌接受史》
		朱麗霞《清代辛稼軒接受史》
		劉中文《唐代陶淵明接受研究》
		羅秀美《宋代陶學研究：一個文學接受史個案的分析》
		米彥青《清代李商隱詩歌接受史稿》
以作品為探討對象	期刊論文〔註8〕	周家嵐〈從接受史角度看晚清知識份子對「水滸傳」的三種詮釋策略〉
		朱我芯〈試以堯斯「文學接受史」與巴爾特「五種語碼」解讀白居易「賣炭翁」〉
		蔣方〈唐代屈騷接受史論略〉
		趙丹〈「關雎」的接受史〉
		高嘉文〈論「臨川夢」對「臨川四夢」之理解、詮釋與接受的關係〉
		傅含章〈論歷代對李賀詠馬詩之接受觀點〉
		景獻力〈復古與誤讀——以明清之際六朝詩的接受史為例〉
	研究專著〔註9〕	尚永亮《莊騷傳播接受史綜論》
		高日暉、洪雁《水滸傳接受史》
		伏滌修《「西廂記」接受史研究》
		黃培青《宋元時期嚴羽詩論接受史研究》

〔註8〕 周家嵐著：〈從接受史角度看晚清知識份子對《水滸傳》的三種詮釋策略〉，《中華學苑》56 期（2003 年 2 月），頁 85～112；朱我芯著：〈試以堯斯「文學接受史」與巴爾特「五種語碼」解讀白居易「賣炭翁」〉，《僑光學報》21 期（2003 年 7 月），頁 121～130；蔣方著：〈唐代屈騷接受史論略〉，《新亞論叢》8 期（2006 年 10 月），頁 239～246；趙丹著：〈《關雎》的接受史〉，《吉林華僑外國語學院學報》，2007 年第 1 期；高嘉文〈論《臨川夢》對《臨川四夢》之理解、詮釋與接受的關係〉，《人文與社會學報》2 卷 2 期（2008 年 6 月），頁 213～242；傅含章著：〈論歷代對李賀詠馬詩之接受觀點〉，《高餐通識教育學刊》，2009 年 05 期，頁 87～106；景獻力著：〈復古與誤讀——以明清之際六朝詩的接受史為例〉，《中國韻文學刊》，2010 年 01 期，頁 41～45。

〔註9〕 尚永亮著：《莊騷傳播接受史綜論》（北京：文化藝術出版社，2000 年）；高日暉、洪雁著：《水滸傳接受史》（濟南：齊魯書社，2006 年 7 月）；伏滌修著：《西廂記接受史研究》（合肥：黃山書社，2008 年 6 月）；黃培青著：《宋元時期嚴羽詩論接受史研究》（臺北：花木蘭文化出版社，2009 年 9 月）。

以文體、流派及時代性文學爲研究對象	期刊論文〔註10〕	陳俊榮〈臺灣小說的接受史觀〉
		劉磊〈從歷代選本看韓孟詩派之傳播與接受〉
		楊金梅〈接受史視野中的古典詩歌研究〉
		解國旺〈接受美學與漢魏六朝文學研究略論〉
		耿祥偉〈從文體演變看秋胡故事的接受〉
	研究專著〔註11〕	陳文忠《中國古典詩歌接受史研究》
		尚學鋒等人所撰《中國古典文學接受史》
		王玫《建安文學接受史論》
		查清華《明代唐詩接受史》
		趙山林《中國戲曲傳播接受史》

（二）學位論文

在學位論文方面，近十年來以「接受」理論爲題之學位論文共
27 篇（不含詞學接受研究），中國大陸地區計有 18 篇，臺灣計有 9
篇，論文名稱表列如次：

〔註10〕 陳俊榮著：〈臺灣小說的接受史觀〉，《政大中文學報》第 2 期（2004
年 12 月），頁 161～184；劉磊著：〈從歷代選本看韓孟詩派之傳播與
接受〉，《東南大學學報（哲學社會科學版）》，2005 年 02 期，頁 95～
99；楊金梅著：〈接受史視野中的古典詩歌研究〉，《浙江學刊》，2007
年 03 期，頁 99～102；解國旺著：〈接受美學與漢魏六朝文學研究略
論〉，《殷都學刊》，2007 年 01 期，頁 85～88；耿祥偉著：〈從文體演
變看秋胡故事的接受〉，《江淮論壇》，2008 年 04 期，頁 148～152。

〔註11〕 陳文忠著：《中國古典詩歌接受史研究》（合肥：安徽大學出版社，
1998 年 8 月）；尚學鋒、過常寶、郭英德著：《中國古典文學接受史》
（濟南：山東教育出版社，2000 年 9 月）；王玫著：《建安文學接受
史論》（上海：上海古籍出版社，2005 年 7 月）；查清華著《明代唐
詩接受史》（上海：上海古籍出版社，2006 年 7 月）；趙山林著：《中
國戲曲傳播接受史》（上海：上海人民出版社，2008 年 8 月）。

表1-2：2000～2010 年以「接受」為題之學位論文一覽表

地　區	學位論文名稱
中國大陸〔註12〕	王玫《建安文學接受史研究》
	高日暉《「水滸傳」接受史研究》
	羅春蘭《鮑照詩接受史研究》
	李春桃《「二十四詩品」接受史》
	李丹《元白詩派元前接受史研究》
	劉磊《韓孟詩派傳播接受史研究》
	洪迎華《劉柳詩歌明前傳播接受史研究》
	白愛平《姚賈接受史》
	米彥青《清代李商隱詩歌接受史稿》
	王芳《清前謝靈運詩歌接受研究》

〔註12〕　王玫著：《建安文學接受史研究》（福州：福建師範大學博士論文，2002 年 5 月）；高日暉著：《「水滸傳」接受史研究》（上海：復旦大學博士論文，2003 年 12 月）；羅春蘭著：《鮑照詩接受史研究》（上海：復旦大學博士論文，2004 年 4 月）；李春桃著：《「二十四詩品」接受史》（上海：復旦大學博士論文，2005 年 9 月）；李丹著：《元白詩派元前接受史研究》（武漢：武漢大學博士論文，2006 年 3 月）；劉磊著：《韓孟詩派傳播接受史研究》（武漢：武漢大學博士論文，2006 年 3 月）；洪迎華著：《劉柳詩歌明前傳播接受史研究》（武漢：武漢大學博士論文，2006 年 3 月）；白愛平著：《姚賈接受史》（西安：陝西師範大學大學博士論文，2006 年 9 月）；米彥青著：《清代李商隱詩歌接受史稿》（杭州：蘇州大學博士論文，2006 年 10 月）；王芳著：《清前謝靈運詩歌接受研究》（上海：復旦大學博士論文，2007 年 6 月）；陳偉文著：《清代前中期黃庭堅詩接受史研究》（北京：北京師範大學博士論文，2007 年 8 月）；宗項俠著：《元稹詩歌接受史研究》（合肥：安徽師範大學碩士論文，2008 年 4 月）；虞華燕著：《晚唐賈島接受史論》（武漢：華中師範大學碩士論文，2008 年 8 月）；楊再喜《唐宋柳宗元文學接受史》（杭州：蘇州大學博士論文，2009 年 11 月）；郭曉明著：《司馬相如接受史——漢魏晉南北朝時期》（北京：首都師範大學碩士論文，2009 年 8 月）；賈吉林著：《楚辭在西漢的傳播與接受》（南寧：廣西師範大學碩士論文，2010 年 8 月）；李亮著：《劉禹錫詩歌兩宋接受史研究》（南寧：廣西師範大學碩士論文，2010 年 8 月）；任燕妮著：《近現代陶淵明接受史研究》（呼和浩特：內蒙古大學碩士論文，2010 年 9 月）。

	陳偉文《清代前中期黃庭堅詩接受史研究》
	宗頂俠《元稹詩歌接受史研究》
	虞華燕《晚唐賈島接受史論》
	楊再喜《唐宋柳宗元文學接受史》
	郭曉明《司馬相如接受史——漢魏晉南北朝時期》
	賈吉林《楚辭在西漢的傳播與接受》
	李亮《劉禹錫詩歌兩宋接受史研究》
	任燕妮《近現代陶淵明接受史研究》
臺灣 〔註13〕	陳俊宏《「西遊記」主題接受史研究》
	李妮庭《閑樂：宋初白居易接受研究》
	黃月銀《馬致遠神仙道化劇及其接受史研究》
	曾國瑩《「西遊記」接受史研究》
	黃培青《宋元時期嚴羽詩論接受史研究》
	李宜學《李商隱詩接受史重探》
	高嘉文《臨川四夢戲曲接受史研究》
	曾金承《韓愈詩歌唐宋接受研究》
	莊千慧《心慕與手追——中古時期王羲之書法接受研究》

　　綜觀上述可知，近年以接受美學為理論重心之文學論著可謂發展勃興，關注之面向與發展形式亦甚為多元，無論在詩、文、曲、賦、小說、戲劇，甚至書法藝術上均有所斬獲。

〔註13〕陳俊宏著：《「西遊記」主題接受史研究》（臺北：國立政治大學碩士論文，2001 年 6 月）；李妮庭著：《閑樂：宋初白居易接受研究》（花蓮：國立花蓮教育大學碩士論文，2003 年 6 月）；黃月銀著：《馬致遠神仙道化劇及其接受史研究》（臺北：國立臺灣師範大學碩士論文，2003 年 6 月）；曾國瑩著：《「西遊記」接受史研究》（臺中：東海大學碩士論文，2004 年 6 月）；黃培青著：《宋元時期嚴羽詩論接受史研究》（臺北：國立臺灣師範大學博士論文，2007 年 6 月）；李宜學著：《李商隱詩接受史重探》（新竹：國立清華大學博士論文，2008 年 6 月）；高嘉文著：《臨川四夢戲曲接受史研究》（臺北：東吳大學碩士論文，2008 年 6 月）；曾金承著：《韓愈詩歌唐宋接受研究》（臺北：淡江大學博士論文，2008 年 6 月）；莊千慧著：《心慕與手追——中古時期王羲之書法接受研究》（臺南：國立成功大學碩士論文，2009 年 6 月）。。

二、詞學接受之研究現況

在詞學領域中，近十年來以接受理論為研究主題之期刊論文計有6篇；研究專著則有3本，論文（專著）名稱見下表：

表 1-3：2000～2010 年以詞學接受為研究主題之期刊論文、
　　　　專著一覽表

出版類型	論文（專著）名稱
期刊論文 〔註14〕	譚新紅〈史達祖詞接受史初探〉
	王秀林〈「亡國之音」穿越歷史時空：李煜詞的接受史探賾〉
	宗頂俠〈張孝祥詞的傳播與接受〉
	程繼紅〈《全明詞》對稼軒詞接受情況的調查分析〉
	顏文郁〈論宋代詞壇對蘇軾之接受〉
	袁志成、唐朝暉〈浙西詞派與常州詞派的交匯——張翥詞接受研究〉
研究專著 〔註15〕	朱麗霞《清代辛稼軒接受史》
	李冬紅《「花間集」接受史論稿》
	張璟《蘇詞接受史研究》

在學位論文方面，近十年來以「詞學接受」為研究主題者共有31本，中國大陸地區計23本，臺灣學界則有8本，論文名稱見下表：

〔註14〕 譚新紅著：〈史達祖詞接受史初探〉，《中國韻文學刊》，2000 年 02 期，頁 57～61；王秀林著：〈「亡國之音」穿越歷史時空：李煜詞的接受史探賾〉，《江海學刊》，2004 年 4 期，頁 170～174；宗頂俠著：〈張孝祥詞的傳播與接受〉，《安慶師範學院學報（社會科學版）》24 卷 6 期（2005 年 11 月），頁 70～73；程繼紅：〈《全明詞》對稼軒詞接受情況的調查分析〉，《浙江海洋學院學報（人文科學版）》，23 卷 1 期（2006 年 3 月），頁 21～28；顏文郁著：〈論宋代詞壇對蘇軾之接受〉，《東方人文學誌》7 卷 4 期（2008 年 12 月），頁 175～200；李偵偵著：〈李清照與朱淑真詞接受差異研究〉，《語文學刊》，2009 年 8 期，頁 125～126；袁志成、唐朝暉著：〈浙西詞派與常州詞派的交匯——張翥詞接受研究〉，《唐山師範學院學報》，32 卷 1 期（2010 年 1 月），頁 1～4。

〔註15〕 朱麗霞著：《清代辛稼軒接受史》（濟南：齊魯書社，2005 年 1 月）；李冬紅著：《「花間集」接受史論稿》（濟南：齊魯書社，2006 年 6 月）；張璟著：《蘇詞接受史研究》（北京：光明日報出版社，2009 年 10 月）。

表 1-4：2000～2010 年以詞學接受為研究主題之學位論文
一覽表

地　區	學位論文名稱
中國大陸〔註 16〕	董希平《秦觀詞傳播接受研究》
	康曉娟《兩宋詞學對蘇軾「以詩爲詞」的接受》
	吳思增《清眞詞在兩宋接受視野的歷史嬗變》
	陳穎《周邦彥詞的接受過程研究》

〔註16〕 董希平著：《秦觀詞傳播接受研究》（武漢：湖北大學碩士論文，1999
年 4 月）；康曉娟著：《兩宋詞學對蘇軾「以詩爲詞」的接受》（北京：
首都師範大學碩士論文，2000 年 4 月）；吳思增著：《清眞詞在兩宋
接受視野的歷史嬗變》（長春：東北師範大學碩士論文，2002 年 1
月）；陳穎著：《周邦彥詞的接受過程研究》（北京：首都師範大學碩
士論文，2002 年 5 月）；張春媚著：《溫庭筠詞傳播接受研究》（武
漢：湖北大學碩士論文，2002 年 5 月）；張殿方著：《蘇軾詞接受史
研究——北宋中葉至清代》（濟南：山東師範大學碩士論文。2003
年 4 月）；仲冬梅著：《蘇軾接受史研究》（上海：華東師範大學博士
論文，2003 年 4 月）；范松義著：《「花間集」接受論》（開封：河南
大學碩士論文，2003 年 5 月）；鄧健著：《柳永詞傳播接受研究》（武
漢：湖北大學碩士論文，2003 年 6 月）；白靜著：《「花間集」傳播
接受研究》（武漢：湖北大學碩士論文，2003 年 6 月）；李冬紅著：
《「花間集」接受史論稿》（上海：華東師範大學博士論文，2004 年
4 月）；陳福升著：《柳永、周邦彥詞接受史研究》（上海：華東師範
大學碩士論文，2004 年 4 月）楊蓓著：《論東坡詞在宋金元的傳播
與接受》（福州：福建師範大學碩士論文，2004 年 4 月）；洪豆豆著：
《清代李清照詞傳播接受研究》（武漢：湖北大學碩士論文，2005
年 5 月）；王卿敏著：《小山詞的接受史》（上海：華東師範大學碩士
論文，2006 年 5 月）；蘭玲著：《秦觀詞的宋代接受概論》（北京：
北京師範大學碩士論文，2006 年 5 月）；尹禧著：《宋詞在韓國傳播
與接受》（北京：北京師範大學碩士論文，2006 年 5 月）；張航著：
《姜夔詞傳播與接受研究》（福州：福建師範大學碩士論文，2006
年 9 月）；李春英著：《宋元時期稼軒詞接受研究》（濟南：山東師範
大學博士論文。2007 年 3 月）；王麗琴著：《歐陽脩詞在宋代的傳播
接受研究》（武漢：湖北大學碩士論文，2007 年 5 月）；黎蓉著：《二
晏詞接受史論》（武漢：湖北大學碩士論文，2007 年 5 月）；王梽先
著：《蘇軾詞在北宋元祐時期的接受》（甘肅：西北師範大學碩士論
文，2007 年 6 月）；杜懷才著：《朱彝尊詞與詞學接受史》（合肥：
安徽大學碩士論文，2010 年 8 月）。

	張春媚《溫庭筠詞傳播接受研究》
	張殿方《蘇軾詞接受史研究——北宋中葉至清代》
	仲冬梅《蘇軾接受史研究》
	范松義《「花間集」接受論》
	鄧健《柳永詞傳播接受研究》
	白靜《「花間集」傳播接受研究》
	李多紅《「花間集」接受史論稿》
	陳福升《柳永、周邦彥詞接受史研究》
	楊蓓《論東坡詞在宋金元的傳播與接受》
	洪豆豆《清代李清照詞傳播接受研究》
	王卿敏《小山詞的接受史》
	蘭玲《秦觀詞的宋代接受概論》
	尹禧《宋詞在韓國傳播與接受》
	張航《姜夔詞傳播與接受研究》
	李春英《宋元時期稼軒詞接受研究》
	王麗琴《歐陽脩詞在宋代的傳播接受研究》
	黎蓉《二晏詞接受史論》
	王桤先《蘇軾詞在北宋元祐時期的接受》
	杜懷才《朱彝尊詞與詞學接受史》
臺灣〔註17〕	陳松宜《清代接受宋詞之研究》
	葉祝滿《性別與認同——李清照其人其詞的創作與接受研究》
	邱全成《蘇軾詞的接受與影響——從期待視野的角度觀之》
	薛乃文《馮延巳接受史》
	顏文郁《韋莊詞之接受史》

〔註17〕 陳松宜著：《清代接受宋詞之研究》（桃園：國立中央大學碩士論文，1998 年 6 月）；葉祝滿著：《性別與認同——李清照其人其詞的創作與接受研究》（臺北：國立政治大學碩士論文，2007 年 6 月）；邱全成著：《蘇軾詞的接受與影響——從期待視野的角度觀之》（彰化：國立彰化師範大學碩士論文，2008 年 6 月）；薛乃文著：《馮延巳接受史》（臺南：國立成功大學碩士論文，2009 年 6 月）；顏文郁著：《韋莊詞之接受史》（臺南：國立成功大學碩士論文，2009 年 6 月）；許淑惠著：《秦觀詞接受史》（臺南：國立成功大學碩士論文，2010 年 6 月）；柯瑋郁著：《晏幾道小山詞接受史》（臺南：國立成功大學碩士論文，2010 年 6 月）；普義南著：《吳文英詞接受史》（臺北：淡江大學博士論文，2010 年 6 月）。

| 許淑惠《秦觀詞接受史》 |
| 柯瑋郁《晏幾道小山詞接受史》 |
| 普義南《吳文英詞接受史》 |

　　由此可見，近十年來詞壇以「讀者為中心」的理論方法，已成為新興且熱門的研究主題。詞學領域之接受研究雖仍不及詩歌領域完備，然經兩岸學者戮力耕耘，現已有顯著之進展。

三、張先詞之研究現況

表1-5：張先詞研究相關期刊論文、專著與學位論文一覽表

地　區	出版類型	論文（專著）名稱
中國大陸	期刊論文	慶振軒〈張先寫「影」詞句論析〉
		房日晰〈張先與晏殊詞之比較〉
		周玲〈論張先詞的清麗特質〉
		周玲〈論張先對詞境的拓展〉
		謝雪清〈張先詞題材的詩性特點〉
		謝永芳、曾廣開〈張先主盟吳越詞壇影響「東坡範式」考論〉
		王波〈張先詞之「三影」探析〉
		孫維城〈唐詩人孟浩然與宋詞人張先比較及其文化意義〉
		邵賢〈傳承與創新──從〈醉垂鞭〉看張先的藝術特色〉
		王德保、楊茜〈北宋詞人張先與湖州地域文化考論〉
		董玉玲、姜錄香〈趣話以佳句而名的詞人「張三影」〉
		木齋〈論張先詞古今一大轉變及「始創瘦硬之體」〉
		謝雪清〈論張先詞的用典及化詩入詞〉
		高立〈淺析張先「三影」詞──兼及張先詞的地位〉，
		謝雪清〈論張先對蘇軾詞創作產生影響的基礎〉
		楊娟〈張先詞藝術風格初探〉
		許曉雲〈對張子野詞的再認識〉
		吳瑞璘〈在詩詞融合進程中論述張先詞的古今轉移──兼談詞的包容性〉
		葛華飛〈張先詞的主體意識〉
		木齋〈論唐宋詞的詩體借鑒歷程──以溫韋、張先、晏歐、少游、美成體為中心線索的探討〉
		鄔志偉、胡遂〈張先詞的寫影造境藝術〉
		謝雪清〈小議張先詞的閑適氣質〉

		趙潤金〈張先詞「沁園春——寄都城趙閱道」之「都城」考〉
		溫雪瑩〈淺析張先的詞的審美特質〉
		朱雯靜〈孟浩然與張先創作風格中平淡特色比較〉
		葉方石〈張先「木蘭花」「放」字別解〉
		楊茜〈張先與柳永「情愛詞」之比較〉
		朱明明〈始有意而爲「影」——論張先詞中的影意象〉
		陸有富〈張先詞的主體情感介入和感事紀實性〉
		喬國恒〈淺析張先詞中「落花」的唯美主義色彩〉
		劉華民〈論張先詞的藝術創新〉
		張琴〈我有閑愁與君說——試析張先對白居易的繼承兼議其閑適詞風〉
		唐全鑫〈傳統與拓新的橋梁——論張先的慢詞〉
		唐全鑫〈清新優雅的妙境——試論張先詞的審美境界〉
		唐全鑫〈試論張先詞的詩化和散文化傾向〉
		杭勇〈「古今一大轉移」——談張先詞的過渡性質〉
		謝永芳〈張先詞史地位摭論——兼及文學史上過渡型作家的判斷標準問題〉
		張嘉偉〈《張子野詞》版本源流考〉
	研究專著	劉文注《張先及其安陸集研究》
		吳熊和、沈松勤《張先集編年校注》
		孫維城《張先與北宋中前期詞壇關係探論》
	學位論文	戴軍《張先詞論》
		楊茜《張先詞論略》
		陳通《「古今一大轉移」辨及張先詞之詞史意義》
臺灣	期刊論文	吳淑美〈張先詞用韻考〉
		曾憲燊〈張先是由小令到長調的橋樑〉
		方延豪〈三影詞人張子野〉
		朱自力〈談「雲破月來花弄影」張先天仙子〉
		沈謙〈張先詞評析〉
		陳滿銘〈唐宋詞拾玉（19）——張先的「天仙子」〉
		陳滿銘〈唐宋詞拾玉（20）——張先的「青門引」〉
	研究專著	夏承燾《張子野年譜》
	學位論文	李京奎《子野詞研究》
		曾秀華《北宋前期小令詞人研究》

以張先詞爲研究對象之期刊論文，經統計，1980 年至 2000 年大

陸地區共有 28 篇，2000 年至 2010 年共 38 篇， 〔註18〕 數量較前期大

〔註18〕 慶振軒著：〈張先寫「影」詞句論析〉，《社科縱橫》2000 年 03 期，頁
53～54；房日晰著：〈張先與晏殊詞之比較〉，《南昌大學學報（人文
社會科學版》2001 年 03 期，頁 98～103；周玲著：〈論張先詞的清麗
特質〉，《韶關學院學報》2001 年 11 期，頁 50～54；周玲著：〈論張
先詞的創新〉，《唐都學刊》2001 年 04 期，頁 78～81；周玲著：〈論
張先對詞境的拓展〉，《寶雞文理學院學報（社會科學版）》2003 年 03
期，頁 47～53；謝雪清著：〈張先詞題材的詩性特點〉，《廣西梧州師
範高等專科學校學報》2005 年 04 期，頁 28～31；謝永芳、曾廣開著：
〈張先主盟吳越詞壇影響「東坡範式」考論〉，《周口師範學院學報》
2003 年 03 期，頁 38～42；王波著：〈張先詞之「三影」探析〉，《彭
城職業大學學報》2003 年 06 期，頁 72～73；孫維城著：〈唐詩人孟
浩然與宋詞人張先比較及其文化意義〉，《文學評論》2004 年 03 期，
頁 156～161；邵賢著：〈傳承與創新——從〈醉垂鞭〉看張先詞的藝
術特色〉，《咸寧學院學報》2004 年 02 期，頁 52～54；王德保、楊茜
著：〈北宋詞人張先與湖州地域文化考論〉，《江西社會科學》2004 年
11 期，頁 60～65；董玉玲、姜錄香著：〈趣話以佳句而名的詞人「張
三影」〉，《語文天地》2004 年 17 期，頁 41；木齋著：〈論張先詞古今
一大轉變及「始創瘦硬之體」〉，《山西大學學報（哲學社會科學版）》
2005 年 01 期，頁 41～46；謝雪清著：〈論張先的用典及化詩入詞〉，
《廣西梧州師範高等專科學校學報》2005 年 01 期，頁 4～7；高立著：
〈淺析張先「三影」詞——兼及張先詞的地位〉，《現代語文（理論研
究版）》2005 年 07 期，頁 19～20；謝雪清著：〈論張先對蘇軾詞創作
產生影響的基礎〉，《廣西社會科學》2005 年 10 期；楊娟著：〈張先詞
藝術風格初探〉，《韓山師範學院學報》2005 年 05 期；許曉雲著：〈對
張子野詞的再認識〉，《青海師專學報》2006 年 01 期，頁 144～145；
吳瑞璘著：〈在詩詞融合進程中論述張先詞的古今轉移——兼談詞的
包容性〉，《井岡山學院學報》2006 年 01 期，頁 48～50；葛華飛著：
〈張先詞的主體意識〉，《河北理工大學學報（社會科學版）》2006 年
01 期，頁 184～186；木齋著：〈論唐宋詞的詩體借鑒歷程——以溫韋、
張先、晏歐、少游、美成體爲中心線索的探討〉，《社會科學研究》2006
年 03 期，頁 172～178；鄔志偉、胡遂著：〈張先詞的寫影造境藝術〉，
《雲夢學刊》2006 年 04 期，頁 94～97；謝雪清著：〈小議張先詞的
閒適氣質〉，《經濟與社會發展》2006 年 08 期，頁 127～129；趙潤金
著：〈張先詞「沁園春——寄都城趙閬道」之「都城」考〉，《湖南科
技學院學報》2006 年 10 期，頁 118；溫雪瑩著：〈淺析張先的詞的審
美特質〉，《滄桑》2006 年 06 期，頁 144～145；朱雯靜著：〈孟浩然
與張先創作風格中平淡特色比較〉，《社科縱橫》2007 年 01 期，頁 82
～83；葉方石著：〈張先「木蘭花」「放」字別解〉，《語文教學與研究》

幅增加，而臺灣自 1974 年至 2010 年僅有 7 篇。〔註19〕針對諸家研究，可略加歸納爲四大類別：一、論張先的詞史地位與影響，如曾憲燊〈張先是由小令到長調的橋樑〉、謝雪清〈論張先對蘇軾詞創作產生影響的基礎〉、杭勇〈「古今一大轉移」——談張先詞的過渡性質〉、謝永芳〈張先詞史地位摭論——兼及文學史上過渡型作家的判斷標準問題〉等；二、論張詞風格，並與唐代詩人或同期詞人相互比較，如房

2007 年 14 期，頁 80；楊茜著：〈張先與柳永「情愛詞」之比較〉，《浙江萬里學院學報》2007 年 03 期，頁 16～19；朱明明著：〈始有意而爲「影」——論張先詞中的影意象〉，《牡丹江師範學院學報（哲學社會科學版）》2007 年 04 期，頁 15～17；陸有富著：〈張先詞的主體情感介入和感事紀實性〉，《呼和浩特：內蒙古師範大學學報（哲學社會科學版）》2007 年 S1 期，頁 276～278；喬國恒著：〈淺析張先詞中「落花」的唯美主義色彩〉，《泰安教育學院學報岱宗學刊》2007 年 04 期，頁 14～17；劉華民著：〈論張先詞的藝術創新〉，《常熟理工學院學報》2008 年 09 期，頁 7～11；張琴著：〈我有閒愁與君說——試析張先對白居易的繼承兼議其閒適詞風〉，《黑龍江史志》2008 年 20 期，頁 44～45；唐全鑫著：〈傳統與拓新的橋梁——論張先的慢詞〉，《衡陽師範學院學報（哲學社會科學版）》2009 年 01 期，頁 79～81；唐全鑫著：〈清新優雅的妙境——試論張先詞的審美境界〉，《湖南科技學院學報》2009 年 01 期，頁 44～46；唐全鑫著：〈試論張先詞的詩化和散文化傾向〉，《湖北第二師範學院學報》2009 年 04 期，頁 4～5；杭勇著：〈「古今一大轉移」——談張先詞的過渡性質〉，《牡丹江師範學院學報（哲學社會科學版）》2009 年 06 期，頁 15～17；謝永芳著：〈張先詞史地位摭論——兼及文學史上過渡型作家的判斷標準問題〉，《南陽師範學院學報》9 卷 4 期（2010 年 4 月），頁 31～35；張嘉偉著：〈《張子野詞》版本源流考〉，《大眾文藝》2010 年 12 期，頁 175。

〔註19〕 吳淑美著：〈張先詞用韻考〉，《臺東師專學報》第 2 期（1974 年 4 月），頁 173～258；曾憲燊著：〈張先是由小令到長調的橋樑〉，《藝文誌》第 144 期（1977 年 9 月），頁 63～64；方延豪著：〈三影詞人張子野〉，《藝文誌》第 202 期（1982 年 7 月），頁 37～38；朱自力著：〈談「雲破月來花弄影」張先天仙子〉，《中華學苑》第 44 期（1994 年 4 月），頁 199～207；沈謙著：〈張先詞評析〉，《中國語文》第 83 卷第 5 期（1998 年 11 月），頁 27～35；陳滿銘著：〈唐宋詞拾玉（19）——張先的「天仙子」〉，《國文天地》第 15 卷第 4 期（1999 年 9 月），頁 74～76；陳滿銘著：〈唐宋詞拾玉（20）——張先的「青門引」〉，《國文天地》第 15 卷第 7 期（1999 年 12 月），頁 61～63。

日晰〈張先與晏殊詞之比較〉、周玲〈論張先詞的清麗特質〉、孫維城〈唐詩人孟浩然與宋詞人張先比較及其文化意義〉、楊茜〈張先與柳永「情愛詞」之比較〉、張琴〈我有閑愁與君說——試析張先對白居易的繼承兼議其閑適詞風〉等;三、論張先填詞技巧,其中以張詞詩化特點最受關注,如謝雪清〈張先詞題材的詩性特點〉、木齋〈論唐宋詞的詩體借鑒歷程——以溫韋、張先、晏歐、少游、美成體為中心線索的探討〉、唐全鑫〈試論張先詞的詩化和散文化傾向〉等;四、專論張先「影詞」成就,如朱自力〈談「雲破月來花弄影」張先天仙子〉、慶振軒〈張先寫「影」詞句論析〉、王波〈張先詞之「三影」探析〉、朱明明著:〈始有意而為「影」——論張先詞中的影意象〉等。

在專著方面,則有夏承燾編《張子野年譜》,詳細考證張先生平事跡;劉文注《張先及其安陸集研究》,針對張先生平、著作、詞作思想內容、填詞技巧及詞史影響均有論述,特別著重作品之賞析;吳熊和、沈松勤《張先集編年校注》,以《彊村叢書》為底本,校以明·吳訥本、清·侯文燦本與諸宋明選本為據,將張先詩、詞及佚文殘篇合為一編,並加以編年箋釋;孫維城《張先與北宋中前期詞壇關係探論》則研究張先與北宋晏氏父子、歐陽脩、柳永、蘇軾諸家的承啓關係,以及詞作中所呈現的人文精神與文化意義。〔註20〕

而以張先詞為主要研究對象之學位論文,大陸地區計有戴軍《張先詞論》、楊茜《張先詞論略》、陳通《「古今一大轉移」辨及張先詞之詞史意義》三本。〔註21〕臺灣則有李京奎《子野詞研究》、曾秀華

〔註20〕 夏承燾著:《張子野年譜》,見《唐宋詞人年譜》(臺北:明倫出版社,1970年12月);劉文注著:《張先及其安陸集研究》(北京:北京大學出版社,1990年3月);吳熊和、沈松勤校注:《張先集編年校注》(杭州:浙江古籍出版社,1996年1月);孫維城著:《張先與北宋中前期詞壇關係探論》(合肥:安徽大學出版社,2007年12月)。

〔註21〕 戴軍著:《張先詞論》(鄭州:鄭州大學碩士論文,2000年);楊茜著:《張先詞論略》(南昌:南昌大學碩士論文,2005年);陳通著:《「古今一大轉移」辨及張先詞之詞史意義》(長春:吉林大學碩士論文,2005年)。

《北宋前期小令詞人研究》﹝註22﹞兩本論文。盱衡當代對張先詞之研究面向，要皆偏重於張詞版本、內容、風格、形式之探討，並結合歷代詞論評語加以詮解，僅關注作家、作品兩大區域，而對讀者接受張詞之研究則付之闕如，所見層面仍有侷限，未臻全面。

第三節　研究範圍與方法

一、接受理論要義

　　本文之研究方法，係以接受美學（asthetics of reception）為理論基礎，分析、歸納中國歷代對張先詞的接受概況。接受美學源於紀六〇年代末、七〇年代初期在聯邦德國出現的文學思潮，其中尤以「康士坦茨學派」的漢斯・羅伯特・姚斯（Hans Robert Jauss）與沃爾夫岡・伊瑟爾（Wolfang Iser）最為著名。姚斯主張：

> 一部文學作品，並不是一個自身獨立，向每一時代的每一讀者均提供同樣觀點的客體。它不是一尊紀念碑，形而上學地展示其超時代的本質。它更多地像一部管弦樂譜，在其演奏中不斷獲得讀者新的反響，使文本從詞的物質型態中解放出來，成為一種當代的存在。﹝註23﹞

所謂文本的價值與意義，是由傳統評價與當前文學的品味融合而來的。姚斯的理論重心，在於從讀者經驗來重新理解和把握文學的「歷史性」（historicity）。不同的讀者對同一文本可以有不同的理解，同一讀者在不同時期閱讀文本也可能有不同的理解，而文本的價值及其審美效果則在歷史接受過程中不斷地變化、發展。

﹝註22﹞　李京奎著：《子野詞研究》（臺中：東海大學碩士論文，1978 年 6 月）；曾秀華著：《北宋前期小令詞人研究》（臺北：東吳大學碩士論文，1996 年 6 月）。

﹝註23﹞　〔德國〕Hans Robert Jauss、〔美國〕Robert C.Holub 著，周寧、金元浦譯：《接受美學與接受理論》（瀋陽：遼寧人民出版社，1987 年第1 版），頁 26。

　　姚斯主張「讀者首次接受一部文學作品，必然包含著與他以前所讀作品相對比而進行的審美價值檢驗……第一位讀者的理解，將在代代相傳的接受鏈上保存、豐富，一部作品的歷史意義就這樣得以確定，其審美價值也得以證明。」〔註24〕並援引德國哲學常用的「視野」概念，提出了接受美學的核心觀點：「期待視野」（horizon of expectations）。所謂「期待視野」係指閱讀作品時讀者的文學閱讀經驗構成的思維定向或先在結構，即已經具備的審美經驗和能力。讀者在閱讀任何一部具體的文學作品前，都已處在一種先在理解或先在知識的狀態，通過預告、信號、暗示等激發讀者開放某種特定的接受趨向，喚醒讀者以往閱讀的記憶。文學的接受過程是一個不斷建立、改變、修正、再建立期待視野的過程，文本喚起讀者先前的期待視野，並在閱讀過程中修正或改變它，以構成新的審美感覺的經驗語境。〔註25〕「期待視野」反映出作家、作品與讀者之視野融合過程，在作者、作品與讀者的三角關係中，讀者絕不僅僅是被動的部分，或者僅僅作出一種反應，相反地，它自身就是歷史的一個能動的構成。一部文學作品的歷史生命如果沒有接受者的積極參與是不可思議的。因為只有通過讀者的傳遞過程，作品才進入一種連續性變化的經驗視野之中。〔註26〕

　　伊瑟爾之接受理論則建立在文本與讀者閱讀的交流關係上。他認為文本所使用的語言包含著許多「不確定性」與「空白」，此種「不確定性」與「空白」的存在吸引讀者參與到文本所敘述的事件中，並為它們提供理解或詮釋的自由，在理解與詮釋之時，讀者會面臨各種可能性，而他必須在諸多可能性中作出選擇。因此，伊瑟爾視閱讀活

〔註24〕同前註，頁339。。
〔註25〕金元浦：《接受反應文論》（濟南：山東教育出版社，1998年10月），頁11。
〔註26〕〔德國〕Hans Robert Jauss、〔美國〕Robert C.Holub 著，周寧、金元浦譯：《接受美學與接受理論》（瀋陽：遼寧人民出版社，1987年第1版），頁24。

動實質上是一連串的選擇過程。文本未被讀者閱讀實現前並非眞正存在，而是有待實現的隱含文本，期待可能出現之讀者。此一讀者稱爲「隱含讀者」（implied reader），包含文本之結構與結構之功能兩方面，即涉及文本隱含意義之先在結構，與讀者透過閱讀過程對此意義之實現，呈現文本條件與意義產生之過程。〔註27〕

　　要之，接受美學是以讀者的「接受」作爲文學考察之重點，肯定文學文本具有未定性，必須透過讀者閱讀過程具體化，強調讀者的再創作過程，否定讀者只能被動接受文學作品，因爲理解、鑑賞與批評本身，即是對文學作品的重構。

二、研究資料擇取

　　鄧新華《中國古代接受詩學》言：「中國古代雖然沒有『接受美學』這個概念，也沒有『接受美學』這個獨立的理論學派，但在中國古代汗牛充棟的詩詞書畫理論注疏和小說戲曲序跋評點中，卻保留著極爲豐富的『讀者反應材料』，蘊含極有價值的文學接受思想，並由此構築起我們自己的接受詩學體系。」〔註28〕由此可知，中國文學中雖未出現明確標榜「讀者中心」或「接受美學」之學派理論，然於文學著作中，仍蘊含大量有關接受思想的材料。近年來，王師偉勇論接受史之研究材料云：「詞人『接受史』之研究而言，欲具體掌握其研究材料，宜自十方面著手：一曰他人和韻之作，二曰他人仿擬之作，三曰詩話、四曰筆記、五曰詞籍（集）序跋，六曰詞話，七曰論詞長短句，八曰論詞絕句，九曰評點資料，十曰詞選。」〔註29〕茲就此十大面向略述如次：

〔註27〕〔德國〕沃爾夫岡・伊瑟爾著，周寧、金元浦譯：《閱讀活動——審美反應理論》（北京：中國社會科學出版社，1991年7月第1版），頁217～278。

〔註28〕鄧新華：《中國古代接受詩學》（武漢：武漢出版社，2000年10月），頁4。

〔註29〕王偉勇：《清代論詞絕句初編》（臺北：里仁書局，2010年9月），頁1。

（一）和韻、仿擬

明‧徐師曾《詩體明辨》云：「和韻詩有三類，一曰依韻，爲同在一韻中而不必用其字也；二曰次韻，謂和其原韻而先後次第皆因之也；三曰用韻，謂用其韻而先後不必次也。」〔註30〕詞之和韻亦同。在形式上，和詞首重聲韻表現；在內容方面，須與原作相應；在風格方面，和詞應與原作相合。和韻最初用於文人酬贈，後來依對象不同而有共時性和韻與歷時性和韻之分，共時性接受係詞人與文友之間的雙向互動，歷時性互動則是後人的追和與推崇。

王國維《人間詞話》云：「最工之文學，非徒善創，亦且善因。」〔註31〕意謂文學創作除了來自於本身的美感經驗外，透過仿效、借鑒等手法承繼前賢之作，亦足以致工巧。「仿擬體」始於北宋，乃題序標明「仿」、「效」、「法」、「改」、「用」、「擬」等字，承襲套用前人之作品，依其效仿方式則可歸納出：「效仿作法與體製」、「效仿體製、內容與風格」、「效仿總體風格」三種類型。〔註32〕

（二）詩話、詞話、筆記

詩話中往往錄有零星詞論，以《歷代詩話》、《歷代詩話續編》、《百種詩話類編》等大型叢編較爲齊備，要者亦多已收於《詞話叢編》。而詞話爲詞學批評最主要的存在形式，唐圭璋《詞話叢編》收錄宋代至近人詞話八十五部，係目前匯集歷代詞話最齊全的一套叢書，故本文依據之詞話、史料以此爲主，後有張璋、職承讓等編《歷代詞話》、鄧子勉輯《宋金元詞話叢編》等書問世，可資學者研究。筆記資料則主要收錄於《唐宋史料筆記叢刊》、《全宋筆記》等，而施蟄存、陳如江《宋元詞話》一書，輯錄散見於筆記、史書、類書、文集、書信等

〔註30〕〔明〕徐師曾：《詩體明辨》（臺北：廣文書局，1972 年 4 月），下冊，卷 14，頁 1039。

〔註31〕〔清〕王國維、施議對譯注：《人間詞話譯注》，（臺北：貫雅出版社，1995 年 5 月），頁 447。

〔註32〕王偉勇：〈兩宋詞人仿擬典範作品析論〉，收錄於《人文與創意學術研討會論文集》（臺北：里仁書局，2008 年 6 月），頁 89～129。

處的詞學批評資料，亦深具研究價值。

（三）詞籍（集）序跋、評點資料

　　詞籍（集）序跋可自詞之別集、總集、叢編、詞律、詞譜、詞韻等書著手搜尋，從中窺得重要的詞學評論。現今施蟄存《詞籍序跋萃編》與金啓華、張惠民等人所編《唐宋詞集序跋匯編》，已將大部分序跋資料蒐集齊全，可資參考。評點資料則散見於詞選、詞譜之箋注與眉批，讀者常於簡短評語中，表達對詞人、詞作的審美傾向、流派概念與接受態度，實爲接受史研究的重要材料。

（四）論詞絕句、論詞長短句

　　論詞絕句於極短篇幅中，不僅能擴大詞學批評之視野、補足詞話及詞籍序跋之不足、針對作家或詞派、詞風，予以精簡生動之批評，易使讀者獲得鮮明深刻之印象，廣泛反映詞人之接受、輔助建構論詞之觀點，尚能指出詞壇歷來爭議之論題。〔註33〕對研究一家之詞學觀點及反映詞人接受情形亦至爲重要。然論詞絕句之蒐輯與刊布，起步甚晚，資料之集結刊行厥推吳熊和主編《唐宋詞匯評》〈兩宋卷〉第五冊，〔註34〕始於該書之後，附吳氏與陶然所輯 28 家，601 首；後孫克強《清代詞學批評史論》〔註35〕又公布 45 家，凡 777 首，較吳熊和多 176 首，足見論詞絕句資料之蒐輯，尚未完整。王師偉勇近年亦留意論詞絕句資料，其《清代論詞絕句初編》〔註36〕蒐得凡 133 家，1067 首，〔註37〕較孫克強多出 88 家，290 首，是目前蒐輯論詞絕句

〔註33〕　王偉勇：《清代論詞絕句初編》，頁 42。
〔註34〕　吳熊和主編：《唐宋詞匯評‧兩宋卷》（杭州：浙江教育出版社，2004年 12 月），所附「清人論詞絕句」，見該書頁 4386～4439。唯此中目錄載朱小岑作品時，少列 6 首，致總數僅得 595 首，實則宜正爲 601 首。
〔註35〕　孫克強：《清代詞學批評史論》（上海：上海古籍出版社，2008 年 11月），所附「清代論詞絕句組詩」，見該書頁 365～502。
〔註36〕　王偉勇：《清代論詞絕句初編》（臺北：里仁書局，2010 年 9 月）。
〔註37〕　據王師偉勇及趙福勇最新所得，確認原《清代論詞絕句初編（附錄）》

資料中最齊備者。

（五）詞選、詞譜

「選」的本身就是一種批評，從詮釋學的角度看，「選」是某種「詮釋」，是對文本的實際批評，反映了某家觀點。從接受的角度而言，入選的作品、作者、數量都能彰顯出選集某個層面的風格取向，反應選集的閱讀群眾。〔註38〕歷代詞選之蒐集，可據王兆鵬《詞學史料學》、楊家駱《叢書子目類編‧集部‧詞曲類‧總類》、《四庫全書總目‧詞曲類》所錄書目蒐集整理。

填詞之譜計有兩種，一爲音譜，即以樂音符號記錄曲調者，惜已失傳而未能得見；一爲詞譜，「取唐宋舊詞，以調名相同者互校，以求其句法、字數；取句法、字數相同者互校，以求其平仄；其句法、字數有異同者，則據而注爲又一體；其平仄有異同者，則據而注爲可平可仄……定爲科律而已。」〔註39〕是知詞譜經審愼之校對，成爲詞人、學者倚聲填詞、揣摩詞作的工具書。

三、研究方法概述

本文係運用西方接受美學理論，研究中國歷代對張先詞之接受情形，研究步驟與方法臚列如次：

（一）蒐羅歷代涉及張先之選本、詞作、詞話批評等資料，將之歸納爲「傳播接受」、「創作接受」、「批評接受」三端論述。

（二）在傳播接受方面，首要整理張先詞集《張子野詞》與《安

中邱晉成、歐陽述與陳芸三家詩篇，作於清代，宜改入《清代論詞絕句初編（正編）》，而所收清代論詞絕句應改爲 136 家，1137 首。參趙福勇著：《清代「論詞絕句」論北宋詞人及其作品研究》（彰化：國立彰化師範大學國文研究所博士論文，2011 年 1 月），頁 38。
〔註38〕參程志媛：《宋代詞學批評研究——批評形式與文化詮釋》（南投：暨南國際大學碩士論文，2001 年 7 月），頁 73。
〔註39〕〔清〕紀昀等：《四庫全書總目提要》（石家莊：河北人民出版社，2000 年 3 月），冊 4，頁 5502。

陸集》版本刊刻與作品互見概況，分析張先詞集、詞作在各代流通傳播與他人詞集相互混淆之情形。其次針對歷代詞選、詞譜（計五十七種），以計量分析方式，統計各詞選（譜）擇錄張詞作品與數量，並表列是選（譜）收錄數量前五名，俾便相互對照，評析是選（譜）之選錄傾向與對張先詞的接受態度。

　　（三）在創作接受方面，筆者檢索詞作總集，蒐羅歷代詞人學習、模仿、借用張詞之作品，依內容、形式逐條分為和韻（依韻、次韻、用韻）、仿擬、集用三類，藉由後世之作與原作相互參照、比較，論其句式用韻、題材作法、遣詞造句與藝術風格的沿襲承繼，凸顯後人對張詞推崇喜愛的接受面向。

　　（四）在批評接受方面，爬梳北宋迄清相關詞話資料，如：詞話、詩話、序跋、筆記、評點、史傳、方志、論詞絕句、論詞長短句等，歸納各代重要論點，並就各家評論逐一探析、比較歷代詞人對張先詞批評接受之群體特性及其消長情形，進而把握歷代評論接受張詞之規律與特性。

第二章　張先詞的傳播接受

　　「傳統的文學研究，往往把文學作品作爲一個靜態的對象來研究。事實上，文學作品一旦問世，便處於一個動態的過程之中。作品所具有的價值，也就在這個動態過程中不斷地得到體現。」〔註1〕歷代的選者、創作者及評論者，是接受史的主體，在各個時代以獨特的審美視野，創造性地發掘作品的潛在意蘊，並對作品作出不同反應。同一部作品，不同時代的讀者接受效果往往有所差異，而傳播接受研究，即在考察傳播載體（詞體多爲書面傳播及口頭傳唱）的流通過程中，作品審美標準之成因規律及其嬗變衍化。「文學的歷史不只是作家作品排列成的事件史，更主要是作品所產生的效果史。沒有讀者的接受和持續的審美效果，作品就在實際上失去了存在和生命。」〔註2〕因此，本章擬就歷代張先詞集版本的流傳、互見情形，探析張先詞集各版本編排之同異及與他人詞集的交互關係，並以計量分析進行歸納、整理，進一步研究歷代選本對張先詞的審美效應，討論張先詞傳播接受之概況。

〔註1〕李劍亮：《唐宋詞與唐宋歌妓制度》（杭州：浙江大學出版社，2006年10月第三次印刷），頁176。

〔註2〕陳文忠：《文學美學與接受史研究》（合肥：安徽人民出版社，2007年12月），頁294。

第一節　歷代張先詞集版本流傳及互見概況

一、歷代張先詞集版本流傳概況

葉德輝《書林清話》謂：「書籍自唐時鏤版以來，至天水一朝，號爲極盛。而其間分三類：曰官刻本，曰私宅本，曰坊行本。」〔註3〕宋時刻書系統發展迅速，刻印技術、質量日益精美，諸多名家文集透過印刷傳播得以廣泛流傳。然北宋時期普遍輕視詞體，認爲小詞不登大雅之堂，因此北宋人集外單印的詞集不多，一般也不把詞收入文集之中，直到南宋時期，隨著詞學地位的提高，時人印刷詞集或把詞作編入文集始成爲一種普遍現象，印刷傳播也逐漸成爲詞體主要的傳播方式。

關於張先著述，談鑰《嘉泰吳興志》謂張先：「有集一百卷，唯樂府傳於世。」〔註4〕《宋史·藝文志》：「張先詩十二卷」，〔註5〕周密《齊東野語》謂張先有汴京刻本《安陸集》，卷數不詳，〔註6〕然以上諸書，除詞集外，皆已久佚。張先詞集，在南宋末年始結集流傳，陳振孫《直齋書錄解題》載《張子野詞》一卷〔註7〕、馬端臨《文獻通考》著錄長沙劉氏書坊所刻《百家詞》本《張子野詞》一卷，〔註8〕兩書僅存書目，內容不詳，自明以來亦久罕流傳。今傳《張子野詞》

〔註3〕葉德輝：《書林清話·敘》（臺北：文史哲出版社，1988 年 4 月），頁 5。

〔註4〕〔宋〕談鑰：《嘉泰吳興志》（合肥：黃山書社，2009 年），卷十七，頁 182～183。

〔註5〕〔元〕脫脫撰：《宋史·藝文志》（合肥：黃山書社，2009 年），卷二百八藝文志第一百六十一，頁 2405。

〔註6〕〔宋〕周密：《齊東野語》（合肥：黃山書社，2009 年），卷十五，頁 132。

〔註7〕〔宋〕陳振孫：《直齋書錄解題》（合肥：黃山書社，2009 年），卷二十一，頁 313。

〔註8〕〔元〕馬端臨：《文獻通考》（合肥：黃山書社，2009 年），卷二百四十六經籍考七十三，頁 3861。。長沙劉氏書坊刊行《百家詞》一百二十八卷，收錄詞別集 97 家，爲詞在宋代的傳播發揮了重要作用。

皆為明、清鈔本，明代所傳張先詞集版本如下：

  1、《張子野詞》一本，見趙定宇《趙定宇書目》，又見趙琦美
   《脈望館書目》。

  2、《張子野詞》一卷，見范欽《天一閣藏鈔本》。

  3、《張子野詞》一卷，見陳第《世善堂書目》。

  4、《張子野詞》一卷，見韓應陛《雲間韓氏藏書目》。

  5、《張子野詞》一卷，見士禮居藏錢頤仲寫本。

  6、《張子野詞》一卷，見吳訥《唐宋名賢百家詞鈔本》。

  明代張先詞主要透過《張子野詞》一卷傳播流通，版本多為存目，未見其書。至今能見者為吳訥《唐宋元明百家詞》（簡稱《百家詞》）本，而吳訥《百家詞》流傳甚晦，至 1930 年，商務印書館根據天津圖書館所藏舊本排印始廣為流傳。《百家詞》錄有《張子野詞》一卷，出自南宋長沙書坊本，收詞 130 首，書前附序例、詞人小傳及目錄。〈序例〉云：「編百家詞，輯於正統（1436～1449）間，遠在汲古閣所刻《宋六十一家詞》之前二百年，其時去宋未遠，故易集善本……」〔註9〕書末有蘇軾跋文。據陶子珍《明代四種詞集叢編研究》指出：「明代詞集叢刊，除輯錄詞選總集外，另亦彙錄大量之詞家別集，涵括五代、北宋、南宋及金、元、明等歷代詞人作品。」〔註10〕吳訥《唐宋名賢百家詞》即為明代重要的大型詞集叢刊之一，其它尚有毛晉《宋六十名家詞》、明人選輯（佚名）之《宋五家詞》、《宋名賢七家詞》、《宋二十家詞》、《宋明九家詞》、《宋元明詞》、《宋元明三十三家詞》、《宋元名家詞》、《汲古閣四家詞》、《汲古閣宋五家詞》、《汲古閣詞》及李東陽《南詞》等十二部大型詞集叢刊收錄詞人別集，然張先詞集皆無入選，足見明代時期張先別集之流傳尚不發達。

〔註 9〕　〔明〕吳訥編：《唐宋元明百家詞》（臺北：廣文書局，1971 年 5 月），
    冊一，頁 1。

〔註 10〕　陶子珍：《明代四種詞集叢編研究》（臺北：秀威資訊科技，2005 年
    4 月），頁 170。

至有清一代，由於文獻存錄意識提高，出版印刷發達之故，張先詞集傳播始蓬勃發展，遠勝前朝。清代所傳張先詞集，以《子野詞》與《安陸集》兩種名目流傳，版本如下：

1、以《子野詞》爲名者：

(1)《張子野詞》一卷，見錢曾《述古堂藏書目》。

(2)《子野詞》一卷，見錢曾《也是園書目》。

(3)《張子野詞》一卷，見王聞遠《孝慈堂書目》。

(4)《子野詞》一卷，侯文燦《名家詞》本。

(5)《子野詞》一卷，金武祥輯《粟香室叢書》，翻刻侯本，內有《名家詞集》收張先詞。

(6)《子野詞》二卷，補遺二卷，鮑廷博《知不足齋》本，用綠斐軒鈔本。

(7)《子野詞》二卷、補遺二卷，沈德壽《抱經樓藏鈔本》。

(8)《子野詞》二卷，補遺二卷，見孫星衍《祠堂書目》。

(9)《子野詞》二卷，補遺二卷，黃子鴻校《知不足齋》本。

(11)《子野詞》二卷，補遺二卷，朱孝臧《彊村叢書》本。

(12)《張子野詞》一卷，王國維手校本。

2、以《安陸集》爲名者：

(1)《安陸集》一卷，葛鳴陽刻，沈德壽抱經樓藏書。

(2)《安陸集》一卷，文淵閣四庫全書本，即葛輯本。

(3)《安陸集》一卷，黃錫慶刻；汪潮生校訂。

(4)《安陸集》一卷，淮南書局重刻葛氏刊本。

清代以降，張先詞集版本主要透過侯文燦《名家詞》本、《文淵閣四庫全書》本、《知不足齋叢書》本、《彊村叢書》本及王國維手校本傳世，其餘版本皆無以得見。茲就上述流通版本概述如次：

清康熙二十八年（1689），無錫侯文燦於《宋六十名家詞》外，刻《名家詞集》十種，錄《子野詞》一卷，凡129闋，書前有總目錄、序文，《子野詞》亦有目錄，爲現存張先詞集最早刻本。侯氏序文載：

古詞專集，自汲古閣六十家宋詞外，見者絕少，然私心未
愜也。近顧梁汾先生從京師歸，知余有詞癖，出陽春、東
山諸稿……孫星遠先生有唐宋以來百家詞鈔本，訪之僅存
數種合之，筍衍中所藏，共得四十餘家……沉思吐詞，其
得傳於世者幸矣。〔註11〕

《名家詞集》乃因汲古閣所刻《宋六十家詞》後，詞集傳播不易，見
者絕少，故侯氏乃據明寫本數種合而出之，增入張先別集，補足《六
十家詞》「獨不及先」之憾。侯本收錄張先詞 103 首，以吳訥本與侯
本對校，僅有字句之出入，其他編次、目錄、跋文皆完全同，〔註12〕
可知侯本乃承自吳訥《唐宋名賢百家詞》而成。後有金武祥輯《粟香
室叢書》翻刻侯本，內編《名家詞集》收張先詞。

　　乾隆年間鮑廷博得綠斐軒鈔本《子野詞》二卷，〈跋〉云：

《安陸集》獨見遺於汲古閣《六十家詞》刻外，誠詞壇憾
事也。頃得綠斐軒鈔本二卷，凡百有六闋，區分宮調，猶
屬宋時編次，喜付汗青。既又得亦園《十家樂府》所刊，
去其重複，得六十二闋。諸家選本中采輯一十六闋，次為
《補遺》二卷。合計得詞一百八十四闋，於是子野詞收拾
無遺矣。〔註13〕

鮑廷博合綠斐軒鈔本《子野詞》二卷及亦園《十家樂府》，去其重複，
〈跋〉文記載收張先詞 184 首，然實收詞作應為 185 首。唐圭璋《宋
詞四考》亦言：「知不足齋本《子野詞》二卷，用綠斐軒鈔本。補遺
二卷，鮑氏從侯刻本及諸家選本采輯，共七十九首，合得計詞一百八
十五首。」〔註14〕按乾隆時阮元藏有綠斐軒《詞林要韻》鈔本後，秦

〔註11〕〔清〕侯文燦：《名家詞集・序》（臺北：臺灣商務印書館，1981 年
　　　　10 月），頁 1。

〔註12〕李京奎：《子野詞研究》（臺中：東海大學碩士論文，1978 年 6 月），
　　　　頁 33。

〔註13〕〔清〕鮑廷博：《張子野詞・跋》，收錄於《續修四庫全書》（上海：
　　　　上海古籍出版社，2002 年 3 月），集部，冊 1722，頁 486。

〔註14〕唐圭璋：《宋詞四考》（臺北：明倫出版社，1971 年 4 月），頁 76。

恩復刻於《詞學叢書》，〈跋〉則謂此書出於元、明之季。綠斐軒本《張子野詞》區分宮調，〔註15〕體例與宋初《尊前》、《金奩》諸集同屬宋時編次，於乾隆五十三年（1788）刻入《知不足齋叢書》第十三集，黃錫禧〈跋〉云：

> 是本比侯亦園刻增多五十六闋，校注亦詳。唯誤標之調，後添之題，不免雜廁。引校異文，又間有顯係偽謬者，輒爲芟薙，以便繙覓。〔註16〕

由於《知不足齋叢書》本《子野詞》偽謬芟薙，不夠完備，故咸豐九年（1859）黃錫禧重校鮑本，後朱孝臧據校本刻入《彊村叢書》，收張先詞185首，書前有目錄，以宮調爲編次。至光緒戊甲（1908）九月，王國維迻錄《知不足齋叢書》本，並以葛氏所輯《安陸集》校之，合成《張子野詞》四卷，收詞185首。

　　葛鳴陽輯《安陸集》，收錄於《文津閣四庫全書》，得張先詩八首、詞六十八首，出自紀氏藏本。書前有提要，書末附錄收採各家對子野詞的生平事蹟及詞作品評，內容詳盡。《四庫全書·提要》云：「（張先詩集）自明以來併其詞集亦不傳。故毛晉六十家詞，獨不及先。」〔註17〕由此可知，明代毛晉《六十家詞》無收錄張先作品，致使《安陸集》之傳播遭遇困難，逮至清代，葛氏始注意張先詞的成就，而〈跋〉曰：

> 余既刻張謙中《復古編》，考其家世，蓋衛尉寺丞維之曾孫，都官郎中先之孫也。維有《曾樂軒稿》，先有《安陸集》，殘闕之餘散見他書。先以樂府擅名一時，毛氏《六十家詞》初不及先，今搜輯遺逸，得如干首，合其詩爲一卷。〔註18〕

〔註15〕　分正宮、中呂宮、道調宮、仙呂宮、大石調、小石調、歇指調、林鐘商、中呂調、高平調、仙呂調、般涉調十四個宮調，七十一個詞調。

〔註16〕　〔清〕黃錫禧：《張子野詞·跋》，見錄於施蟄存主編：《詞籍序跋萃編》（北京：中國社會科學出版社，1994年12月），頁47。

〔註17〕　〔清〕紀昀編纂：《文津閣四庫全書·提要》（北京：商務印書館，2005年）集部，冊四九七，頁557。

〔註18〕　〔宋〕張先：《安陸集》，收錄於《文津閣四庫全書》（北京：商務印

內容論及張先嘗以樂府擅名，其《安陸集》卻散見於他書，未得整理
刊刻以流傳後世，故葛氏乃將張先詩詞蒐羅輯逸合成一卷，使《安陸
集》自清代再度通人知曉。關於《子野詞》與《安陸集》兩者之區別，
《安陸集・附錄》云：「張先《安陸集》，又曰《子野詞》一卷……然
則安陸爲子野集之總名。詞僅集中之一卷耳。北宋人小集稱爲《張都
官集》者，非子野集原名也。」〔註19〕〈提要〉又引《齊東野語》云：
「『陳振孫《十詠圖跋》稱偶藏子野詩一帙，名《安陸集》，舊京本也。
鄉守楊嗣翁見之，因取刻之……』則振孫時其集尚存，然振孫作《直
齋書錄解題》，乃止載《張子野詞》一卷，而無詩集，殊不解其何故
也。」〔註20〕是知《安陸集》乃張先詩文總集之稱，而《子野詞》僅
專指張先詞集，而陳振孫僅載《張子野詞》一卷，或因宋時詞體文學
較爲興盛且歌本傳唱方式較爲廣泛，陳氏僅知《子野詞》而不見《安
陸集》。四庫本《安陸集》一書編次雖以詩列詞前，而爲數無幾，今
從其多者爲主錄之，故載入詞曲類。是書收張先詩 8 首，詞 68 首，
由於詩多亡佚而詞作傳播較廣，存數較多，《復古編》本《安陸集》
則以存詞爲主，詞先詩後，與原本編次相反。另有道光年間黃錫慶刻、
汪潮生校訂本及光緒八年（1882）淮南書局重刻葛氏刊本。

　　綜上述可知，張集的刊刻流傳始於南宋，至明代逐漸發展，然明
代所傳私人刻書較少且不易流傳，書坊詞集亦多弗錄，致使張集之傳
播在明代難以廣泛流通。清代時期文獻存錄意識提高，許多刊刻者注
意到張集傳播之困境，依據前代藏本將散見他書之張先作品逐一整
理，透過印刷複製技術使之廣泛流傳。今張先詞集主要以官刻及書坊
叢刊本傳世，官刻收錄齊全、校對細緻，雕版精工；書坊叢刊印刷量
大、散布廣袤，兩者皆使張先詞集傳播得以承繼，可謂功莫大矣。

　　　書館，2005 年）集部，冊四九七，頁 564。
〔註19〕〔清〕紀昀編纂：《文津閣四庫全書・附錄》（北京：商務印書館，
　　　2005 年）集部，冊四九七，頁 561。
〔註20〕同註 17。

二、張先詞作互見概況

唐五代及北宋詞集，常有作品互見之情形。張先詞自宋以降，流傳至今，亦難避錯謬訛誤，各家版本常見與他人相混之詞。茲就「張先詞誤入他人之詞」及「他人之詞誤入張先詞」兩部分，臚列簡表，探討張先詞與他人詞作互見情形如次：

（一）張先詞誤入他人之作

表 2-1：張先詞誤入他人之作互見一覽表〔註21〕

詞　調　名	實　際　出　處	誤題作者
一叢花（傷高懷遠）	《近體樂府》卷三	歐陽脩
千秋歲（數聲鶗鴂）	《近體樂府》卷三	歐陽脩
于飛樂令（寶奩開）	《醉翁琴趣》外篇卷一	歐陽脩
玉樓春（檀槽碎響）	《近體樂府》卷二 《詞林萬選》卷四	歐陽脩／蘇軾
行香子（舞雪歌雲）	《近體樂府》卷三	歐陽脩
定西番（錚撥紫槽）	《詞律拾遺》卷一	溫庭筠
清平樂（輕歌逐酒）	《永樂大典》卷 20353 席字韻	丘崈
相思令（蘋滿溪）	《近體樂府》卷一 楊金本《草堂詩餘》前集卷下	歐陽脩／黃庭堅
恨春遲（欲借紅梅）	《醉翁琴趣》外篇卷五	歐陽脩
浣溪沙（樓倚春江）	《醉翁琴趣》外篇卷五 楊金本《草堂詩餘》後集卷上	歐陽脩／蘇軾
御街行（夭非花豔）	《近體樂府》卷三	歐陽脩
醉桃源（劉郎何日）	《近體樂府》卷一	歐陽脩
醉桃源（落花浮水）	《全宋詞》歐陽脩詞云：「此首別見張先子野詞卷一」。〔註22〕	歐陽脩

據上表歸納可知，張先詞曾誤入溫庭筠、歐陽脩、蘇軾、黃庭堅、丘崈詞集，尤以誤入歐陽脩詞集為夥，達 11 首之多。如〈行香子〉（舞雪歌雲）、〈一叢花〉（傷高懷遠幾時窮）、〈相思令〉（蘋滿溪）、〈千秋歲〉（數聲鶗鴂）等誤題為歐作，〈宋詞互見考〉云：「以上四首並

〔註21〕 本表詞調名起句以錄四字為上限，餘表類推，不一一註明。
〔註22〕 唐圭璋編：《全宋詞》（北京：中華書局，2009 年 3 月），冊一，頁125。

張先詞。第一首有張三中本事，見《樂府紀聞》；第二首有桃杏嫁東
風郎中本事，見《過庭錄》，皆確爲張詞：三、四兩首亦並見《子野
詞》，惟又見《六一詞》，則流傳之誤也。」〔註23〕丁紹儀《聽秋聲館
詞話》載〈于飛樂令〉（寶奩開）爲張先詞，《百家詞》、《安陸集》、《歷
代詩餘》亦載，當作張先詞；〈玉樓春〉（檀槽碎響金絲撥）誤作歐詞，
又誤爲蘇軾詞，《宋詞四考》云：「此首張先詞見《子野詞》，但又見
歐陽脩《近體樂府》，移入歐詞誤。」〔註24〕〈恨春遲〉（欲借紅梅薦
飲），《詞律拾遺》及王國維本皆錄有此首；〈浣溪沙〉（樓倚春江百尺
高），《百家詞》、《安陸集》、王國維本亦有收錄；〈御街行〉（夭非花
豔輕非霧），《古今詞話》載：「〈花非花〉，張子野衍之爲〈御街行〉。」
〔註25〕楊愼《詞品》白樂天〈花非花〉詞條云：「張子野衍之（白氏
花非花詞）爲〈御街行〉，亦有出藍之色。」〔註26〕〈醉桃源〉兩闋，
王國維手校本與《百家詞》本以此首爲張先詞。〈定西番〉（鉏撥紫槽
金襯）誤作溫庭筠詞，宋紹興本《花間集》附校注未收此詞，而《百
家詞》本、王國維本收爲張先詞，此闋當爲張作；〈清平樂〉（輕歌逐
酒），按此首題曰「李閤使席」，張先詞〈宴春臺〉亦題曰「東都春日
李閤使席」，《百家詞》本將二首並列，或二首同時作。

（二）他人之作誤入張先詞

表 2-2：他人之作誤入張先詞互見一覽表

詞　調　名	出　　處　　勘　　誤	作者勘誤
三字令（春欲盡）	《花間集》卷五	歐陽炯
生查子（含羞整翠）	毛本《六一詞》、《近體樂府》	歐陽脩
西江月（憶昔錢塘）	《翰墨大全》壬集卷八	無名氏

〔註23〕唐圭璋編：《宋詞四考》（臺北：明倫出版社，1971 年 4 月），頁 256。
〔註24〕同前註，頁 255。
〔註25〕〔清〕沈雄輯：《古今詞話》，收錄於唐圭璋編：《詞話叢編》（北京：
　　　　中華書局，2005 年 10 月），冊一，頁 842。
〔註26〕〔明〕楊愼撰：《詞品》，收錄於唐圭璋編：《詞話叢編》，冊一，頁
　　　　427。

如夢令（爲向東坡）	《東坡樂府》	蘇軾
更漏子（星斗稀）	《花間集》卷一	溫庭筠
夜厭厭（昨夜佳期）	《醉翁琴趣》外篇卷六	歐陽脩
酒泉子（庭下花飛）	《陽春集》	馮延巳
酒泉子（雲散更深）	《陽春集》	馮延巳
酒泉子（春色融融）	《陽春集》	馮延巳
酒泉子（亭柳霜凋）	《陽春集》	馮延巳
酒泉子（芳草長川）	《陽春集》	馮延巳
浣溪沙（錦帳重重）	《草堂詩餘》	秦觀
浣溪沙（閒愁閒悶）	《六一詞》、《近體樂府》卷三	歐陽脩
浣溪沙（水滿池塘）	《樂府雅詞》	趙令時
菩薩蠻（哀箏一弄）	毛本《小山詞》、彊村本《小山詞》	晏幾道
菩薩蠻（牡丹含露）	《稿簡贅筆》曰：「唐宣宗時，有婦人以刀斷其夫兩足，宣宗戲語宰相曰：『無乃碎挼花打人』，蓋有當時詞云：『牡丹含露珍珠顆，美人折向庭前過。含笑問檀郎，花強妾貌強？檀郎故相惱，須道花枝好。一餉發嬌嗔，碎挼花打人。』」〔註27〕	唐無名氏
菩薩蠻（五雲深處）	《姑溪詞》	李之儀
菩薩蠻（青梅又是）	《姑溪詞》	李之儀
落梅風（宮煙如水）	《梅苑》卷十	無名氏
訴衷情（數枝金菊）	《珠玉詞》	晏殊
滿江紅（斗帳高眠）	《草堂詩餘》後集卷上	無名氏
滿庭芳（紅蓼花繁）	《淮海居士長短句》	秦觀
漢宮春（玉減香銷）	《樂府雅詞》拾遺下	無名氏
虞美人（畫堂新霽）	《陽春集》	馮延巳
虞美人（碧波帘幕）	《陽春集》	馮延巳
醉桃源（歌停鶯語）	《東坡詞》	蘇軾
醉桃源（湘天風雨）	《淮海居士長短句》	秦觀
醉落魄（紅牙板歌）	《草堂詩餘》後集卷上	無名氏
蝶戀花（檻菊愁煙）	《珠玉詞》	晏殊
點降脣（九月登高）	《溪堂詞》	謝逸
賀新郎（斷句）	《草堂詩餘》後集卷上	劉鎮

　　他人之作誤入張先詞，以馮延巳、秦觀及二晏詞較多。如〈酒泉子〉五首，王國維本載此五闋均見馮延巳《陽春集》；〈虞美人〉兩首亦見《陽春集》，彊村本《子野詞》錄之，疑後者誤襲前人。與秦觀詞互見方面，

〔註27〕　〔宋〕章淵：《稿簡贅筆》，收錄於元・陶宗儀編纂：《說郛》（藍格舊鈔本），現藏於國家圖書館，卷四十四，頁12。

〈浣溪沙〉（錦帳重重捲暮霞），《宋詞四考》云：「此首秦觀詞，宋本《淮海詞》有之。彊村本《子野詞》誤收。」〔註28〕《百家詞》本未收此首，《安陸集》錄之，王國維本手校時刪去；〈滿庭芳〉（紅蓼花繁），《宋詞四考》云：「此首秦觀詞，見《淮海居士長短句》。不知何以又誤入《子野詞》。」；〔註29〕另〈醉桃源〉（湘天風雨破寒初）闋，亦見於《淮海居士長短句》中。與二晏詞互見方面，〈訴衷情〉（數枝金菊對芙蓉）見《珠玉詞》，入《子野詞》恐非；〈蝶戀花〉（檻菊愁煙蘭泣露），《人間詞話》云：「詩〈蒹葭〉一篇，最得風人深致。晏同叔之『昨夜西風凋碧樹，獨上高樓，望盡天涯路』，意頗近之。」〔註30〕按王氏引晏殊〈蝶戀花〉下片起三句，可知此首爲晏殊之作；〈菩薩蠻〉（哀箏一弄湘江曲），見毛本《小山詞》及彊村本《小山詞》，《歷代詩餘》作張先詞，彊村本《子野詞》據以錄之，恐不可信，《詞綜》作陳師道詞尤誤。此外，尚有溫庭筠、歐陽炯、趙令畤、李之儀、蘇軾、歐陽脩、謝逸、劉鎮等人作品混入張先詞中，相混情形頗爲複雜。唐、宋時期長短句多不入文集，詞作較易混淆散佚，後人若不詳察，便難避免錯謬，積非成是。在選本方面，亦有此現象，茲舉明、清選本爲證：

表2-3：明、清選本他人詞作誤入張先詞一覽表（節錄）

	草堂詩餘	類選箋釋草堂詩餘	類編箋釋續選草堂	詞菁	詞的	草堂詩餘四集	蓼園詞選
生查子（含羞整翠）	●	●			●		●
浣溪沙（錦帳重重）		●				●	
浣溪沙（水滿池塘）		●				●	
菩薩蠻（哀箏一弄）	●	●			●		●
滿庭芳（紅蓼花繁）	●	●		●			
西江月（憶昔錢塘）			●			●	

〔註28〕唐圭璋：《宋詞四考》，頁232。

〔註29〕同前註，頁231。

〔註30〕王國維撰：《人間詞話》，收錄於唐圭璋編：《詞話叢編》，冊五，頁4244。

　　自明代《草堂詩餘》蔚爲大盛，詞選即不脫「花草」格局，對《草堂詩餘》所選之詞亦步亦趨，重編、擴編、續編、縮編者雜然紛陳。然《草堂詩餘》應歌而廣選，對作品出處未進行詳細考證，後出續選一味承襲，將錯就錯，張先詞與其他詞作相互混雜情形主要即出現在《草堂》相關選集中，如〈生查子〉（含羞整翠鬟），《草堂詩餘》選爲張先詞，後《類選箋釋草堂詩餘》、《詞的》、《草堂詩餘四集》及《蓼園詞選》等據而從之。〈浣溪沙〉（錦帳重重捲暮霞）、〈浣溪沙〉（水滿池塘花滿枝）、〈菩薩蠻〉（哀箏一弄湘江曲）、〈滿庭芳〉（紅蓼花繁）、〈西江月〉（憶昔錢塘話別）等闋亦有類似情形。由於互見詞作風格往往與張詞相近，加上選本往往歷代沿襲，更增辨別之困難度。

第二節　歷代選本對張先詞的期待視野與接受

　　「選本所顯示的，往往非作者的特色，倒是選者的眼光。」〔註31〕詞選所「選」，乃具有判斷、批評之意涵，而詞集的選錄方式、收錄詞作的數量多寡，亦受編選者時代背景及個人經驗、見解所形成之「期待視野」所主導，「詞選」的產生，即編選者依據「期待視野」所產生的選擇標準，存取特定或若干詞人之作品而成帙。陳廷焯《白雨齋詞話》云：

　　　　作詞難，選詞尤難。以我之才思，發我之性情，猶易也；
　　　　以我之性情，通古人之性情，則非易矣！〔註32〕

陳廷焯指出選詞的困境在於選者與作者間「期待視野」的差異性。編選者穿越時間與空間隔閡，通過「閱讀」還原詞的意境，但這種「還原」後的意境並非眞正的還原，而是受到讀者所處環境、社會

〔註31〕魯迅：《魯迅全集・且介亭雜文二集》（臺北：谷風出版社，1980年12月），卷7，頁135。

〔註32〕〔清〕陳廷焯：《白雨齋詞話》，收錄於唐圭璋編：《詞話叢編》，冊四，卷8，頁3969～3970。

地位、生活經驗、性格氣質、文化教養、思維方式及審美情趣各方面的影響，是一種「被引導的創造」；各個讀者「期待視野」不同，所創造出的意境也各不相同，所以詮釋出「新的意境」，只能稱為一種「重構」而非「還原」。本節擬就宋、金、元、明、清各代選本選錄張先詞作情形為探討對象，首先探討各家選本（包含通代詞選、斷代詞選、譜體詞選及專題詞選）在時代環境及個人審美標準影響下所形成的「期待視野」，次將歷代選本擇錄張先詞數量進行計量分析，統計、整理出張先詞作及其他詞家在選本中的入選數量與排名概況，探索各家選本對張先詞接受或排斥的現象。

一、宋代詞選對張先詞的期待視野與接受概況

　　龍榆生〈選詞標準論〉文中提到：「選詞之目的有四：一曰便歌，二曰傳人，三曰開宗，四曰尊體；前二者依他，後二者為我，操選政者，於斯四事必有所居；又往往因時代風氣之不同，各異其趣。」〔註33〕宋代詞選作為「便歌」到「傳人」的過渡時期，「口頭傳播」與「書面傳播」並行。口頭傳播是一種即時的傳播方式，雖具有動態性、表演性等特點，但瞬間即逝，不能長期留存；而早期詞選雖是「書面傳播」，但仍為「應歌」而設，是歌女伶人在應酬中提供演唱的歌本，從其集名如《雲謠集》、《尊前集》、《家宴集》可略知一二。早期詞選在編次上多以宮調或類別區分，選詞不重文字優劣，唯重音律諧暢與否。宋室南渡以後，詞選脫離歌本形式，與詞人群體關係日趨緊密，選史、選派成為主流，詞選遂成有「意識」的文學讀本。宋代詞選至今得見者計有《梅苑》、《樂府雅詞》、《增修箋注妙選群英草堂詩餘》、《唐宋諸賢絕妙詞選》、《陽春白雪》、《絕妙好詞》六部，此中《絕妙好詞》專選南宋詞家，不列入討論，其餘選本試先歸納其選編輯方式及擇錄張詞數量、排名簡表，而後依次

〔註33〕　龍沐勛：〈選詞標準論〉，《龍榆生詞學論文集》（上海：上海古籍出版社，1997 年 7 月），頁 59。

分析各選對張先詞的接受概況。

表2-4：宋代詞選擇錄張先詞一覽表

	詞選名稱	編選者	卷 數	編選年代	詞選屬性	所錄詞家	選詞數量	張詞數量	張詞排名
1	梅苑〔註34〕	黃大輿	10卷	唐代至南宋初	專題詞選	未明	412	1	未達前30
2	樂府雅詞〔註35〕	曾慥	3卷拾遺	北宋至南渡	通代詞選	34	932	12	24
3	增修箋注妙選群英草堂詩餘〔註36〕	書坊、何士信	4卷	唐代至南宋末	通代詞選	103	367	7	11
4	唐宋諸賢絕妙詞選〔註37〕	黃昇	20卷	唐五代及北宋	通代詞選	134	515	7	19
5	陽春白雪〔註38〕	趙聞禮	9卷	北宋至南宋末	通代詞選	231	671	1	未達前30

（一）黃大輿：《梅苑》

《梅苑》，黃大輿編，共計十卷，412首，是現今最早的專題詞選和詠物詞選，選錄唐五代至南宋初的詠梅詞。所錄之梅花詞，可分為各類品種、氣候、形貌不同的梅花和與梅花相關的文人雅事等類，其中收錄張先〈漢宮春〉（紅粉苔牆）〔註39〕一闋，即屬詠嘆冬梅之作。

《梅苑》錄詞既不按詞調排列，亦不依詞人排列，題名中字、號、

〔註34〕 〔宋〕黃大輿輯：《梅苑》，收錄於唐圭璋編：《唐宋人選唐宋詞》（上海：上海古籍出版社，2004年10月），上冊，頁191～286。

〔註35〕 〔宋〕曾慥輯：《樂府雅詞》，收錄於唐圭璋編：《唐宋人選唐宋詞》，上冊，頁287～488。

〔註36〕 〔宋〕書坊原編、何士信增修：《增修箋注妙選群英草堂詩餘》，收錄於唐圭璋編：《唐宋人選唐宋詞》，上冊，頁489～570。

〔註37〕 〔宋〕黃昇輯：《唐宋諸賢絕妙詞選》，收錄於唐圭璋編：《唐宋人選唐宋詞》，下冊，頁571～680。

〔註38〕 〔宋〕趙聞禮輯：《陽春白雪》，收錄於唐圭璋編：《唐宋人選唐宋詞》，下冊，頁853～1016。

〔註39〕 同註34，頁198。

名、爵雜然紛陳，尚未有嚴謹的選詞系統；其編纂方式乃黃大輿隱居岷山時，閒暇閱讀抄寫梅花詞，日久萃編而成，無特意全面蒐羅，故尚有梅詞未入集中。黃大輿在《梅苑・序》提到：「目之曰《梅苑》者，詩人之義，託物取興，屈原製騷，盛列芳草，今之所錄，蓋同一揆。」〔註40〕由此可知，《梅苑》的選錄宗旨不在建立一派詞學理論或擇錄標準，而在體現當時士大夫對於梅花高潔象徵的精神追求。但綜觀《梅苑》所選之詞，並無特意凸顯象徵清高品格的詠梅作品，而是將前人與梅相關的作品集結成冊，重雅趨向僅存於序文之中，終難起「託物取興」之作用。

（二）曾慥：《樂府雅詞》

《樂府雅詞》932 闋		
排名	入選詞人	入選作品數量
1	歐陽脩	83
2	葉夢得	55
3	舒　亶	48
4	賀　鑄	46
5	陳子高	36
24	**張　先**	**12**

　　《樂府雅詞》三卷，拾遺二卷，南宋曾慥輯，選錄詞人 34 家，收詞 932 闋；所選範圍限於北宋與南渡時賢，是已知最早的一部宋人選宋詞。《樂府雅詞》上、中二卷爲北宋詞作，下卷則爲南渡之作；卷首爲宮禁傳出的轉踏歌辭，卷末兼及女流，不知名者另入《拾遺》。在編排順序上，卷內各家雖「或後或先，非有詮次」，〔註41〕但較隨手抄錄而成的《梅苑》，已嚴格許多。《樂府雅詞》依曾慥「所藏名公長短句，裒合成編」，〔註42〕爲曾慥私家藏書所選，選源有限，無法

〔註40〕　同註 34，頁 195。
〔註41〕　〔宋〕曾慥輯：《樂府雅詞・引》，收錄於唐圭璋編：《唐宋人選唐宋詞》，上冊，頁 295。
〔註42〕　同前註。

全面蒐羅；又元祐黨爭殃及文學創作，使作品、文集的傳播更爲不易，遭受黨爭波及的蘇軾、黃庭堅等北宋大家，《樂府雅詞》即無收錄，秦觀詞作亦僅見於《拾遺》之中。《樂府雅詞》入選詞作數量以歐陽脩、葉夢得、舒亶、賀鑄、陳子高等人分居前五名，其中列爲雅詞第一家的歐陽脩，選詞 83 首，爲全書之冠。曾慥在《樂府雅詞·引》特別提到：「歐公一代儒宗，風流自命，詞章幼眇，世所矜式。當時小人，或做豔曲，謬爲公詞，今悉刪除。」〔註43〕對於歐作中諧謔豔詞，一律視爲小人僞托，嫁名歐公，全悉刪削，排除在外，可見曾慥將歐陽脩詞作視爲雅詞典範和標準的用意。

《樂府雅詞》收錄張先詞作 12 闋，排名第二十四名，雖與歐陽脩同爲「臺閣詞人」，〔註44〕寫作風格極爲相近，然張先詞在《樂府雅詞》中的份量卻不特別突出。細究入選詞作，以清新、含蓄之作品較受青睞，除張先代表作品〈天仙子〉（水調數聲持酒聽）外，尚有〈宴春臺〉（麗日千門）、〈清平樂〉（清歌逐酒）等，多描寫氣候、景色及閨思，皆爲用字雅緻，情感內斂之作。沈祥龍謂：「詞以自然爲尚。自然者，不雕琢、不假借，不著色相，不落言詮也。古人名句如『梅子黃時雨』、『雲破月來花弄影』，不外自然而已。」〔註45〕張先詞的高妙之處即在於它雅而不俗、秀而不媚的意境，符合《樂府雅詞》重視詞中含蓄自然之要求。而其他與歌伎筵席上交游的作品，《樂府雅詞》則弗錄，切合〈序〉文提及歐公「諧謔豔詞」一概不取的選錄標準。此外，《樂府雅詞》擇選張先詞作 12 闋，與之齊名的柳永卻未見收錄。柳永爲歌妓樂工塡詞，以備歌妓在秦樓楚館或勾欄瓦舍等娛樂場所演唱，詞作雖廣泛流傳，然因柳詞浪跡聲色場所，用詞口語淺近，風格寫實俚俗，不合於曾慥「尙雅」之審美標準，故《樂府雅詞》

〔註43〕同註 41。

〔註44〕詞人群體分類參考蕭鵬：《群體的選擇——唐宋人選詞與詞選通論》（臺北：文津出版社，1992 年 11 月），頁 13。

〔註45〕〔清〕沈祥龍撰：《論詞隨筆》，收錄於唐圭璋編：《詞話叢編》，冊五，頁 4054。

去而不取。

（三）書坊原編、何士信增修：《增修箋注妙選群英草堂詩餘》

《增修箋注妙選群英草堂詩餘》367 闋		
排名	入選詞人	入選作品數量
1	周邦彥	54
2	秦　觀	27
3	蘇　軾	23
4	柳　永	16
5	歐陽脩	13
11	**張　先**	**7**

　　《草堂詩餘》原是南宋書坊商人根據市井選歌的需要編輯而成的詞選，擇錄時代以北宋為主，是一部以江湖詞人群為主體選域的詞選。全書分前、後二集：前集以季節分類，後集則以節序、天文、地理、人物、人事、飲撰器用、花禽等七類，各類另別立子目繫之，以資歌者擇唱。作為一部宋詞總集，《草堂詩餘》對詞的傳播發揮了重要的影響力，《草堂》一出，即受到士儒、民眾之喜愛，「凡歌欄酒榭，絲而竹之，無不撫髀雀躍。及至寒窗腐儒，挑燈閑看，亦未嘗欠身魚睨，不知何以動人一至此也。」〔註46〕宋代商業文化的興起，歌伎參與文人的日常娛樂活動，唱詞以侑酒，歌舞以佐歡，口頭傳播成為一種重要的傳播方式，而商業文化目的在於追求經濟效益，選詞者必須注重文人朝士與普羅大眾的接受範圍，選擇「既文雅又通俗」的作品，此時文化傳播的接受者決定了傳播發展的方向，《草堂詩餘》的選擇標準亦受到城市繁榮及商業崛起的影響，採取「雅俗兼備」的選詞策略。

　　《草堂詩餘》收詞367闋，以周邦彥入選54首居冠，而《樂府

〔註46〕〔明〕毛晉：《草堂詩餘・跋》，見施蟄存主編：《詞籍序跋萃編》（北京：中國社會科學出版社，1994年12月），頁670。

雅詞》闕而弗錄的秦觀、蘇軾、柳永詞則分居二、三、四名;《樂府
雅詞》推崇的歐陽脩則降到第五,由此可見《草堂詩餘》與《樂府雅
詞》選詞標準之差異。《草堂詩餘》應歌而廣選,對於詞作的藝術風
格,清逸典麗與世俗哇俚兼而有之,豪放沉鬱之作亦編選其中,沒有
太多的限制。張先詞作入選 7 首,其中〈青門引〉(乍暖還輕冷)、〈宴
春臺〉(麗日千門)、〈天仙子〉(水調數聲持酒聽)三首納入春景類;
〈醉落魄〉(雲輕柳弱)、〈菩薩蠻〉(哀箏一弄湘江曲)、〈生查子〉(含
羞整翠鬟)、〈滿庭芳〉(紅蓼花繁)四首納入飲饌器用類。在選篇題
材上,偏重春天意象及男女風情,語言偏於淺近,擇調多選聲情舒緩
的詞調。何良俊〈類選箋釋草堂詩餘・序〉曰:

> 然樂府以敏遒揚厲爲工,詩餘以婉麗流暢爲美,即《草堂
> 詩餘》所載,如周清眞、張子野、秦少游、晁叔原(按:
> 應爲晏叔原之誤)諸人之作,柔情曼聲,摹寫殆盡,正辭
> 家所謂當行,所謂本色者也。〔註47〕

編選者將婉麗流暢、柔情曼聲視爲「本色」、「當行」,奉爲圭臬,並
高度推崇周邦彥、張先、秦觀、晏幾道諸人詞作,由此可見,相較
於《樂府雅詞》,《草堂詩餘》對張先詞秀麗柔美的風格,接受程度
更高;且《草堂詩餘》應歌編選,張先在詞調方面也有「推陳出新」
之功。綜其所作 165 首詞,所使用的詞調即有 95 種,除了因襲舊調,
尚能增衍節拍、自度新腔。自《草堂詩餘》收錄張先 7 闋詞觀察,
除了〈天仙子〉、〈生查子〉、〈菩薩蠻〉等舊調外,〈青門引〉、〈宴春
臺〉二調是未經前人或同時期詞人所用過的詞調,極有可能爲張先
自度新聲所成,在小令與慢詞的過渡時期,張先善解音律,妙用詞
調,增加詞體音樂性的藝術特色,亦可視爲受到《草堂詩餘》推崇
而入選的重要因素。

〔註47〕 〔明〕何良俊:〈類選箋釋草堂詩餘・序〉,見施蟄存主編:《詞籍序
跋萃編》,頁 670。

（四）黃昇：《唐宋諸賢絕妙詞選》

《唐宋諸賢絕妙詞選》515 闋		
排名	入選詞人	入選作品數量
1	蘇 軾	31
2	歐陽脩	18
3	周邦彥	17
4	秦 觀	16
5	万俟雅言	13
5	陳 克	13
19	張 先	7

　　黃昇《花庵詞選》會合《唐宋諸賢絕妙詞選》十卷與《中興以來絕妙詞選》十卷而成，據黃昇自序，原書名為《絕妙詞選》，因與周密《絕妙好詞》題名相近易於混淆，故改為《花庵詞選》以示區別。黃昇以前人詞選：《樂府雅詞》、《花間集》、《尊前集》、《遏雲集》為部分選源，再加入從家藏文集、別集、野史筆記、詩友餽贈、傳鈔等採錄成果，最終集各家之大成。《花庵詞選》除收錄詞人、詞作外，尚編有詞人小傳及所據詞集名稱，偶或綴以時人和一己品評之論，極具文獻價值。《唐宋諸賢絕妙詞選》收錄唐五代及北宋詞人 134 家，共 515 闋；《中興以來絕妙詞選》專錄南宋詞家，與張詞無涉，故不在討論之列。

　　黃昇在〈自序〉中論及《花庵詞選》擇詞標準云：

> 佳詞豈能盡錄？亦嘗鼎一臠而已。然其盛麗如游金、張之堂，妖冶如攬嬙、施之袪，悲壯如三閭，豪俊如五陵。花前月底，舉杯清唱，合以紫簫，節以紅牙，飄飄然作騎鶴揚州之想，信可樂也。〔註48〕

足見黃昇對於「佳詞」的標準，博採眾長，風格盛麗、妖冶、悲壯、豪俊者無美不收，盡見各家之奇。張先詞作入選 7 首，詞人小傳錄：「張

〔註48〕〔宋〕黃昇輯：《唐宋諸賢絕妙詞選·序》，見施蟄存主編：《詞籍序跋萃編》，頁 661。

子野,名先。宋子京稱之『雲破月來花弄影』郎中者也。」〔註49〕詞名下綴以數語,用以解釋主題或品評作品,幫助讀者理解作品。如〈天仙子〉(水調數聲持酒聽)題「春恨」、醉落魄(雲清柳弱)寫「美人吹笛」、〈清平樂〉(清歌逐酒)論「末二句最工」。《唐宋諸賢絕妙詞選》收錄之張先詞,以描寫傷春、戀情尤多,主要仍以「花前月底,舉杯清唱,合以紫簫,節以紅牙」〔註50〕等富有音樂性,具娛賓遣興功能的作品爲收錄對象。

(五)趙聞禮:《陽春白雪》

《陽春白雪》671 闋		
排名	入選詞人	入選作品數量
1	史達祖	15
2	吳文英	13
3	周邦彥	11
3	辛棄疾	11
3	姜 夔	11
未達前 30 名	張 先	1

《陽春白雪》八卷、《外集》一卷係南宋後期江湖詞人趙聞禮所編選,收錄 231 家詞人,共 671 闋詞,以南宋江湖詞人群爲主要選擇對象。前三卷多北宋詞,卷四以下多南宋詞。所收作品不以名家所限,兼收並蓄,許多不名於世的詞人、作品賴以爲傳。《陽春白雪》前八卷擇取婉約詞作列爲正集,以閨情詞及咏物詞爲夥,書名「陽春白雪」亦取其「高雅」之意,豪放詞則另編一卷作爲外集。是書雖仍保持兩宋以來婉約詞詞壇正宗之地位,但豪放詞入選並首度編列成集,亦可窺見趙氏對豪放詞藝術價值上的肯定。

《陽春白雪》多收錄南宋詞作,入選數量最多的前五名中,史達

〔註49〕〔宋〕黃昇輯:《唐宋諸賢絕妙詞選》,收錄於唐圭璋編:《唐宋人選唐宋詞》,下冊,頁631。

〔註50〕〔宋〕黃昇輯:《唐宋諸賢絕妙詞選・序》,見施蟄存主編:《詞籍序跋萃編》,頁661。

祖、吳文英、辛棄疾、姜夔皆爲南宋時人，且都隸屬江湖詞人群，北
宋僅有周邦彥一家入選。張炎《詞源》卷下曰：

> 古之樂章、樂府、樂歌、樂曲，皆出於雅正。粵自隋、唐
> 以來，聲詩間爲長短句。至唐人則有《尊前》、《花間集》。
> 迄於崇寧，立大晟府，命周美成諸人討論古音，審定古調，
> 淪落之後，少得存者。由此八十四調之聲稍傳。而美成諸
> 人又復增演慢曲、引、近，或移宮換羽，爲三犯、四犯之
> 曲，按樂律爲之，其曲遂繁。〔註51〕

周邦彥提舉大晟府，爲詞首重文字聲律的應和，並兼採眾家之長，爲
北宋詞樂發展之集大成者，著名江湖詞人吳文英與沈義父講論作詞之
法，亦主張「作詞當以清眞爲主。蓋清眞最爲知音，且無一點市井氣，
下字運意，皆有法度，往往自唐宋諸賢詩句中來，而不用經史中生硬
字面，此所以爲冠絕也。」〔註52〕然《陽春白雪》收錄張先詞作僅有
〈宴春臺〉（麗日千門）一闋，俞陛雲《唐五代兩宋詞選釋》評此詞：

> 《古今詞話》評汴河出土石刻之〈魚游春水〉詞云：「八十
> 九字而風花鶯燕動植之物曲盡，此唐人語也。」後之狀物
> 寫情，無能及者。觀子野此詞，善狀帝城春景之盛、天家
> 之宮闕、五侯之池館、士女之車馬，以及飛觴舞袖、香歐
> 羅衣，粲然咸備，較〈魚游春水〉詞尤爲絢麗。結句至月
> 上猶留連不去，極寫其酣遊也。〔註53〕

張先此詞將帝城春日的熱鬧景象及士女交遊的形貌姿態描寫得極爲
絢麗，展現張先詞擅寫景物與女子之藝術技巧，符合趙聞禮婉約清麗
的選詞標準；此外，此闋爲張先自度曲，又爲慢詞，凸顯出張先妙解
音律及身爲「慢詞」開拓者的重要詞學地位。反觀張先「三影」代表
作，《陽春白雪》均未選錄，這種情形在選本中相當特殊。《陽春白雪》

〔註51〕〔宋〕張炎：《詞源》，收錄於唐圭璋編：《詞話叢編》，冊一，頁255。

〔註52〕〔宋〕沈義父：《樂府指迷》，收錄於唐圭璋編：《詞話叢編》，冊一，頁277～278。

〔註53〕俞陛雲撰：《唐五代兩宋詞選釋》（臺北：文史哲出版社，1988年7月），頁150。

錄詞 671 首，詞人竟多達 238 家（無名氏權作一家統計），許多詞家僅錄詞 1 首，用以輯佚、存史，張先詞於其他詞選中均有著錄，應無亡佚之險，故選錄此詞應著重於張詞風格及其成就。綜觀其他北宋詞家如蘇軾、秦觀、柳永，三人獲選詞作亦在 3 首以下，可見《陽春白雪》的選詞重心已向南宋詞轉移。

二、金、元詞選未錄張先詞造成傳播與接受之停頓

金、元二代計有五部詞選，即仇遠《樂府補題》〔註 54〕、元好問《中州樂府》〔註 55〕、鳳林書院《元草堂詩餘》〔註 56〕、周南端《天下同文》〔註 57〕、彭致中《鳴鶴餘音》，〔註 58〕均未著錄張先作品，造成其詞在傳播與接受兩方面均呈停頓狀態，茲簡述如次：

就金、元詞壇而言，南宋遺民詞人的創作是時代的亮點，遺民詞人透過結社酬唱的方式互動頻繁，如仇遠的《樂府補題》即是最早出現的社課詞選，全書錄有遺民詞人 14 家，37 首唱和作品，格調幽怨騷雅，具有深沉的歷史感及憂患意識；《元草堂詩餘》，又名《精選名儒草堂詩餘》、《續草堂詩餘》、《鳳林書院草堂詩餘》，是一部時賢詞選，收錄宋、元之際詞人 63 家、計 203 首詞，也是以寫民族悲憤、遺民心聲的作品為主要收錄對象；此外，特定詞集的編刻在此時亦產生重要影響，如元好問的《中州樂府》，專選金代 36 位詞人，113 首作品，以人分選，詞人各系列有小傳，作品間附品評、議論，具存亡輯佚之功；周南端《天下同文》專收元人詞作，僅錄盧摯、姚雲、王夢應、顏奎、羅志仁、詹玉、李琳 7 家 29 首詞，其中除盧摯外，其餘六人均據《元

〔註 54〕 〔金〕仇遠輯：《樂府補題》，收錄於《文津閣四庫全書》，集部，冊498。

〔註 55〕 〔金〕元好問輯：《中州樂府》（臺北：臺灣商務印書館，1979 年）。

〔註 56〕 〔元〕鳳林書院輯、程端麟校點：《精選名儒草堂詩餘》（瀋陽：遼寧教育出版社，2003 年 3 月）。

〔註 57〕 〔元〕周南瑞輯：《天下同文》（臺北：臺灣商務印書館，出版年月不詳）。

〔註 58〕 〔元〕彭致中輯：《鳴鶴餘音》（臺北：藝文印書館，1962 年）。

草堂詩餘》抄錄，價值不高；彭致中輯《鳴鶴餘音》，所收爲唐代至元
代的道家詞，內容闡明全眞教旨，或嘆人生無常，或勸人出家修道，
所錄多方外之言，不以文字工拙論，而寄託幽曠，時有可觀。上述五
本詞選因選錄時代、採選對象及選詞意圖上的侷限，無收錄張先詞，
故金、元時期可謂張先詞傳播接受的停滯期。綜觀金、元選本，除收
錄道家詞的《鳴鶴餘音》外，其餘皆爲斷代詞選，所選詞作多爲宋末
至元代間的作品，爲何不編選通代選本，造成張先詞傳播與接受的停
頓？細究原因，可能性有三：

（一）元代階級與科舉制度的影響

　　元代是中國歷史上第一個異族入主並實現天下一統的朝代，蒙古
統治者以少數民族入主中原，面對龐大的漢民族、契丹族及女眞族，
採取階級劃分以保障自我優勢。元代法定種族四級制：分爲蒙古人、
色目人、漢人和南人，無論在政治結構、社會地位、經濟利益等方面，
蒙古人享有優渥權利，色目人次之，漢人及南人則地位較低。這樣的
差別待遇反映在科舉拔擢制度上，如參與會試及錄取進士的名額，少
數的蒙古、色目人與多數的漢人、南人各占一半、考試題目難度深淺
有別、朝廷重臣多由蒙古人擔任，漢人、南人錄取後的升遷機會也相
當有限，不能擔任尙書、御史或憲司官等職務，種族歧視嚴重。且元
代選才制度紊亂，權衡無定制，科舉時行時止；爲官者提拔親信，求
官者多以納稅、納糧得官，科舉場上亦營私舞弊，階級劃分及不平等
的拔擢制度造成漢人、南人仕進不易，在這種情況下，文士不再以登
科爲官作爲人生志向，更有甚者，產生文士不屑爲吏之現象。再者，
元代的考試科目規定以先秦的儒家經典爲主要內容，並以宋代程朱理
學作爲出題範圍，詞章之學被視爲小道，元仁宗皇慶二年（1313）中
書大臣啓奏：

> 夫取士之法，經學實修己治人之道，詞賦乃摛章繪句之學，
> 自隋、唐以來，取人專尙詞賦，故士習浮華。今臣等所擬
> 將律賦省題詩小義皆不用，專立德行明經科，以此取士，

庶幾得人。〔註 59〕

奏文中強調取士之法應以德行明經為首要條件，並批評前代科舉以詞賦取士，造成文士崇尚浮華享樂的劣習，故仁宗皇帝乃下詔曰：「若稽三代以來，取士各有科目，要其本末，舉人宜以德行為首，試藝則以經術為先，詞章次之。浮華過實，朕所不取。」〔註 60〕由此可見元代科舉重經術而輕詞賦的態度。正由於元代的種族歧視，漢人、南人地位低下，為官不易，加上官方不提倡詞賦之學等因素，使詞的傳播受到限制，選本的存在價值不高，編選者僅憑自我意識收錄相關專題或當代詞作，未見大型選本之編著。

（二）城市商業化與俗文學的蓬勃發展

南宋末年，城市經濟發展日益繁榮，新的娛樂形式大量出現，如嘌唱、唱賺等樂種，鼓子詞、諸宮調等曲種，雜劇、院本、南戲等劇種，這些民間技藝起於里巷歌謠，具有豐富的表演性，不僅有歌唱、舞蹈及動作表演，還有動人的故事情節吸引觀眾，因此受到廣大民眾喜愛，相較之下，小唱技藝在競爭中失去了主流地位，為新興的音樂形式所取代。進入元代，由於農業及手工業的發展，海運和漕運的溝通，中西交通擴大，促使城市繁榮。《馬可波羅行紀》即記載當時大都的盛況：

> 外國巨價異物及百物之輸入此城者，世界諸城無能與比。
> 蓋各人自各地攜物而至，或以獻君主，或以獻宮廷，或以
> 供此廣大之城市，或以獻眾多之男爵騎尉，或以供屯駐附
> 近之大軍。百物輸入之眾，有如川流之不息。〔註 61〕

工、商業的繁盛及物質條件的優渥帶動了城市經濟的發展，城市中勾

〔註 59〕 〔明〕宋濂撰：《元史·選舉志一·科目》，收錄於《四庫備要》（臺北：中華書局，1981 年），冊 222，卷八十一，頁 3。

〔註 60〕 同前註。

〔註 61〕 馬可波羅著；A. J. H. Charighon 注；馮承鈞譯：《馬可波羅行紀》（臺北：臺灣商務印書館，2000 年 6 月），頁 244。

欄行院林立，負責表演的娼妓「爲數亦夥，計有二萬有餘。」〔註62〕
文學在這樣的社會背景下產生了新的局面，形式自由、內容新穎的民
間文學大放異彩，成爲主流，文人與民間關係密切，爲求生存，部分
文士放棄仕進機會而與勾欄藝人組織「書會」，從事戲曲、說唱等通
俗文藝之創作，相較之下，傳統詩文的創作與選著失去原本的傳播空
間，致使傳播速度趨緩。

（三）詞體本身趨於衰微

　　吳梅《詞學通論》云：

> 唐五代兩宋人之作，爲詞學極盛之期。自是而後，此道衰
> 矣。金元諸家，惟吳、蔡、遺山爲正，餘皆略事笙歌，無
> 當雅奏。〔註63〕

詞體歷經唐五代、兩宋蓬勃發展，體製日益嚴密，音律日益講究，
修辭力求雅正，從形式到內容，愈來愈講究細膩精鶩，俗字俗詞一
概屏棄，以展現文人高雅的氣度與生活情趣；格律上講究四聲陰陽，
排斥自由變化，樂律過嚴導致曲高和寡，傳唱不廣。詞體內部的典
雅化、格律化使之脫離一般民眾的理解範圍，走向純文學領域，而
詞體由創作轉向藝術技巧的探討，更成爲士人專擅的一門「學問」，
使詞體傳播的對象受到限制。金、元二代，深受北方游牧民族審美
意趣之影響，北曲替代詞體，虞集《中原音韻·序》即載：「我朝混
一以來，朔南暨聲教，士大夫歌咏，必求正聲，凡所製作，皆足以
鳴國家氣化之盛。自是北樂府出，一洗東南習俗之陋。」〔註64〕元
蒙統治者大力提倡，使北曲興盛發展，詞體則相對受到民族壓迫而
喪失發展的有利條件。杜文瀾《憩園詞話》亦云：「元季盛行南北曲，
競趨製曲之易，益憚填詞之艱，宮調自此失傳矣。」〔註65〕由此足

〔註62〕 同前註。
〔註63〕 吳梅：《詞學通論》（臺北：臺灣商務印書館，1988 年 4 月），頁 109。
〔註64〕 〔元〕周德清：《中原音韻》（臺北：藝文印書館，1979 年 3 月），
　　　　頁 1～2。
〔註65〕 〔清〕杜文瀾：《憩園詞話》，收錄於唐圭璋編：《詞話叢編》，冊三，

見曲的興起及與音樂脫節對詞體發展造成之衝擊。再者，詞體發展於兩宋已臻極致，蓋無論詞之音律、形式、風格及表現手法，到了南宋末期變化已窮，即便有天才作家，亦難自出新意，無法滿足讀者的審美要求。

符有明《讀者的期待視野》一文即提出：「讀者期待視野的內涵非常豐富，其形成和表現也是非常複雜的……影響讀者期待視野的因素主要在兩個方面；一是讀者本身的因素所決定；二是社會、時代的制約。」〔註66〕金、元二代，讀者受到統治階層轉換、社會環境變遷、文學自身發展等影響，情感傾向及審美趣味已不若兩宋時期，轉而接受新興的藝術形式，選本編著數量銳減，選源、選域上極少觸及北宋，致使張先詞的傳播接受在金、元時期受到不小的衝擊。

三、明代詞選對張先詞的期待視野與接受概況

謝桃坊《中國詞學史》云：

> 元代以來詞的音譜失傳，倚聲填詞失去了依憑的標準。明人對於詞體由音樂文學轉化爲純文學的情形尚不能適應，缺乏寫作經驗，因而普遍出現詞律粗疏的現象。宋人的詞集在元代大量亡佚，明人對宋代名家詞集未能進行認真的整理學習。他們僅將《花間集》和《草堂詩餘》作爲學習的範本，徒事模擬，不去進行新的藝術探索；因而作品沒有獲得眞正的藝術生命。文人的主要注意力已轉移到傳奇、小說和通俗小曲的創作去了。他們普遍地將詞體視爲「詩餘」，僅僅作爲一種陳舊的小技而已。在中國詞史上，明代是一個中衰的時代。〔註67〕

由上述可知，唐宋詞樂的散佚，文人的注意力已不在詞體創作上，

頁 2851。

〔註66〕符有明：〈讀者的期待視野〉，《寫作》第 10 期（2001 年），頁 8。

〔註67〕謝桃坊：《中國詞學史》（成都：巴蜀書社，1993 年 6 月），頁 86。

轉而發展通俗文學。明人爲詞多取《花間集》和《草堂詩餘》爲學詞典範，因此詞壇陸續出現二集之重編、擴編、續編、精選及箋注本，如《精選名賢詞話草堂詩餘》、《類編草堂詩餘》、《類編草堂詩餘》《類編箋釋續選草堂詩餘》等選集，影響著明代詞學的發展及清代詞學之演變。龍榆生〈選詞標準論〉一文曰：「獨《草堂詩餘》傳播最廣，翻刻最多，數百年來，幾於家絃戶誦，雖類列凌亂，雅鄭雜陳，而在詞壇之勢力，反駕乎《花間》、〈尊前〉之上。」〔註68〕據陶子珍《明代詞選研究》提出自《草堂》之後，明代詞選之編排方式，多承續「分類編次本」及「分調編次本」兩大脈絡：《草堂詩餘》原具應歌性質，故詞家多採「分類本」之形式編選，以便傳唱；而後譜調亡佚，以事物分類便於擇唱的分類方式已失去意義，因而「分調本」漸次增加。就臺灣地區能掌握的詞選資料分類，屬於「分類編次本」形式的詞選有：程明善《嘯餘譜》、陸雲龍《翠娛閣評選行笈必攜詞菁》、潘游龍《精選古今詩餘醉》；屬於「分調編次本」形式的詞選有：顧從敬《類選箋釋草堂詩餘》、錢允治《類選箋釋續選草堂詩餘》、舊題程敏政《天機餘錦》、陳耀文《花草粹編》、卓人月、徐士俊《古今詞統》、張綖《詩餘圖譜》、茅暎《詞的》及沈際飛《草堂詩餘四集》。〔註69〕尚有未依類編排，也未分調編次的《詞林萬選》、《百琲明珠》和《唐宋元明酒詞》等選集。在詞譜方面，文人創作依照曲之平仄聲韻，按譜塡詞，是以周瑛《詞學筌蹏》、張綖《詩餘圖譜》、徐師曾《文體明辨》、程明善《嘯餘譜》，乃將詞調予以區分句讀，校正平仄，著爲圖譜，開啓文人編選詞譜之先例。茲就所掌握之明代詞選、詞譜，依其特性及張先詞收錄情形，略述如次：

〔註68〕龍榆生：〈選詞標準論〉，《龍榆生詞學論文集》（上海：上海古籍出版社，1997 年 7 月），頁 64。

〔註69〕陶子珍：《明代詞選研究》（臺北：秀威資訊科技股份有限公司，2003 年 7 月），頁 95。

表2-5：明編詞選擇錄張先詞一覽表

	詞選名稱	編選者	卷數	編選年代	收詞數量	張詞數量	張詞排名
1	類選箋釋草堂詩餘〔註70〕	顧從敬	6卷	唐代至明代	443	11	6
2	類編箋釋續選草堂詩餘〔註71〕	錢允治	2卷	唐代至明代	520	3	14
3	詞林萬選〔註72〕	楊慎	4卷	唐代至明代	234	7	8
4	百琲明珠〔註73〕	楊慎	5卷	唐代至明代	159	1	未達前30
5	天機餘錦〔註74〕	舊題程敏政	4卷	唐代至明代	1225	8	22
6	花草粹編〔註75〕	陳耀文	12卷	唐代至元代	3657	79	5
7	唐宋元明酒詞〔註76〕	周履靖	2卷	唐代至明代	134	未錄	未錄
8	詞的〔註77〕	茅暎	4卷	唐代至明代	392	9	8
9	古今詞統〔註78〕	卓人月	16卷	唐代至明代	2037	15	28
10	詞菁〔註79〕	陸雲龍	2卷	唐代至明代	270	4	11

〔註70〕 〔明〕顧從敬、錢允治輯：《類選箋釋草堂詩餘》，收錄於《續修四庫全書》（上海：上海古籍出版社，2002 年），集部，冊 1728，頁 65～174。

〔註71〕 〔明〕錢允治、陳仁錫箋釋：《類編箋釋續選草堂詩餘》，收錄於《續修四庫全書》，集部，冊 1728，頁 175～292。

〔註72〕 〔明〕楊慎輯：《詞林萬選》，收錄於王文才、萬光治等編注《楊升庵叢書》（成都：天地出版社，2002 年），冊 6。

〔註73〕 〔明〕楊慎輯：《百琲明珠》，收錄於王文才、萬光治等編注《楊升庵叢書》，冊 6。

〔註74〕 〔明〕南宋書賈輯（舊題程敏政）；王兆鵬、黃文吉、童向飛校點：《天機餘錦》（瀋陽：遼寧教育出版社，2000 年 1 月）。

〔註75〕 〔明〕陳耀文輯：《花草粹編》，收錄於《文津閣四庫全書》（北京：商務印書館，2005 年），集部，冊 498～499。

〔註76〕 〔明〕周履靖輯：《唐宋元明酒詞》（臺北：臺灣商務印書館，1969 年 4 月）。

〔註77〕 〔明〕茅暎輯：《詞的》，收錄於《四庫未收書輯刊》（北京：北京出版社，2000 年 1 月）捌輯，冊三十。

〔註78〕 〔明〕卓人月、徐士俊輯：《古今詞統》，收錄於《續修四庫全書》，集部，冊 1728～1729。

〔註79〕 〔明〕陸雲龍輯：《翠娛閣評選行笈必攜詞菁》，現藏於中國國家圖書館。

| 11 | 精選古今詩餘醉〔註80〕 | 潘游龍 | 15 卷 | 唐代至明代 | 1395 | 18 | 14 |
| 12 | 草堂詩餘四集〔註81〕 | 沈際飛 | 17 卷 | 唐代至明代 | 463 | 19 | 13 |

（一）收錄張詞者

1、顧從敬：《類選箋釋草堂詩餘》、錢允治：《類編箋釋續選草堂詩餘》、沈際飛《草堂詩餘四集》

《類選箋釋草堂詩餘》443 闋		
排名	入選詞人	入選作品數量
1	周邦彥	69
2	秦　觀	28
3	蘇　軾	24
4	康與之	14
5	歐陽脩	13
6	**張　先**	**11**

《類編箋釋續選草堂詩餘》520 闋		
排名	入選詞人	入選作品數量
1	歐陽脩	28
2	秦　觀	21
3	蘇　軾	20
4	李　煜	11
5	楊　基	10
14	**張　先**	**3**

《草堂詩餘四集》463 闋		
排名	入選詞人	入選作品數量
1	楊　愼	71
2	王世貞	66

〔註80〕〔明〕潘游龍輯、梁穎校點：《精選古今詩餘醉》（瀋陽：遼寧教育出版社，2003 年 3 月）。

〔註81〕〔明〕顧從敬輯、沈際飛評：《古香岑草堂詩餘四集》，明崇禎間末翁少麓刊本，現藏於國家圖書館。

2	周邦彥	66
4	蘇　軾	64
5	劉　基	56
13	**張　先**	**19**

　　《草堂詩餘》編選之初，因具歌本、話本性質，爲應市場需求，俾便傳唱廣遠，故以「淺近通俗」作爲選詞標準。有明一代，《草堂詩餘》尤爲盛行，仿效者甚多，予以重編或加以刪減，清‧譚獻《復堂詞話》即載：

　　　　《草堂》所錄，但芟去柳耆卿、黃山谷、胡浩然、康伯可、僧仲殊諸人惡札，則兩宋名章迥句，傳誦人間者略具，宜其與《花間》並傳，未可廢也。《詩餘》續編二卷，不知出何人，擇言雅矣。然原選正不諱俗，蓋以盡收當時傳唱歌曲耳。續采及元人，疑出明代。然卷中錄稼軒、白石諸篇，陳義甚高，不隨流俗，明世難得此識曲聽眞之人。〔註82〕

譚獻所言，顯見明代所編續選，已汰其近徘近俚者，擇選高雅典麗諸作以替之，顯示當代詞學觀念之轉變。茲就《類選箋釋草堂詩餘》、《類編箋釋續選草堂詩餘》及《草堂詩餘四集》三種對張先詞的接受角度予以探究論析。

　　《類選箋釋草堂詩餘》六卷、續二卷、《國朝詩餘》五卷等三種合刻，是依詞調字數多寡編排之「分調本」；《類編箋釋續選草堂詩餘》（以下簡稱「類編續選本」），分爲上、下兩卷，錢允治箋釋，全書按詞調字數多寡，分爲小令、中調、長調，每闋之前並作秋闈、春情、離思、七夕、夏景等分類，亦屬於「分調編次本」；《古香岑草堂詩餘四集》（以下簡稱「草堂四集」）十七卷，包括《草堂詩餘正集》六卷、《草堂詩餘續集》二卷、《草堂詩餘別集》四卷、《草堂詩餘新集》五卷，四集中除了《別集》爲沈氏自選外，其餘三選均自《類編箋釋續選草堂詩餘》三種合刻本加以翻刻、增刪，各詞集中均有沈際飛之眉

〔註82〕〔清〕譚獻輯：《復堂詞話》，收錄於唐圭璋編：《詞話叢編》，冊四，4001。

批及箋註。

《類選箋釋草堂詩餘》收錄詞家排名與《草堂詩餘》相去不遠，仍以輕婉秀麗之北宋格調爲主，然特殊處在於《類選箋釋草堂詩餘》刪去多首柳永詞作，僅存三闋，此種現象應與詞選脫離應歌傳唱與此書特意擇取雅調有莫大關聯。也因明代《草堂》之續選、補編秉持婉變近情、高曠典雅之旨，故張先詞入選數量較《草堂詩餘》明顯增加，由 7 首增至 11 首，排名第六。除《草堂詩餘》原錄之詞外，尚添〈歸朝歡〉（聲轉轆轤聞露井）、〈浣溪沙〉（水滿池塘花滿枝）、〈浣溪沙〉（樓倚春江百尺高）、〈浣溪沙〉（錦帳重重捲暮霞）四闋，其中〈浣溪沙〉（水滿池塘花滿枝）爲趙令時作；〈浣溪沙〉（錦帳重重捲暮霞）乃秦觀作品，誤入張詞。其餘作品風格軟膩，皆訴閨中情事，顯見《類選箋釋草堂詩餘》的選旨傾向，以張先柔婉香豔之作評價爲高。

《類編續選本》入選排名稍有變動，但大抵不脫北宋婉約格調，以歐陽脩、秦觀居首，蘇軾、李煜亦多取言情之作，明詞方面則選錄楊基詞作 10 首，排名第五。張先詞於《類編續選本》僅入選〈繫裙腰〉（惜霜蟾照夜雲天）、〈浪淘沙〉（腸斷送韶華）、〈西江月〉（憶昔錢塘話別）3 首。〔註83〕黃河清〈草堂詩餘原序〉載：

> 所刻續集中，如李後主之秋閨，李易安之閨思，晏叔原之春景，蕭竹屋之紀夢、懷舊，周美成之春情，無名氏之有感，張子野之楊華，歐陽永叔之閨情、採蓮，蘇子瞻之佳人，楊孟載之莫春，朱淑眞之閨情，程正伯之秋夜，以此數闋，授一小青蛾拔銀箏、倚綠窗作曼聲，則繞梁過雲，亦足令多情人魂銷也。〔註84〕

〔註83〕　筆者統計詞選入選數量、排名，將編選者誤題作者之詞亦視爲接受面向之一，不予剔除，故與陶子珍《明代詞選研究》之統計略有差異，後文一律將差異數量以附注呈現，不再説明。《類編續選本》收錄歐陽脩 25 首、秦觀 19 首、蘇軾 16 首、李煜 10 首、楊基 10 首、張先 3 首。見頁 91。

〔註84〕　〔明〕顧從敬輯、沈際飛評：《草堂詩餘續集》，頁 4～5。

〈序〉中確指《類編續選本》側重張先描寫春景的作品，如〈繫裙腰〉
（惜霜蟾照夜雲天）寫冬末春初，池邊新綠之景，以襯閨中女子盼望
之思；〈浪淘沙〉（腸斷送韶華）則以楊柳搖曳姿態下筆，刻畫離愁別
緒。〔註85〕由〈序〉中所見，亦可知《類編續選本》收錄詞作已有「主
情」趨向。

　　而沈際飛評選的《草堂四集》，可由秦士奇〈草堂詩餘‧敘〉一
文知其擇選標準：

　　　（草堂四集）爲之正次訂牟，抉嫩擷芳，先識古今體製，
　　　雅俗脫出，宿生塵府氣，大約取其命意遠、造語鮮、煉字
　　　響、用字便，典麗清圓，一一拈出；至於《別集》，則歷朝
　　　近代中所逸，辭意穎拔，風韻秀上，騷不雄、麗不險、質
　　　不率、工不刻，天然無雕飾。〔註86〕

沈際飛評詞，講究命意、造語、煉字和用字，主張風韻秀上，天然
而無雕飾者，取其騷、麗、質、工之作，且需符合不雄、不險、不
率、不刻之要求。〔註87〕由擇錄排名來看，明代詞人入選尤多，楊
慎、王世貞、劉基列居前五，數量皆在 50 首以上；吳純叔、文徵仲
亦在前十名內，各收錄 24 首作品，與北宋詞媲美爭妍。張先詞於《草
堂四集》獲選 19 首（正集選錄 11 首，續集選錄 3 首，別集選錄 5
首），位居第十三名。由沈氏評點中可知其選詞傾向：如評〈歸朝歡〉
（聲轉轆轤聞露井）曰：「『西園人語夜來風』兩句，嬌軟工新。『有
情無物不雙棲』兩句，桂英詩：『靈沼文禽皆有匹。仙園美木盡交枝。
無情微物猶如此，何事風流言別離。』可以釋此。」〔註88〕評〈青

〔註85〕〈西江月〉（憶昔錢塘話別）一闋，唐圭璋《全宋詞》中僅作存目詞，
　　　　乃無名氏詞，見《翰墨大全》壬集，卷八。收錄於唐圭璋：《全宋詞》
　　　　（北京：中華書局，2009 年 3 月）冊一，頁 86。
〔註86〕〔明〕顧從敬輯、沈際飛評：《古香岑草堂詩餘四集‧序》，明崇禎
　　　　間末翁少麓刊本，現藏於國家圖書館，頁 8～9。
〔註87〕參考陶子珍撰：《明代詞選研究》，頁 87。
〔註88〕〔明〕顧從敬輯、沈際飛評：《草堂詩餘正集》，同註81，卷五，頁
　　　　19。

門引〉（乍暖還輕冷）謂：「懷則多觸，觸則愈懷，未有觸之，至此極者。」〔註89〕評〈一叢花〉（傷高懷遠幾時窮）云：「不如桃杏，不如者多矣，有傷深情。」〔註90〕論張先詞情感豐沛、筆觸細膩；再如〈浪淘沙〉（腸斷送韶華）評曰：「眼中這樣，句中也是這樣，大好。」〔註91〕評〈天仙子〉（水調數聲持酒聽）曰：「『雲破月來』句，心與景會，落筆即是，著意即非，故當膾炙。」〔註92〕此係論張先詞善於寫景、著筆自然；又〈醉落魄〉（雲輕柳弱）評曰：「『香』生『色』眞，眞佳人如是。」、「『淺破櫻桃』非佳人無此吹口，『萼』字『角』字，景狀欲細。」〔註93〕評〈醉紅妝〉（瓊林玉樹不相饒）曰：「女俠」〔註94〕評〈清平樂〉（輕歌逐酒）曰：「果有此美人耶？」〔註95〕則論張先刻畫女子神韻、情態之功力。由上述接受角度觀察，可知張先詞實符合沈氏「騷、麗、質、工」四大審美標準。

2、楊慎：《詞林萬選》、《百琲明珠》

　　楊慎爲有明一代著名學者，論學主張求實，爲文創作則以情性爲本，反對文壇復古模擬之風，對於詞壇競相模擬《草堂》之風，不以爲然，故編選《詞林萬選》和《百琲明珠》，試從擺脫《草堂》風氣著手，評騭《草堂》選詞缺失，並擇取《草堂》未收之佳作，企圖擴大選詞範圍及選詞層面。

〔註89〕　同前註，卷一，頁 34。
〔註90〕　〔明〕顧從敬輯、沈際飛評：《草堂詩餘別集》，同註81，卷三，頁14。
〔註91〕　〔明〕顧從敬輯、沈際飛評：《草堂詩餘續集》，同註81，卷上，頁32。
〔註92〕　〔明〕顧從敬輯、沈際飛評：《草堂詩餘正集》，同註81，卷二，頁26～27。
〔註93〕　同前註，頁 5。
〔註94〕　〔明〕顧從敬輯、沈際飛評：《草堂詩餘別集》，同註81，卷一，頁39。
〔註95〕　同前註，頁 27。

《詞林萬選》234 闋		
排名	入選詞人	入選作品數量
1	柳　永	14
2	王　憚	13
3	蘇　軾	12
4	張　耒	11
5	蔣　捷	10
5	黃庭堅	10
8	**張　先**	**7**

《百琲明珠》159 闋		
排名	入選詞人	入選作品數量
1	貝　瓊	13
2	劉秉忠	7
3	呂渭老〔註96〕	5
3	歐陽脩	5
未達前 30	**張　先**	**1**

　　《詞林萬選》，楊慎輯，凡四卷，收錄詞家 76 人，計 234 首詞。
此選體例，非以類編排，非按調編次，亦非依作者羅列，書中所提作
者、或署姓名，或書字號，甚或有題名錯誤者，編錄錯亂，失之無序。
《詞林萬選》之輯錄，主要在反對當時文壇復古模擬之風及詞壇一味
承襲《草堂》之弊，反映在選詞上，則有廣取《草堂》未收之佳詞，
大幅增錄南宋及元、明作品之特點，因此，在《草堂》續選中蔚爲主
流的北宋詞家於此已不再名列前茅。《詞林萬選》收錄北宋詞家 16
位，張先詞入選 7 首，總排名第八，在北宋詞家中次於柳永、蘇軾與
黃庭堅，名列第四。相較於同以婉約詞風專擅的秦觀（收錄 3 首）、
歐陽脩（未錄），楊慎對張先詞作評價頗高。所選之詞：〈師師令〉（香
鈿寶珥）、〈謝池春慢〉（繚牆重院）、〈百媚娘〉（珠闕五雲仙子）、〈減
字木蘭花〉（垂螺近額）、〈虞美人〉（茗花飛盡汀風定）、〈虞美人〉（茗

〔註96〕陶子珍《明代詞選研究》統計《百琲明珠》收錄呂渭老詞作 3 首，
　　　　見頁 135。

花飛盡汀風定）、〈西江月〉（汎汎春船載樂）皆與《草堂》有所不同，區隔之意甚明。

　　《百琲明珠》五卷，共收錄詞家 101 人，計 159 闋詞。全書未錄目錄，體例同《詞林萬選》，次序混亂，編排無章。《百琲明珠·引》曰：「若乃規明珠之在握，遊象罔以中繩，則博人通名，換名定格，君子審樂，從易識難，未必非升庵是集之雅言矣。」〔註97〕是知其編選目的乃粹選詞中菁華，使之流傳廣遠，爲人通曉，並可作爲學詞者由易識難的學習手冊。是書卷一擇選唐、五代詞 40 首、卷二錄北宋詞 33 首、卷三錄南宋詞 24 首、卷四雜錄南、北宋人詞 23 首、卷五則錄朱淑眞等兩宋女性作者及金、元、明人詞 36 首。全書收詞以小令爲主，達 108 闋之多，〔註98〕張先詞僅一首小令：〈惜雙雙〉（城上層樓天邊路）入選，是爲前代詞選所未錄，始見於《百琲明珠》。《詞林萬選》與《百琲明珠》共錄張詞 8 首，其中即多達 6 首〔註99〕爲前代選本所未錄，據此得見二書對張先詞之傳播接受之功，既跳脫以往《草堂》影響下的讀者的審美期待，亦擴大後世選本對張詞之選輯範圍。

3、南宋書賈（舊題程敏政）：《天機餘錦》

《天機餘錦》1255 闋〔註100〕		
排名	入選詞人	入選作品數量
1	張　炎	132
1	瞿　佑	132
3	張　耒	96
4	劉克莊	77

〔註97〕同註 73，頁 1156。
〔註98〕陶子珍撰：《明代詞選研究》，頁 125。
〔註99〕即〈師師令〉（香鈿寶珥）、〈百媚娘〉（珠闕五雲仙子）、〈虞美人〉（苕花飛盡汀風定）、〈虞美人〉（苕花飛盡汀風定）、〈西江月〉（汎汎春船載樂）、〈惜雙雙〉（城上層樓天邊路）六首。
〔註100〕陶子珍《明代詞選研究》統計《天機餘錦》收錄張炎詞作 129 首、瞿佑 88 首、張耒 83 首、劉克莊 77 首、元好問 72 首，見頁 157。

5	元好問	72
22	**張　先**	**8**

　　《天機餘錦》，南宋書賈編，〔註101〕凡四卷，收錄唐、五代至明代詞家 197 人，詞作 1255 首。全書列有目錄，依詞調編排，是為「分調本」詞選。明初前後七子「文必秦漢，詩必盛唐」的復古運動，使歌功頌德、粉飾太平，附麗於廟堂文化之臺閣體文學，漸趨衰頹，然復古運動發展至後期，卻走入一味襲古，模擬剽竊的狹徑，進而促使「唐宋派」崛起。「唐宋派」主張為文不應唯古是尚，拘泥於時代先後，文從字順，自然流暢即為佳作。受文壇風尚所趨，詞人對長久以來推尊晚唐、五代及北宋詞之風氣亦有所省思。《天機餘錦》在文壇風氣的帶動下，不再專錄晚唐、五代和北宋詞，將視角延伸至南宋，兼取金、元、明詞，其〈序〉云：

> 余所藏名公長短句，裒合成編，或先或後，非有詮次。多是一家，難分優劣，涉諧謔則去之，名曰《天機餘錦》，編為四卷。〔註102〕

此序襲自《樂府雅詞・序》，強調此書選取標準以「雅」為旨。所錄排名，以南宋張炎詞及明代瞿佑居冠，對張炎詞的大量選錄，亦符合〈序〉中去諧謔、取雅正之主張。元代張翥、南宋劉克莊、金代元好問及北宋周邦彥亦有大量詞作獲選，足見《天機餘錦》不專主某個朝代之特點。張先詞入選 8 首，總排名第二十二名，於北宋詞家中位居第七，〔註103〕在《天機餘錦》廣取各家之詞，尤以南宋以後為選錄

〔註101〕黃文吉〈詞學的新發現──明抄本《天機餘錦》之成書及其價值〉一文中，根據程敏政生平傳記及著作文獻，推斷《天機餘錦》應非出自程敏政之手，恐為當時書賈、或貪圖利益的士人所編成。收錄於《黃文吉詞學論集》（臺北：臺灣學生書局，2003 年 11 月），頁 161～190。

〔註102〕〔明〕南宋書賈輯（舊題程敏政）；王兆鵬、黃文吉、童向飛校點：《天機餘錦》（瀋陽：遼寧教育出版社，2000 年 1 月），頁 25。

〔註103〕北宋詞家入選前六名，詞家排名及入選數量如次：周邦彥 45 首、秦觀 22 首、蘇軾 19 首、柳永 16 首、歐陽脩 13 首、晏幾道 9 首。

重心的影響下，對張先詞的接受程度明顯降低，除〈相思令〉（蘋滿溪）及誤收〈醉落魄〉（春寒猶冽）一闋，餘六首皆取資於《類選箋釋草堂詩餘》，大抵仍受到《草堂》餘緒之影響，未能真正擺脫復古之「花草」格局。

4、陳耀文：《花草粹編》

《花草粹編》3657 闋〔註104〕		
排名	入選詞人	入選作品數量
1	柳永	163
2	周邦彥	109
3	晏幾道	107
4	馮延巳	82
5	**張先**	**79**

明萬曆年間，陳耀文即本「花草」，詮選為《花草粹編》。李蓘於〈花草粹編・敍〉云：

> 朗陵陳晦伯，博雅操詞，好古興嘆，乃取平生搜羅，合於《花間》、《草堂》二集為十二卷，曰《花草粹編》，使夫好古之士得其書而學焉，則庶乎窺昔人之閫域，拾遺佚於千百，而為雅道之一助也。〔註105〕

《花草粹編》乃陳氏閱覽藏書，隨筆錄之而成，共收錄詞人 626 家，計 3657 首詞。所選錄之詞作、詞調及詞人數量，於明代無人能出其右。是選多選錄北宋詞，以柳永 163 闋詞居冠，《花草粹編》大量收錄柳永中、長調之作，凸顯柳永為詞特色及對詞壇之貢獻，所選多以流傳廣遠之通俗名作為主。是選收錄張先詞作 79 首，〔註106〕僅次於柳永、周邦彥、晏幾道與馮延巳，甚至超越北宋大家秦觀、歐陽脩及

〔註104〕陶子珍《明代詞選研究》統計《花草粹編》收錄柳永詞作 155 首、周邦彥 104 首、晏幾道 102 首、馮延巳 82 首、張先 79 首，見頁 218。

〔註105〕〔明〕李蓘：《花草粹編・序》，見錄於施蟄存主編：《詞籍序跋萃編》（北京：中國社會科學出版社，1994 年 12 月），頁 704。

〔註106〕《花草粹編》原收張先詞 79 首，然其中〈菩薩蠻〉（五雲深處）、〈菩薩蠻〉（青梅又是）與〈漢宮春〉（玉減香銷）三首乃誤收他人之作。

蘇軾，顯示出陳耀文對張詞的推崇。張先詞 165 首，《草堂詩餘》僅收 7 首，前代選本收錄亦無超出 15 首者，惟《花草粹編》一舉收錄 79 首，近全數之二分之一，如此高度重視，使張先詞於後世流傳更為迅速、廣遠；又所收張詞，多始見於此選，不全然輯自《草堂詩餘》，陳匪石《聲執》卷下即載：

> （花草粹編）取材以《花間》、《草堂》為主，益以《樂府雅詞》、《花庵詞選》、《梅苑》、《古今詞話》、《天機餘錦》、《翰墨大全》及名家詞集；旁採說部詞話，間附本事，雖無甚選擇，然今已絕版之書，藉以存者不少。〔註107〕

是知《花草粹編》蒐羅豐富，採摭彌廣，許多詞集、詞作賴以為存，對詞壇後世可謂深具保存輯佚之功。此外，此選更將許多關於詞人事蹟、作品本事、校勘考證等寶貴資料附於詞後，不僅有助於讀者理解、詮釋詞作內涵，亦為清代大型詞選之編輯奠下根基。〔註108〕

5、茅暎：《詞的》

《詞的》392闋〔註109〕		
排名	入選詞人	入選作品數量
1	秦　觀	19
2	周邦彥	17
3	楊　基	12
3	李清照	12
5	辛棄疾	10
5	韋　莊	10
5	歐陽炯	10
8	張　先	9

《詞的》，茅暎輯，凡四卷，選詞範圍由晚唐、五代迄於明代，

〔註107〕陳匪石撰：《聲執》，收錄於唐圭璋編：《詞話叢編》，冊五，頁 4962。

〔註108〕陶子珍撰：《明代詞選研究》，頁 217。

〔註109〕陶子珍《明代詞選研究》統計《詞的》收錄秦觀詞作 11 首、周邦彥 13 首、楊基 12 首、李清照 10 首、辛棄疾 10 首、韋莊 10 首、歐陽炯 9 首、張先 7 首，見頁 324～325。

獨缺金人作品，選錄詞家 145 人，計 392 闋詞。全書仍受到明人「花草」崇拜之影響，以《花間集》和《類編草堂詩餘》爲選輯最大來源，收錄大量晚唐、五代、北宋詞，兼取南宋、元代與明代之詞。茅暎於《詞的・凡例》選詞標準爲：

> 幽俊香豔，爲詞家當行，而莊重典麗者次之；故古今名公，
> 悉多鉅作，不敢攔入。匪曰偏狗，意存正調。〔註 110〕

顯然茅暎視「幽俊香豔」爲正調，「莊重典麗」者爲次。經上表統計，入選《詞的》的前五名詞人的確皆符合茅暎之選詞標準，尤以入選數量最多的秦觀與周邦彥，更是北宋綺靡豔麗、莊重典麗的代表詞家。在對張先詞的接受態度方面，茅暎評張先〈減字木蘭花〉（垂螺近額）一詞謂：「纖豔」〔註 111〕、評〈歸朝歡〉（聲轉轆轤聞露井）：「當老此溫柔鄉矣」，〔註 112〕此二句著重張先婉約秀麗之創作風格；評〈繫裙腰〉（清霜淡照夜雲天）爲：「著眼」〔註 113〕、評〈天仙子〉（水調數聲持酒聽）：「一語不磨，便足千秋」，〔註 114〕此二句則論張先詞用字的精工合宜。從評點中可知，張先詞無論在創作風格及用字取度上，均符合茅暎選旨，深獲喜愛。

　　而茅暎另一項選詞標準爲：「詞協黃鍾，倘隻字失律，使乖元韻；故先小令，次中調，次長調，俱輪宮合度，字字相符，以定正的。」〔註 115〕顯示茅暎選詞對音律合度相當重視，非審音合律者不選。周邦彥善解聲律，李清照亦重視歌詞音律，故兩人詞作入選尤多。張先詞小令入選 5 首，中調 3 首，長調 1 首，比重上以小令爲多，可知張先雖有創建長調慢詞之功，但茅暎對張先小令方面的成就仍較

〔註 110〕〔明〕茅暎編：《詞的》，收錄於《四庫未收書輯刊》，捌輯，冊三十，頁 470。
〔註 111〕同前註，卷二，頁 487。
〔註 112〕同前註，卷四，頁 530。
〔註 113〕同前註，卷三，頁 512。
〔註 114〕同前註，卷三，頁 515。
〔註 115〕同前註。

爲激賞。

6、卓人月、徐士俊：《古今詞統》

《古今詞統》2037 闋		
排名	入選詞人	入選作品數量
1	辛棄疾	140
2	楊 慎	57
3	蔣 捷	50
4	吳文英	49
5	蘇 軾	48
28	張 先	15

　　明代中期以前詞選，擇取範圍多以晚唐、五代及北宋詞爲主，然時至晚明，詞壇風氣漸趨改易，南宋及明代作品逐漸受到重視，卓人月與徐士俊編選之《古今詞統》，即選錄頗多南宋及明代詞作。《古今詞統》，凡十六卷，收錄 486 位詞家，共 2037 首作品，涵括甚廣。明代文壇復古之風盛行，詞壇力倡「婉約柔靡」，將豪放詞作視爲詞之「變體」，不登大雅之堂；然至明末，詞壇流派紛呈，帶動明末詞學的積極發展，此時卓人月、徐士俊編選的《古今詞統》，已不再固守婉約詞派「柔情曼聲」的選詞標準，反而提出較爲持平之論，〈序〉曰：

> 詞盛於宋，亦不止於宋，故稱古今焉。古今之爲詞者，無慮數百家，或以巧語致勝，或以麗字取妍；或望斷江南，或夢回雞塞；或床下而偷詠纖手新橙之句，或池上而重翻冰肌玉骨之聲；以至春風弔柳七之魂，夜月哭長沙之伎，諸如此類，人人自以爲名高黃絹，響落紅牙。而猶有議之者，謂銅將軍鐵綽板，與十七、八女郎，相去殊絕，無乃統之者無其人，遂使倒流三峽，竟分道而馳耶？余與珂月起而任之曰：是不然，吾欲分風，風不可分；吾欲劈流，流不可劈，非詩非曲，自然風流，統而名之以詞。〔註116〕

〔註116〕〔明〕卓人月、徐士俊輯：《古今詞統‧序》，收錄於《續修四庫全書》，集部，冊 1728，頁 439～440。

〈序〉文中明確指出其選詞目的在於統合婉約、豪放二派，不可偏廢，使各式風格展現出自身的豐富性，若僅視某體爲正，排斥其它可能，將使詞體喪失原本「自然而然」之樣貌。《古今詞統》企圖打破明代詞壇「復古」趨向，特意推尊南宋詞及豪放詞風，由收錄排行前五名觀察，除蘇軾爲北宋豪放派代表作家，入選 48 首之外，其餘入選者皆爲南宋及明代詞人，顯示《古今詞統》的選詞重心，確已自「花草」轉移。是書選錄張先詞 15 首，排名第二十八，接受程度明顯偏低，表現出「婉約」與「豪放」兩派此消彼長之勢。孟稱舜〈序〉中分述「婉約」、「豪放」優劣得失時，論及張詞：「故幽思曲想，張、柳之詞工矣，然其失則俗而膩也，古者妖童冶婦之所遺也。傷時弔古，蘇、辛之詞工矣，然其失則莽而俚也，古者征夫放士之所託也。」〔註117〕認爲張先詞寫情傷懷，以「幽思曲想」見長，然因詞風過於豔麗，如「妖童冶婦」般沾染俗膩之氣，斲傷詞之本味，直指張詞之失。

7、陸雲龍：《詞菁》

《詞菁》270 闋〔註118〕		
排名	入選詞人	入選作品數量
1	秦　觀	14
2	周邦彥	13
2	劉　基	13
4	王世貞	11
5	蘇　軾	9
5	辛棄疾	9
11	**張　先**	**4**

　　《詞菁》二卷，陸雲龍編，卷端上題「翠娛閣評選行笈必攜詞

〔註117〕　〔明〕卓人月、徐士俊輯：《古今詞統·序》，收錄於《續修四庫全書》，集部，冊 1728，頁 437～438。

〔註118〕　陶子珍《明代詞選研究》統計《詞菁》收錄秦觀詞作 11 首、周邦彥 12 首、楊基 13 首、王世貞 10 首、蘇軾 9 首、辛棄疾 9 首，見頁 381。

菁」，按類編排，著錄詞調及作者，是爲「分類編次本」，共收詞家
129 人，270 首詞。明代崇禎時期，公安式微，竟陵代之而起，一方
面主張承繼公安派「性靈說」，反對字模句擬；另一方面又強調追求
古人的眞精神，以矯鄙俚輕率之弊。陸雲龍在《詞菁‧敍》中提出：
「特其中有欲求新而得誤，似爲吳歈作祖，予不敢不嚴剔之，誠以
險中有菁，俳不可爲菁耳。」〔註119〕《詞菁》是竟陵派的一部重要
詞選，其編選目的乃試圖在詞壇的「崇古」與「新變」間尋求一平
衡，以《花間》、《草堂》及其續集、補集爲本，嚴剔雜蕪以矯正時
人之創作觀，扭轉偏狹的選詞標準。《詞菁》選詞數量前五名者，乃
秦觀、周邦彥、劉基、王世貞、蘇軾及辛棄疾，北宋、南宋、明代
皆有入選；綜觀全書，三代選入之詞所佔比例，亦平分秋色，未有
所偏。北宋詞人中，秦觀詞婉約柔美，符合明人「尚情」思潮，最
受青睞；清眞詞富豔精工，能審定古音、古調，堪稱詞家正宗，位
居次位；此外，豪放詞派代表詞家：蘇軾與辛棄疾，作品慷慨雄渾，
爲倚聲家之變調，亦名列前茅。如此擇選，凸顯出詞學上傳統與革
新之兩大潮流。〔註120〕至於當世之詞，則以劉基詞作入選爲夥，《詞
菁‧敍》評曰：「至我明郁離，具王佐才，廁身帷幄，宜同稼軒，時
露英雄本色。乃似柔其骨，麗其聲，藻其思，務見菁華之色，則所
尚可知已。」〔註121〕劉基詞不但具有稼軒英雄本色，亦有深情繾綣
的一面，融匯婉約豪放，兼取諸家之長，故陸雲龍予以高度肯定。《詞
菁》選錄張先詞 4 首，排名第十一位。〈天仙子〉（水調數聲持酒聽）
乃張先著名「三影」之一；〈浣溪沙〉（樓倚春江百尺高）、〈浪淘沙〉
（腸斷送韶華）兩闋描寫春日閨思，情感細膩，音調諧美；〈滿庭芳〉
（紅蓼花繁）雖爲誤收，然觀其詞則有幽微深美、含蓄靈動之意境。

〔註119〕〔明〕陸雲龍輯：《翠娛閣評選行笈必攜詞菁》，現藏於中國國家圖
　　　　書館。
〔註120〕參考陶子珍撰：《明代詞選研究》，頁 381。
〔註121〕同前註。

張先詞主「韻味」，與竟陵派「性靈說」相互契合，雖獲選數量不多，然所選四詞皆情眞意摯之作，且非全然取資於《草堂》一書，另參見多部續集粹選而出，足見選者擇詞之用心。

8、潘游龍：《精選古今詩餘醉》

《精選古今詩餘醉》1395 闋〔註122〕		
排名	入選詞人	入選作品數量
1	蘇　軾	55
2	周邦彥	52
3	王世貞	49
4	歐陽脩	45
5	秦　觀	43
14	**張　先**	**18**

《精選古今詩餘醉》全書十五卷，收錄詞家 318 人，詞作 1395 首。是書成書時代乃面臨明末社會動盪紛亂，各家文學派別競相繼起之時，如前後七子提出「復古」主張；公安末流尋求解放而陷入粗率莽蕩；竟陵一派則走向僻澀晦昧之境，故此選成書原因乃爲了廓清當代文學風氣。《精選古今詩餘醉》擇詞範圍甚廣，以北宋、南宋、明代爲主，觀上表可知，入選數量以北宋詞家尤多，明代王世貞亦有 49 首詞作入選。張先詞選錄 18 首，排名第十四，以《花草粹編》爲底本，所選詞作常見於前代詞選，如〈師師令〉（香鈿寶珥）、〈歸朝歡〉（聲轉轆轤聞露井）、〈醉落魄〉（雲輕柳弱）、〈天仙子〉（水調數聲持酒聽）、〈繫裙腰〉（惜霜蟾照夜雲天）、〈浣溪沙〉（樓倚春江百尺高）、〈青門引〉（乍暖還輕冷）等，皆爲三部以上詞選所收錄。由此可見，自宋以來各家詞選紛持不同選詞意向，然在不同的審美標準下，少數詞作通過考驗歷久不衰，透過選者的眼光，張先代表作品已然脫穎而出。「名作」之確立，不僅代表著歷代選者對張先詞風的認識與評驚，在不斷

〔註122〕陶子珍《明代詞選研究》統計《精選古今詩餘醉》收錄蘇軾詞作 53 首、周邦彥 45 首、王世 47 首、歐陽脩 40 首、秦觀 36 首，見頁 403。

深化的過程中，對清代論張先詞之趨向亦產生莫大影響。

（二）未錄張詞者──周履靖：《唐宋元明酒詞》

《唐宋元明酒詞》，凡上、下兩卷，周履靖輯。卷前列有目錄，載錄詞題及作者，詞題之下則注以調名，共錄 134 闋酒詞，爲繼宋代《梅苑》之後，以「詠酒」爲主的專題詞選。是知卷內收錄詞人計31 家，北宋收錄 9 人，張先詞中未及酒詞，自無選錄。

表 2-6：明編「譜體詞選」擇錄張先詞一覽表

	詞　選　名　稱	編選者	卷　數	編選年代	張詞數量	張詞排名
1	詞學筌蹄〔註 123〕	周瑛	8 卷	唐代至明代	7	7
2	詩餘圖譜〔註 124〕	張綖	3 卷	唐代至明代	12	2
3	文體明辨〔註 125〕	徐師曾	61 卷	唐代至元代	14	11
4	嘯餘譜〔註 126〕	程明善	10 卷	唐代至明代	13	13

《宋史・樂志》卷一百二十九載：「（徽宗政和）六年⋯⋯（大晟）雅樂，頃歲已命儒臣著樂書，獨宴樂未有紀述。其令大晟府編集八十四調並圖譜，令劉昺撰以爲《宴樂新書》。」〔註 127〕然時至元、明，調譜散佚，宮調淪亡，詞已不復可歌；文人創作僅能依舊曲平仄聲韻，按譜填詞，是以周瑛、張綖、徐師曾及程明善等人，乃將詞調予以區分句讀，校正平仄，並註明協韻，著爲圖譜。茲就《詞學筌蹄》、《詩餘圖譜》、《文體明辨》、《嘯餘譜》四部詞譜的時代背景及詞作入選情況進行歸納、分析，探討明代詞譜對張先詞的接受概況。

〔註 123〕〔明〕周瑛輯：《詞學筌蹄》，收錄於《續修四庫全書》，集部，冊 1735。

〔註 124〕〔明〕張綖撰、謝天瑞補遺：《詩餘圖譜》，收錄於《四庫全書存目叢書》，集部，冊 425。

〔註 125〕〔明〕徐師曾輯：《文體明辨》，收錄於《四庫全書存目叢書》，集部，冊 312。

〔註 126〕〔明〕程明善輯：《嘯餘譜》，收錄於《續修四庫全書》，集部，冊 1736。

〔註 127〕〔元〕脫脫等撰：《宋史》（臺北：鼎文書局，1983 年 11 月），卷 129，頁 3019。

1、周瑛：《詞學筌蹄》

《詞學筌蹄》		
排名	入選詞人	入選作品數量
1	周邦彥	49
2	秦　觀	23
3	蘇　軾	19
4	柳　永	17
5	李清照	10
7	張　先	7

　　《詞學筌蹄》，周瑛輯，參照《草堂詩餘》，但體例以調爲主，諸事併入調下，逐調爲之譜，爲現存最早之詞譜雛形，然僅以鈔本行世，傳播方式受到侷限，較不爲人所知。〈自序〉中說明編纂目的：「使學者按譜塡詞，自道其意中事，則此其筌蹄也。」〔註128〕欲此書成爲初學塡詞者的工具，能在詞體格律上有章可循。《詞學筌蹄》選錄詞家前五名者，分別爲周邦彥、秦觀、蘇軾、柳永、李清照。張先詞收錄 7 首，排名第七。受《草堂詩餘》影響，《詞學筌蹄》所選張先詞亦有誤收情形，如〈生查子〉（含羞整翠鬟）爲歐陽脩詞、〈菩薩蠻〉（哀箏一弄湘江曲）爲晏幾道詞、〈滿庭芳〉（紅蓼花繁）乃秦觀詞。其餘四首乃張先〈宴春臺〉（麗日千門）、〈醉落魄〉（雲輕柳弱）、〈天仙子〉（水調數聲持酒聽）、〈青門引〉（乍暖還輕冷），所選之詞與《草堂詩餘》收錄全同，可知《草堂詩餘》不僅影響明代詞選的選詞取向，詞譜發展亦步武《草堂》，承繼《草堂》的接受概念。

2、張綎：《詩餘圖譜》

《詩餘圖譜》		
排名	入選詞人	入選作品數量
1	秦　觀	15
2	張　先	12

〔註128〕〔明〕周瑛輯：《詞學筌蹄·序》，收錄於《續修四庫全書》，集部，冊 1735，頁 391。

3	晏　殊	11
3	柳　永	11
5	周邦彥	7
5	歐陽脩	7

　　《詩餘圖譜》三卷，張綖編。宛敏灝言：「詞譜之作，當在詞樂失傳之後，始於明代的張綖。」〔註129〕唐圭璋亦有類似表述：「研究詞體、詞調的著作，最早的是明人張綖的《詩餘圖譜》三卷。」〔註130〕皆視《詩餘圖譜》爲詞譜的發凡，奠定後世詞譜的編纂原則和體例。《詩餘圖譜》收詞219首，前五名皆爲北宋詞家，其中張先詞入選12首，排名第二。張綖選詞以婉約爲主，具有備體意識，〈凡例〉按語：

> 詞體大略有二：一體婉約，一體豪放。婉約者欲其詞情蘊藉，豪放者欲其氣象恢弘，蓋亦存乎其人。如秦少游之作多是婉約，蘇子瞻之作多是豪放。大抵詞體以婉約爲正，故東坡稱少游爲今之詞手，後山評東坡詞「雖極天下之工，要非本色」。今所錄爲式者，必是婉約，庶得詞體。又有惟取音節中調，不暇擇其詞之工者，覽者詳之。〔註131〕

張綖認爲婉約詞一般都注重音律，而豪放詞常不拘格套而不甚合律，因此在以音律爲擇取重點的詞譜中，豪放風格的作品便遭受排斥。秦觀詞多婉約，且爲高郵鄉賢，故入選尤多；蘇軾詞作多豪放之聲，在《詩餘圖譜》僅入選四首，且多擇清麗暢達之作。此外，在選例詞時，張綖「惟取音節中調，不暇擇其詞之工者」〔註132〕、又「惟取其調之純者爲正，其不同者，亦錄其詞於後以備參考。」，〔註133〕以詞調聲律爲選取重心，體現了格律本位的製譜思想，影響後世格律譜發展

〔註129〕宛敏灝著：《詞學概論》（北京：中華書局，2009年5月），頁137。
〔註130〕唐圭璋：《詞學論叢》（臺北：宏業書局，1988年9月），頁816。
〔註131〕〔明〕張綖撰、謝天瑞補遺：《詩餘圖譜·凡例》，收錄於《續修四庫全書》，冊1735，頁473。
〔註132〕同前註。
〔註133〕同前註。

甚鉅。〔註134〕《詩餘圖譜》擇張先詞同《選聲集》，多取自《草堂詩餘》，然又自《草堂》之外，另擇經張先增衍節拍或自度而成之新調，如〈一叢花令〉（傷高懷遠幾時窮）、〈玉聯環〉（來時露浥衣香潤）、〈醉紅妝〉（瓊枝玉樹不相饒）、〈偷聲木蘭花〉（雪籠瓊苑梅花瘦）、〈繫裙腰〉（惜霜蟾照夜雲天）、〈玉樹後庭花〉（華燈火數紅相鬪）等，顯見《詩餘圖譜》對張先在創新詞調上的肯定。

3、徐師曾：《文體明辨》

《文體明辨》		
排名	入選詞人	入選作品數量
1	周邦彥	46
2	辛棄疾	40
3	柳　永	28
4	秦　觀	27
5	毛文錫	21
11	**張　先**	**14**

　　《文體明辨》，徐師曾輯，分正編六十一卷、綱領一卷、目錄六卷、附錄十四卷及附錄目錄二卷，通八十四卷。其中附錄卷三至卷十一為〈詩餘〉，詳列詞體譜式，將詞體編入附錄，列於文類之末，深受詞曲為小道的觀念所影響。《文體明辨》參考張綖《詩餘圖譜》與朱權《太和正音譜》，在譜式體例上形成自己的特色，〈詩餘·序〉云：

> 詩餘謂之填詞，則調有定格，字有定數，韻有定聲。至於句之長短，雖可損益，然亦不當率意而為之。譬諸醫家加減古方，不過因其方而少更之，一或太過，則本方之意失矣。〔註135〕

徐師曾在詞體格律中首重「調」、「字」、「韻」三者，認為三者自有定律，不可輕易變動，但對於「句」之長短，雖不可率意為之，卻有增

〔註134〕參照江合友：《明清詞譜史》（上海：上海古籍出版社，2008年5月），頁27。
〔註135〕〔明〕徐師曾輯：《文體明辨·詩餘·序》，收錄於《四庫全書存目叢書》，集部，冊312，頁545。

減空間，放寬標準，調整譜式，容許詞調異體。在同一詞調下備列異體，是詞譜發展成熟的一項重要標誌。周瑛《詞學筌蹄》在同一調下選詞多首，但僅是備錄名篇而無選體意識；張綖《詩餘圖譜》一調一詞對應，亦無異體概念。然自《文體明辨》始在同一調下標舉「第一體」、「第二體」，這是徐師曾的創新之處，亦是詞譜編纂的一大進步。在選擇例詞方面，徐師曾承繼《詩餘圖譜》以婉約為正之觀點，〈詩餘‧序〉曰：

> 論其詞，則有婉約者，有豪放者。婉約者欲其詞情蘊藉，豪放者欲其氣象恢弘，蓋雖各因其質，而詞貴感人，要當以婉約為正。否則雖極精工，終乖本色，非有識之所取也。學者詳之。〔註136〕

徐師曾強調「詞貴感人」，且要以「婉約為正」，選詞傾向大抵與張綖相同，對張先詞的接受態度亦相去不遠。然《詩餘圖譜》重聲律；《文體明辨》貴風格，故《文體明辨》所收張詞，汰選《詩餘圖譜》所收新調，增入他首意境含蓄、氣格柔美之作，相較於張綖將婉約詞提升至詞體高度立論，徐師曾仍就詞情、本色之角度挑選佳作，兩者接受層面顯然不同。

4、程明善：《嘯餘譜》

《嘯餘譜》		
排名	入選詞人	入選作品數量
1	周邦彥	46
2	辛棄疾	40
3	秦　觀	29
4	柳　永	28
5	歐陽脩	23
13	**張　先**	**13**

　　《文體明辨》問世後，未能引起詞壇注意，後程明善將之增訂修

〔註136〕〔明〕徐師曾輯：《文體明辨‧詩餘‧序》，收錄於《四庫全書存目叢書》，集部，冊312，頁545。

飾，收入所編《嘯餘譜》中，始對詞壇後世產生重要影響。《嘯餘譜》十卷，收錄當時有關詞曲聲韻之作品，卷首有〈嘯旨〉、〈聲音數〉、〈律呂〉、〈樂府原題〉；次為〈詩餘譜〉，列於卷二至卷四，後為〈北曲譜〉一卷、〈南曲譜〉三卷。將《文體明辨》與《嘯餘譜》逐一比較，發現兩者所收詞調順序、例詞、分卷情況和分類規則完全相同，所收詞家入選數量及排名與《文體明辨》亦相似。張先詞入選 13 首，除〈醉落魄〉（雲清柳弱）外，餘皆襲自《文體明辨》，故《嘯餘譜》對張詞的接受角度應承續《文體明辨》，以婉約詞為收錄對象。

　　周瑛《詞學筌蹄》、張綖《詩餘圖譜》、徐師曾《文體明辨》及程明善《嘯餘譜》，於編排方式、格律圖譜及詞調多寡等方面多所不同，然四詞譜的選詞趨向與定體標準仍多以北宋詞為式，以婉約為宗，注重音律表現，因此，張先纖柔的詞風以及詞調上的創新，便是深獲明代詞譜青睞的重要因素。

四、清代詞選對張先詞的期待視野與接受概況

　　清代詞選是清代詞學研究的重要載體，清詞流派之形成、詞學觀念之推衍、推尊詞體與示人學詞門徑等方面皆有賴詞選傳播、推動。選本提供大量詞例供人體味揣摩，又間加評點示人以詞法，提供了考察理論與實際創作上的重要依據。〔註137〕龍沐勛〈選詞標準論〉：「清初詞人未脫晚明舊習，自浙、常二派出，而詞學遂號中興，風氣轉移，乃在一二選本之力。選詞標準亦遂與前代殊途。伶工之詞，至是乃為士大夫所擯斥，思欲興起絕學，不得不別樹標幟，先之以尊體，繼之以開宗，壁壘一新，而旗鼓重振。」〔註138〕清代詞學步武兩宋，踵事增華，詞學史上謂之「中興」，清代選本、詞譜之發展亦蔚為大觀，反映出清代詞派的發展方向。茲就所掌握之清編詞選（包含「通代詞

〔註137〕沙先一、張暉：《清詞的傳承與開拓》（上海：上海古籍出版社，2008 年 5 月），頁 3。

〔註138〕龍沐勛：〈選詞標準論〉，收錄於《龍榆生詞學論文集》，頁 73。

選」及「斷代詞選」）二十一部，清編詞譜（包含「格律譜」及「音樂譜」）十四部，依其成書背景、編纂方式、選詞趨向及張詞收錄概況，略述如次：

表 2-7：清編詞選擇錄張先詞一覽表

	詞選名稱	編選者	卷數	編選年代	詞選屬性	所錄詞家	選詞數量	張詞數量	張詞排名	派別歸屬
1	詞綜〔註139〕	朱彝尊、汪森	30卷增補	唐代至元代	通代詞選	659	2253	27	7	浙西詞派
2	詞潔〔註140〕	先著	6卷	唐代至元代	通代詞選	143	630	12	16	浙西詞派
3	御選歷代詩餘〔註141〕	沈辰垣等	120卷	唐代至明代	通代詞選	1540	9009	96	17	官方選錄
4	古今詞選〔註142〕	沈時棟	12卷	唐代至清代	通代詞選	286	994	3	未達前30	浙西詞派
5	清綺軒詞選〔註143〕	夏秉衡	13卷	唐代至清代	通代詞選	338	847	9	12	浙西詞派
6	詞選〔註144〕	張惠言	2卷	唐宋	通代詞選	44	116	3	13	常州詞派
7	續詞選〔註145〕	董毅	2卷	唐宋	通代詞選	52	122	未錄	未錄	常州詞派
8	蓼園詞選〔註146〕	黃蘇	未分	唐代至宋代	通代詞選	85	213	6	7	常州詞派

〔註139〕〔清〕朱彝尊、汪森編：《詞綜》（呼和浩特：遠方出版社，1998年2月），冊1～5。

〔註140〕〔清〕先著、程洪輯；劉崇德、徐文武點校：《詞潔》（保定：河南大學出版社，2007年8月）。

〔註141〕〔清〕沈辰垣、王奕清等：《御選歷代詩餘》（臺北：廣文書局，1972年5月）。

〔註142〕〔清〕沈時棟輯：《古今詞選》（臺北：東方書局，1956年5月）。

〔註143〕〔清〕夏秉衡輯：《清綺軒詞選》，收錄於《歷朝名人詞選》（臺北：大西洋圖書公司，1966年5月）。

〔註144〕〔清〕張惠言輯：《詞選》，收錄於《續修四庫全書》，集部，冊1732，頁535～557。

〔註145〕〔清〕董毅輯：《續詞選》，收錄於《續修四庫全書》，集部，冊1732，頁558～573。

〔註146〕〔清〕黃蘇輯：《蓼園詞選》（濟南，齊魯書社，1988年9月）。

9	天籟軒詞選〔註147〕	葉申薌	6卷	宋代至元代	通代詞選	90	1411	18	24	無
10	自怡軒詞選〔註148〕	許寶善	6卷	唐代至元代	通代詞選	199	391	6	14	浙西詞派
11	詞辨〔註149〕	周濟	2卷	唐代至兩宋	通代詞選	14	94	未錄	未錄	常州詞派
12	詞則（大雅集）〔註150〕	陳廷焯	6卷	唐代至清代	通代詞選	128	571	4	未達前30	常州詞派
13	詞則（閑情集）〔註151〕	陳廷焯	6卷	唐代至清代	通代詞選	217	655	5	20	常州詞派
14	詞則（別調集）〔註152〕	陳廷焯	6卷	唐代至清代	通代詞選	257	685	5	22	常州詞派
15	湘綺樓詞選〔註153〕	王闓運	3卷	五代至南宋	通代詞選	55	76	2	6	無
16	藝蘅館詞選〔註154〕	梁令嫻	5卷	唐代至清代	通代詞選	179	689	3	未達前30	無
17	宋四家詞選〔註155〕	周濟	1卷	兩宋	斷代詞選	51	239	5	13	常州詞派
18	宋七家詞選〔註156〕	戈載	7卷	兩宋	斷代詞選	7	480	未錄	未錄	陽羨詞派
19	宋六十一家詞選〔註157〕	馮煦	12卷	兩宋	斷代詞選	61	1251	未錄	未錄	常州詞派

〔註147〕〔清〕葉申薌輯：《天籟軒詞選》（清道光間刊本），現藏於國家圖書館。

〔註148〕〔清〕許寶善輯：《自怡軒詞選》（清嘉慶元年許氏刊本），現藏於國家圖書館。

〔註149〕〔清〕周濟輯：《詞辨》，收錄於《續修四庫全書》，集部，冊1732，頁575～589。

〔註150〕〔清〕陳廷焯輯：《詞則》（上海：上海古籍出版社，1984年5月）。

〔註151〕同前註。

〔註152〕同前註。

〔註153〕〔清〕王闓運輯：《湘綺樓詞選》（王氏湘綺樓刊本），1917年。

〔註154〕〔清〕梁令嫻輯：《藝蘅館詞選》（臺北：中華書局，1970年10月）。

〔註155〕〔清〕周濟輯：《宋四家詞選》，收錄於《續修四庫全書》，集部，冊1732，頁591～613。

〔註156〕〔清〕戈載輯、杜文瀾校注：《宋七家詞選》（臺北：河洛圖書，1978年）。

〔註157〕〔清〕馮煦輯：《宋六十一家詞選》（臺北：文化圖書公司，1956年3月）。

| 20 | 宋詞十九首
〔註158〕 | 端木埰 | 不分 | 兩宋 | 斷代
詞選 | 17 | 19 | 未錄 | 未錄 | 常州
詞派 |
| 21 | 宋詞三百首
〔註159〕 | 朱祖謀 | 不分 | 兩宋 | 斷代
詞選 | 82 | 283 | 6 | 13 | 常州
詞派 |

（一）收錄張詞者

1、朱彝尊、汪森輯：《詞綜》

《詞綜》1326闋		
排名	入選詞人	入選作品數量
1	周　密	54
2	吳文英	45
3	張　炎	38
4	周邦彥	37
5	辛棄疾	35
7	**張　先**	**27**

　　《詞綜》三十六卷，朱彝尊、汪森輯，收錄唐代至元代454位詞家，共1326首詞，選錄繁富，以詞人年代先後排序，各家名下附爵里事蹟，詞下註明出處並附考辨或詞話品藻，體例較爲精當。《詞綜・發凡》云：「世人言詞，必稱北宋，然詞至南宋，始極其工；至宋季而始極其變，姜堯章氏最爲傑出。」〔註160〕汪森〈序〉：「鄱陽姜夔出，句琢字煉，歸於醇雅。」〔註161〕此選所錄首推南宋姜夔，主張「清空騷雅」，後爲浙西詞派奉爲圭臬。然就選錄詞家觀察，《詞綜》收周密54首、吳文英45首、張炎38首、周邦彥37首、辛棄疾35首，前五名以南宋詞人爲多，卻不見姜夔身影，此係《白石樂府》五卷，今僅存二十餘闋，《詞綜》收姜詞22首，已近全數，顯見姜詞在《詞綜》舉足輕重之地位。

〔註158〕〔清〕端木埰輯：《宋詞十九首》（臺北：正中書局，1977年7月）。
〔註159〕〔清〕朱祖謀輯；唐圭璋箋注：《宋詞三百首箋注》（臺北：臺灣中華書局，1972年10月）。
〔註160〕〔清〕朱彝尊、汪森編：《詞綜》，冊一，頁10。
〔註161〕同前註，頁1。

　　朱彝尊在《靜志居詩話》中提出對詞的審美標準:「倚聲雖小道,當其爲之,必崇爾雅,斥淫哇,極其能事,亦足昭宣六義,鼓吹元音。」〔註162〕《詞綜·發凡》亦明確指出:「言情之作,必流於穢,此宋人選詞,多以雅爲目。法秀道人語涪翁曰:『作豔詞當墮犁舌地獄』,正指涪翁一等體製而言耳。塡詞最雅無過石帚,《草堂詩餘》不登其只字……可謂無目者也。」〔註163〕朱氏選詞尚雅,排斥淫哇豔詞,反應在以「韻高」勝場的張先詞上,則產生較高的接受度。所謂「韻高」,乃指其詞「行於簡易閑澹之中,而有深遠無窮之味」,〔註164〕實符合朱氏「以雅爲目」之要求。《詞綜》選錄張先詞 27 首,排名第七,於北宋詞家中僅次周邦彥,甚至超越歐陽脩、秦觀等婉約詞家,所收皆爲講究風韻、含蓄雋永之作,足見朱彝尊「醇雅清空」之選詞理論,似乎對張詞「韻勝」風格頗爲肯定。

2、先著:《詞潔》

《詞潔》630 闋		
排名	入選詞人	入選作品數量
1	張　炎	71
2	吳文英	36
3	周邦彥	33
4	蘇　軾	24
4	史達祖	24
16	**張　先**	**12**

　　《詞潔》六卷,先著、程洪輯,凡 630 闋詞。選錄以宋詞爲主,「宋以前則取《花間》原本,稍微遴撮。蓋以太白、後主之前集,譬五言之有漢、魏,本其始也。金、元不能別具卷帙,則附諸宋後」

〔註162〕〔清〕朱彝尊撰、姚祖恩輯:《靜志居詩話》,收錄於周駿富輯:《明代傳記叢刊》(臺北:明文書局,1991 年),冊八。

〔註163〕〔清〕朱彝尊、汪森編:《詞綜》,冊一,頁 13。

〔註164〕〔宋〕范溫:《潛溪詩眼》,見郭紹虞:《宋詩話輯佚》(北京:中華書局,1980 年),上冊,頁 373。

〔註165〕是選惟主錄詞,不主備調,以調為序,時出評語,論述詞之源流體製,間有品藻。《詞潔》選詞尤推周邦彥、姜夔,「必若美成、堯章,宮調語句兩皆無憾,斯為冠絕。」〔註166〕以擇錄數量來看,排名前五仍以南宋詞人為夥;北宋詞人收錄較多者:周邦彥33首、蘇軾24首、晏幾道21首、秦觀19首。是選收張先詞12首,排名第十六位。在收錄數量上雖無特出,然《詞潔》對張詞評價極高,如評〈青門引〉(乍暖還輕冷):「子野淡雅處,便疑是後來姜堯章出藍之助。」〔註167〕、〈師師令〉(香鈿寶珥):「白描高手,為姜白石之前驅。」〔註168〕、〈醉落魄〉(雲輕柳弱):「『生香真色』四字,可以移評石帚、玉田之詞。」〔註169〕浙西詞派宗奉姜夔、張炎等人,而《詞潔》又將張詞淡雅清出、擅長寫景之特色視為姜、張先驅,提高了張先詞在浙西詞派中之地位。輯中評〈繫裙腰〉(惜霜蟾照夜雲天):「以『憐偶』字隱語入詞,亦清便可人。」〔註170〕著重張詞用字遣詞以塑造意境之高妙,顯示張詞藝術技巧上的成就。

3、沈辰垣等:《御選歷代詩餘》

《御選歷代詩餘》9009闋		
排名	入選詞人	入選作品數量
1	辛棄疾	292
2	吳文英	238
3	張 炎	229
4	蘇 軾	197
5	晏幾道	188
17	**張 先**	**96**

〔註165〕〔清〕先著、程洪輯;劉崇德、徐文武點校:《詞潔》,頁2。
〔註166〕〔清〕先著、程洪輯;劉崇德、徐文武點校:《詞潔》,頁2。
〔註167〕〔清〕先著、程洪撰;胡念貽輯:《詞潔輯評》,收錄於唐圭璋主編:《詞話叢編》,冊二,頁1346。
〔註168〕同前註,頁1352。
〔註169〕同前註,頁1348。
〔註170〕同前註,頁1349。

　　《御選歷代詩餘》一百二十卷，沈辰垣、王奕清等奉敕輯。輯成於康熙四十六年（1707），爲清代大型官書之一，共錄詞家 1540 人，9009 首詞。前一百卷爲詞選，乃按詞譜體例選詞，依詞調字數多寡排列，並於詞調下標注異名，不沿《草堂詩餘》強分小令、中調、長調。選詞風格則錄風華典麗而不失於正者爲式，沉鬱排宕，寄託深遠，不涉綺靡，卓然名家者亦多所選錄。〈提要〉云：「我聖祖仁皇帝游心藝苑，於文章之體，一一就其正變，核其源流，兼括洪纖，不遺一技。……凡柳、周婉麗之音，蘇、辛奇恣之格，兼收兩派，不主一隅。」〔註171〕是知《御選歷代詩餘》廣蒐名家作品，期爲歷代之精華、諸家之總匯，故以存詞爲首要考量。其中辛棄疾錄 292 首、吳文英錄 238 首、張炎錄 229 首、蘇軾錄 197 首、晏幾道錄 188 首，數量尤多。張先詞共 165 首，《御選歷代詩餘》即選錄 96 首，爲歷來詞選選錄數量最宏富者，因以存詞爲主，並無特殊接受態度，然是選編纂乃係對前代詞選廣博蒐輯，整理、校對而成，對張詞極具有保存、傳播之功。

4、沈時棟：《古今詞選》

《古今詞選》994 闋		
排名	入選詞人	入選作品數量
1	陳維崧	84
2	沈時棟	45
3	辛棄疾	42
4	龔鼎孳	37
5	朱彝尊	33
未達前 30	張　先	3

　　《古今詞選》十二卷，沈時棟輯，專收唐五代至清人詞，選錄 286 位詞人，計 994 首詞，按詞調字數多寡排列。收錄唐五代 24 家，宋代 120 家，明代 28 家，清代 100 家。〈選略〉云：「是集悉從秘本

〔註171〕〔清〕沈辰垣、王奕清等：《御選歷代詩餘‧提要》，見施蟄存主編：《詞籍序跋萃編》，頁 759。

鈔輯，新穎奪目，有未經傳誦於世者，庶自古迄今，上下搜羅，略無遺憾。」〔註172〕又云：「是集雄奇香艷者俱錄，惟或粗或俗，間有敗筆者置之，即名作不登選者，猶所不免。」〔註173〕然選錄紊亂，雅俗雜揉，舛謬甚多，難稱佳選。《古今詞選》選錄前五名者，多為清代時人，選詞傾向崇尚稼軒詞風及陽羨、浙西二派。北宋詞家中，入選較多者為秦觀（14首）、歐陽脩（9首）、柳永（7首）、蘇軾（7首）、晏幾道（6首）等，皆在15首以下，顯見北宋詞並非《古今詞選》選詞重心。張先詞作僅入選3首，未達前三十名，所選作品：〈師師令〉（香鈿寶珥）、〈一叢花令〉（傷高懷遠幾時窮）、〈天仙子〉（水調數聲持酒聽）皆為常入他選之名作，沈氏對張詞的認識僅止於小令成就及其「三影」盛名，總的來說接受程度並不高。

5、夏秉衡：《清綺軒詞選》

《清綺軒詞選》847闋		
排名	入選詞人	入選作品數量
1	周邦彥	20
2	秦　觀	13
2	錢芳標	13
2	朱彝尊	13
5	歐陽脩	12
5	梁清標	12
12	張　先	9

　　《清綺軒詞選》，又名《歷朝名人詞選》，夏秉衡輯。凡十三卷，收錄由唐至清，詞家338位，計847首詞，編排方式以調為主，又於各調之下標明異稱。《清綺軒詞選‧自序》論及詞選編纂優劣得失：

　　　　余嘗有志倚聲，竊怪自來選本，《詞律》嚴矣，而失之鑿；
　　　　汲古備矣，而失之煩。他若《嘯餘》、《草堂》諸選，更拉
　　　　雜不足為法。惟竹垞《詞綜》一選，最為醇雅。但自唐及

〔註172〕〔清〕沈時棟輯：《古今詞選‧選略八則》，頁1。
〔註173〕同前註。

　　元而止，猶未爲全書也。因不揣固陋，網羅我朝百餘年來
　　宗工名作，薈萃得若干首，合唐宋元明，共成十三卷，意
　　在選詞，不備調，故寧隘毋濫。〔註174〕

是書選詞以朱彝尊《詞綜》爲法，爲浙西詞派選本之一。審詞以淡雅
爲宗，認爲詞雖宜於豔冶，卻絕不可流於穢褻。在選域上，夏氏側重
清人詞作，〈發凡〉載：「詞始於唐而盛於宋，故唐宋諸名公作雖習見
者，不敢刪去。元明所見絕少，僅存一二。至我朝則人人握靈蛇之珠，
家家抱荊山之璧，幾於美不勝收，故集中所登，與兩宋相埒。」〔註175〕
故所選多見清詞，如錢芳標、朱彝尊、梁清標等人，入選作品皆在十
首以上，位居前五。沈德潛〈序〉中論其選詞標準：「意不外乎溫厚纏
綿，語不外乎搴芳振藻，格不外乎循聲按節，要必清遠超妙，得言中
之旨、言外之韻者，取焉。若失乎美人香草之遺，而屑屑焉求工於穢
麗，雖當時兒女所盛稱，谷香咸在屛棄之列也。」〔註176〕是知夏秉衡
以清遠超妙，具言外之韻者爲選，鄙棄穢麗豔生。張先詞入選 9 首，
在北宋詞家中次於周邦彥、秦觀、歐陽脩、蘇軾、柳永，張詞雖多歌
伎情態，筵席題咏之作，然因風格幽閑淡雅，風韻天然，不屬豔詞之
列，故仍獲是選青睞。

6、張惠言：《詞選》、董毅：《續詞選》

《詞選》116 闋		
排名	入選詞人	入選作品數量
1	溫庭筠	18
2	秦　觀	10
3	李　煜	7
4	辛棄疾	6
5	朱希眞	5
13	**張　先**	**3**

〔註174〕〔清〕夏秉衡輯：《清綺軒詞選》，頁 2。
〔註175〕同前註，頁 3。
〔註176〕同前註，頁 1。

　　《詞選》二卷，張惠言輯，又名《茗柯詞選》、《宛陵詞選》、《張氏詞選》，收錄唐、宋詞家 44 人，共 116 闋詞。其中以溫庭筠入選 18 首詞最多，又謂溫詞「其言深美閎約」，〔註177〕推舉溫詞為詞家典範。張氏此選乃針對當時陽羨詞派呼嘷叫囂及浙西詞派瑣屑餖飣之流弊，提倡「風雅比興」，強調「意內而言外謂之詞。奇緣情造端，興於微言，以相感動。極命風謠里巷男女哀樂，以道賢人君子幽約怨悱不能自言之情，低徊要眇，以喻其致。」〔註178〕藉以糾正「鄙詞」、「淫詞」與「游詞」，此選遂為常州詞派奉為圭臬。

　　張惠言認為詞起於唐代詩人之後，肯定唐代詞作均為文質並重之精品，而五代孟昶、李煜之輩雖為雜流，卻不乏絕倫之作。詞至宋代，號為極盛，「然張先、蘇軾、秦觀、周邦彥、辛棄疾、姜夔、王沂孫、張炎，淵淵乎文有其質焉。其蕩而不反，傲而不理，枝而不物，柳永、黃庭堅、劉過、吳文英之倫，亦各引一端以取重於當世。而前數子者，又不免有一時放浪通脫之言出於其間，後進彌以馳逐，不務原其指意，破析乖剌，壞亂而不可紀。」〔註179〕張氏打破了前人以南宋、北宋劃分詞壇討論優劣之慣例，而取北宋、南宋各四位詞家，讚譽其詞文質並茂，然時有放浪之言；又另擇北宋、南宋各兩位詞家，評其詞雖過於枝蔓，卻也取重於當世，表現出平等齊觀、無所偏頗的態度。張先詞居「文有其質」之列，與蘇軾、秦觀、周邦彥齊名，顯示張惠言對張詞評價甚高。《詞選》錄張詞 3 首，實取自「三影」佳篇，歷來詞論家對張先「三影」代表作說法不一，〔註180〕《詞選》則取「雲

〔註177〕〔清〕張惠言編：《詞選·序》，收錄於《續修四庫全書》，集部，冊 1732，頁 536。

〔註178〕同前註。

〔註179〕同前註。

〔註180〕所謂「三影」，胡仔《苕溪漁隱叢話前集》卷三十七引《古今詞話》：「有客謂子野曰：『人皆謂公張三中，即心中事、眼中淚、意中人也。』公曰：『何不目之為張三影。』客不曉，公曰：『雲破月來花弄影』、『嬌柔懶起，簾壓卷花影』、『柳徑無人，墜風絮無影』。此余平生所得意也。」；蔣敦復《芬陀利室詞話》卷三：「『三影』句，

破月來花弄影」、「隔牆送過鞦韆影」、「無數楊花過無影」三句爲代表，
反映出張惠言對張先「影」詞的接受。

　　此選刊行後，世人多病是書去取過嚴，張惠言外孫董毅遂另編《續
詞選》二卷，補選唐五代詞 10 家 22 首，宋詞 42 家 100 首，其中張炎
一人增選 23 首，爲數最多，張先詞並無續錄。道光十年（1830）張琦
將原選與續選合刊於《宛陵書屋叢書》中，後原選與續選均合刊並行。

7、黃蘇：《蓼園詞選》

《蓼園詞選》213 闋		
排名	入選詞人	入選作品數量
1	周邦彥	23
2	蘇　軾	18
3	秦　觀	17
4	歐陽脩	9
5	辛棄疾	7
5	黃庭堅	7
7	**張　先**	**6**

說者不一，余與之審定，爲『無數楊花過無影』、『隔牆送過秋千影』、
『雲破月來花弄影』三語。」亦有謂「四影」者，合「無數楊花過無
影」句名之。關於張先「三影」詞句，各版本詞句亦不甚相同，
如〈歸朝歡〉（聲轉轆轤聞露井）之「嬌柔懶起，簾押殘花影」（《全
宋詞》）；《古今詩話》、《花草粹編》等作「簾押捲花影」；沈雄《古
今詞話》、萬樹《詞律》等作「簾壓捲花影」；陳師道《後山詞話》、
沈辰垣等編《歷代詩餘》作「簾幕捲花影」；馬端臨《文獻通考》
又作「簾櫳捲花影」。〈剪牡丹〉（野綠連空）之「柔柳搖搖，墜輕
絮無影」（《全宋詞》）；《古今詩話》等作「柳徑無人，墜風絮無影」；
陳師道《後山詞話》等作「柳徑無人，墜輕絮無影」；沈雄《古今
詞話》、馬端臨《文獻通考》、《知不足齋》本、《彊村叢書》本作「柳
徑無人，墜飛絮無影」；《樂府紀聞》則作「柳徑無人，墜絮無影」。
而〈西溪無相院〉之「浮萍破處見山影」（蘇軾〈題張子野詩集後〉）
一句，《道山清話》、《苕溪漁隱叢話》、《氏族大全》等則作「浮萍
斷處見山影」。眾家說法，莫衷一是，爲尊重各家版本，筆者引用
資料時乃遵照原文文字抄錄，而用以敘述、說明時則統一以唐圭璋
《全宋詞》版本爲據。

　　《蓼園詞選》，黃蘇輯，共錄唐、宋人詞 85 家，詞作 213 首，不分卷。每詞之下擇錄名加詞話作箋，繫以按語加以評述。黃氏選詞主意內言外、比興寄託之說，推重作品思想格調，貶斥無病呻吟之風，大抵屬常州詞派之論，然《蓼園詞選》的編選一直為清人所忽略，逮至清末，方為況周頤所讚賞：「《蓼園詞選》者，取材於《草堂》而汰其近俳近俚者也。」〔註181〕稱譽此選並非一味承襲《草堂詩餘》，而是以「雅」為標準，刪汰俗詞後而成。

　　黃蘇以明代顧從敬、沈際飛評箋的《草堂詩餘正集》為底本，因選本範圍之限制，遺漏了姜夔、吳文英、王沂孫、張炎等重要詞家。從入選詞人來看，《蓼園詞選》以周邦彥入選 23 首最多，蘇軾、秦觀、歐陽脩次之，顯見選錄範圍著重於北宋詞，與《詞選》著重唐五代詞人明顯不同。《蓼園詞選》錄張先詞 6 首，認為「士不得志而悲憫之懷難以顯言，託於閨怨，往往如是。」〔註182〕張先多寫思婦春愁，故《蓼園詞選》於張詞品評中，時出比興寄託之闡發。如評〈青門引〉（乍暖還輕冷）：「落寞情懷，寫來幽雋無匹，不得志於時者，往往借閨情以寫其幽思。角聲而曰『風吹醒』，醒字極尖刻。至末句那堪送影，真是描神之筆，極希窅渺之致。」〔註183〕評〈醉落魄〉（雲輕柳弱）云：「『雲輕柳弱』，寫佳人神韻清遠。『生香真色』尤為高雅。……惟一『真』字，豈是尋常所有寫佳人耶。借佳人以寫照耶。須玩味於筆墨之外，方可不是買櫝還珠也。」〔註184〕又評〈天仙子〉（水調數聲持酒聽）曰：「子野第進士，為都官郎中。此詞或係未第時作。子野吳興人，聽〈水調〉而愁，為自傷悲賤也。送春四句傷其流光易去，而後期茫茫也。沙上之句，言其所居岑寂，以沙禽與花自喻也。重重

〔註181〕〔清〕黃蘇輯：《蓼園詞選・序》，見唐圭璋編：《詞話叢編》，冊四，頁 3017。

〔註182〕〔清〕黃蘇輯：《蓼園詞評》，見唐圭璋編：《詞話叢編》，冊四，頁 3025～3026。

〔註183〕同註 181，頁 3040。

〔註184〕同註 181，頁 3047。

三句，言多蔽障也。結句仍繳送春本題，恐其時之晚也。」〔註185〕
言子野詞中的閨情、離愁，係自傷不得志於時也；春光易逝，好景不
常之慨嘆，乃前途渺茫所託也。張惠言於品評中更強調，吾人讀詞，
應重視言外之意，僅憑字面論詞，恐陷買櫝還珠之失。由上述可知，
《蓼園詞選》對張詞之接受，基本上受到常州詞派講究微言大義之影
響，將詞作與張先生平事蹟相互連結。

8、葉申薌：《天籟軒詞選》

《天籟軒詞選》1391 闋		
排名	入選詞人	入選作品數量
1	辛棄疾	82
2	晏幾道	41
3	周紫芝	38
3	張 翥	38
5	蔡 伸	37
5	周 密	37
24	**張　先**	**18**

　　《天籟軒詞選》六卷，葉申薌輯，共選宋、元詞人 90 家，詞作
1391 首。是選乃葉氏據毛晉汲古閣所刻《宋六十名家詞》，刪其繁複，
訂其錯訛，悉依原書次序釐爲四卷，並增入家藏元代詞集二卷，附錄
於《天籟軒詞譜》、《天籟軒詞韻》之後。所選以辛棄疾詞爲最，達
82 首之多，次爲晏幾道 41 首，豪放、婉約兼收。張先詞收錄 18 首，
排名第二十四，顧蓴於〈序〉中提及葉氏爲詞「清空婉麗，直奪堯章、
玉田之席」〔註186〕所選張詞亦多爲清麗而富情韻之作，顯現出個人
喜好。然是選以編纂詞譜爲重心，詞譜收詞數量較多，選錄張詞數量
（45 首）亦遠勝詞選，顯見葉氏對張詞之評價，仍以音樂格律之表
現爲重。

〔註185〕〔清〕黃蘇輯：《蓼園詞選・序》，見唐圭璋《詞話叢編》，冊四，
　　　　頁 3058。
〔註186〕〔清〕葉申薌輯：《天籟軒詞譜》，頁三。

9、許寶善:《自怡軒詞選》

《自怡軒詞選》391 闋		
排名	入選詞人	入選作品數量
1	姜　夔	35
2	張　炎	30
3	周邦彥	26
4	吳文英	20
5	蘇　軾	14
14	**張　先**	**6**

　　《自怡軒詞選》八卷,許寶善輯,是書依調分類編次,錄唐宋金元詞共 391 首。是選取唐宋詞之佳者,而不以備調選詞,「宋代名賢,人知聲律,放其詞之流傳者,皆可付之歌喉。今已失傳,乃強作解事,而曰某詞入調,某詞不入調,辯論盈紙,似屬不必。茲但取詞之佳者入選,不敢附會。」〔註 187〕詞下附本事或品藻之語及詞調異體。〈凡例〉云:「是選以雅潔高妙為主,故東坡、清真、白石、玉田諸公之詞,較他家獨多,其有家絃戶誦而近於甜熟鄙俚者,概從割棄。」〔註 188〕是知《自怡軒詞選》選詞傾向趨於浙西詞派,以姜夔為範式,謂白石為「詞中之仙」〔註 189〕也,好取詞雅律純者。張先詞入選 6 首,排名第十四位,北宋詞家中次於周邦彥、蘇軾、秦觀、晏幾道、歐陽脩,是選品評張詞,除論〈青門引〉(乍暖還輕冷)一首提及三影名篇,應增「隔牆送過鞦韆影」一句為「張四影」之外,其餘詞作並無評論。自《自怡軒詞選》收錄張詞概況觀察,僅能得知是選係取張先數首名作,尤以「影」詞為代表,較無其它特殊編選意識。

10、陳廷焯:《詞則》

　　《詞則》二十四卷,陳廷焯輯,自唐迄清,擇選《雲韶集》尤雅

〔註 187〕〔清〕許寶善輯:《自怡軒詞選・凡例》(清嘉慶元年許氏刊本),
　　　　　見施蟄存主編:《詞籍序跋萃編》,頁 768。
〔註 188〕同前註,頁 767。
〔註 189〕同前註,頁 768。

者 571 首，爲〈大雅集〉六卷；取感激豪宕之作 449 首，爲〈放歌集〉
六卷；取盡態極妍、哀感頑豔之作，655 首，爲〈閑情集〉六卷；取
清圓柔脆、爭奇鬥巧之作 685 首，爲〈別調集〉六卷。〈大雅集〉爲
正，餘三集副之，選錄計 2360 首詞。陳氏所選詞作，自謂：「悉本先
生（朱彝尊）《詞綜》，略爲增減，大旨以雅正爲宗，所以成先生之志
也。」〔註 190〕又云：「卓哉皋文，《詞選》一編，宗風賴以不更，可
謂獨具隻眼矣，惜篇幅狹隘，不足以見諸賢之面目，而去取未當者，
十亦有二三。」〔註 191〕足見陳氏宗奉常州詞派，選錄宗旨重在扶雅
放鄭，意主沉鬱頓挫之說。張先詞見錄〈大雅集〉、〈閑情集〉與〈別
調集〉，而未見於〈放歌集〉，茲就三集選錄標準及收詞概況臚列如次：
　（1）〈大雅集〉：

《詞則》（大雅集）571 闋		
排名	入選詞人	入選作品數量
1	王沂孫	38
2	張　炎	33
3	莊　棫	30
4	姜　夔	23
5	溫庭筠	20
未達前 30	張　先	4

　〈序〉云：「詞至兩宋而後，幾成絕響。古之爲詞者，志有所屬，
而故鬱其辭，情有所感，而或隱其義。其要皆本諸風騷，歸於忠厚。
自新聲競作，懷才之士皆不免爲風氣所囿，務取悅人，不復求本源所
在。」〔註 192〕〈大雅集〉選詞主張應本詩教，意內言外，變風、騷
人之遺，實際上即具備常州詞派沉鬱頓挫的創作特點。就選詞數量觀
察，以王沂孫 38 首獨占鼇頭，張炎 33 首、莊棫 30 首、姜夔 23 首、
溫庭筠 20 首次之。張先詞僅入選 4 首，未達前三十名，可見張詞並

〔註 190〕〔清〕陳廷焯輯：《詞則》，冊上，頁 1。
〔註 191〕同前註，頁 1～2。
〔註 192〕同前註，頁 7。

不符合陳廷焯「大雅」之要求。陳氏將〈天仙子〉（水調數聲持酒聽）、〈木蘭花〉（龍頭舴艋吳兒競）、〈卜算子〉（夢短寒夜長）與〈青門引〉（乍暖還輕冷）4 首列入〈大雅集〉，詞後附有品評，論〈天仙子〉：「繪影繪色，神來之筆。筆致爽直，亦芊綿，最是詞中高境。」；論〈青門引〉曰：「韻流弦外，神泣箇中。耆卿而後，聲調漸變，子野猶多古意。」〔註193〕足見是集以張詞富有神韻，凝重古拙之作爲雅正代表，柳永以後聲調漸變，更凸顯張詞在唐五代遺音到柳永創製新聲的過渡階段中承先啓後的重要地位。

　　（2）〈閑情集〉：

《詞則》（閑情集）655 闋		
排名	入選詞人	入選作品數量
1	朱彝尊	72
2	董以甯	42
3	陳維崧	40
4	晏幾道	30
5	王時翔	17
20	張　先	5

　　〈序〉云：「『閑情』云者，閑其情使不得逸也。是以歷寫諸願，而終以所願必違。其不仕劉宋之心，言外可見。淺見者膠柱鼓瑟，致使美人香草之遺意，等諸桑間濮上之淫聲，等昭明之過也。茲篇之選，綺說邪思，皆所不免。然夫子刪詩，並存鄭衛，知所懲勸，於義何傷。名以〈閑情〉，欲學者情有所閑，而求合於正，亦聖人思無邪也。」〔註194〕由此可見，〈閑情集〉專選寄情託興之作。收錄數量排名前五：朱彝尊72 首、董以甯 42 首、陳維崧 40 首、晏幾道 30 首、王時翔 17 首，清人入選尤多，朱彝尊和陳維崧兩人即獨佔一卷（卷四）。張詞入選 5 首，排名二十，北宋詞家中僅次於晏幾道與歐陽脩，位居第三。從詞後評語

〔註193〕〔清〕陳廷焯輯：《詞則》（上海：上海古籍出版社，1984 年 5 月），冊上，頁 7。
〔註194〕〔清〕陳廷焯輯：《詞則》，冊下，頁 841。

略可得見是集對張詞的評價，如評〈木蘭花〉（西湖楊柳風流絕）：「（驪駒二句）較叔原『紫騮認得舊遊蹤，嘶道畫橋東畔路』，更覺有味。」〔註195〕論〈減字木蘭花〉（垂螺近額）：「子野詞最爲近古，耆卿而後，聲色大開，古調不復彈矣。」〔註196〕評〈醉落魄〉（雲輕柳弱）：「情詞並茂，姿態橫生。李端叔謂子野才短情長，豈其然歟。」〔註197〕論〈碧牡丹〉（步帳搖紅綺）：「深情綿邈」〔註198〕以上數語強調張詞風格近古，情景相生，流露出天然韻味，與晏幾道「情味自永」、「纏綿往復」的詞風堪能一較高下。

　　（3）〈別調集〉：

《詞則》〈別調集〉685 闋		
排名	入選詞人	入選作品數量
1	陳維崧	61
2	朱彝尊	22
3	馮延巳	17
4	賀　鑄	15
5	吳文英	12
22	**張　先**	**5**

　　〈序〉云：「大雅不多見，而繁聲於是乎作矣！猛起奮末，誠蘇、辛之罪人。盡態逞妍，亦周、姜之變調。外此則嘯傲風月，歌詠江山，規模物類，情有感而不深，義有託而不理。直抒所事，而比興之義亡。侈陳其盛，而怨慕之情失。辭極其工，意極其巧，而不可語於大雅，而亦不能盡廢也。」〔註199〕在《詞則》各集中，〈別調集〉的地位似乎是最低的，所謂「別調」，事實上已逸出詞體「大雅」正統的範圍，以嘯傲風月，歌詠江山，規模物類爲寫作題材。

〔註195〕〔清〕陳廷焯輯：《詞則》，冊下，頁 841。
〔註196〕同前註。
〔註197〕同前註。
〔註198〕同前註。
〔註199〕同前註，頁 531。

在藝術技巧上，直抒其義，不可語於大雅，然因雖辭工意巧，故列入〈別調〉，聊備一格。〈別調集〉爲《詞則》各集中數量最多的一集，入選數量最多爲陳維崧 61 首，朱彝尊 22 首次之，兩者差距懸殊。〈別調集〉選錄張先詞 5 首，於北宋詞家中次於賀鑄（15 首）、蘇軾（8 首）。觀陳氏對張詞「風流壯麗」、「善押『影』字韻，特地精神」〔註 200〕之評語，可知〈別調集〉對張詞的接受取向在於意象生動及用韻精巧兩大層面。

11、王闓運：《湘綺樓詞選》

《湘綺樓詞選》76 闋		
排名	入選詞人	入選作品數量
1	蘇 軾	5
1	姜 夔	5
3	周邦彥	3
3	辛棄疾	3
3	李 煜	3
6	**張 先**	**2**

　　《湘綺樓詞選》三卷，王闓運輯，共收五代至南宋詞家 55 人，76 首詞。全選分本編、前編、續編三卷，本編從周密《絕妙好詞》中輯出，依原書順序，首張孝祥，末仇遠，得 18 家詞 24 首；前編乃擇《詞綜》加以點定；續編爲王氏「自錄精華名篇，以示諸從學詩文者，俾知小道可觀，致遠不泥之道云。」〔註 201〕詞人名下不附小傳，詞牌下亦不錄詞題、詞序，詞下間附評語。是選篇幅短小，乃選者閒暇之餘自錄精華名篇怡情自賞，非以彰顯詞學觀點爲要，故此選並不屬於任一詞派。全書共錄五代至南宋詞人 55 家 76 首，其中姜夔、蘇軾詞各選 5 首，爲全書之冠，周邦彥、辛棄疾、李煜各錄 3 首居次。張先詞入選〈天仙子〉（水調數聲持酒聽）及〈青門

〔註 200〕 〔清〕陳廷焯輯：《詞則》，冊下，頁 531。
〔註 201〕 〔清〕王闓運編：《湘綺樓詞選·序》，見施蟄存：《詞籍序跋萃編》，頁 807。

引〉（乍暖還輕冷）兩首，排名第六。選集品藻未論及張先詞，對張詞接受態度並不顯著，然由收錄詞作觀察，可知《湘綺樓詞選》擇詞以名篇爲主，重視張詞的「影」詞創作。

12、梁令嫻：《藝蘅館詞選》

《藝蘅館詞選》689 闋		
排名	入選詞人	入選作品數量
1	吳文英	35
2	辛棄疾	27
3	周邦彥	24
4	姜　夔	21
4	溫庭筠	21
未達前 30	張　先	3

　　《藝蘅館詞選》五卷，梁令嫻輯。梁令嫻爲梁啓超長女，曾手抄各家詞兩千餘首，後刪訂成《藝蘅館詞選》。此書共計五卷，甲卷選唐五代詞 31 家 111 首，以明淵源；乙卷選北宋詞 33 家 129 首；丙卷選南宋詞 52 家 191 首；丁卷選清詞 68 家 167 首；戊卷爲後來增選的補遺，宋 3 家，清 19 家，詞作 78 首。詞人名下附有小傳，詞後附詞話本事，並將諸家評語列舉眉端，其中包括梁啓超之詞論 26 則，每則前以「家大人」冠稱，梁啓超論詩語多，評詞之論則賴此爲傳。

　　梁令嫻認爲《花間集》、《樂府雅詞》、《陽春白雪》、《絕妙好詞》、《草堂詩餘》等，皆斷代取材，末由盡正變之軌。近世《詞綜》過於浩繁，又病張惠言《詞選》選錄標準之偏嚴，故選詞斟酌浙派、常派之間，又以「詞之有宋，如詩之有唐，南宋則其盛唐也。」〔註 202〕故是編所鈔以宋詞爲主，尤重南宋詞人，如辛棄疾、姜夔、王沂孫、吳文英、周密、陳允平、張炎等詞家。北宋詞家以周邦彥 24 首入選尤多，排名第三，秦觀 18 首次之，排名第八；餘晏殊（6 首）、晏幾道（8 首）、歐陽脩（11 首）、蘇軾（8 首）、賀鑄（5 首），均位居十

〔註202〕　〔清〕梁令嫻輯：《藝蘅館詞選‧例言》，頁 1。

五名之後，顯見《藝蘅館詞選》對北宋詞的接受度明顯偏低。張先詞僅入選3首，未達前三十名，入選詞作與張惠言《詞選》同，取「雲破月來花弄影」、「隔牆送過鞦韆影」、「無數楊花過無影」爲「三影」代表，是知張詞透過詞選傳播至清代，其「影」詞創作顯然成爲張先最受矚目之特色。

13、周濟：《宋四家詞選》；朱祖謀：《宋詞三百首》

《宋四家詞選》239 闋		
排名	入選詞人	入選作品數量
1	周邦彦	26
2	辛棄疾	24
3	吳文英	21
4	王沂孫	20
5	姜　夔	11
13	張　先	5

《宋四家詞選》，周濟輯，成於清道光十二年（1832），全書共錄詞人 51 家，詞作 239 首。是選取周邦彦、辛棄疾、王沂孫、吳文英四家爲冠，其他詞分別隸屬於四家名下。周氏以周邦彦爲「集大成者」，歐陽修、張先、柳永、秦觀、晏氏父子等諸家隸焉；辛棄疾「斂雄心，抗高調，變溫婉，成悲涼」，范仲淹、蘇軾、姜夔、陸游、陳亮等諸家隸焉；王沂孫「饜心切理，言近指遠，聲容調度，一一可循」，毛滂、康與之、范成大、史達祖、張炎諸家隸焉；吳文英「奇思壯采，騰天潛淵，返南宋之清泚，爲北宋之穠摯」，趙令畤、陳克、陳允平、周密諸家隸焉。〔註203〕在收錄數量上，以周邦彦 26 首居冠，隸屬其下之歐陽脩入選 9 首、柳永 10 首、秦觀 10 首、晏殊 4 首、晏幾道 10 首，張先詞亦收錄 5 首。〈序論〉載：「子野清出處、生脆處，味極雋永，只是偏才，無大起落。」一方面肯定張先清麗雋永之創作風格，另一方面提出張詞「無大起落」之缺失，實與陳廷焯評張詞「才

〔註203〕 〔清〕周濟輯：《宋四家詞選・序論》，頁 592。

不大而情有餘」〔註204〕相類。

《宋詞三百首》300 闋		
排名	入選詞人	入選作品數量
1	吳文英	25
2	周邦彥	22
3	姜　夔	17
4	晏幾道	15
5	柳　永	13
13	**張　先**	**6**

　　《宋詞三百首》不分卷，爲朱祖謀與況周頤共同編選，三易其稿，方始成書。是選以人編次，首列帝王宋徽宗詞，末爲女流李清照詞，其他詞人則依時代先後順序排列。朱氏選詞以「渾成」爲旨歸，大抵宋詞名家及其代表作俱已入選，次要作家如時彥、周紫芝、韓元吉、袁去華、黃孝邁等渾成之作，亦廣泛采及，不棄遺珠。〈自序〉載：「讀宋人詞當於體格、神致間求之。而體格尤重於神致，以渾成之一境，爲學人必赴之程境。更有進於渾成者，要非可躐而至，此關係學力者也。神致由性靈出，即體格之至美，積發而爲清暉芳氣而不可掩者。」〔註205〕塡詞尤重氣格，氣格中自有神韻，強調爲詞不可過於經意，過於琢率，造語應自然流露性靈，不可諧俗。是選錄吳文英與周邦彥詞尤多，顯示吳、周詞作最能體現「自然渾成」之要求。張先詞入選 6 首，排名第十三名，除名篇〈天仙子〉（水調數聲持酒聽）、〈一叢花令〉（傷高懷遠幾時窮）、〈青門引〉（乍暖還輕冷）及錯收之〈菩薩蠻〉（哀箏一弄湘江曲）外，增入〈醉垂鞭〉（雙蝶繡羅裙）與〈千秋歲〉（數聲鶗鴂）兩闋，前首描寫春宴景色，氣象橫絕，體物微妙；後者誤入歐陽脩《近體樂府》，自《樂府雅詞》

〔註204〕　〔清〕陳廷焯：《詞壇叢話》，見唐圭璋編：《詞話叢編》，冊四，頁
　　　　　3722。
〔註205〕　〔清〕朱祖謀輯；唐圭璋箋注：《宋詞三百首箋注‧序》（臺北：臺
　　　　　灣中華書局，1972 年 10 月），頁 2。

後無選本收錄，《宋詞三百首》特此選錄以正之。

（二）未錄張詞者

1、周濟：《詞辨》

　　《詞辨》十卷，周濟輯，為嘉慶十七年（1812）周濟客授吳江時教授弟子學詞編選而成，收錄唐、宋詞人 14 家，詞作 94 首。卷一正體，以溫庭筠為首；卷二變體，以南唐李煜為首；名篇之稍有疵累者為三、四卷；平妥清通才及格調者為五、六卷；大體紕繆精彩間出者為七、八卷；第九卷為本事詞話；庸選惡札，迷誤後生，大聲疾呼，以昭炯戒者為十卷。〔註 206〕然周氏深受張惠言詞論影響，推舉溫庭筠詞為詞家止境。其後周濟又刪削唐五代諸人詞，以周邦彥、辛棄疾、吳文英、王沂孫四家分領兩宋，於道光十二年（1832）再編為《宋四家詞選》，故是選實為《宋四家詞選》之前身。〈序〉中可見周濟審詞標準：「自溫庭筠、韋莊、歐陽脩、秦觀、周邦彥、周密、吳文英、王沂孫、張炎之流，莫不蘊藉深厚，而才豔思力，各騁一途，以極其致……夫人感物而動，興之所托，未必咸本莊雅，要在諷誦紬繹，歸諸中正，辭不害志，人不廢言。雖乖繆庸劣，纖微委瑣，苟可馳喻比類，翼聲究實，吾皆樂取，無苛責焉。」〔註207〕周氏認為詞體的表現雖未必莊雅，甚至可能乖繆庸劣，但只要能蘊藉深厚而歸諸中正，亦有可取之處。就選詞數量觀察，以溫庭筠、辛棄疾 10 首最多，李煜、周邦彥 9 首並列第三。此選篇幅極小，收錄詞家較少，故無收錄張先詞，同時期著名詞家且為周氏讚譽者，如歐陽脩、秦觀，亦僅收錄 2 闋，是知《詞辨》作為周氏的授詞講義，僅初步表明其詞學觀點，未有全面收錄以宣揚詞派之意識，逮《宋四家詞選》出，周濟始注意張詞在託物寄情上的表現。

〔註206〕　〔清〕周濟輯：《詞辨》（附《介存齋論詞雜著》），卷一，頁 579。
〔註207〕　〔清〕周濟輯：《詞辨・序》，頁 576。

2、戈載：《宋七家詞選》；馮煦：《宋六十一家詞選》；端木埰：《宋詞十九首》

《宋七家詞選》，戈載輯，所選七家，均爲宋詞中最工音律者，人各一卷，依次爲：周邦彥《片玉詞》59 首；史達祖《梅溪詞》42 首，姜夔《白石道人歌曲》53 首；吳文英《甲乙丙丁稿》115 首；周密《蘋洲漁笛譜》69 首；王沂孫《花外集》41 首；張炎《山中白雲詞》101 首；凡 480 首。各卷末有戈氏識語，述及該詞集版本得失、該詞人詞風特點及師法要點。所選詞家除周邦彥外，其餘皆爲南宋善於審音度律的詞家，張先身處北宋前期，詞調格律尚在發展階段，故不被選錄。

《宋六十一家詞選》十二卷，馮煦輯。據明代毛晉《宋六十名家詞》（實爲六十一家）爲底本，所收詞家均同而數量有異。馮氏並據《詞律》、《詞綜》等書對選錄詞作進行校改，間作箋注，卷首評論數千言，皆有新意。然毛晉《宋六十名家詞》獨漏張先，是選亦無論及。《宋詞十九首》，端木埰輯，又稱《宋詞賞心錄》，共錄宋代詞人 17 家，除蘇軾、姜夔兩人收錄 2 首，其餘詞人皆錄 1 首，共計 19 首。所選多爲沉摯悲涼、慷慨任氣的感懷之作，張詞不符端木埰的審美標準，故未獲青睞。

清人編選詞選，往往以治學的態度和方法爲之，無論選擇、編輯、校勘各種環節皆以嚴謹的態度視之，故清代詞選在質量上遠勝前朝，不僅成爲清代詞學理論的重要載體，亦體現了清人的詞學審美趨向。綜觀清代詞選收錄張詞概況以及各派對張詞之接受情形，厥得下列數端：

一、《四庫全書總目》論《優古堂詩話》曰：「可知輾轉相因，亦復搜求不盡。然互相參考，可以觀古今人運意之異同，與遣詞之巧拙，使讀者因端生悟，觸類引申，要亦不爲無益也。」〔註208〕任何一位詞家或一部作品的地位皆非與生俱來，而是在長期的接受過程中逐步確立。張詞之成就與地位經宋、金、元、明歷代選本接受視野不斷地

〔註208〕〔清〕紀昀等輯：《四庫全書總目提要・優古堂詩話》，冊 4，卷 195，頁 5371。

變動及深化，至清代已然成形。從選本觀察，清人對張先的印象多爲
「才不大而情有餘」，選詞偏好「含蓄雋永」之作，尤愛張先「影」
詞，以〈天仙子〉（水調數聲持酒聽）及〈青門引〉（乍暖還輕冷）兩
闋最受歡迎。

二、就詞派選詞趨向探析：浙西、常州兩派在選詞上多錄張先名
作，取向並無明顯區隔，收錄數量亦無明顯差異。然在選詞標準方面，
浙西詞派講究「清空騷雅」，喜愛張詞自然流露的淡雅韻味；常州詞派
注重「意內言外」，尤好張詞凝重古意，借閨情以寫幽思的比興之義。

表2-8：清編「譜體詞選」（格律譜）擇錄張先詞一覽表

	詞 選 名 稱	編選者	卷　數	編選年代	張詞數量	張詞排名
1	選聲集〔註209〕	吳綺	3卷	唐代至宋代	10	5
2	塡詞圖譜〔註210〕	賴以邠	6卷、續集3卷	唐代至明代	20	5
3	詩餘譜式〔註211〕	郭鞏	2卷	唐代至清代	9	6
4	詞律〔註212〕	萬樹	20卷	唐代至清代	18	16
5	詞律拾遺〔註213〕	徐本立	8卷	唐代至清代	22	1
6	詞律補遺〔註214〕	杜文瀾	不分卷	唐代至清代	未錄	未錄
7	欽定詞譜〔註215〕	王奕清	40卷	唐代至清代	40	6
8	詞繫〔註216〕	秦巘	24卷	唐代至清代	71	4
9	天籟軒詞譜〔註217〕	葉申薌	5卷	唐代至清代	45	3

〔註209〕〔清〕吳綺輯：《選聲集》，收錄於《四庫全書存目叢書》，集部，
　　　　冊424。
〔註210〕〔清〕賴以邠輯：《塡詞圖譜》，收錄於清・查培繼輯《詞學全書》
　　　　（臺北：廣文書局，1971年4月），頁103～554。
〔註211〕〔清〕郭鞏輯：《詩餘譜式》，收錄於《四庫未收書輯刊》（北京：
　　　　北京出版社，2000年），第拾輯，冊30。
〔註212〕〔清〕萬樹輯：《詞律》（臺北：世界書局，1959年12月）。
〔註213〕〔清〕徐本立輯：《詞律拾遺》，收錄於《詞律》。
〔註214〕〔清〕杜文瀾輯：《詞律補遺》，收錄於《詞律》。
〔註215〕〔清〕王奕清奉敕撰：《欽定詞譜》，收錄於《景印文淵閣四庫全書》
　　　　（臺北，臺灣商務印書館，1988年2月），集部，冊1495。
〔註216〕〔清〕秦巘編著；鄧魁英・劉永泰校點：《詞繫》（北京：北京師範
　　　　大學出版社，1996年9月）。
〔註217〕〔清〕葉申薌輯：《天籟軒詞譜》，清道光間刊本，現藏於國家圖書
　　　　館。

| 10 | 詞比〔註218〕 | 陳銳 | 3卷 | 唐代至清代 | 4 | 不明 |
| 11 | 白香詞譜〔註219〕 | 舒夢蘭 | 不分卷 | 唐代至清代 | 1 | 18 |

1、吳綺：《選聲集》

《選聲集》		
排名	入選詞人	入選作品數量
1	秦　觀	21
2	柳　永	16
3	周邦彥	15
4	辛棄疾	14
5	**張　先**	**10**

　　《選聲集》編成於康熙初年，不分卷，惟分單調小令、雙調小令、中調、長調之目，以調繫詞，以字數多寡排列。此書仍沿明代詞譜之例，稱詞調別體爲「第一體」、「第二體」之類。後附《詞韻簡》一卷，祖沈謙、毛先舒之說。《選聲集》所錄皆五代、宋人之詞，內容介於定譜與選詞之間，以音節協暢、可誦可歌爲擇取標準。是集收錄秦觀詞作 21 首最夥，次爲柳永、周邦彥、辛棄疾，〈自序〉云：「夫纏綿悽豔，步秦、柳之柔情；磊落激揚，傚蘇、辛之豪舉。天實生才人，拈本色，此又詞非譜出，而譜不盡詞也。」〔註220〕同時標舉婉約、豪放兩大派別，但仍以婉約詞家之作入選爲多，同屬婉約詞派的張先入選 10 首作品，排名第五。其中小令收錄 4 首、中調收錄 6 首，長調無入選者，可見《選聲集》較爲重視張先在小令、中調上的表現；再者，是集所選〈玉聯環〉、〈青門引〉、〈醉紅妝〉、〈繫裙腰〉、〈師師令〉五首爲自度曲，〈百媚娘〉、〈謝池春慢〉兩首是張先沿用舊調增

〔註218〕 〔清〕陳銳撰：《詞比》，見錄於龍沐勛主編：《詞學季刊》（上海：民智書局，1922 年）創刊號，頁 113～130；一卷二號連載，頁 113～129。

〔註219〕 〔清〕舒夢蘭輯、謝朝徵箋：《白香詞譜箋》（臺北：世界書局，1956 年 2 月）。

〔註220〕 〔清〕吳綺輯：《選聲集》，收錄於《四庫全書存目叢書》，集部，冊 424，頁 437。

衍節拍而成，特意凸顯張先在詞調上的創建之功。

2、賴以邠：《填詞圖譜》

《填詞圖譜》		
排名	入選詞人	入選作品數量
1	周邦彥	49
2	柳　永	38
3	辛棄疾	29
4	秦　觀	21
5	**張　先**	**20**
5	毛文錫	20

　　《填詞圖譜》六卷，續集一卷，賴以邠撰，查繼超增輯，毛先舒等參訂，共收 545 調，679 體。此譜沿襲明人製譜之法，於一調多名之詞，以異調加以區別，並以字數多寡排列順序，唐宋詞中習用之詞調，大都譜入。《填詞圖譜》在明代及清初詞譜的基礎上進行編纂，故其方法、體例頗受影響。查繼超纂譜參用《嘯餘譜》及《選聲集》，賴以邠所參之譜則沒有直接的文字說明。但觀其體例，第一體、第二體之名，應來自《嘯餘譜》；而所謂「古譜圓圈之法」，〔註 221〕古譜應是張綖《詩餘圖譜》無疑。《填詞圖譜》雖以《詩餘圖譜》和《嘯餘譜》為指導，但賴以邠、查繼超所能見到的詞集已大大增加。尤其是毛晉所編刻《宋六十名家詞》也被用來作為訂譜的文獻基礎，使《填詞圖譜》的詞學視野更為開闊。在選詞方面，《填詞圖譜》以宋代為主，「宋不可得方取唐，唐不可得方及元、明。梁武帝曾有〈江南弄〉等詞，雖六朝已濫觴，概不敢盡取。」〔註 222〕在選詞傾向上，《填詞圖譜》認為「古來才人多工於詞，近日詞家皆俎豆。周、柳規模，晏、辛之才華情致不讓古人。然陶資虛無而生於規矩，匠運智巧而不棄繩墨。詞調盈千，

〔註 221〕〔清〕賴以邠輯：《填詞圖譜》，收錄於清·查培繼輯《詞學全書》，頁 104
〔註 222〕同前註，頁 103。

各具體格，不事規矩繩墨哉。」〔註223〕選詞數量以周邦彥 49 首居冠，柳永 38 首、辛棄疾 29 首、秦觀 21 首居次，以上諸家，豪放婉約兼而有之，且能在規矩繩墨之間，各具體格，因而受到是譜青睞。張先詞入選 20 首，排名第五，是當時詞譜收錄張詞數量最多者。若與歷來詞譜所收之詞相較，《填詞圖譜》增入〈山亭宴慢〉（宴亭永晝喧簫鼓）、〈卜算子慢〉（溪山別意）、〈于飛樂令〉（寶奩開）、〈醉垂鞭〉（酒面灩金魚）、〈翦牡丹〉（野綠連空）、〈惜瓊花〉（汀蘋白）等闋，慢詞比例明顯增加，可見《填詞圖譜》對張詞的認識並不專主小令，對張先慢詞上的表現亦有所肯定，擴大了後代詞譜對張先詞的接受視野。

3、郭鞏：《詩餘譜式》

《詩餘譜式》		
排名	入選詞人	入選作品數量
1	周邦彥	37
2	柳　永	26
3	辛棄疾	20
4	秦　觀	18
5	歐陽脩	15
6	**張　先**	**9**

　　《詩餘譜式》二卷，郭鞏編，以《嘯餘譜》為宗，分二十五類，選詞 330 調，450 體，與《嘯餘譜》全同，但篇幅上稍作刪減，將《嘯餘譜》所收詞調一一分列，但對詞調異體則多予省略。如《嘯餘譜》收張先詞 13 首，《詩餘譜式》僅收 9 首，其中〈謝池春〉（繚牆重院）、〈少年游〉（碎霞浮動曉朦朧）、〈天仙子〉（水調數聲持酒聽）、〈菩薩蠻〉（哀箏一弄湘江曲）《詩餘譜式》闕而未收。《詩餘譜式》最大之特色在於將「譜詞分離」，分作兩層，上則臚列古名公所撰；下則將調之平仄圈以別之，較原編簡要且一目了然。韓侯振《詩餘譜式・叙》提

〔註223〕〔清〕賴以邠輯：《填詞圖譜》，收錄於清・查培繼輯《詞學全書》，頁 103。

到:「今觀其采輯唐宋以來名人傑響,彙成一書,別其圈法,次其句讀,開無限法門,俾讀者瞭若指掌。由是登之剞劂,公之吟壇。」〔註224〕《詩餘譜式》擇詞多重北宋詞人,以周邦彥、柳永、秦觀、歐陽脩詞爲多,南宋入選前五名者僅辛棄疾一人。張詞排名第六,較《嘯餘譜》排名第十三位提升許多,究其緣由,係《詩餘譜式》探一調一詞體製,張詞多作詞調正體,故刪削較少,間接凸顯張先在詞調上的成就。

4、萬樹:《詞律》、徐本立:《詞律拾遺》

《詞律》		
排名	入選詞人	入選作品數量
1	柳　永	112
2	吳文英	56
3	周邦彥	47
4	黃庭堅	30
5	趙長卿	29
16	**張　先**	**18**

《詞律拾遺》		
排名	入選詞人	入選作品數量
1	**張　先**	**22**
2	柳　永	17
3	賀　鑄	11
3	張　炎	11
5	陳允平	9

《詞律》二十卷,萬樹輯,收唐、宋、金、元詞 660 調,1180 餘體。以字數長短爲序,考證詞調起源,校訂平仄音韻、句法異同,糾正《嘯餘譜》、《塡詞圖譜》等詞譜之誤謬,並考證調名新舊、辨元人詞曲之分,開闢了圖譜之學之新局面。萬樹於〈自叙〉中提出歷代造譜之弊:「蓋歷來造譜之意,原欲有便於人,但疑拗句難塡,試易平辭

〔註224〕〔清〕郭鞏輯:《詩餘譜式》,收錄於《四庫未收書輯刊》,第拾輯,冊 30,頁 439。

易叶，故於每篇作注，逐字爲音，可平可仄，並正韻而皆移，五言七言，改詩句而後已。列調既謬，分句尤訛。云昭示於來茲，實大誤夫後學。」〔註225〕又謂：「乃今泛泛之流，別有超超之論，謂詞以琢辭見妙，煉句稱工。但求選豔而披華，可使驚新而賞異，奚必斤斤於句讀之末，瑣瑣於平仄之微。」〔註226〕批評前代詞譜擅改原調，率意增減，又選詞只重詞采，不求原律，或竄以己見，致使古調盡失，萬樹有感於此，取宋、元名作，排比而求其律，考其調之異同，酌其句之分合，辨其字之平仄，序其篇之短長，務標準於名家。有調而同名別者，刪而合之；有調別名同者，分而疏之。蓋調有異同，體無先後，列體不分次第，而以「又一體」稱之。對張詞的考證方面：〈提要〉即載《嘯餘譜》對張先〈宴春臺慢〉（麗日千門）一韻兩用之誤爲例，謂：「因欲予張子野詞『探芳菲走馬』下，添入『歸來』二字爲韻，而不知其上韻已用『當時去燕還來』，一韻兩用，其謬較一調兩收爲更甚。」〔註227〕又卷十六〈翦牡丹〉調注：「愚嘗細玩此詞，通篇俱有訛錯。如『宿綉屏』、『花豔媚』等，及『彈出』句，必非全語。《古今詩話》云：『有客謂子野曰：人皆謂公張三中，公曰：何不云三影。蓋平生警句『雲破月來花弄影』、『嬌柔懶起，簾壓捲花影』、『柳徑無人，墜飛絮無影』也。』『飛絮無影』句，正此篇，則上句宜作『柳徑無人』，今作『柔柳搖搖』，定係訛錯何疑。可惜如此好詞，而千古傳訛也。」〔註228〕透過詞話考察詞作，析疑辨誤以明腔定格，足見萬樹審詞精嚴、謹慎之態度。

　　從擇錄數量來看，《詞律》對柳永創製新聲之功最爲肯定，收錄作品達 112 首，相較之下，同時期的張先著力於承接、修飾及創發新調，成就較不被彰顯。《詞律》中僅收張詞 18 首，排名第十六位。然其後

〔註225〕〔清〕萬樹輯：《詞律・自叙》，頁 5。
〔註226〕同前註，頁 6。
〔註227〕〔清〕萬樹輯：《詞律二十卷提要》，見施蟄存主編：《詞籍序跋萃編》，頁 888。
〔註228〕〔清〕萬樹輯：《詞律》，卷十六，頁 374。

徐本立之《拾遺》則補強了萬氏闕選張詞之憾。《詞律拾遺》八卷，於萬氏《詞律》外，又增補165個詞調，1670首詞，前六卷補《詞律》之未備，以未收之詞爲補調，已收調而未盡之體爲補體，後二卷則訂正原書爲補注，原書有增損者，雜採諸家之說，間附己見。所補之體例，均依《詞律》。其中增列張先22闋詞，爲選集中增補最多之詞家。

5、王奕清等奉敕撰：《欽定詞譜》

《欽定詞譜》		
排名	入選詞人	入選作品數量
1	柳　永	145
2	周邦彥	85
3	吳文英	75
4	趙長卿	49
5	張　炎	45
6	**張　先**	**40**

　　《欽定詞譜》四十卷，王奕清等奉敕撰，收826調，凡2306體，較《詞律》多收詞調166種，多收異體1126種。是選按詞調字數多寡依次排列，其中添字、減字、攤破、偷聲、促拍、近拍及慢詞亦按字數分編。唐人大曲〈涼州〉、〈水調歌〉及宋人大曲〈九張機〉、〈薄媚〉等字數不齊，聚唯一編附於卷末。是選參酌前人所作，每調選唐宋元詞一首，以始創者爲正體，詞名源流及一調多名之演變，散見他書者，悉采爲注釋。入選數量以柳永145首、周邦彥85首、吳文英75首、趙長卿49首、張炎40首位居前五，張先詞錄40首次之。是選以存詞爲要，專主備體，非選詞也，未有特殊接受意識，然間有俚俗不成句法，並無別首可錄者，雖係宋詞，仍不採入。〔註229〕由此可見，《欽定詞譜》雖無特定擇選意識，然對於過份直露、俚俗，不適合爲詞例者，仍有所去取。

〔註229〕〔清〕王奕清奉敕撰：《欽定詞譜》，收錄於《景印文淵閣四庫全書》，集部，冊1495，頁4。

6、秦巘：《詞繫》

《詞繫》		
排名	入選詞人	入選作品數量
1	柳　永	160
2	周邦彥	84
3	吳文英	75
4	**張　先**	**71**
5	蘇　軾	46

　　《詞繫》二十四卷，秦巘輯，蒐羅詞調甚富，達 1029 調，共 2220 餘體，遠超過《詞律》與《欽定詞譜》。與一般詞譜不同，《詞繫》不以詞調字數多寡爲序，而以時代先後爲序，以人爲綱，以詞調爲目，始於唐代李白〈菩薩蠻〉，終於元代無名氏〈甘露滴喬松〉。《欽定詞譜・提要》載：

> 今之詞譜，皆取唐宋舊詞以調名相同者互校，以求其句法字數，取句法字數相同者互校以求其平仄。其句法字數有異同者則據而注爲又一體，其平仄有異同者則據而注爲可平可仄。自《嘯餘譜》以下，皆以此法推究，得其崖略，定爲科律而已。〔註230〕

秦巘則採取不同看法，〈凡例〉提到：

> 詞本樂府之變體。自唐李白、溫、韋諸人，創立詞格，沿及五季，代啓新聲；至宋，晏、歐、張、柳、周、姜等輩出，製腔造譜，被諸管弦。所著皆刻羽引商，均齊節奏，幾經研煉而成，足爲模楷。與其取法於後人，莫若追踪於作者。〔註231〕

所謂「追踪於作者」，是指以最早出現的詞爲正體、爲原調；以後調同而字數不同者爲「又一體」。此種擇選方式，使唐李白、溫庭筠、韋莊；宋代二晏、歐陽脩、張先、柳永、周邦彥、姜夔等人之作品成

〔註230〕　〔清〕王奕清奉敕撰：《欽定詞譜》，收錄於《景印文淵閣四庫全書》，集部，冊 1495，頁 2～3。
〔註231〕　〔清〕秦巘編著；鄧魁英、劉永泰校點：《詞繫》，頁 13。

為詞中模範。「蓋唐季詞人洞曉音律，探源樂府，其字句不無參差，而音調自協。至宋人規橅前式，琢煉整齊。南渡遞相仿效，踵事增華。雖齗齗於尋行數墨，而格律實愈出而愈精。鋪觀列代，其源流遞嬗之故，增減變化之殊，莫不昭然若揭，而風會升降之原，亦於是乎在。」〔註232〕詞濫觴於唐，盛於宋，乃音律格調發展最為齊備之時，故《詞繫》特尊唐、宋詞。秦巘批評《詩餘圖譜》及《嘯餘譜》「蹖駁蕪亂，貽誤後學非淺」，〔註233〕並直陳《詞律》有四缺六失，〔註234〕故此書以校補歷代詞譜之疏漏為己任，尤其針對《詞律》，糾謬駁訛，對詞調、詞體作了廣泛之蒐輯與精心編排。細究此書選詞數量排名，前五名者皆為宋代詞家，其中張先詞收錄 71 首，排名第四，入選數量為歷來詞譜之冠，選錄 40 調，標明為正體，別錄 31 調作為又一體，且選取作品乃《詞律》及其拾遺、補遺未見者達 35 闋，超越收錄數量二分之一；收錄前代詞譜未選者亦達 23 闋，可見《詞繫》對張詞拾遺補闕之功。秦巘認為張詞以鮑廷博《知不足齋》刻本《子野詞》最精，以此為底本，輔以他本校定。內容多標明宮調、用韻、版本異同及詞調來源，如〈燕春臺〉（麗日千門）論「此調自是創製」〔註235〕、論〈相思兒令〉（春去幾時還），考詞調本名：「《詞律》收曾覿〈綉帶兒〉，以〈好女兒〉注為別名，不知張詞本名〈相思兒令〉，黃（庭堅）詞名〈好女兒〉，皆在曾前，不得世次倒置。各集調名已屬錯雜，若

〔註232〕〔清〕秦巘編著；鄧魁英、劉永泰校點：《詞繫》，頁 13。
〔註233〕同前註，頁 10。
〔註234〕所謂《詞律》之四缺六失：「宮調不明，竟無一語論及，其缺一；調下不載原題，幾不知詞意所在，其缺二；專以汲古閣《六十家詞》、《詞綜》為主，他書未曾寓目，憑虛擬議，其缺三；調名遺漏甚多，其缺四。不論宮調，專以字數比較，是為捨本逐末，其失一；所錄之詞，任意取擇，未足為定式，其失二；調名原多歧出，務欲歸併，而考據不詳，顛倒時代，反賓為主，其失三；所據之本不精，字句訛謬，全憑臆度，其失四；前後段字數，必欲比同，甚至改換字句以牽合，殊涉穿鑿，其失五；《圖譜》等書，原多可議，嘵嘵辨論，未免太煩，其失六。」同前註，頁 11。
〔註235〕同前註，頁 314。

再歸併，益滋混淆。」〔註 236〕考證詳細、區別甚嚴，對各詞調源流之梳理，力求完善，別有貢獻。

7、葉申薌：《天籟軒詞譜》

《天籟軒詞譜》		
排名	入選詞人	入選作品數量
1	柳　永	101
2	周邦彥	75
3	**張　先**	**45**
4	賀　鑄	26
5	吳文英	25

　　《天籟軒詞譜》五卷，葉申薌輯，最初僅取萬樹《詞律》選詞七百首，以便取攜，其後又以《欽定詞譜》、《御選歷代詩餘》、《樂府雅詞》、《花庵詞選》諸書及各家詞集校補缺訛，共錄詞調 771 調，詞作 1192 首。此書列譜次序概如《詞律》，依字數多寡排列詞調，未免《詞律》之失誤，選詞皆取原詞名作，「如〈憶秦娥〉應選李詞，〈憶江南〉應選白詞之類，《詞律》往往捨原詞而別收他作，〈如夢令〉別名〈宴桃源〉，本以原詞曾『宴桃源深洞』之句立名，即『如夢』二字亦原詞中語，《詞律》不收原詞而收秦詞……此非徒廢筆墨而何茲譜悉擇原詞及名作方錄。」〔註 237〕故葉氏在編調選詞上特別注重詞調的原創性，強調詞調的源流正變、來龍去脈，並特意注重曲調之雅俗，重和雅而輕俚俗，並取名人佳作代替一般性詞作，與萬氏《詞律》有調必選的原則有所差異，如〈永遇樂〉調，萬樹用趙師俠詞，葉申薌則取蘇軾詞；〈綺羅香〉調，萬樹用張翥詞，葉申薌則用史達祖和張炎詞，將詞譜與詞選的功能相互結合，展現出「選者之心」。在「分句」要求上，《天籟軒詞譜》「自以文理為憑，不必拘定字數」，〔註 238〕〈發

〔註 236〕〔清〕秦巘編著；鄧魁英、劉永泰校點：《詞繫》，頁 308。
〔註 237〕〔清〕葉申薌輯：《天籟軒詞譜・發凡》，清道光間刊本，現藏於國家圖書館，頁 7。
〔註 238〕同前註。

凡〉並舉張先〈于飛樂〉詞後段「正陰晴天氣，更暝色相兼」句，應以兩五字分句，方成文理；而《詞律》以前段係兩三字一四字分句，後段如之，於文理未安，似有過拘之處。由此可知，《天籟軒詞譜》認為最理想的句讀之法是在格律基礎上對文理加以分析、梳理，給予詞調字數彈性空間，期與文理相互結合。

葉申薌注重「詞調原創性」及「和雅之作」的特點反映在選調上，特別重視自創慢詞的柳永與音律諧和的周邦彥，各選錄 101 及 75 首詞。張先身處小令至慢詞的過渡時期，對詞調亦有創製之功，葉氏收錄張詞 45 首，排名是譜第三，評價甚高。〔註239〕尤與《天籟軒詞選》僅收錄 18 首相較，足見葉申薌對張詞的接受角度仍以詞調格律之創新為主。在「講究詞調原創性」方面，《詞律》〈一叢花令〉取秦觀詞，葉氏則取張先「傷高懷遠幾時窮」為正體；又如〈御街行〉調，《詞律》採用柳永之詞，而《天籟軒詞譜》則不採流傳較廣之柳詞，反以張先「畫船橫倚煙溪半」一詞為正；在「擇取和雅之作」方面，《詩餘圖譜》、《文體明辨》、《嘯餘譜》、《詩餘譜式》等詞譜在〈偷聲木蘭花〉一調上，皆取張先「雪籠窮苑梅花瘦」一詞，惟葉申薌一反歷代詞譜之例，擇選用字、意象較為清麗之「畫橋淺映橫塘路」一闋；在「選錄名人佳作」方面，《天籟軒詞譜》在〈定西番〉一調上採張先「錚撥紫槽金襯」取代《詞律》孫光憲詞；〈行香子〉一調則以著名「張三中」之「舞雪歌雲」一闋為正，取代《詞律》趙長卿詞。在《詞律》與《天籟軒詞譜》相互比較之下，更能

〔註239〕《天籟軒詞譜》收錄唐代 15 人，五代 22 人，宋代 174 人，起自宋徽宗，終至萬長庚。金代 9 人，起自完顏仲寶，終至元好問。元代 19 人，起自劉因，終至張盧靖。另附閨媛 10 人。其中選詞最多的是柳永，高居 101 首，達全書總數的 9%，近十分之一；其次是周邦彥，選詞 75 首；再次張先亦有 45 首。此三人詞作數即占詞譜總數的 20%以上，可見葉氏對此三家詞作之重視。參見袁志成：〈天籟軒詞譜研究〉，《廣西大學學報（哲學社會科學版）》第 30 卷，第 5 期（2008 年 10 月），頁 102。

凸顯葉申薌對張先創製新調之功與名家地位的推崇。

8、陳銳：《詞比》

　　《詞比》三卷，陳銳輯，書分三章，爲「字句第一」、「韻協第二」、「律調第三」。徵引例句予以分類排比，以分析詞之字數、句型、平仄、韻協、起結、律調等格律內容。由於是集選詞僅標舉詞調單句，無錄作者，故難以統計確切入選數量及排名，僅能自〈序〉文及批點中得知以柳永、周邦彥、姜夔、吳文英詞爲收錄重心。〈自序〉論其選詞意旨：「匪獨韻協律調，曲盡精微；即一字一句，咸確乎具有法度，份份其可考也。泛覽既多，隨手摘取，比而同之，間附鄙意。世競新學，獨此咬文嚼字，不敢輕蔑古人。」〔註240〕張先詞入選 4 首，常作「字句第一」之例，如四言四排句，可上下對部分，擇選〈宴春臺〉（麗日千門）「雕觴霞豔翠幕雲飛；楚腰舞柳，宮面妝梅」句；四言四句結部分，選錄〈傾杯〉（飛雲過盡）「午夜中秋，十分圓月；香槽撥鳳，朱弦軋雁」句；三言三句上偶下單部分，擇選〈芳草渡〉（主人宴客玉樓西）「溪上月，堂下水，併春暉」句。此外「韻協第二」兩闋前句用韻而後句不用韻，或後用而前不用韻部分，挑選〈醉紅妝〉（瓊枝玉樹不相饒）「一般妝樣百般嬌。眉兒秀，總如描。（後）更起雙歌郎且飲，郎未醉，有金貂。」爲範式，論「飲」字不協。顯見《詞比》對張詞的接受角度著重在「字句」及「韻協」兩方面之探討。

9、舒夢蘭：《白香詞譜》

《白香詞譜》		
排名	入選詞人	入選作品數量
1	李　煜	6
1	秦　觀	6
3	朱彝尊	5
4	歐陽脩	4

〔註240〕〔清〕陳銳撰：《詞比・序》，見錄於龍沐勛主編：《詞學季刊》創刊號，頁 113。

4	張　炎	4
4	張　翥	4
18	**張　先**	**1**

　　《白香詞譜》，舒夢蘭輯，不分卷。選錄唐代至清初 59 家名作為代表，凡 100 調，每調錄詞一首，每篇詳注平仄聲調，詞牌下注明詞題，多為編者所加，如〈閨情〉、〈秋思〉、〈別情〉、〈懷舊〉等。舒氏自撰〈凡例〉三則以明編選宗旨，曰：「是選百調，皆世所習用。一調或數名，亦擇其雅切。」〔註 241〕又以樂律本性情中物，故「就諸家異同，折衷為譜」〔註 242〕是選篇幅較小，李煜及秦觀各以入選 6 首居冠，朱彝尊以 5 首居次，所錄佳作，婉約豪放兼收。張先詞僅入選〈天仙子〉（水調數聲持酒聽）一首，此詞為歷代詞選、詞譜收錄最多的名篇，其中「雲破月來花弄影」一句深獲好評，被視為「三影」之最，也是張先最具代表性的詞句，故為舒氏編選入譜。

表 2-9：清編「譜體詞選」（音樂譜及曲譜）擇錄張先詞一覽表

	詞 選 名 稱	編選者	卷 數	編選年代	張詞數量	張詞排名
1	九宮大成南北詞宮譜〔註 243〕	周祥鈺	82 卷	唐代至清代	2	7
2	碎金詞譜〔註 244〕	謝元淮	14 卷	唐代至清代	6	14
3	碎金續譜〔註 245〕	謝元淮	6 卷	唐代至清代	8	2

1、周祥鈺等：《新定九宮大成南北詞宮譜》

《九宮大成南北詞宮譜》		
排名	入選詞人	入選作品數量
1	柳　永	19

〔註 241〕〔清〕舒夢蘭輯、謝朝徵箋：《白香詞譜箋》卷首。

〔註 242〕同前註。

〔註 243〕〔清〕周祥鈺輯、劉崇德校譯《新定九宮大成南北詞宮譜校譯》（天津：天津古籍出版社，1998 年 7 月），冊 1～6。

〔註 244〕〔清〕謝元淮撰：《碎金詞譜》，收錄於《續修四庫全書》，集部，冊 1737，頁 1～314。

〔註 245〕〔清〕謝元淮撰：《碎金續譜》，同前註，頁 315～576。。

2	蘇　軾	6
3	晏　殊	5
4	周邦彥	4
5	晏幾道	3
5	晁補之	3
7	**張　先**	**2**

　　《新定九宮大成南北詞宮譜》八十一卷，周祥鈺、鄒金生等輯，此
書「溯聲律之源，極宮調之變，正沿襲之謬，匯南北之全。」〔註246〕
對以往曲譜律呂，廣為蒐羅，加以校勘。「其間宮調分合，不局守舊律；
搜採劇曲，不專主舊詞；弦索、簫管，朔南交利。自此書出，而詞山曲
海，匯成大觀，以視明代諸家，不啻爝火之興日月矣。」〔註247〕此書涉
及由唐迄清的詩詞、南戲、諸宮調、雜劇、散曲與傳奇等多種音樂體裁。
雖名為九宮，實際仍按十三宮調列譜，並與十二月對應銜接，以配合「聲
音意象與四序相合」的理論。〈凡例〉論曲牌名大半出於詩餘，故格調
彷彿者，從《詞譜》摘選，又曲無宮調牌名者，選詞以補之。此書兼收
南北曲，填詞度曲兩用，是一部完整的工尺譜巨製。〔註248〕就收錄詞作
觀察，以柳永 19 首名列前茅，蘇軾、晏殊、周邦彥、晏幾道、晁補之
等人居次，張先詞入選 2 首，名列第七，〈天仙子〉（水調數聲持酒聽）
列於卷六十九「黃鐘宮引」，以月令承應「東海初升天下曉」一首為正
體，又以張先詞為一體，並言前詞為半闋（單片 34 字六句體），後詞則
屬全闋（雙片 68 字十二句體），此所謂「雙片」，係就單片予以重疊而
已，是書二體備錄，以廣其式；此外，《九宮大成譜》另收張先〈雙韻
子〉（鳴鞘電過曉闈靜），列於卷七十七「羽調正曲」，收錄數量雖少，
卻保留了張詞的音樂性，具有珍貴的史料價值，影響後世對詞體及古代

〔註246〕〔清〕周祥鈺輯、劉崇德校譯：《新定九宮大成南北詞宮譜・序》，
　　　　　冊六，頁 4997。
〔註247〕同前註，頁 4995。
〔註248〕江合友：《明清詞譜史》（上海：上海古籍出版社，2008 年 5 月），
　　　　　頁 313。

樂曲之研究方向。其後謝元淮在此基礎上進行增補，編著《碎金詞譜》、《碎金續譜》，對古代詞調研究產生舉足輕重之作用。

2、謝元淮：《碎金詞譜》、《碎金續譜》

《碎金詞譜》		
排名	入選詞人	入選作品數量
1	柳　永	50
2	周邦彥	23
3	姜　夔	17
3	蘇　軾	17
5	晏　殊	13
17	**張　先**	**6**

《碎金續譜》		
排名	入選詞人	入選作品數量
1	周邦彥	10
2	**張　先**	**8**
3	晁補之	6
4	溫庭筠	5
4	史達祖	5

　　《碎金詞譜》十四卷、續譜六卷、詞韻四卷，謝元淮編，分六宮十八調，錄詞 449 調，計 558 首，圖譜分列，左注四聲，右注工尺。〈自序〉云：「嘗讀《九宮大成譜》，見唐宋元人詞一百七十餘闋，雜隸於各宮調下。每思摘錄一帙，自爲科程。繼睹雲間許穆堂侍御《自怡軒詞譜》，則久已錄出，可謂先獲我心。」〔註 249〕可知是選乃自《九宮大成譜》與《自怡軒詞譜》考訂補輯而得。事實上，除了參照《九宮大成譜》與《自怡軒詞譜》外，《碎金詞譜》更據《欽定詞譜》、《詞譜》、《歷代詩餘》等前代資料補足詞律和格律譜，並參考其他曲譜，爲無譜詞調補度工尺，最終形成所見規模。〔註 250〕《碎金詞譜》所用樂譜

〔註 249〕〔清〕謝元淮撰：《碎金詞譜》，收錄於《續修四庫全書》，集部，冊 1737，頁 6。

〔註 250〕江合友：《明清詞譜史》（上海：上海古籍出版社，2008 年 5 月），

爲明清以來通行的工尺譜，是爲首調唱名譜，顯示出當時南北曲樂在宮調的依據上已不像詞樂那樣嚴格。雖然這些樂譜已非詞樂原譜，其中大部分是元明以來「口耳相傳」的詞樂歌曲，在流傳過程中難免被加進時腔，甚至曲化，但其中仍有不少直接移自唐宋譜者，且去古未遠，具有接近唐宋詞樂或保留唐宋詞樂特點之處。〔註251〕是譜收錄柳永作品最夥，達 50 首之多，次爲周邦彥 23 首、姜夔、蘇軾各 17 首、晏殊 13 首。張先詞正編收錄 6 首，排名第十七，入選數量較《九宮大成譜》僅錄 2 首已有提升；《續編》另增 8 首，係次於周邦彥 10 首之後增補最多者，內容除標明宮調譜及詞文外，尚針對該調體例進行深入說明，如〈雨中花令〉（近鬢綵鈿雲鴈細）一詞，《續編》標爲「又一體」，乃因「此詞與各家異。以前、後段第三句押韻，又攤破四字兩句作八字一句……結句正字、也字，此皆襯字，若都減去，亦是此調正格，前後亦未嘗不整齊也。」〔註252〕於〈慶春澤〉（豔色不須妝樣）一詞則指出：「此調有兩體，六十六字者見《張子野詞》，九十八字者見《梅苑》無名氏詞。」〔註253〕又如〈謝池春慢〉（繚牆重院）一首特別註明「此慢詞也，與六十六字〈謝池春令〉詞不同。」〔註254〕於音樂格律之外，尚能注意到張先詞調上之變化，極具文學研究之價值。

小　結

　　本章係就歷代詞選、詞譜擇錄張先詞之概況，探究歷代選本對張先詞的期待視野與接受態度，茲就所得結果臚列如次：

　　一、宋代詞選作爲「便歌」到「傳人」的過渡時期，「口頭傳播」與「書面傳播」並行，詞選之編著多爲「應歌」而設，選詞較不重文

　　　　　頁 163～164。

〔註251〕參劉崇德、孫光鈞譯：《碎金詞譜今譯・序言》（保定：河北大學出版社，2000 年 1 月），頁 2。

〔註252〕〔清〕謝元淮撰：《碎金續譜》，卷二，頁 360。

〔註253〕同前註，卷五，頁 441。

〔註254〕同前註，頁 435。

字優劣,而以音律諧暢的柔情曼聲爲主。張先詞因內容常寫春景、閨情,風格雅麗、用語雅緻,適合歌伎在宴席酬唱而屢獲青睞。其後詞選逐漸脫離歌本形式,向純文學發展,且選詞重心傾向南宋,故宋代後期詞選對張先詞的接受態度漸趨平淡。

二、由於元代階級與科舉制度、城市商業化與俗文學的發展以及詞體本身漸趨衰微三大因素之影響,金、元詞壇缺乏大型詞選之編著。詞選偏好收錄南宋遺民詞及當代詞作,專題詞選則以宣揚特定群體概念爲主,並無收錄張詞,造成張詞在金、元時期傳播接受的停頓。

三、明代詞選編纂風行,詞譜選輯亦萌芽發展,但受到金、元時期詞學發展停擺之影響,明初選詞仍以宋代《花間集》和《草堂詩餘》爲範式,張詞接受態度亦以二集爲主,以柔婉豔麗之作評價爲高。其後因詞壇反對復古模擬之風及一味承襲《草堂》之弊,反映在選詞上,刻意大幅增錄南宋及元、明作品,對張詞之態度亦轉爲褒貶相當的持平之論。在注重音樂節奏的詞譜形式中,則普遍肯定張先柔緩詞風與在詞調創製上承先啓後的成就。

四、清代詞學中興,詞選、詞譜之編纂蔚爲大觀,流派之形成、觀念之推衍皆有賴選本傳播。清人對張先的印象多爲「才不大而情有餘」,選詞則偏好「含蓄雋永」之作,尤愛張先「影」詞,以〈青門引〉(乍暖還輕冷)與〈天仙子〉(水調數聲持酒聽)兩闋最受歡迎。筆者蒐羅宋代至清代共 57 種詞選、詞譜,其中 49 種版本收錄張先詞作,〈青門引〉即有詞選 23 本、詞譜 11 本,計 34 種選本收錄;〈天仙子〉亦高達詞選 21 本、詞譜 12 本,計 33 種選本收錄,均占總數七成以上。可知是詞不僅在清代備受肯定,亦是歷代選本對張先詞關注之焦點。浙西詞派講究「清空騷雅」,喜愛張詞自然流露的淡雅韻味;常州詞派則注重「意內言外」,尤好張詞凝重古意,借閨情以寫幽思的比興之義。在詞譜方面,無論在字句、韻協或律調上張詞亦時爲範式,可知清代爲張詞傳播接受之鼎盛期。

第三章　張先詞的創作接受

　　王國維《人間詞話》云：「最工之文學，非徒善創，亦且善因。」
〔註1〕意味文學創作除了來自於本身的美感經驗外，透過仿效、借鑒、
襲用等手法承繼前賢之作，亦足以致工巧。優秀的作家及其作品往往
對後代創作者產生影響，而「創作影響的方式是多樣的：有的直接明
顯，有的間接隱藏；有的影響整體，有的影響局部。借鑒襲用的方式
也是複雜的：有的明用詩語意象，有的暗取詩思章法；有的述者不及
作者，有的作者不如述者。」〔註2〕通過分析、探究這些仿效、借鑒、
襲用之作品，吾人得以全面瞭解作家被接受之面向及其成因。歷代詞
人對張先詞之創作接受方式甚為多元，可分為「和韻」（含次韻、用
韻、依韻等）、「仿擬」（詞題提及「仿」、「效」、「法」、「改」、「用」、
「擬」等字者）、「集句」（含整引、截取、增損、化用、隱括等技巧
〔註3〕）三端論述。

〔註1〕　王國維著、施議對譯注：《人間詞話譯注》，（臺北：貫雅出版社，1995
　　　　年5月），頁447。
〔註2〕　陳文忠：《文學美學與接受史研究》（合肥：安徽人民出版社，2007
　　　　年12月），頁303。
〔註3〕　據王師偉勇撰〈兩宋集句詞形式考──兼論兩宋集句詞未必盡集前
　　　　人成句〉一文詮釋：所謂「整引」，意謂整句引用成句，其中字數、
　　　　語順、命意不變，而有一、二字相異，亦均屬之；所謂「增損」，意
　　　　謂就成句增減或改易一、二字而言；所謂「截取」，意謂就成句截取

　　所謂「和韻詞」，乃指依原作原韻唱和的一類詞體。和韻作品最先出現在詩體中，分為三類：「一曰依韻，為同在一韻中，而不必用其字也；二曰次韻，謂和其原韻，而先後次第皆因之也；三曰用韻，謂用其韻，而先後不必次也。」〔註4〕其後此法移入詞體之中，大抵與和韻詩規範相近。和詞的記載，最早見於唐‧無名氏〈漁父〉詞，〔註5〕此後至宋初未見和詞記載，直至張先，由其小序標明為唱和之作即有 8 首，〔註6〕足見此種唱和往來之創作現象，在張先時期已逐漸興起。在形式上，和詞尤重聲韻表現；在內容方面，須與原作相應；在風格方面，和詞則須與原作相合。「仿擬體」始於北宋，乃題序標明「仿」、「效」、「法」、「改」、「用」、「擬」等字，乃承襲套用前人之作品。依其效仿方式可歸納出：「效仿作法與體製」、「效仿體製、內容與風格」、「效仿總體風格」三種類型。〔註7〕「集句」則以「整引、截取、增損、化用、檃括等方式，雜集古句；間或雜入一、二今人或

三字以上，以成獨立句式者；所謂「化用」，凡取材詩文片段，不易其文意，而另造新句，或引伸文意、反用文意，而另造新句者，均屬之；所謂「檃括」，凡取材詩文句意，以填作半闋詞以上者，即視為檃括。收錄於《詞學專題研究》（臺北：文史哲出版社，2003 年 4 月），頁 290。

〔註 4〕〔明〕徐師曾撰：《詩體明辨》（臺北：廣文書局，1972 年 4 月），下冊，卷 14，頁 1039。

〔註 5〕見曾昭岷、曹濟平、王兆鵬、劉尊明編：《全唐五代詞》（北京：中華書局，1999 年），上冊，頁 28～32。〈考辨〉載：「（〈漁父〉十五首）原署張志和作，實為時人和張志和之詞。朱本《金奩集》附曹元忠〈跋〉據《直齋書錄解題》卷一五《玄真子漁歌碑傳集錄》所云：「嘗得其一時倡和諸賢之詞各五章，及南卓、柳宗元所賦，通為若干章……本題『〈漁父〉十五首和張志和』，傳鈔本以為衍『和』字而去之。」

〔註 6〕分別為：〈好事近〉和毅夫內翰梅花二首、〈漁家傲〉和程公闢贈別、〈少年遊〉渝州席上和韻、〈定風波令〉次子瞻韻送元素內翰、〈定風波令〉，再次韻送子瞻、〈木蘭花〉和孫公素別安陸、〈勸金船〉流杯席唱和翰林主人元素自撰腔。

〔註 7〕王師偉勇撰：〈兩宋詞人仿擬典範作品析論〉，收錄於《人文與創意學術研討會論文集》（臺北：里仁書局，2008 年 6 月），頁 89～129。

個人作品以成詞也。」〔註8〕所集新作須有完整且獨立的思想內容，各句間的銜接、聯繫須切中題旨需要，如出一手，尚須符合聲調格律之要求，才得以渾成貫通。

本章擬以《全宋詞》、《全金元詞》、《全明詞》、《全明詞・補編》、《全清詞・順康卷》及《全清詞順康卷・補編》、《清詞別集百三十四種》〔註9〕等書進行蒐羅，檢索相關之詞題與詞文，以和韻、仿擬、集句等作品爲經，以時代順序爲緯，比較、探析歷代詞人對張先詞創作接受之群體特性及其消長情形。

第一節　宋代詞人對張先詞的創作接受

宋人對張先詞的創作接受，可區分爲兩部分加以探究：一爲對張先詞的「共時創作接受」，主要探討張先生平與文友間的詞作互動，至今存傳者以與蘇軾交遊唱和之作爲主，社交意味濃厚；一爲對張先詞的「歷時創作接受」，係後人對張先詞的追和、集用、仿擬等，是以縱向的時間關係，析論宋人對張詞的創作接受面向。

一、共時創作接受——蘇軾與張先唱和之作

熙寧四年（1071）6月，蘇軾通判杭州，開始三年三個月的倅杭生涯。在此期間，蘇軾與相差四十六歲的張先結識，成爲忘年交，兩人時相唱和，互動頻繁，遂有〈江城子〉「湖上與張先同賦，時聞彈

〔註8〕　同註3，頁330。

〔註9〕　唐圭璋編：《全宋詞》（北京：中華書局，2009年3月）、唐圭璋編：《全金元詞》（臺北：洪氏出版社，1980年11月）、饒宗頤初纂、張璋總纂：《全明詞》（北京：中華書局，2004年1月）、周明初、葉曄纂輯：《全明詞補編》（杭州：浙江大學出版社，2007年1月）、南京大學中國語言文學系全清詞編纂研究室編：《全清詞・順康卷》（北京：中華書局，2002年）、張宏生主編：《全清詞順康卷・補編》（南京：南京大學出版社，2008年）、清・陳乃乾輯：《清名家詞》（臺北：鼎文書局，1976年8月）。凡引上述文本，其出處逕附冊數、頁數於引文後，不再贅注。

箏」一首（張詞已佚）。此時蘇軾始以「詞」之形式與文友交流。初
而爲詞，最直接的學習對象即是前輩詞人張先。張先爲詞壇耆宿，對
蘇軾作詞影響甚著，從寫作興趣的激發，到詞調、題材、手法、風格，
都有直接而承繼的關係。由兩人以詞唱和之互動交流，即可窺見蘇軾
對張先詞的創作接受態度。下擬就詞作體製與內容風格兩方面，析論
蘇軾對張先的創作接受概況：

（一）體　製

　　蘇軾對張詞體製上的創作接受，主要表現在熙寧七年（1074）6
月至 9 月，陳襄（述古）移知應天府，楊繪（元素）繼任旋又詔還，
蘇軾奉詔知密州，張先與蘇軾作送迎之詞十餘首，其中不乏和韻之
作。茲就此期蘇軾與張先酬唱應和之作表列如次：

表 3-1：熙寧七年（1074）6 月至 9 月蘇軾與張先酬唱應和詞
　　　　一覽表〔註 10〕

主　題	張　先　作　品	蘇　軾　作　品
送陳襄	1.〈熙州慢・贈述古〉 2.〈虞美人・述古移南郡〉 3.〈河滿子・陪杭守泛湖夜歸〉 4.〈芳草渡〉（雙門曉鎖響朱扉）	1.〈虞美人・爲杭守陳述古作〉 2.〈訴衷情・送述古，迓元素〉 3.〈菩薩蠻・西湖席上代諸妓送陳述古〉 4.〈江城子・孤山竹閣送述古〉 5.〈菩薩蠻・西湖送述古〉 6.〈清平樂・送述古赴南都〉 7.〈南鄉子・送述古〉
迎楊繪		1.〈訴衷情・送述古，迓元素〉（同「送陳述古」2） 2.〈菩薩蠻・杭妓往蘇，迓新守楊元素。寄蘇守王規甫〉

〔註 10〕詞作編年排序據宋・張先撰，吳熊和、沈松勤校注：《張先集編年校
　　　　注》（杭州：浙江古籍出版社，1996 年 1 月）；宋・蘇軾撰；鄒同慶、
　　　　王宗堂校注：《蘇軾詞編年校註》（北京：中華書局，2002 年 9 月）
　　　　二書。

		1. 〈泛金船・流杯亭和楊元素〉
送楊繪	1. 〈更漏子・流杯堂席上作〉 2. 〈勸金船・流杯堂唱和翰林主人元素自撰腔〉 3. 〈定風波令・雪溪席上，同會者六人：楊元素侍讀、劉孝叔史部、蘇子瞻、李公擇二學士、陳令舉賢良〉 4. 〈定風波令・次韻子瞻送元素內翰〉 5. 〈木蘭花・席上贈周、邵二生〉	2. 〈南鄉子・和楊元素〉 3. 〈浣溪沙・自杭移密守。席上別元素，時重陽前一日〉 4. 〈浣溪沙・白雪清詞出坐間〉 5. 〈南鄉子・和楊元素時移守密州〉 6. 〈南鄉子・沈強輔雯上出犀麗玉作胡琴送元素還朝，同子野各賦一首〉 7. 〈定風波・送元素〉 8. 〈菩薩蠻・席上和陳令舉〉
送蘇軾	〈定風波令・再次韻送子瞻〉	
送陳舜俞		〈鵲橋仙・七夕〉

　　據上表統計：現存張先送別陳襄之作 4 首、送別楊繪 5 首（包含描寫參與人物及筵席場面 2 首）、送蘇軾 1 首；蘇軾送別陳襄之作 7 首、迎楊繪 2 首、送楊繪 8 首、送陳舜俞（令舉）1 首。

　　在句式用韻方面，張、蘇兩人在送別陳襄與楊繪的詞作當中，同作〈虞美人〉、〈勸金船〉與〈定風波〉三種詞牌。〔註11〕其中〈虞美人〉作於熙寧七年 7 月，送陳襄離杭赴知應天府時。楊繪《時賢本事曲子集》載：「陳述古守杭，已及瓜代，未交前數日，宴僚佐於有美堂，因請二車蘇子瞻賦詞。子瞻即席而就。」〔註12〕蘇詞序中標明寫作地點「有美堂」，可知此詞爲筵席上作。張先亦參與此次盛會，當與蘇軾同賦。〈虞美人〉，雙片 56 字，上、下片各四句，兩仄韻，兩平韻。張先〈虞美人〉「述古移南郡」詞云：

　　　　恩如明月家家到。無處無清照。一帆秋色共雲遙。眼力不
　　　　知人遠、上江橋。願君書箚來雙鯉。古汴東流水。宋王臺
　　　　畔楚宮西。正是節趣歸路、近沙堤。（《全宋詞》，冊一，頁82）

〔註11〕 蘇軾贈楊繪〈南鄉子・沈強輔雯上出犀麗玉作胡琴送元素還朝，同子野各賦一首〉，子野集中無此題，蓋佚之矣。參夏承燾著：《唐宋詞人年譜・張子野年譜》（臺北：明倫出版社，1970 年 12 月），頁191。

〔註12〕 〔宋〕楊繪撰：《時賢本事曲子集》，見唐圭璋編：《詞話叢編》（北京：中華書局，2005 年 10 月），冊一，頁 9。

此詞韻腳爲「到、照、遙、橋、鯉、水、西、堤」，上片押第 8 部去聲韻（到、照）轉第 8 部平聲韻（遙、橋），下片押第 3 部仄聲韻（鯉、水）轉第 3 部平聲韻（西、堤）。蘇軾〈虞美人〉「爲杭守陳述古作」詞云：

> 湖山信是東南美。一望彌千里。使君能得幾回來。便是尊前醉倒、且徘徊。沙河塘裏燈初上。水調誰家唱。夜闌風靜欲歸時。惟有一江明月、碧琉璃。（《全宋詞》，冊一，頁 306）

蘇詞韻腳爲「美、裡、來、徊、上、唱、時、璃」，上片押第 3 部仄聲韻（美、裡）轉第 5 部平聲韻（來、徊）；下片轉第 2 部仄聲韻（上、唱），再轉入第 3 部平聲韻（時、璃）。綜觀兩詞，雖同贈述古，然兩詞用字、用韻均不相同。

熙寧七年 9 月，張先同楊繪餞蘇軾於中和堂。張、蘇同作〈勸金船〉，乃楊繪自度曲。楊繪原韻以佚，存傳者僅張先及蘇軾之作。張詞序云：「流杯堂唱和，翰林主人元素自撰腔」，詞曰：

> 流泉宛轉雙開竇。帶染輕紗縐。何人暗得金船酒。擁羅綺前後。綠定見花影，並照與、豔妝爭秀。行盡曲名，休更再歌楊柳。　　光生飛動搖瓊甃。隔障笙簫奏。須知短景歡無足，又還過清晝。翰閣遲歸來，傳騎恨、留住難久。異日鳳凰池上，爲誰思舊。（《全宋詞》，冊一，頁 82）

蘇軾〈泛金船〉「流杯亭和楊元素」云：

> 無情流水多情客。勸我如曾識。杯行到手休辭卻。這公道難得。曲水池上，小字更書年月。還對茂林修竹，似永和節。　　纖纖素手如霜雪。笑把秋花插。尊前莫怪歌聲咽。又還是輕別。此去翱翔，遍賞玉堂金闕。欲問再來何歲，應有華髮。（《全宋詞》，冊一，頁 282）

在句式方面，張詞上、下片第五句五字，第六句七字，上片結二句作上四下六句法；蘇詞上、下片第五句十字，第六句十字，均作上六下四結。在用韻上，張先韻腳依次爲「竇、縐、酒、後、秀、柳、甃、奏、晝、久、舊」，押第 12 部仄聲韻；蘇軾韻腳依次爲「客、識、卻、

得、月、節、雪、插、咽、別、闋、髮」押入聲韻。雖爲和作，然兩
人在句式、用韻上均有出入。龍楡生《東坡樂府箋》云：「案此闋與
東坡作同和元素，而韻既不同，句度又復參差，豈有自撰腔可隨意偷
聲減字耶？」〔註13〕乃批評兩詞同和元素，體製上卻參差不齊之現象。

　　蘇軾、楊繪同舟離杭，先繞道湖州訪李常，陳舜俞、張先從，遂
與劉述俱至松江垂虹亭，八十五歲的張先作〈定風波令〉（亦稱「前
六客詞」），傳於四方。詞序紀錄了此次盛會的地點、參與者及其身份：
「雪溪席上，同會者六人，楊元素侍讀、劉孝叔吏部、蘇子瞻、李公
擇二學士、陳令舉賢良」，詞文曰：

　　　西閣名臣奉詔行。南牀吏部錦衣榮。中有瀛仙賓與主。相
　　　遇。平津選首更神清。　　溪上玉樓同宴喜。歡醉。對堤
　　　杯葉惜秋英。盡道賢人聚吳分。試問。也應旁有老人星。（《全
　　　宋詞》，冊一，頁74）

〈定風波〉，一作〈定風波令〉，雙片62字，上片五句三平韻、兩仄
韻，下片六句兩平韻、四仄韻。此闋韻腳爲「行、榮、主、遇、清、
喜、醉、英、分、問、星」，上片押第11部平聲韻、第4部仄聲韻；
下片押第11部平聲韻、第3部與第6部仄聲韻，爲「間韻」形式。
蘇軾另作〈定風波〉「送元素」一首，詞曰：

　　　今古風流阮步兵，平生遊宦愛東平。千里遠來還不住。歸
　　　去。空留風韻照人清。　　紅粉尊前添懊惱。休道。怎生
　　　留得許多情。記得明年花絮亂。須看。泛西湖是斷腸聲。（《全
　　　宋詞》，冊一，頁289）

此詞乃蘇軾與張先同賦以贈別楊繪所作。上片韻腳爲「兵、平、住、
去、清」，屬第11部平聲韻、第4部仄聲韻；下片韻腳爲「惱、道、
情、亂、看、聲」，押第11部平聲韻、第7部與第8部仄聲韻。此詞
未標明和張先韻，韻字亦不相同，僅兩詞用韻皆作第11部平聲韻，
上片皆錯協第4部仄聲韻。然觀張、蘇兩詞之韻腳，僅押平聲韻，間

〔註13〕〔宋〕蘇軾撰；龍沐勛校箋：《東坡樂府箋》（臺北：臺灣商務印書
　　　　館，1988年5月），卷一，頁17。

入仄韻。其後張先又作〈定風波令〉「次韻子瞻送元素內翰」與〈定風波令〉「再次韻送子瞻」兩首相贈，茲附錄如次：

> 浴殿詞臣亦議兵。禁中頗牧黨羌平。詔卷促歸難自緩。溪館。綵花千數酒泉清。　春草未青秋葉暮。□去。一家行色萬家情。可恨黃鶯相識晚。望斷。湖邊亭上不聞聲。（《全宋詞》，冊一，頁74）

> 談辨纏疏堂上兵。畫船齊岸暗潮平。萬乘靴袍曾好問。須信。文章傳口齒牙清。　三百寺應遊未徧。□算。湖山風物豈無情。不獨渠丘歌叔度。行路。吳謠終日有餘聲。（《全宋詞》，冊一，頁74）

前首贈楊繪上片韻腳為「兵、平、緩、館、清」，當屬第11部平聲韻、第7部仄聲韻；下片韻腳為「暮、去、情、晚、斷、聲」，屬第11部平聲韻，第4部、第7部仄聲韻，為間韻形式，下片仄韻又與上片協，與前作略有差異。後首贈蘇軾上片韻腳為「兵、平、問、信、清」屬第11部平聲韻、第6部仄聲韻；下片韻腳為「徧、算、情、度、路、聲」，屬第11部平聲韻，第4部、第7部仄聲韻，為間韻形式。張先詞序中標明「次韻」，係以平聲韻為主，故平聲韻韻字相同，同押第11部；而仄聲韻、字皆有出入。

七年後，蘇軾作〈書遊垂虹亭〉一文追記此事：「吾昔自杭移高密，與楊元素同舟，而陳令舉、張子野皆從吾過李公擇於湖，遂與劉孝叔俱至松江。夜半，月出，置酒垂虹亭上。子野年八十五，以歌詞聞於天下，作《定風波令》，其略云：『見說賢人聚吳分，試問，也應傍有老人星。』坐客歡甚，有醉倒者。此樂未嘗忘也。今七年爾。子野、孝叔、令舉皆為異物，而松江橋亭，今歲七月九日，海風駕潮，平地丈餘，蕩盡無復子遺矣。追思曩時，真一夢耳。」[註14] 元祐四年（1089）6月，蘇軾與張仲謀、曹輔、劉季孫、蘇堅、張弼會於湖

〔註14〕　〔宋〕蘇軾撰；王文誥輯、孔凡禮點校：《蘇軾文集》（北京：中華書局，1992年9月），冊五，頁2254。

州，蘇軾復作「後六客詞」追懷前事。後與張先之作同刻於湖州墨妙亭，成爲北宋詞壇的一段佳話。序云：「余昔與張子野、劉孝叔、李公擇、陳令舉、楊元素會於吳興。時子野作六客詞，其卒章云：『見說賢人聚吳分。試問。也應旁有老人星。』凡十五年，再過吳興，而五人者皆已亡矣。時張仲謀與曹子方、劉景文、蘇伯固、張秉道爲坐客，仲謀請作『後六客詞』。」〔註15〕詞曰：

> 月滿苕溪照夜堂。五星一老鬥光芒。十五年間眞夢裏。何事。長庚對月獨淒涼。　　綠鬢蒼顏同一醉。還是。六人吟笑水雲鄉。賓主談鋒誰得似。看取。曹劉今對兩蘇張。（《全宋詞》，冊一，頁290）

此詞韻腳爲「堂、茫、裏、事、涼、醉、是、鄉、似、取、張」，押第2部平聲韻及第3部仄聲韻，惟下片「取」字押第4部仄聲韻。此闋與張先前作句式用韻無涉，僅在內容上貫穿兩次六客之會，抒發物換星移之慨。綜觀上述諸作用韻情形，皆有出入，可見張、蘇二人唱和之作實非和「韻」，而係仿擬詞作內容及語言風格。此現象與詞體早期唱和相類，對韻部、韻字尚未講究，僅針對前作內容或與詞牌名相互呼應，黃文吉〈唱和與詞體的興衰〉一文提及：「劉禹錫〈憶江南〉自注云：『和樂天春詞，依〈憶江南〉曲拍爲句』……劉禹錫的和詞不但不是「次韻」，也不是依韻，它只是根據〈憶江南〉題意來填詞。早期詞調名稱與詞的內容是一致的，當時的人填詞是一種『和曲拍』、『和題』的行爲。」〔註16〕除白、劉唱和之例，南唐沈汾《續仙傳》亦載：「眞卿爲湖州刺史，與門客會飲，乃唱和爲〈漁父詞〉，其首唱即志和之詞……眞卿與陸鴻漸、徐士衡、李成矩共和二十五首，遞相誇賞。」〔註17〕所和之詞，亦與詞作內容及詞牌有關。洎乎

〔註15〕唐圭璋編：《全宋詞》，冊一，頁289。

〔註16〕見黃文吉：《黃文吉詞學論集》（臺北：臺灣學生書局，2003年11月），頁25～26。

〔註17〕見〔宋〕張君房輯：《雲笈七籤》（臺北：臺灣商務印書館，1979年），卷113，頁1166～1167。

宋代張先、蘇軾，承續唐代和作，並未就「韻」進行唱和，或針對前詞之意予以呼應，或針對社交活動之景象、事件，添入個人感懷加以抒發，目的在於表達臨別不捨之情及文人雅集遊戲之趣味，尚非嚴格「依韻」、「次韻」之作。

在詞牌擇用上，此期（熙寧七年 6 月至 9 月）張先作詞 10 首，使用 8 種詞牌，其中除〈熙州慢〉爲長調，餘皆爲中短篇製；蘇軾作詞 17 首，使用 10 種詞牌，皆爲小令或中調，無慢詞作品。張先雖已開始嘗試創作慢詞，然長調慢詞之發展此時仍在萌芽階段，尚未繁興，因此張先作品多爲小令、中調；蘇軾倅杭期間初而爲詞，交往應酬之作受張先影響，亦以短章爲夥，與詞體文學自唐五代至北宋前期以中短篇幅爲主的情況一致。

在詞題（序）方面，詞調之外另立詞題、詞序之情況，亦自張先後蓬勃發展。唐五代尚無詞題之例，詞牌與調名與詞的內容仍有聯繫，自詞牌逐漸定型後，日益格式化，遠離敘事功用，遂詞人在詞牌之後始添入詞題，以標明詞旨、引導敘事。當詞題尚不足說明作詞原委時，便將詞題擴展爲詞序，以說明整闋詞的寫作緣起、背景、體例、方法等。而最早大量使用詞題（序）者正是張先，據《全宋詞》，張先之前詞另立標題者共有 7 人 23 首，[註18] 時至張先，全詞 165 首，即有 66 首使用詞題或詞序，占總數之四成，此前及同時期尚無人如此大量採用題序。蘇軾受張先影響，350 多首詞中亦有 271 首有詞題或詞序，近總數之八成。而上表所列之和韻詞，詞有詞題（序）者達

〔註18〕王禹偁：〈點絳脣·感興〉；陳亞：〈生查子·藥名寄章得象陳情〉、〈生查子·藥名閨情〉3 首；聶冠卿：〈多麗·李良定公席上賦〉；范仲淹：〈蘇幕遮·懷舊〉、〈漁家傲·秋思〉、〈御街行·秋日懷舊〉、〈剔銀燈·與歐陽公席上分題〉、〈定風波·自前二府鎮穰下營百花洲親製〉；沈邈：〈剔銀燈·途次南京憶營妓張溫卿〉；楊適：〈長相思·題丈亭館〉；柳永：〈玉女搖仙佩·佳人〉、〈御街行·聖壽〉、〈長相思·京妓〉、〈玉蝴蝶·重陽〉、〈木蘭花·杏花〉、〈木蘭花·海棠〉、〈木蘭花·柳枝〉、〈瓜茉莉·秋夜〉、〈女冠子·夏景〉、〈十二時·秋夜〉。見唐圭璋編：《全宋詞》，冊一，頁 1～57。

9 首之多；蘇軾亦高達 16 首。而張先的詞題（序）較短，發展至蘇軾漸長，顯見兩人在詞題、詞序上的開拓與承繼關係，可以說詞題（序）乃始於張先，而興於蘇軾。〔註 19〕詞用題序乃借鑒詩之形式而來，而張先對題序之頻繁運用，與題材內容相互結合，體現了「以詩爲詞」的創作傾向，給予蘇軾日後創作相當大的啓發。

（二）內容風格

劉子庚《詞史》載：「（張先）以歌詞聞天下，而協之以雅。蘇軾猶及與之遊。故亦好爲詞。」〔註 20〕蘇軾倅杭期間始與張先交往，嘗試詞體創作，兩人之間的唱和酬贈，創作出許多以描繪西湖美景、歌詠宴飲之樂、歌伎情態，抒寫朋友情懷的詞。〔註 21〕從敘事的角度看，每首詞都涉及人和事，有些人事成爲詞的內容，有些只是背景，如「湖上與張先同賦時聞彈箏」、「陪杭守泛湖夜歸」、「沈強輔雯上出犀麗玉作胡琴送元素還朝，同子野各賦一首」等。遊賞酬贈送迎之際，以詞敘事抒情以足風雅，以慰友情，這就構成了詞豐富多彩的文化內涵。〔註 22〕也由於張先、蘇軾等人以詞交遊的互動，使杭州詞壇形成一個以兩人爲中心的詞人群，首開「以詞應社」之風。周濟《介存齋論詞雜著》云：「北宋有無謂之詞以應歌，南宋有無謂之詞以應社。」〔註 23〕薛瑞生則認爲詞史上「開『應社』風氣之先者自當首推蘇東坡」〔註 24〕即指蘇軾倅杭時期與文友間的唱和

〔註 19〕　參見張海鷗：〈熙寧四年至七年西湖詞人群體敘事——以蘇軾爲中心〉，《政大中文學報》第 11 期，2009 年 6 月，頁 42。
〔註 20〕　〔清〕劉子庚著：《詞史》（臺北：學生書局，1982 年 8 月），頁 60。
〔註 21〕　張海鷗：〈熙寧四年至七年西湖詞人群體敘事——以蘇軾爲中心〉一文將蘇軾倅杭期間所作之詞分爲「詠妓詞」、「羈旅行役詞」、「送迎之詞」、「六客之會詞」四大類。頁 46～50。
〔註 22〕　同前註，頁 46。
〔註 23〕　〔清〕周濟：《介存齋論詞雜著》，見唐圭璋主編：《詞話叢編》，冊二，頁 1629。
〔註 24〕　〔宋〕柳永撰：薛瑞生校注：《樂章集校注》「前言」（北京：中華書局，1994 年），頁 23。

交流，尤以熙寧七年6月至9月最爲頻繁。此時雖無「詞社」組織之自覺意識，然宋代官吏的社交場合多有官伎歌詞勸酒，即是詞社活動的場所，宴飲場合互贈應酬之詞自然形成一個創作團體，此中張先年歲較長，詞名顯達，最受尊崇，實爲詞社盟主，對初試啼聲的蘇軾而言，更是學習、模仿的目標。再者，蘇軾正方宦途失意，流轉外地，對張先「淺斟杯酒紅生頰，細琢歌詞穩稱聲」〔註25〕的文化娛樂方式相當欽羨，在杭州山水與文友交流之相互影響下，更誘發蘇軾的作詞動機，進而打破「詩莊詞媚」、「以婉約爲正」的傳統觀念，開創獨樹一幟的詞壇新風貌。因此，這場文化盛會，不僅作爲「以詞應社」的先聲，亦代表著北宋初期至中期詞風嬗變的重要趨向。

張先以八十九歲高齡謝世，蘇軾作〈祭張子野文〉寄託哀思，回憶兩人在杭州結下的深厚情誼：「我官於杭，始獲擁彗。歡欣忘年，脫略苛細」〔註26〕由此方知張先對於蘇軾來說是亦師亦友的忘年之交。文中亦高度肯定張先的詞作成就：「微詞宛轉，蓋詩之裔。」〔註27〕一方面認爲張先詞淵源於詩，另一方面則肯定「以詩爲詞」的創作手法。吳熊和認爲：「蘇軾這種詞爲『詩裔』說，比起後起的『詩餘』說，顯有推尊詞體之意。這與後人稱張先之詞爲『詩人之詞，與三變不同』，用意是完全一致的。」〔註28〕此處提到張先與蘇軾的承繼關係，並凸顯張先、蘇軾兩人「以詩爲詞」的創作特色，與柳永「詞人之詞」作一區隔。

張先「以詩爲詞」主要表現在「以詩語爲詞語」及「以詩境爲詞境」兩方面。晚唐五代爲詞崇尚香軟濃豔、細膩陰柔，宋代文人

〔註25〕〔宋〕蘇軾撰；王文誥輯注、孔凡禮點校：《蘇軾詩集・和致仕張郎中春晝》（北京：中華書局，1992年4月），冊二，頁401。

〔註26〕〔宋〕張先撰，吳熊和、沈松勤校注：《張先集編年校注・附錄》，頁305。

〔註27〕同前註。

〔註28〕同前註，頁6～7。

為符合「雅」的審美需求，透過詩句借鑑為宋詞注入清麗雅致的語言風格。張先「化詩入詞」之現象相當頻繁，據統計，張詞借鑑近80位前代作家的詩詞作品，以及《詩經》、〈古詩十九首〉等無名氏之作。〔註29〕蘇軾學習、繼承張先「以詩為詞」的作法，借鑑唐詩詩句，使之工麗典雅。如〈賀新郎〉（乳燕飛華屋）：「石榴半吐紅巾蹙，待浮花浪蕊都盡，伴君幽獨。」（《全宋詞》，冊一，頁297）首句係襲白居易〈題孤山寺石榴花示諸僧眾〉六句詩：「山榴花似結紅巾」〔註30〕而化用之；而「浮花」、「浪蕊」兩詞係截取韓愈〈杏花詩〉：「浮花浪蕊鎮長有，才開還落瘴霧中。」〔註31〕又〈南鄉子〉（不用謝公臺）：「看取桃花春二月，爭開，盡是劉郎去後栽。」（《全宋詞》，冊一，頁290）詞中末句係襲劉禹錫七絕〈元和十一年牛自朗州召至京戲贈看花諸君子〉〔註32〕詩之末句。〔註33〕

在「以詩境為詞境」的營造上，張先善寫小令，而宋初小令承繼唐五代小令寫法，保有七絕之風味，餘韻悠長。正如清代沈祥龍說：「小令須突然而來，悠然而去，數語曲折含蓄，有言外不盡之致。著一直語、粗語、鋪排語、說盡語，便索然矣。」〔註34〕講究的即是詩法中「不著一字，盡得風流」〔註35〕的神韻之致。慢詞亦多用小令作法，所謂「小令作法」，即以詩中七絕短章拉長的作法來寫慢詞，目的是保留詩中凝重古拙之「韻趣」。蘇軾受到張先影響，將含蓄留白

〔註29〕 謝雪清：〈論北宋初、中期「以詩為詞」創作傾向的發展軌跡〉，《廣西梧州師範高等專科學校學報》第22卷第3期（2006年9月），頁3。

〔註30〕 〔清〕清聖祖御定：《全唐詩》（臺北：文史哲出版社，1987年12月），卷四百四十三，頁4958。

〔註31〕 同前註，卷三百三十八，頁3792。

〔註32〕 同前註，卷三百六十五，頁4116。

〔註33〕 蘇軾借鑑唐人詩句之例見王師偉勇著：《宋詞與唐詩之對應研究》（臺北：文史哲出版社，2004年3月），頁26、43。

〔註34〕 〔清〕沈祥龍：《論詞隨筆》，見唐圭璋編：《詞話叢編》，冊五，頁4050。

〔註35〕 〔唐〕司空圖撰：《二十四詩品·含蓄》，見清·何文煥輯：《歷代詩話》（臺北：漢京文化事業有限公司，1983年1月）冊一，頁40。

的作詩之法帶入詞作，創造詞體言有盡而意無窮的風神，亦多處以「韻」的內涵評價文學作品，如蘇軾〈書黃子思詩集後〉云：「李、杜之後，詩人繼作，雖間有遠韻，而才不逮意。」〔註36〕又評孟浩然詩：「韻高而才短，如造內法酒手，而少材料耳。」〔註37〕宋人陳善亦云：「讀淵明詩頗似枯淡……東坡晚年酷好之，謂李、杜不及也。此無他，韻勝而已。」〔註38〕由此方知張先對蘇軾之啓發，不僅止於詞體創作之形式、風格，更以張先「韻勝」特點爲接受對象，展現對文學藝術整體之審美傾向，強調淡遠而深沉的藝術美感與人文精神。〔註39〕

二、歷時創作接受——宋代詞人和韻、化用張先詞

宋人對張先作品的歷時創作接受主要表現在王之道、趙長卿的追和作品及王安中、程垓的集句作品兩部分，茲就詞牌名、詞題（序）與引用出處表列如次：

（一）宋人和韻張先詞

表 3-2：宋代詞人和韻張先詞一覽表

	作者	詞 牌 名	詞題（詞序）	出 處
1	王之道	宴春臺（翠竹扶疏）	追和張子野韻贈陳德甫侍兒	《全宋詞》，冊二，頁1151。
2	趙長卿	一叢花（當歌臨酒）	和張子野	《全宋詞》，冊三，頁1808。

由上表可知，宋人和韻張先詞有〈宴春臺慢〉與〈一叢花〉兩首，

〔註36〕〔宋〕蘇軾撰；孔凡禮點校：《蘇軾文集》（北京：中華書局，1992年9月），冊五，頁2124。

〔註37〕〔宋〕陳師道：《後山詩話》，見清·何文煥輯：《歷代詩話》，冊一，頁308。

〔註38〕〔宋〕陳善：《捫蝨新話》（北京：中華書局，1985年）上集，卷一，頁1。

〔註39〕參孫維城著：〈論張先對蘇軾詞學思想的影響〉，《張先與北宋中前期詞壇關係探論》（合肥：安徽大學出版社，2007年12月），頁157～168。

茲就其句式用韻及內容思想析論如次：

1、和〈宴春臺慢〉（麗日千門）

王之道（1093～1169），字彥猷，號相山居士，無為軍（今安徽無為）人，一作濡須（今安徽合肥）人，著有《相山集》、《相山詞》。王之道有和詞113首，其〈宴春臺〉「追和張子野韻贈陳德甫侍兒」云：

> 翠竹扶疏，丹葵隱映，綠窗朱戶縈迴。簾捲蝦鬚，清風時
> 自南來。題輿好客筵開。儼新妝、深出雲街。歌珠纍貫，
> 一時傾坐，全勝腰雷。　　金猊裊碧，玉兕浮紅，令傳三
> 杏，情寄雙梅。樓頭漏促，籠紗暗落花煤。錦里遺音，憶
> 當年、曾賦春臺。醉蓬萊。歸騑無寐，想餘韻徘徊。(《全宋
> 詞》，冊二，頁1151)

此首取徑於張先〈宴春臺慢〉「東都春日李閣使席上」一詞，附錄如下：

> 麗日千門，紫煙雙闕，瓊林又報春回。殿閣風微，當時去
> 燕還來。五侯池館頻開。採芳菲、走馬天街。重簾人語，
> 轔轔繡軒，遠近輕雷。　　雕觴霞灩，翠幕雲飛，楚腰舞
> 柳，宮面妝梅。金猊夜暖，羅衣暗裛香煤。洞府人歸，放
> 笙歌、燈火樓臺。下蓬萊。猶有花上月，清影徘徊。(《全宋
> 詞》，冊一，頁61)

〈宴春臺〉，又名〈宴春臺慢〉，雙片98字，上片十句五平韻，下片十一句五平韻。調首見於張詞，注「仙呂宮」。比較兩詞，韻腳依次均作「回、來、開、街、雷、梅、煤、臺、萊、徊」，押第3部轉第5部平聲韻，屬和韻中之「次韻」。王之道詞下片結二句作四字一句、五字一句，是為變體。張詞描寫帝城春景的繁盛。天家宮闕、五侯池館、士女車馬以及飛觴舞袖、香獸羅衣，燦然咸備。結句至月上猶流連不去，極寫酣遊之能事；王之道承續張詞風格，用字絢麗輝煌，善用視覺感官描摹景色、器物，如運用「綠窗朱戶」、「金猊裊碧」、「玉兕浮紅」等鮮豔色彩，營造出華麗繽紛之意象。

2、和〈一叢花令〉(傷高懷遠幾時窮)

趙長卿,生卒不詳,字師有,號仙源居士,南豐(今屬江西)人,有《惜香樂府》十卷。其〈一叢花〉「和張子野」云:

> 當歌臨酒恨難窮。酒不似愁濃。風帆正起歸與興,岸東西、芳草茸茸。楚夢乍回,吳音初聽,誰念我孤蹤。　　藏春小院暖融融。眼色與心通。烏雲有意重梳掠,便安排、金屋房櫳。雲雨厚因,鴛鴦宿債,作個好家風。(《全宋詞》,冊三,頁 1808)

此闋係追和張先〈一叢花令〉(傷高懷遠幾時窮),詞曰:

> 傷高懷遠幾時窮。無物似情濃。離愁正引千絲亂,更東陌、飛絮濛濛。嘶騎漸遙,征塵不斷,何處認郎蹤。　　雙鴛池沼水溶溶。南北小橈通。梯橫畫閣黃昏後,又還是、斜月簾櫳。沉恨細思,不如桃杏,猶解嫁東風。(《全宋詞》,冊一,頁 61)

〈一叢花令〉又名〈一叢花〉,雙調 78 字,上、下片各七句四平韻。以張先此首為正,入南呂宮(林鐘宮)。韻腳依次作「窮、濃、濛、蹤、溶、通、櫳、風」,屬第 1 部平聲韻;趙詞韻腳作「窮、濃、茸、蹤、融、通、櫳、風」,亦押第 1 部平聲韻。其中張先「更東陌、飛絮濛濛」一句,《綠窗新話》卷上將「濛濛」作「蒙茸」;〔註40〕「雙鴛池沼水溶溶」一句,晁補之〈江神子〉「集句惜春」一詞〔註41〕集張先此句為「雙鴛池沼水融融」,可見宋時即有「茸」字、「融」字版本。趙長卿以「茸」、「融」二字為韻,實乃版本文字差異所致,故此首仍可視為「次韻」之作。在內容方面,原作乃張先與一女尼私會,

---

〔註40〕〔宋〕皇都風月主人;趙子文、趙揚點注:《綠窗新話・張子野潛登池閣》,收錄於史仲文主編:《中國文言小說百部經典》(北京:北京出版社,2000 年),冊十,頁 6751。

〔註41〕晁補之〈江神子〉「集句惜春」:「雙鴛池沼水融融。桂堂東。又春風。今日看花,花勝去年紅。把酒問花花不語,攜手處,遍芳叢。　　留春且住莫匆匆。秉金籠。夜寒濃。沉醉插花,走馬月明中。待得醒時君不見,不隨水,即隨風。」見唐圭璋《全宋詞》,冊一,頁 557。

別後不勝惓惓而作。全詞以女尼口吻敘述，上片緊扣傷高懷遠之離愁，從登樓遠望，收歸近處的池沼、眼前的樓閣，由遠而近，次第井然；下片寫私會地點與別後相思之情，末句「沉恨細思，不如桃杏，猶解嫁東風」，以「桃杏凡花」喻世俗男女，微妙地凸顯出詞中人物原是一位出家持戒的比丘尼身份。而趙長卿和韻之詞，描寫女子臨別難捨之情與自我的美好想望，與張先本事無涉，故趙詞僅仿效原作句式、用韻，內容則別有發揮。

（二）宋人化用張先詞

表3-3：宋代詞人化用張先詞一覽表

	作者	詞牌名	詞題（詞序）	出處
1	王安中	蝶戀花（青玉一枝）	六花多詞；紅梅口號：千林臘雪綴瑤瑰。晴日南枝暖獨回。知有和羹尋鼎實，未春先發看紅梅。	《全宋詞》，冊二，頁748。
2	程垓	孤雁兒（雙鬟乍縮）	有尼從人而復出者，戲用張子野事賦此	《全宋詞》，冊三，頁1994。

1、王安中化用張先詞

王安中（1075～1134），字履道，號初寮。中山陽曲（今山西太原）人。以詩與四六文見長，原有《初寮集》40卷、《後集》10卷，《內外制》26卷，均佚。清修《四庫全書》自《永樂大典》輯得詩文數百篇，編為8卷。今存作品以詞為主，收錄於《初寮詞》。王安中擅寫詠花詞，有六首詠多花之作，其〈蝶戀花〉「六花多詞；紅梅口號：千林臘雪綴瑤瑰。晴日南枝暖獨回。知有和羹尋鼎實，未春先發看紅梅。」云：

> 青玉一枝紅纇吐。粉頰愁寒，濃與胭脂傅。辨杏猜桃君莫誤。天姿不到風塵處。雲破月來花下住。要伴佳人，弄影參差舞。只有暗香穿繡戶。昭華一曲驚吹去。（《全宋詞》，冊二，頁748）

此闋之「雲破月來花下住。要伴佳人，弄影參差舞」句，係取自張先〈天仙子〉（水調數聲持酒聽）之「雲破月來花弄影」（《全宋詞》，冊

一，頁 70），乃不易其文意、語序而增加字數擴寫爲兩句，屬集句中
「增損」一類。張先以擅長寫「影」出名，覽其詞集，即有二十九闋
著影處，〔註 42〕世稱「張三影」。而此句乃張先「影」詞中最爲人稱
道者，在當時即有「雲破月來花弄影郎中」〔註 43〕之稱號。張詞上片
寫春愁，下片轉而描繪庭園池塘之景，藉以烘托傷春自傷之情，「雲
破月來花弄影」一句，寫花在月光臨照下弄影生姿，極具動態之美；
然觀王詞內容，時序爲寒冬，並有佳人歌舞，洋溢歡樂氣息，與張詞
感嘆年華將逝相異，僅取張先名句用字、句意描繪紅梅神態。由此可
見，張先之「雲破月來花弄影」不但揚名一時，至明代仍傳誦不歇，
王安中以此句入詞詠物，可見對其藝術造詣之讚賞。

2、程垓化用張先詞

程垓（生卒年不詳），字正伯，號書舟。眉山（今屬四川）人。
存詞 157 首，著有《書舟詞》。其〈孤雁兒〉「有尼從人而復出者，戲
用張子野事賦此」詞云：

> 雙鬟乍綰橫波溜。記當日、香心透。誰教容易逐鸞飛，輸
> 卻春風先手。天公元也，管人憔悴，放出花枝瘦。幾宵和
> 月來相就。問何事、春山鬭。祇應深院鎖嬋娟，枉卻嬌花
> 時候。何時爲我，小梯橫閣，試約黃昏後。（《全宋詞》，冊三，
> 頁 1994）

程垓此首化用傳云張先與女尼私會本事，藉此暗比當時有尼從人復出
一事。《古今詞話》謂：「（張先）嘗與一尼私約，其老尼性嚴，每臥
於池島中一小閣，俟夜深人靜，其尼潛下梯，俾子野登閣相遇。臨別，
子野不勝惓惓。」〔註 44〕有詞爲證：

〔註 42〕 見劉文注著：《張先及其〈安陸詞〉研究》（北京：北京大學出版社，
　　　　 1990 年 3 月），頁 129～130。
〔註 43〕 〔宋〕胡仔纂集；廖德明校點：《苕溪漁隱叢話・前集》（臺北：木
　　　　 鐸出版社，1982 年 8 月），卷第三十七，頁 252。
〔註 44〕 〔宋〕楊湜撰：《古今詞話》，見唐圭璋編：《詞話叢編》，冊一，頁
　　　　 24。

花前月下暫相逢，苦恨阻從容。何況酒醒夢斷，花謝月朦
朧。　　花不盡，月無窮。兩心同。此時願作，楊柳千絲，
絆惹春風。(《全宋詞‧訴衷情》，冊一，頁 67～68)

其後多次幽會，雖未被老尼發現，然張先深怕事跡敗露，不敢赴約而
悄悄遠走，使女尼相思成疾。張先聞知，深感歉咎，故以女尼口吻填
詞一首，以表內心情懷：

傷高懷遠幾時窮。無物似情濃。離愁正引千絲亂，更東陌、
飛絮濛濛。嘶騎漸遙，征塵不斷，何處認郎蹤。　　雙鴛
池沼水溶溶。南北小橈通。梯橫畫閣黃昏後，又還是、斜
月簾櫳。沉恨細思，不如桃杏，猶解嫁東風。(《全宋詞‧一
叢花令》，冊一，頁 61)

此詞一出遂廣為流傳，宋‧張舜民《畫墁錄》載：「晏丞相領京兆，
辟張先都官通判。一日，張議事府內，再三未答，晏公作色，操楚語
曰：『本為賢會道「無物似情濃」，今日卻來此事公事。』」〔註 45〕范
公偁亦云：「子野郎中〈一叢花〉詞云：『沉恨細思，不如桃杏，猶解
嫁東風。』一時盛傳，永叔尤愛之，恨未識其人。子野家南地，以故
至都謁永叔，閽者以郎中通，永叔倒屣迎之，曰：『此「桃杏嫁東風」
郎中。』」〔註 46〕此事成為文壇佳話。又清‧賀裳《皺水軒詞筌》評
子野末句：「無理而妙」，〔註 47〕足見時人與後代評論家對此詞皆有極
高評價。程垓見有尼從人而復出，便化用張子野故實以概之。以女子
口吻，寫花前月下的思君情懷，與張先幽會之情景切合，末句「何時
為我，小梯橫閣，試約黃昏後」，不但化用張先原作「梯橫畫閣黃昏
後」一句，更直接點出企盼戀情之意，較張詞更為大膽露骨。

　　金、元時期對張先詞的創作接受，據筆者檢索唐圭璋編《全金元

─────────────

〔註 45〕　〔宋〕張舜民撰：《畫墁錄》，見《文津閣四庫全書》(北京：商務印
　　　　　書館，2005 年) 冊 345，頁 135。
〔註 46〕　〔宋〕范公偁撰：《過庭錄》，同前註，頁 416。
〔註 47〕　〔清〕賀裳撰：《皺水軒詞筌》，見唐圭璋編：《詞話叢編》，冊一，
　　　　　頁 695。

詞》，〔註48〕未得見金、元詞人和韻、仿擬或集用張詞作品，故此期
作品本章不予討論。

第二節　明代詞人對張先詞的創作接受

一、明人和韻張先詞

　　明代和韻張先有陳鐸、呂希周兩人作品，茲就詞牌名、詞題（序）
與引用出處表列如次：

表 3-4：明代詞人和韻張先詞一覽表

	作者	詞　牌　名	詞題（詞序）	出　　　處
1	陳鐸	青門引（門鎖蒼苔）	和張子野	《全明詞》，冊 2，頁 452。
2	陳鐸	宴春臺（寶馬頻嘶）	和張子野	《全明詞》，冊 2，頁 453。
3	呂希周	玉聯環（夢中露浥）	懷人作，次張子野韻	《全明詞補編》，上冊，頁 368。
4	呂希周	天仙子（臥穩開非）	後樂園作，次張子野韻	《全明詞補編》，上冊，頁 368。

（一）陳鐸和張先詞

　　陳鐸（1488～1521），字大聲，號秋碧，別號坐隱先生，又號七
一居士，下邳（今江蘇邳縣）人，著有《坐隱先生草堂餘意》、《秋碧
樂府》、《梨園寄傲》等。《坐隱先生草堂餘意》所填詞作，乃以《草
堂詩餘》爲範本，追和唐宋人詞所成之集。全詞共 147 首，和作即佔
109 首，其中和周邦彥詞 20 首，和秦觀詞 16 首，其餘諸人遠在其次，
代表陳鐸心摹手追，乃以周、秦兩人爲創作範式。陳鐸選和張先詞〈青
門引〉及〈宴春臺〉兩首，茲分述如次：

　　　　門鎖蒼苔冷。飛絮晚來初定。一春歡笑不曾愁，等閒瘦卻，
　　　　知是甚般病。騰騰好夢方驚醒。新月簾櫳靜。子規啼罷誰
　　　　遣，東風特地撩花影。（《全明詞・青門引》，冊二，頁 452）

〔註48〕唐圭璋編：《全金元詞》（臺北：洪氏出版社，1980 年 11 月）。

此首係和張先〈青門引〉（乍暖還輕冷）一詞，詞曰：

> 乍暖還輕冷。風雨晚來方定。庭軒寂寞近清明，殘花中酒，
> 又是去年病。樓頭畫角風吹醒。入夜重門靜。那堪更被明
> 月，隔牆送過秋千影。（《全宋詞》，冊一，頁 83）

〈青門引〉調見於張先詞，雙片 52 字，上片五句三仄韻，下片四句
三仄韻。韻腳依次作「冷、定、病、醒、靜、影」，押第 11 部仄聲韻，
陳詞亦同，屬「次韻」作品。〔註 49〕張先詞《草堂詩餘》題作「懷舊」，
描寫殘春時節，風景淒然，詩人病酒，寂寞堪傷。「入夜」後三句，
以別院歡欣氣氛對襯深夜之寂寥，末句「隔牆送過秋千影」乃張先影
詞名句之一。陳詞仿張詞內容，同寫暗夜寂寥與傷春愁緒，末三句以
子規哀啼、風撩花影的意象，用聽覺、視覺上的動態襯托出深夜之靜，
與原作頗有同工之妙。

　　除〈青門引〉外，陳鐸另和張先〈宴春臺〉一詞：

> 寶馬頻嘶，朱門不閉，內家侍宴方回。星彩正依微，香塵
> 拂面吹來。綺羅屏障交開。看宮花壓帽，洪鐙照導，畫輪
> 車子，鬬響春雷。　　行人住目，宿鳥驚飛，小幢輕蓋，
> 礙柳妨梅。清風十里，霏霏滿路薰煤。既知親見，猶疑夢
> 裏瑤臺。近蓬萊。歸來殘月下，踏影徘徊。（《全明詞》，冊二，
> 頁 453）

此詞取徑於張先〈宴春臺慢〉（麗日千門）一首：

> 麗日千門，紫煙雙闕，瓊林又報春回。殿閣風微，當時去
> 燕還來。五侯池館頻開。採芳菲、走馬天街。重簾人語，
> 轔轔繡軒，遠近輕雷。　　雕軿霞灩，翠幕雲飛，楚腰舞
> 柳，宮面妝梅。金猊夜暖，羅衣暗裏香煤。洞府人歸，放
> 笙歌、燈火樓臺。下蓬萊。猶有花上月，清影徘徊。（《全宋
> 詞》，冊一，頁 61）

陳詞韻腳依次為「回、來、開、雷、梅、煤、臺、萊、徊」，押第 5

〔註 49〕〈青門引〉末兩句應作六、七句結。《全明詞》標陳鐸〈青門引〉末
　　　　兩句「子規啼罷，誰遣東風，特地撩花影。」爲誤，實應爲「子規
　　　　啼罷誰遣，東風特地撩花影。」

部平聲韻。其中「星彩正依微」五字一句，與原作四字一句不合。又「看宮花壓帽」，與原作「探芳菲、走馬天街」相比，不但句式不同，陳詞亦缺一「街」韻。《詞律》、《詞譜》、《全宋詞》均錄有張詞，《詞律》「走馬」下脫「天街」二字，即失一韻。陳詞似與《詞律》同，「壓帽」下亦缺二字一韻。〔註50〕下片「猶疑夢裏瑤臺」與原作「放笙歌、燈火樓臺」句式亦有出入。而以內容觀之，兩詞皆咏春，且同以「亭臺樓閣」、「香車軒冕」等意象描繪都市繁華盛景，僅字面上稍作變化而已。

綜觀陳鐸二詞，除在用韻上追和張先，在內容風格上亦力求相近。歷來評論者對陳鐸和詞評價兩極，褒貶不一。褒者稱「陳大聲詞，全明不能有二……其詞境約略在余心目中，兼《樂章》之敷腴，《清眞》之沉著，《漱玉》之縣麗。」〔註51〕又稱《草堂餘意》「超澹疏宕，不琢不率，和何人韻，即仿其人體格。即如淮海、清眞、漱玉諸大家，置本集中，雖識者不能辨。」〔註52〕讚揚陳鐸和詞乃明代絕品，堪與前代名家相較高下；貶者則謂其作「以一人心力，而欲追襲群賢之華妙，徒負不自量之譏……使其用爲己調，當必擅聲一時；而以之追步古作，遂蹈村婦鬭美毛、施之失。」〔註53〕直指陳詞係「描紅」之作，僅以摹擬爲止境，以一人心力欲霸群雄，乃不自量力之舉。

（二）呂希周和張先詞

呂希周（生卒年不詳），字師旦，浙江崇德（今屬浙江錢塘道）人。明嘉靖十九年（1540）前後在世。有《東匯詩集》十卷。其〈玉聯環〉署爲「懷人作，次張子野韻」，詞曰：

〔註50〕饒宗頤初纂、張璋總纂：《全明詞》，冊二，頁453。
〔註51〕〔清〕況周頤撰：《蕙風詞話》，卷五，見唐圭璋編：《詞話叢編》，冊五，頁4510。
〔註52〕〔清〕況周頤撰：《蕙風詞話續編》，卷二，見唐圭璋編：《詞話叢編》，冊五，頁4560。
〔註53〕〔明〕陳霆撰：《渚山堂詞話》，卷二，見唐圭璋編：《詞話叢編》，冊一，頁365。

夢中露浥金蓮潤。蓬飛雙鬢。湘江暮雨盼孤舟，片片行雲
相近。　　若遇東風莫問。是他吹散了、陽臺雲雨佳期，
雲雨盡、情難盡。(《全明詞補編》，上冊，368)

此首係次韻張先〈玉聯環〉「南邠夜飲」一詞，附錄如次：

來時露浥衣香潤。綵縧垂鬢。卷簾還喜月相親，把酒更、
花相近。　　西去陽關休問。未歌先恨。玉峯山下水長流，
流水盡、情無盡。(《全宋詞》，冊一，頁 64)

〈玉聯環〉，又名〈玉連環〉，即〈一絡索〉。張先集中〈一絡索〉調
三首均名〈玉聯環〉，為宋人中最早見。在句式用韻方面，張詞雙調
47 字，上、下片各四句，三仄韻。呂詞韻腳依次為「潤、鬢、近、
問、盡」，與張詞同押第 6 部仄聲韻。惟下片第二句「是他吹散了、
陽臺雲雨佳期」與原作不同，呂氏句式乃「五、六」，中無押韻；張
詞句式「四、七」，「恨」字押韻。上片末句張詞作「三、三」，而呂
希周則六字一句結，句式「二、四」分，與原作相去甚遠。內容風格
方面，張詞係南邠夜飲之贈別作品，呂詞則為思婦懷人之作；張詞自
然清新，餘韻無窮，呂氏全闋寫閨中情事，用語大膽露骨，流於粗陋
鄙俗。結句「雲雨盡，情難盡」，則明顯仿自張先「流水盡、情無盡」
一句。呂氏尚有〈天仙子〉「後樂園作，次張子野韻」一闋：

臥穩閒非渾不聽。夢魂擾擾今初醒。睡裏光陰容易過，慵
覽鏡。嗟餘景。多少先憂君莫省。　　對酒優遊不覺暝。
冰輪冷浸梅花影。醉起開窗放月來，池水定。行人靜。更
沒羊求到三逕。(《全明詞補編》，上冊，頁 368)

此詞韻腳依次為「聽、醒、鏡、景、省、暝、影、定、靜、逕」，押
第 11 部仄聲韻，取徑於張先〈天仙子〉「時為嘉禾小倅、以病眠不赴
府會」一首：

水調數聲持酒聽。午醉醒來愁未醒。送春春去幾時回，臨
晚鏡。傷流景。往事後期空記省。　　沙上並禽池上暝。
雲破月來花弄影。重重簾幕密遮燈，風不定。人初靜。明
日落紅應滿徑。(《全宋詞》，冊一，頁 70)

〈天仙子〉，本名〈萬斯年〉，雙調 68 字，上、下片各六句五仄韻。
張先擅於捕捉藝術形象，偏好朦朧之美，詞中常有若隱若現之含蓄妙
趣。尤擅寫「影」，時號「張三影」，此詞「雲破月來花弄影」更爲張
先「三影」之代表名句。上片寫年歲漸老，往事堪傷之愁緒；下片通
過「並禽」的悠然與月弄花影的自如襯托一己之孤獨，末以「風燭」、
「落紅」暗傷殘年，低徊淒迷。呂詞則爲夜深夢醒，對影獨酌之作，
上片表現出百無聊賴之閒愁，下片則寫窗外夜景之美。細究此詞，風
格較爲穠麗，但平鋪直敘，以「冰輪冷浸梅花影」與「雲破月來花弄
影」相較，呂詞亦不若原作富有動態美感。

　　呂希周兩首次韻之作，前首〈玉聯環〉在體製上均與張詞有所出
入，豔詞風格亦與原作大相逕庭；後首次韻張先名作〈天仙子〉，乃
用心於形式之齊整，風格則偏綺豔，平鋪直敘較無畫面感，與原作善
於造境之特點不同。

二、明人集用張先詞

表 3-5：明代詞人集用張先詞一覽表

	作者	詞　牌　名	詞題（詞序）	出　　處
1	張旭	喜遷鶯(清風明月)	集古，送歐陽令君考蹟之京	《全明詞》，冊 2，頁 387。
2	汪廷訥	踏莎行(晚兔雲開)		《全明詞》，冊 3，頁 1221。

（一）張旭集用張先詞

　　張旭（生卒年不詳），字廷曙，安徽休寧人。明弘治初前後在世。
著有《梅巖小稿》三十卷。其〈喜遷鶯〉「集古，送歐陽令君考蹟之
京」一詞註明集用「張子野」作品：

> 清風明月。（陳剛中）正鵾鵬青霄，飛騰時節。（楊鐵崖）
> 五柳先生，（陶元亮）璚林醉客，（貢太甫）三載初朝金闕。
> （張子野）赤子有懷慈母，（岑嘉州）此際怎生離別。（胡
> 浩然）恨不得、倩十萬雄夫，（李太白）攀轅隊轍。（虞紹
> 庵）　　豪傑。（晁無咎）此一去，（方虛穀）奏最明廷，（梅

聖俞）六事都奇絕。（胡致堂）楊震四知，（徐一夔）魯恭
三異，（蘇老泉）未許名居前列。（靈夢堂）元首股肱際會，
（楊僕斯）風虎雲龍交接。（吳草廬）只恐我，這一年借寇，
（許白雲）寸心空切。（阮逸女）（《全明詞》，冊二，頁 387）

此闋標明集用陳剛中、楊維禎、陶淵明、貢師泰、張先、岑參、胡浩
然、李白、虞集、晁補之、方虛谷、梅堯臣、胡致堂、徐一夔、蘇洵、
靈夢堂、楊僕斯、吳澄、許謙、阮逸女之成句，集用作品橫跨唐、宋、
元三代，兼取詩、詞、文句，蒐集範圍甚廣。其中「三載初朝金闕」
一句注爲張子野作品，然針對張先現存之詩、詞、文，檢索《全宋詞》
及吳熊和、沈松勤校注之《張先集編年校注》二書，均無此句。筆者
遍查《全宋詞》中他人作品及唐圭璋《宋詞四考》，亦無所獲。僅就
所見資料判定此句或爲張先亡佚作品，或爲張旭誤錄。

（二）汪廷訥集用張先詞

汪廷訥（1569～1628），字昌朝，一字無如，自號坐隱先生，又
號全一眞人，亦稱無無居士。安徽休寧（一作新安海陽）人。有《環
翠堂集》三十七卷，別爲《坐隱集選》四卷，詩詞南北曲各一卷，惜
陰堂裁爲《坐隱先生詩餘》，凡 61 首。其「集宋詩餘」之〈踏莎行〉
一首註明集用張先詞，詞曰：

晚兔雲開，（秦少游）風簾翡翠。（王充）衡陽鴈去無留意。
（范希文）閒敲棋子落鐙花，（司馬君實）幸有散髮披襟處。
（柳耆卿）　　庭戶無聲，（蘇子瞻）壺山居士。（宋謙父）
枕上夢魂飛不去。（張子野）娟娟雙月冷侵門，（康伯可）
鷓鴣喚起南窗睡。（謝無逸）（《全明詞》，冊三，頁 1221）

詞中「枕上夢魂飛不去」句標注爲「張子野詞」，然筆者檢索查詢《全
宋詞》，於張先詞作中未有所得，經復查他人之作，乃見於秦觀〈浣
溪沙〉（錦帳重重捲暮霞）一闋，詞曰：

錦帳重重捲暮霞。屏風曲曲鬭紅牙。恨人何事苦離家。
　　枕上夢魂飛不去，覺來紅日又西斜。滿庭芳草襯殘花。

（《全宋詞》，冊一，頁 462）

汪廷訥誤認秦觀作品爲張先詞，乃因唐五代及北宋詞集，作品常有相混、互見之情形，張先詞亦有誤入他詞或他詞誤入之現象（參見本文第二章第一節）。此闋〈浣溪沙〉宋本《淮海詞》即有之，〔註 54〕當爲秦觀詞。明代《天機餘錦》及陳耀文《花草粹編》亦視此詞爲秦觀作品，〔註 55〕然顧從敬《類選箋釋草堂詩餘》、潘游龍《精選古今詩餘醉》、沈際飛《草堂詩餘四集》等選本將此首選爲張詞，汪廷訥或以上述選本爲據，將此闋判爲張詞，並於創作中加以引用。由此可見唐五代、北宋初期詞作相混、互見所造成作品傳播的混亂，亦影響後世詞人對作品創作接受的正確性。

三、明人仿擬張先詞

　　根據《全明詞》六冊與《全明詞補編》二冊初步檢索，有關仿擬（效、擬、法、改、借、用等）張先詞之作品，僅汪廷訥〈西江月〉「贈別愼度道人，戲改張子野詞」一闋，茲附錄如次：

　　　　憶昔小園話別，幾年社燕秋鴻。今朝何得遇仙翁。對坐長
　　　　林說夢。　　幾上青紅霞覆，盤中黑白雲籠。參玄入竅兩
　　　　相同。何日乘鸞跨鳳。（《全明詞》，冊三，頁 1213）

汪氏所作係仿擬〈西江月〉（憶昔錢塘話別）一詞，詞曰：

　　　　憶昔錢塘話別，十年社燕秋鴻。今朝忽遇暮雲東。對坐旗
　　　　亭說夢。　　破帽手遮紅日，練衣袖捲寒風。蘆花江上雨
　　　　蓑翁。消得幾番相送。〔註 56〕

汪詞序言「戲改張子野詞」，然《全宋詞》存目詞考訂此乃「無名氏詞，見翰墨大全壬集卷八」，〔註 57〕而非張先詞。歷代選本中，將此

〔註 54〕唐圭璋：《宋詞四考》（臺北：明倫出版社，1971 年 4 月），頁 232。

〔註 55〕秦觀詞選本收錄見許淑惠撰：《秦觀詞接受史》（臺南：國立成功大學碩士論文，2010 年 6 月），頁 310。

〔註 56〕〔明〕顧從敬、錢允治輯：《類選箋釋續選草堂詩餘》，收錄於《續修四庫全書》（上海：上海古籍出版社，2002 年），集部，冊 1728，卷上，頁 191。

〔註 57〕唐圭璋編：《全宋詞》，冊一，頁 86。

詞納入張詞者計有《類選箋釋草堂詩餘》、《古今詩餘醉》及《草堂詩餘四集》三種，皆爲明代選本。汪氏或以上述選本爲據，誤判此詞爲張先作品。

〈西江月〉，50字，上、下片各四句，兩平韻、一換仄協韻。在用韻方面，兩詞上片同押「鴻、翁、夢」；下片無名氏詞押「風、翁、送」，汪詞押「籠、同、鳳」，平仄通協第1部。比較兩詞用字，汪氏上片僅抽換重要詞語，將「錢塘」改爲「小園」、「十年」改爲「幾年」、「忽遇暮雲東」改爲「何得遇仙翁」、「旗亭」改爲「長林」，點出與愼度道人送別之人、事、時、地、物，其餘皆與原詞相同。至下片內容始有變化，汪氏將道教思想融入詞作，末兩句「參玄入竅兩相同」、「何日乘鸞跨鳳」尤爲明顯。雖與無名氏詞同爲送別之作，然汪氏以道教詞彙入詞，在風格上具有強烈宗教意識，與原作「蘆花江上雨蓑翁。消得幾番相送。」的自然清疏相去甚遠。足見汪廷訥乃取此詞字面、用韻及贈別類型三方面作爲效仿對象。

第三節　清代詞人對張先詞的創作接受

一、清人和韻張先詞

清代和韻張先作品以梁清標、魏學渠、徐倬、王士祿、尤珍、唐之鳳六人和作爲主，可區分爲和〈天仙子〉（水調數聲持酒聽）、〈一叢花〉（傷高懷遠幾時窮）、〈謝池春慢〉（繚牆重院）、〈師師令〉（香鈿寶珥）、〈醉落魄〉（雲輕柳弱）五闋，茲就詞牌名、詞題（序）與引用出處表列如次：

表3-6：清代詞人和韻張先詞一覽表

	作者	詞　牌　名	詞題（詞序）	出　　處
1	梁清標	謝池春慢（湘簾繡幕）	寒食，用張先韻	《全清詞》，冊4，頁2268～2269。
2	魏學渠	師師令（翠鈿寶珥）	和張子野韻	《全清詞》，冊5，頁2583。

3	徐倬	天仙子（月滿晴空）	題張禹韜海棠圖，即用張子野原韻	《全清詞》，冊6，頁3430。
4	王士祿	天仙子（河滿不堪）	用張子野韻	《全清詞》，冊8，頁4734。
5	王士祿	一叢花（生平途較）	用張子野韻	《全清詞》，冊8，頁4737。
6	尤珍	醉落魄（花嬌柳弱）	旅思，次張子野韻	《全清詞》，冊15，頁8506。
7	唐之鳳	一叢花（琵琶一曲）	恨別，次張子野韻	《全清詞補編》，冊2，頁1235。

（一）和〈天仙子〉（水調數聲持酒聽）

清人和韻張先〈天仙子〉（水調數聲持酒聽）者有徐倬及王士祿兩人。徐倬（1622～1711），字方虎，號蘋村，浙江德清（今浙江錢塘道）人，著有《水香詞》。其〈天仙子〉「題張禹韜海棠圖，即用張子野原韻」，詞云：

> 月滿晴空風滿廳。花自朦朧人自醒。多悄才子可憐春，天上鏡。人中景。付與閒居潘騎省。　　酒渴未消雲暝暝。偷得楊家一半影。憨癡卻好助詩狂，魂不定。香初靜。又引詩魔芳草逕。（《全清詞・順康卷》，冊6，頁3430）

此詞韻腳為「廳、醒、鏡、景、省、暝、影、定、靜、逕」，押第11部仄聲韻。唯「廳」字與原作不同，「逕」與「徑」則屬異體字，通用，應屬和韻中之「依韻」作品。徐倬詞序標明「題張禹韜海棠圖」，乃一題畫詞。海棠花春季盛開，而此闋「多悄才子可憐春」，與張詞同有傷春之意。此中「月」、「風」、「花」、「朦朧」、「雲」、「影」等用字皆與原作名句「雲破月來花弄影」意象雷同，可知徐倬〈天仙子〉一闋不僅是形式上的追和，在內容上亦有關聯性。

與徐倬同時期之王士祿亦和韻張先〈天仙子〉。王士祿（1626～1673），字子底，號西樵山人，山東新城人，著有《十笏堂詩選》、《炊聞詞》等。其〈天仙子〉「用張子野韻」詞云：

> 河滿不堪臨別聽。別酒醉來容易醒。持儂只問幾時來，頻攬鏡。憐光景。此意料君能暗省。　　離緒最愁窗色暝。明月又還窺隻影。空房應是怯孤眠，風欲定。鐘初靜。踏遍合歡廊下徑。（《全清詞・順康卷》，冊8，頁4734；又見《全清詞別集》，冊3，頁1352）

此詞句式、用韻上與原作全同，屬「次韻」作品。王士祿《炊聞詞·序》中明言一己學詞多取「《花間》、《尊前》、《草堂》諸體，稍規橅為之，日少即一二，多或六七，漫然隨意，都無約限，既檢積稿，遂盈百篇，因錄而存之。」〔註58〕可知王氏作詞取法「花草」，崇尚婉約柔媚之風，和韻之作亦多以五代、北宋之婉約詞人為主，如溫庭筠、顧敻、李煜、馮延巳、張先、晏殊、歐陽脩、蘇軾、秦觀、李清照等。王士祿〈天仙子〉一首，就內容論之，與張先同以「酒醒」、「攬鏡」、「月照」等意象描繪愁緒，可見王氏仿效之跡。然所寫之愁乃是離愁相思，與原作感嘆年華流逝相異，故於詞中特意添入「臨別」、「隻影」、「空房」、「孤眠」、「合歡」等意象以凸顯主題。

（二）和〈一叢花令〉（傷高懷遠幾時窮）

王士祿除次韻張先〈天仙子〉，其〈一叢花〉一闋亦標明「用張子野韻」，詞曰：

> 生平途較阮公窮。何物抵愁濃。香來略似垂絲柳，更拖煙、杏雨濛濛。麾去不遙，喚來便至，防然更無蹤。　　春冰化水已溶溶。幽鬱好教通。延歡送恨渾無計，若寒夕、遮斷簾櫳。那似柳綿，一當春晚，吹盡任東風。（《全清詞·順康卷》，冊8，頁4737；又見《全清詞別集》，冊3，頁1356）

另唐之鳳亦有〈一叢花〉「恨別，次張子野韻」一首。唐之鳳（1641～不詳），字武曾，浙江烏程（今浙江湖州）人，著有《天香閣文集》。其詞曰：

> 琵琶一曲恨何窮。琥珀酒光濃。情懷正似千條柳，誰道又、雨細煙濛。征馬頻嘶，青山迴繞，別去總無蹤。　　江南萬裡水波溶。到處畫船通。彈箏垂手銀屏側，怕疑是、舊日房櫳。三疊清歌，兩行紅淚，暗自逐東風。（《全清詞順康卷·補編》，冊2，頁1235）

〔註58〕〔清〕王士祿：《炊聞詞·序》，見清·孫默：《十五家詞》（臺北：臺灣商務印書館，1986年3月，《景印文淵閣四庫全書》，冊1494），卷10，頁120。

兩詞韻腳均爲「窮、濃、濛、蹤、溶、通、櫳、風」，押第 1 部平聲韻。屬「次韻」之作。內容方面，王士祿詞寫仕途不得志的抑鬱之情，首句以阮籍相擬，比喻一己政途失意。王士祿順治九年（1652）進士，累官至吏部員外郎，充河南鄉試正考官，以事罹請室，事白復原官，後又遭罷免。所寫詞作大部分作於康熙三年（1664）春夏，即「以蜚語下羈」數月間，故詞中對順、康之交漢族士大夫在新朝廷上動輒得咎的境況多所感嘆，非出於閒情逸致，與張先原作描寫風流軼事截然不同；而唐之鳳詞則爲女子懷人之作，與原作描寫女尼爲情所苦之愁緒頗能相通。唐之鳳與張先同爲浙江烏程人，張先詞名卓著，尤以此作名噪一時，獲得晏殊、歐陽脩兩位大家賞識（見本章第一節程垓集用張先詞），唐之鳳或因欽慕鄉賢而有此和作。此中「情懷正似千條柳」與原作「離愁正引千絲亂」同藉楊柳表達送別難捨之情；「征馬頻嘶，青山迴繞，別去總無蹤」與張詞「嘶騎漸遠，征塵不斷，何處認郎蹤」造境神似，可窺見唐氏仿效之跡。

（三）和〈謝池春慢〉（繚牆重院）

梁清標（1620～1691），字玉立，號蒼巖，一號棠村。河北正定（今屬直隸保定道）人。明崇禎十六年（1643）進士，亦曾留北京受李自成政權所授職。入清累入至尚書大學士。著有《蕉林詩集》十八卷。其《棠村詞》凡三刻，初爲其弟子徐釚所輯僅數十闋，後刊入《國朝名家詩餘》，最後匯刻爲正、續二卷。其〈謝池春慢〉「寒食，用張先韻」詞曰：

> 湘簾繡幕，早吹得、東風到。禁火碧煙疏，上塚香塵曉。柳岸青方嫩，花塍紅猶少。酒旗斜，嵐岫渺。沙平草細，野水連殘照。　　五陵挾彈，爭走馬、長楸道。天氣晴兼雨，人面頓還笑。霧染春衫濕，歌溜鶯聲小。時虛度，愁未了。調笙何處，總入伊涼調。（《全清詞・順康卷》，冊四，頁2268）

〈謝池春慢〉，雙調 90 字，上、下片各十句五仄韻。此闋韻腳爲「到、

曉、少、渺、照、道、笑、小、了、調」，押第 8 部仄聲韻，係次韻
張先〈謝池春慢〉「玉仙觀道中逢謝媚卿」一詞，茲附錄如次：

> 綠牆重院，時聞有、啼鶯到。繡被掩餘寒，晝幕明新曉。
> 朱檻連空闊，飛絮無多少。徑莎平，池水渺。日長風靜，
> 花影閒相照。 塵香拂馬，逢謝女、城南道。秀豔過施
> 粉，多媚生輕笑。鬥色鮮衣薄，碾玉雙蟬小。歡難偶，春
> 過了。琵琶流怨，都入相思調。（《全宋詞》，冊一，頁 60）

楊湜《古今詞話》載：「張子野往玉仙觀，中路逢謝媚卿，初未相識，
但兩相聞名。子野才韻既高，謝亦秀色出世，一見慕悅，目色相授。
張領其意，緩轡久之而去，因作〈謝池春慢〉以敘一時之遇。」〔註59〕
是以此詞乃記路逢謝媚卿，兩情相悅卻悵然而去之軼事。此段記敘可
謂寫盡張先性情「善戲謔，有風味」〔註60〕的一面。梁清標學習此作，
卻未化用張詞本事，內容描繪寒食節慶。上片寫寒食節禁火、掃墓等
習俗，下片則著重郊外遊春之景況。譚瑩「論詞絕句」評梁詞曰：「塗
澤為工足寄情，生香真色殆分明；海棠開後芭蕉綠，一品官閑獨倚聲。」
〔註61〕梁清標雖官至極品，實無大作為，詞作以雍容華貴見稱，一「閑」
字頗能切合其人其詞，與張先際遇相通；張先生平雖未至高位，然處
昇平之世，一生順遂，至老耄之年尚能遊歷山水，廣結文士名家，詞
中亦有平和閑適之象。譚瑩「論詞絕句」次句化用清・馮金伯《詞苑
萃編》卷八引陸蓋思評語：「《棠村詞》極穠麗，而無綺羅香澤之態，
所謂生香真色人難學也。」〔註62〕論及兩人詞作風格的微妙關係。「生
香真色人難學」出自張先〈醉落魄〉（雲輕柳弱）之句，先著《詞潔輯
評》卷二評張先此詞：「『生香真色』四字，可以移評石帚、玉田之詞。」

〔註59〕〔宋〕楊湜撰：《古今詞話》，見唐圭璋編：《詞話叢編》，冊一，頁
　　　　24。

〔註60〕夏承燾著：《唐宋詞人年譜》，頁 115。

〔註61〕王偉勇著：《清代論詞絕句初編》（臺北：里仁書局，2010 年 9 月），
　　　　頁 223。

〔註62〕〔清〕馮金伯輯：《詞苑萃編》，見唐圭璋編：《詞話叢編》，冊二，
　　　　頁 1928。

〔註63〕張先將「生香真色」四字本用以形容梅花芳香清雅，與姜夔、張炎主張「清空騷雅」之境頗能契合，評價甚高。陸蓁思、譚瑩則引此句評梁清標詞，而梁氏又次韻張詞，可見張、梁二人詞風相當實乃用心學習、效仿而成，非僅止於生平際遇所致。

（四）和〈師師令〉（香鈿寶珥）

魏學渠（生卒不詳），字子存，號青城，浙江嘉善（今屬浙江錢塘道）人。少負詩才，工四六，擅書法，知名於時，爲柳州八子之一，著有《青城詞》。其〈師師令〉詞序題爲「和張子野韻」，詞曰：

> 翠鈿寶珥。照明蟾如水。眼波流去欲生秋，銀袖裛、金簞香意。舞邊霓裳軟不起。碎落霞橫地。　滿城羅綺嬌桃李。擬佳人能似。深情宛轉在心頭，攏畫扇、手接紅藥。和夢和煙和露墜。此夕人千里。（《全清詞‧順康卷》，冊五，頁 2583）

〈師師令〉，雙片 73 字，上、下片各六字五仄韻。上、下片第二句和結句，俱是上一下四。此詞韻腳依次爲「珥、水、意、起、地、李、似、蕊、墜、里」，屬第 3 部仄聲韻，係次韻張先〈師師令〉（香鈿寶珥）一詞，詞曰：

> 香鈿寶珥。拂菱花如水。學妝皆道稱時宜，粉色有、天然春意。蜀綵衣長勝未起。縱亂雲垂地。　都城池苑誇桃李。問東風何似。不須回扇障清歌，脣一點、小於珠子。〔註64〕正是殘英和月墜。寄此情千里。（《全宋詞》，冊一，頁 60）

魏學渠此闋無論在句式用韻、題材作法、遣詞造句與藝術風格上都有明顯因襲張詞之跡。在題材上，皆屬反映歌伎裝扮及生活之作，尤重歌伎妝容與動作神態；在遣詞造句上，魏詞押韻處用字大多襲自原作，如首句「翠鈿寶珥」取自原作「香鈿寶珥」，另「如水」、「桃李」、「千里」用字與原作完全相同，「紅藥」、「和露墜」等詞亦明顯學習

〔註63〕〔清〕先著、程洪撰；胡念貽輯：《詞潔輯評》，見唐圭璋編：《詞話叢編》，冊二，頁 1348。

〔註64〕一作「朱蕊」。見唐圭璋編：《全宋詞》，冊一，頁 60。

張詞；藝術風格上，兩詞均偏向婉約柔美。由此足見魏氏效仿張先詞之深。然刻意而爲，而有斧鑿之痕，襲用字句過多，反有抄襲之嫌。

（五）和〈醉落魄〉（雲輕柳弱）

尤珍（1647～1721），字慧珠，又字謹庸，號滄湄，又號謹坊，江蘇長州（今蘇州）人，與沈德潛交最善，深於詩，亦精詞，曾纂修《大清會典》、《明史》等，著有《靜嘯詞》。其〈醉落魄〉「旅思，次張子野韻」云：

> 花嬌柳弱。流鶯乳燕臨風掠。畫眉人遠無心學。細雨黃昏，孤館垂簾幕。　鼠姑漸吐新紅萼。綠楊斜映高樓角。蹋青女伴春衣薄。夢入誰家，墻外鞦韆落。（《全清詞‧順康卷》，冊十五，頁8506）

尤珍所作係次韻張先〈醉落魄〉（雲輕柳弱）一詞：

> 雲輕柳弱。內家髻要新梳掠。生香眞色人難學。橫管孤吹，月淡天垂幕。　朱脣淺破桃花萼。倚樓誰在闌干角。夜寒手冷羅衣薄。聲入霜林，簌簌驚梅落。（《全宋詞》，冊一，頁69）

〈醉落魄〉，又名〈一斛珠〉、〈怨春風〉等，雙調57字，上、下片各五句四仄韻。此闋韻腳依次爲「弱、掠、學、幕、萼、角、薄、落」，押第16部入聲韻。尤珍詞寫春季賞遊，與張先描繪歌妓唱曲神態及寒梅開展之姿相異，但「柳弱」、「高樓角」、「春衣薄」「夢入誰家」等詞顯然襲自張詞，略加剪裁、變化而成。

二、清人集用張先詞

表3-7：清人集用張先詞一覽表

	作者	詞　牌　名	詞題（詞序）	出　　處
1	傅燮詷	搗練子（心耿耿）	戲集古句	《全清詞》，冊14，頁8224。
2	侯晰	滿庭芳（燕子呢喃）	集句送春	《全清詞》，冊16，頁9509。

（一）傅燮詷集用張先詞

傅燮詷（1643～不詳），字浣嵐，一字玄異（或作去異），號繩庵，

河北靈壽人，著有《繩庵詞》，編有《詞覯》。其〈搗練子〉一闋註明集用張先詞：

> 心耿耿，（秦觀）思悠悠。（白居易）物是人非事事休。（李清照）今夜夜長爭得曉，（張先）蘭缸背帳月當樓。（顧敻）
>
> （《全清詞‧順康卷》，冊十四，頁 8224）

傅燮詷〈搗練子〉使用「整引」形式，集用唐、五代白居易、顧敻，北宋時期張先、秦觀、李清照之成句，是爲標準集句形式。此中「今夜夜長爭得曉」一句係出自張先〈偷聲木蘭花〉（雪籠瓊苑梅花瘦）：

> 雪籠瓊苑梅花瘦。外院重扉聯寶獸。海月新生。上得高樓無奈情。　　簾波不動凝缸小。今夜夜長爭得曉。欲夢高唐。只恐覺來添斷腸。（《全宋詞》，冊一，頁 72）

張先此闋不甚著名，歷代詞選僅明代《花草粹編》及清代《御選歷代詩餘》兩種大型選本收錄。傅燮詷選用此句，並與北宋秦觀、李清照兩位著名婉約詞家並駕齊驅，集選唐、宋著名詞句合爲新作，提高張先此詞的知名度。

（二）侯晰集用張先詞

侯晰（1654～1720），字燦辰，江蘇無錫人。工隸篆，善山水。著有《惜軒詞》。有〈滿庭芳〉「集句送春」一闋：

> 燕子呢喃，（宋祁）梨花寂寞，（韓玉）玉爐殘麝猶濃。（李珣）秋千影裏，（歐陽脩）低樹漸蔥蘢。（元稹）下有遊人歸路，（王安石）空目斷、（柳永）嬌馬華驄。（趙長卿）慊慊瘦，（李之儀）留春無計，（趙彥端）背立怨東風。（姜夔）　　愁紅。（顧敻）吹鬢影，（毛滂）漫天飛絮，（向子諲）密密濛濛。（張泌）傍池欄倚徧，（蔣勝欲）幽恨千重。（黃昇）惆悵曉鶯殘月，（韋莊）眠未足，（吳文英）欲語還慵。（馮延巳）鴛衾冷，（柳永）也應相憶，（張先）昨夜夢魂中。（李後主）（《全清詞‧順康卷》，冊十六，頁 9509）

此闋標注集用宋祁、韓玉、李珣、歐陽脩、元稹、王安石、柳永、趙長卿、李之儀、趙彥端、姜夔、顧敻、毛滂、向子諲、張泌、蔣勝欲、

黃昇、韋莊、吳文英、馮延巳、張先、李煜諸家名句，其中「也應相憶」注爲張先詞，然檢索《全宋詞》一書，張先詞中並無此句，惟〈惜瓊花〉（汀蘋白）末句「無盡相憶」較爲相似。經復查他詞，柳永〈兩同心〉（竚立東風）亦有「也應相憶」一句，侯晰或誤作張先詞。茲附錄如次：

> 竚立東風，斷魂南國。花光媚、春醉瓊樓，蟾彩迥、夜遊香陌。憶當時、酒戀花迷，役損詞客。　　別有眼長腰搦。痛憐深惜。鴛會阻、夕雨淒飛，錦書斷、暮雲凝碧。想別來，好景良時，也應相憶。（《全宋詞》，冊一，頁 19）

〈兩同心〉有三體，仄韻者創自柳永。詞作內容描寫酒肆妓館的奢靡生活、對歌妓的大膽追求以及別後相思之苦。劉熙載《詞概》針對此詞評曰：「耆卿〈兩同心〉云：『酒戀花迷，役損詞客。』余謂此等只可名迷戀花酒之人，不足以稱詞客，詞客當有雅量高致者也。」〔註65〕論詞客應有高雅之致，似對柳永擅寫享樂生活及歌伎情態之俗詞頗有異議。侯晰「也應相憶」一句雖注爲張詞，然張詞並無此句，當視爲集用柳永作品，與張先詞之創作接受無涉。

小　結

　　本章係就歷代詞作進行蒐羅，檢索和韻、仿擬、集用張先詞之相關詞題與詞文，藉由句式用韻、題材作法、遣詞造句與藝術風格等方面，探究歷代詞人對張先詞的創作接受態度，茲就所得結果臚列如次：

　　一、宋代詞人對張先詞的創作接受，可區分爲「共時創作接受」與「歷時創作接受」兩部分加以探究。「共時創作接受」主要探討蘇軾與張先交遊唱和之作：在用韻上，蘇軾對張詞並非和「韻」，而係針對宴席送別情景作個人感懷之抒發；在詞牌擇用上，張先作品多爲小令、中調爲主；蘇軾倅杭期間交往應酬之作亦以短章爲夥；在詞題

〔註65〕　〔清〕劉熙載撰：《詞概》，見唐圭璋編：《詞話叢編》，冊四，頁 3711。

（序）方面，張先詞使用詞題（序）者占總數之四成，至蘇詞則增至
近八成。張先的詞題（序）較短，發展至蘇軾漸長，可見題（序）的
使用乃始於張先，而興於蘇軾；在內容方面，兩人唱和酬贈之作多描
繪西湖美景、宴飲之樂、歌伎情態與抒寫朋友情懷，使杭州詞壇形成
一個以兩人為中心的詞人群，首開「以詞應社」之風；而在「以詩為
詞」的接受層面上，張先「借鑒唐詩詩句」及「以小令之法寫作慢詞」，
間接影響蘇軾提出「詞為詩裔」之觀點，明確表達自己在詞體創作上
借鑒唐詩的創作手法；張先以「韻」勝場，而蘇軾亦多處以「韻」的
內涵評價文學作品，展現對文學藝術整體之審美傾向。所謂「歷時創
作接受」，係指後人對張先詞的追和、化用、仿擬。宋人和韻張詞〈宴
春臺〉、〈一叢花〉兩闋，並集用〈天仙子〉「雲破月來花弄影」之句
入詞咏物，〈孤雁兒〉一闋化用張先與女尼私會軼聞，寫有尼從人而
復出一事。就整體觀之，宋人對張先的創作接受以「共時效應」影響
層面較為廣泛，後人之追和、模擬則以名作、名句為學習典範。金、
元時期未見和韻、仿擬、集用張先詞之作品，在此故不討論。

　　二、明代詞人對張先的創作接受，可見於和韻、集句、仿擬三端。
在和韻詞方面：陳鐸喜填和作，尤好步武婉約詞人，陳鐸和韻張詞兩
闋，除在用韻上效仿張先，在內容風格上亦力求相近；呂希周兩首次
韻之作，前首〈玉聯環〉在句式、用韻上均與張詞有所出入，後首次
韻張先名作〈天仙子〉，乃用心於形式之齊整，風格則偏綺豔。在集
句方面：張旭詞雖標明「集張子野詞」，然經檢索判定應為張旭誤錄
或原作亡佚俟考；汪廷訥標明集用張先詞句乃見於秦觀詞，為汪氏誤
用。在仿擬方面：汪廷訥仿擬張先〈西江月〉（憶昔錢塘話別）一詞，
係取此詞字面、用韻及贈別類型等方面進行仿效，然此詞經考據亦非
張先所作。由汪廷訥集句及仿擬作品得知唐五代、北宋初期詞作相
混、互見所造成作品傳播的混亂，已影響到後代詞人對作品創作接受
的正確性。

　　三、清代詞人對張先詞的創作接受，以和韻作品為夥，計有六人

七首。此中〈天仙子〉、〈一叢花〉各占兩闋，比例甚高。在用韻方面，清人和韻多屬「次韻」作品；在內容上，則以傷春、戀情兩種類型最獲青睞。清人和詞或截取、增損詞句以求契合原作，或化用、引伸原意，描情寫事，一抒己慨。在風格上，均因襲張詞而偏向婉約詞風。集句方面：傅燮詞集用張先〈偷聲木蘭花〉（雪籠瓊苑梅花瘦）之句，與唐、宋著名詞句合爲新作，提高張先此詞之知名度；侯晰詞雖注爲集張詞，然張詞中並無此句，經檢索當爲集用柳永作品，與張詞之創作接受無涉。

　　綜觀歷代詞人對張先詞的創作接受，可發現在 13 首和韻詞中，以〈天仙子〉、〈一叢花〉各佔 3 首與〈宴春臺〉2 首最受歡迎。在仿擬與集用詞中，對〈天仙子〉名句「雲破月來花弄影」及〈一叢花〉軼事亦多所著墨。由上述三闋可知，後人對張先詞的創作接受主要集中在張先「影」詞、「詠春」詞的藝術成就及其風流韻事三端。後世對此三者之評論更大量見諸於筆記、選本、詞籍序跋及詞話之中，是以讀者接受一部文學作品，必然包含著與他以前所讀作品所形成的「期待視野」，而每位讀者的理解，也在代代相傳的接受鏈上保存、豐富，增強或擴大後代讀者的視野建構。倘若接受來源發生混亂、謬誤，導致錯誤理解或過度理解之現象，也必然會影響到創作接受之準確性。

第四章　張先詞的批評接受——宋、金、元、明代

　　批評接受以詞論者爲主體，歷代詞論者對作品的創作根源、詞旨內涵、風格特徵、審美意識等進行分析闡釋，此中隱含評論者對作品的接受態度，而歷代詞論者的評論觀點亦隨時代發展各異其趣。作品在不同階段經讀者詮釋、鑑賞後所呈現的具體面貌，即是讀者閱讀經驗的歷史。〔註1〕張先詞之批評接受，主要探討歷代詞論資料對張詞的闡釋與品鑒。據朱崇才《詞話史》論歷代詞話的基本存在形式，可分爲成卷詞話及散見詞話兩種。成卷詞話如唐圭璋編《詞話叢編》、張璋、職承讓編《歷代詞話》、鄧子勉輯《宋金元詞話叢編》〔註2〕等書；散見詞話則可於詞籍序跋題記與詞作小序、詩話、筆記、史書、各類地理志及方志、類書、歷代公私書目、總集、別集中窺見一二。目前詞籍序跋已見金啓華、張惠民等編纂《唐宋詞籍序跋匯編》、張惠民編《宋代詞學資料匯編》、施蟄存主編《詞籍序跋萃編》〔註3〕

〔註1〕陳文忠著：《中國古典詩歌接受史研究》（合肥：安徽大學出版社，1998 年 8 月），頁 10。

〔註2〕唐圭璋編：《詞話叢編》（北京：中華書局，2005 年 10 月）；張璋、職承讓等編：《歷代詞話》（鄭州：大象出版社，2002 年 3 月）；鄧子勉輯：《宋金元詞話叢編》（南京：鳳凰出版社，2008 年 12 月）。

〔註3〕金啓華、張惠民等合編：《唐宋詞籍序跋匯編》（臺北：臺灣商務印書館，1993 年 2 月）、張惠民編：《宋代詞學資料匯編》（廣州：汕

等編纂成冊，其他散見話詞資料尚待整理彙編。若按詞論實際內容來分，則有本事、評點、引用、考證、論述等類型。本事類品評在各類詞話中最早出現且數量最多，蓋詞之作，大多因事而起，好事者輯錄成帙，即爲本事詞話；評點類詞話使用相當廣泛，或以簡單評語概論，或用以表達自身審美傾向及流派概念；引用類詞話則以存詞爲主要目的，抄錄詞作供讀者欣賞，雖無事無評，但可從中發現引者的接受態度與時代風尚；考證類詞話以考證詞籍版本、典故、文字、音律及詞人生平等內容爲主，明清考據之學興起，此類詞話尤多；論述類詞話則涉及詞的本質、起源、價值、功能、風格、流派、境界、技巧等方面進行分析，理論性較強。〔註4〕故本章論張先詞之批評接受，即由上述成卷或散見詞話資料著手整理，並依評論內容逐條分類、歸納，析論探討，以期瞭解歷代對張先批評接受之面向。又爲使章節份量均衡，關於張先詞的批評接受，本文特分成兩章探析；亦即宋、金、元、明列第四章，有清一代列第五章，特此說明。

第一節　宋代對張先詞的批評接受

　　杜文瀾《憩園詞話》云：「說詞之書，宋世至爲繁富，類皆散見於雜著之中。」〔註5〕北宋前期，詞籍序跋、詩話、筆記、雜著、書信等文體始將時興詞體作爲談論對象，至北宋後期，在前期散見詞話之基礎上，出現了成卷的詞話專著。〔註6〕詞話專著最早出現在北宋，始於元豐初楊繪《時賢本事曲子集》，而最早以「詞話」命名的專著，

頭大學出版社，1993 年 11 月）、施蟄存主編：《詞籍序跋萃編》（北京：中國社會科學出版社，1994 年 12 月）。

〔註4〕朱崇才著：《詞話史》（北京：中華書局，2007 年 3 月），頁 2～3。

〔註5〕〔清〕杜文瀾撰：《憩園詞話》，收錄於唐圭璋編：《詞話叢編》（北京：中華書局，2005 年 10 月），冊三，頁 2851。本文所引詞論資料，多以此書爲主，爲省篇幅，乃逕標頁碼於所引詞論之後，不一一附注。

〔註6〕朱崇才著：《詞話史》（北京：中華書局，2007 年 3 月），頁 18。

則是楊湜的《古今詞話》。因此，宋代詞論資料除了檢索詞話專著之外，尚須廣泛蒐羅各類史書與類書，本節以唐圭璋編《詞話叢編》、張璋、職承讓編《歷代詞話》、鄧子勉輯《宋金元詞話叢編》等詞話彙編，輔以金啓華、張惠民等編纂《唐宋詞籍序跋匯編》、張惠民編《宋代詞學資料匯編》、施蟄存主編《詞籍序跋萃編》等其他相關資料爲據，探求張先詞在宋代之接受概況。經彙整分類，可得宋代詞論對張先詞之接受，主要反映在「論張先生平軼聞」、「論張先三影名句」與「論張先塡詞技巧」三端。

一、論張先生平軼聞

（一）宋代有兩張先

據王明清《玉照新志》載，天聖年間有兩張先，皆字子野，俱登進士：

> 本朝有兩張先，皆字子野：一則樞密副使遜之孫，與歐陽文忠同在洛陽幕府，其後文忠爲作墓誌銘，稱其志守端方，臨事敢決者；一乃與東坡先生遊，東坡推爲前輩，詩中所謂「詩人老去鶯鶯在，公子歸來燕燕忙」，能爲樂府，號張三影者。〔註7〕

王明清（生卒年不詳），字仲言，汝陰（今安徽阜陽）人。著筆記小說《玉照新志》六卷，多談神怪瑣事，間及朝野舊聞及前人逸作。卷一論宋世有兩張先，一爲博州張先，一爲吳興張先。博州張先（992～1039）據《宋史·張遜傳》載，張遜之孫先，考中進士。遜在太宗端拱間（988～989）力樞密副使，時代與博洲張先相接；〔註8〕歐陽脩〈張子野墓誌銘〉亦謂博州張先「天盛二年（1024）舉進士，歷漢

〔註7〕 〔宋〕王明清撰：《玉照新志》，卷一，收錄於鄧子勉編：《宋金元詞話全編》，上冊，頁627。

〔註8〕 〔元〕托克托等奉敕撰：《宋史·張遜傳》收錄於《景印文淵閣四庫叢書》（臺北：臺灣商務印書館，1983年），冊285，卷二百六十八，頁329～330。

陽軍司理參軍、開封府咸平主簿、河南法曹參軍……寶元二年二月丁未，以疾卒於官，享年四十有八……子野爲人，外雖愉怡，中自刻苦，遇人渾渾不見圭角，而志守端直，臨事敢決。」〔註9〕論其事跡與性格。吳興張先（990～1078）乃天聖八年（1030）進士，官至都官郎中，號「張三影」，有《張子野詞》傳世，爲本文研究對象。周密《齊東野語》卷十五亦著錄「兩張先」之說。〔註10〕後王暐《道山清話》不察，誤合吳興、博州二子野爲一：「張先，京師人，有文章，尤長於詩詞。其詩有『浮萍斷處見山影，小艇歸時聞草聲』之句，膾炙人口，又有『雲破月來花弄影』、『隔牆風弄鞦韆影』之詞，人目爲張三影。先，字子野，其祖母宋氏，孝章皇后親妹也，祖遜因是而貴，太宗朝爲樞密副使。子野生貴家，刻苦過於寒儒，取高科，甫改秩，爲鹿邑縣以俎。歐陽永叔雅敬重之，嘗言與其同飲，酒酣，眾客或歌、或呼、起舞，子野獨退然其間，不動聲氣，當時皆稱爲長者。今人乃以張三影呼之，哀哉！歐公爲其墓銘。」〔註11〕首段寫吳興張先，長於詩詞，人目爲張三影者；然自「先，字子野，其祖母宋氏……」乃述博州張先生平，將兩者混爲一談。兩張先姓字、名號同，皆天聖年間人，俱登進士，均結識歐陽脩，後世讀者若不悉心慎察，易將兩者誤判爲同一人，由《道山清話》可知，兩張先生處之宋代已發生混淆情形。

（二）六客之會

熙寧七年9月，蘇軾、楊繪同時奉調離杭，先繞道湖州會友。蘇軾的朋友李常方知湖州，陳舜俞、張先亦是湖州人，遂與貶官閒居的劉述相會於此地，六人在碧瀾堂、霅溪、垂虹亭、醉眠亭、李公府第

〔註9〕 〔宋〕歐陽脩撰：李逸安點校：《歐陽脩全集》（北京：中華書局，2001年3月），冊二，頁410。

〔註10〕 〔宋〕周密撰：《齊東野語》，卷十五，收錄於鄧子勉編：《宋金元詞話全編》，下冊，頁1603。

〔註11〕 〔宋〕王暐撰：《道山清話》，收錄於鄧子勉編：《宋金元詞話全編》，上冊，頁435。

等多處遊賞、雅集、宴飲，是稱「六客之會」。八十五歲的張先當場作〈定風波令〉（亦稱「前六客詞」）記錄此次聚會：「西閣名臣奉詔行。南牀吏部錦衣榮。中有瀛仙賓與主。相遇。平津選首更神清。　溪上玉樓同宴喜。歡醉。對堤杯葉惜秋英。盡道賢人聚吳分。試問。也應旁有老人星。」〔註12〕此詞一出傳於四方，增顯六客盛會的知名度。七年後，蘇軾作〈書遊垂虹亭〉一文追記此事，〔註13〕胡仔《苕溪漁隱詞話》亦有收錄：

> 吾昔自杭移高密，與楊元素同舟。而陳令舉、張子野皆從
> 余過李公擇於湖。遂與劉孝叔俱至松江，夜半月出，置酒
> 垂虹亭上。子野年八十五，以歌詞聞於天下，作〈定風波
> 令〉。其略云：「見說賢人聚吳分。試問。也應傍有老人星。」
> 坐客懽甚，有醉倒者，此樂未嘗忘也。今七年耳，子野、
> 孝叔、令舉皆爲異物，而松江橋亭，今歲七月九日，海風
> 駕潮，平地丈餘，蕩盡無復子遺矣。追思曩時，眞一夢耳。
>
> 　（冊一，頁172）

　　胡仔（1110～1170），字元任，號苕溪漁隱，績溪（今屬安徽）人，撰有《苕溪漁隱叢話》前、後集，共計一百卷，爲詩話彙編之體，而間附己說。該書原繼《詩總》而編，故《詩總》已收者弗錄；而《詩總》編輯時，元祐黨禁未弛，蘇、黃詩說不便輯錄，此編故多取蘇、黃詩話、詞話，正可與《詩總》相互補充。此書前集卷五十九（19則），後集卷三十九（29則），爲「長短句門」，唐圭璋將其析出，收入於《詞話叢編》，題《苕溪漁隱詞話》。該書所錄，以人爲綱，以時代爲序，相關者相對集中，便於讀者。不僅收錄前人詩話、筆記中話詞條目，也記錄了自家詞學觀點，論詞尚雅黜俗，於淫豔綺靡之風，頗有微詞。

　　《苕溪漁隱詞話》除引蘇文記「六客之會」一事，亦詳載十五年

─────────────────────

〔註12〕唐圭璋編：《全宋詞》，冊一，頁74。

〔註13〕〔宋〕蘇軾撰；王文誥輯注、孔凡禮點校：《蘇軾文集‧書遊垂虹亭》
　　　　（北京：中華書局，1992年9月），冊五，頁2221。

後蘇軾重遊此地的心境變化。元祐四年（1089）6月，蘇軾與張仲謀、曹輔、劉季孫、蘇堅、張弼會於湖州，蘇軾復作「後六客詞」追懷前事：

> 吳興郡圃今有六客亭，即公擇、子瞻、元素、子野、令舉、孝叔，時公擇守吳興也。東坡有云：「余昔與張子野、劉孝叔、李公擇、陳令舉、楊元素會於吳興，時子野作六客詞。其卒章云：『盡道賢人聚吳分。試問。也應旁有老人星。』凡十五年，再過吳興，而五人者皆已亡之矣。」時張仲謀與曹子方、劉景文、蘇伯固、張秉道爲坐客。仲謀請作「後六客詞」云：「月滿苕溪照夜堂。五星一老鬪光芒。十五年間眞夢裏。何事。長庚對月淒涼。　綠鬢蒼顏同一醉。還是。六人吟笑水雲鄉。賓主談鋒誰得似。看取。曹劉今對兩蘇張。」（冊一，頁172～173）

此段記載詳細記錄前、後「六客之會」的時間、地點、參與人物、作品，以及蘇軾物是人非之慨。宋代阮閱《詩話總龜》、吳聿《觀林詩話》、莊綽《雞肋編》等書均記有此事。〔註14〕這場文化盛會不僅成爲北宋詞壇的一段佳話，六人所到之處，更成爲地方命名之由來，談鑰《嘉泰吳興志》卷十三即載：

> 湖州府郡圃中，熙寧中知州事李常作六客詞，元祐中知州事張詢復爲六客之集，作〈六客詞序〉曰：「昔李公擇爲此郡，張子野、劉孝叔在焉，而楊元素、蘇子瞻、陳令舉過之，會於碧瀾堂，子野作〈六客詞〉，傳於四方。今僕守是郡，子瞻與曹子方、劉景文、蘇伯固、張秉道來過，與僕爲六。而向之六客，獨子瞻在，復繼前作。子野爲前六客詞，子瞻爲後六客詞。」與賡和篇並刻墨妙亭，後人歆豔，遂以名堂。〔註15〕

談鑰（生卒年不詳），歸安（今浙江湖州）人。嘉泰元年（1201）

〔註14〕 見鄧子勉編：《宋金元詞話全編》，上冊，頁174、406、455。
〔註15〕 〔宋〕談鑰：《嘉泰吳興志·宮室》，卷十三，收錄於鄧子勉編：《宋金元詞話全編》，中冊，頁905～906。

以湖州歷代舊志爲本，參照正史進行考證、補遺、糾誤，編纂成《嘉泰吳興志》。是書二十卷，爲湖州現存最早且較完備之方志，內容涵蓋湖州境內天文地理、社會人事、歷史文物與當時現狀，甚爲珍貴。此中「宮室」一門記載「六客堂」係出於「六客之會」，蘇軾與張先之作同刻於此。卷十七「賢貴事實」亦載張先「晚歲優游鄉里，常泛扁舟，垂釣爲樂。至今號張公釣魚灣。」〔註16〕足見「六客之會」對湖州來說，是一場重要的文化盛會，亦是稱譽州史的文壇佳話。而張先個人事跡及其文學聲名，亦光耀湖州，成爲當地代表人物之一。

（三）風流韻事

　　張先性格疏放，生活浪漫，「善戲謔，有風味」，〔註17〕常與女子、歌伎交往，楊湜《古今詞話》對其風流軼事多所記載。楊湜，字曼倩，生平里籍不詳，撰有《古今詞話》。其書約明代以後亡佚，趙萬里《校輯宋金元人詞》自《苕溪漁隱叢話》、《歲時廣記》、《草堂詩餘》、《花草粹編》、《綠窗新話》等宋元舊籍中輯得六十七則。《古今詞話》著重詞作本事的記述，特別側重名家作詞本事和士子妓女間的豔情軼事。如引《綠窗新話》云：「張先字子野，嘗與一尼私約。其老尼性嚴。每臥於池島中一小閣上，俟夜深人靜，其尼潛下梯，俾子野登閣相遇。臨別，子野不勝，子野不勝惓惓，作〈一叢花〉詞以道其懷。」（冊一，頁 24）此詞盛傳當世，「歐陽永叔尤愛之，恨未識其人。子野家南地，以故至都，謁永叔，閽者以通，永叔倒屣迎之曰：『此乃桃杏嫁東風郎中。』」〔註18〕晏殊亦以此詞戲謔張先：「一日，張議事府中，再三未答，晏公作色操楚語曰：『本爲辟賢會，賢會道

〔註16〕　〔宋〕談鑰：《嘉泰吳興志·宮室》，卷十七「賢貴事實下·烏程縣」，頁 906。

〔註17〕　〔宋〕蘇軾撰；王文誥輯注、孔凡禮點校：《蘇軾文集·雜書琴事十首之三：張子野戲琴妓贈陳季常》（北京：中華書局，1992 年 9 月），冊五，頁 2244。

〔註18〕　〔宋〕范公偁：《過庭錄》，收錄於鄧子勉編：《宋金元詞話全編》，上冊，頁 534～535。

「無物似情濃」，今日卻來此事公事。」﹝註19﹞又載：「張子野往玉仙觀，中路逢謝媚卿，初未相識，但兩相聞名。子野才韻既高，謝亦秀色出世，一見慕悅，目色相授。張領其意，綏轡久之而去，因作〈謝池春慢〉以敘一時之遇。」（冊一，頁 24～25）《古今詞話》所載多得之於傳聞，故胡仔於《苕溪漁隱叢話》中批評：「《古今詞話》，以古人好詞世所共知者，易甲為乙，稱其所作，仍隨其詞牽合為說，殊無根蒂，皆不足信也。」（冊一，頁 16）趙萬里亦評：「楊湜此書，乃隸事之作，大都出於傳聞。且側重冶艷故實，與《麗情集》、《雲齋廣錄》相類似。」（冊一，頁 17）謂其所載不可盡信，用以考證，自當審慎。

　　張詞所描寫之題材內容，多以歌舞宴樂、男女情愛為宗。無論是描寫不為世俗所容之戀，或傾訴對女子的欽慕之情，皆透過婉約柔媚的詞體展露、宣洩。《古今詞話》除記敘張先戀情本事，亦反映張先與歌伎間的情誼：

> 晏元獻之子小晏，善詞章，頗有父風。有寵人善歌舞，晏每作新詞，先使寵人歌之。張子野與小晏厚善，每稱賞寵人善歌。偶一日，寵人觸小晏細君之怒，遂出之。子野作〈碧牡丹〉一曲以戲小晏……小晏見之，淒然與子野曰：「人生以適意為貴，吾何咎之有。」乃多以金帛贖姬，及歸，使歌子野之詞。（冊一，頁23）

此段記載晏幾道出姬一事，張先作詞替歌伎傾訴委屈，最終感動小晏，以金帛贖回。《道山清話》亦載此事，謂「晏元獻公為京兆辟，張先為通判。新納侍兒，公甚屬意。先字子野，能為詩詞，公雅重之。每張來，即令侍兒出侑觴，往往歌子野之詞。其後王夫人寢不容，公即出之。一日，子野至，公與之飲。子野作〈碧牡丹〉詞，令營妓歌之，有云『望極藍橋，但暮雲千里，幾重山、幾重水』之句。公聞之，

﹝註19﹞〔宋〕張舜民：《畫墁錄》，收錄於鄧子勉編：《宋金元詞話全編》，上冊，頁82。

憮然曰：『人生行樂耳，何自苦如此。』亟命於宅庫支錢若干，復取
前所出侍兒。既來，夫人亦不復誰何也。」（冊一，頁 23～24）此段
與《古今詞話》同，惟《道山清話》以此事屬晏幾道。

　　張先與歌伎互動頻繁、情誼深厚之說在宋代詞論中相當常見，如
阮閱《詩話總龜》云：

　　　杭妓胡楚、龍靚皆有詩名，胡詩云：「（叢刊本此有「不」字）
　　　見當時丁令威，年來處處是相思。惹將此恨同芳草，卻恐青
　　　青有盡時。」張子野老於杭，多為官妓作詞，而不及靚。靚
　　　獻詩云：「天與群芳十樣葩，獨分顏色不堪誇。牡丹芍藥入
　　　題遍，自分身如鼓子花。」子野於是為作詞也。〔註20〕

　　阮閱（生卒年不詳），字閎休，自號散翁，又號松菊道人，舒城
（今屬安徽）人。《詩話總龜》原名《詩總》，分門輯錄諸家詩話，其
中卷四十二〈樂府門〉輯錄詞話，主要採自唐宋野史筆記和詩話著作，
如《盧氏雜說》、《雲溪友議》、《古今詩話》及《冷齋夜話》等，阮氏
只照錄原書而不加以評議。此處記述張先多為歌伎作詞以資演唱，獨
不及龍靚，故龍靚獻詩求詞，張先復作〈望江南〉以贈，深厚交誼可
見一斑。

　　吳曾《能改齋漫錄》亦載：「宿州營妓張玉姐，字溫卿……色技冠
一時，見者皆屬意。沈子山為獄掾，最所鍾愛……其後明道中，張子
野及黃子思先後相繼為掾，尤賞之。」（冊一，頁 151）溫卿死後，子
野題詩云：「好物難留古亦嗟，人生無物不塵沙。何時宰數連雙塚，結
作人間並蒂花。」〔註21〕《能改齋漫錄》，吳曾撰。該書以考據、紀事
為主，資料豐碩。後出之《苕溪漁隱叢話》後集、《詩人玉屑》等書多
加引用。話詞之條目、考證、品藻、評論、引述皆有之，與此前詞話
專書或僅記本事，或論歌曲譜調、以選詞而順及者有異所記五代、北

〔註20〕　〔宋〕阮閱撰：《詞話總龜》引《後山詩話》，收錄於鄧子勉編：《宋
　　　　金元詞話全編》，上冊，頁 195。
〔註21〕　〔宋〕張先：〈弔二姬溫卿宜哥〉，收錄於吳熊和、沈松勤校注：《張
　　　　先集編年校注》（杭州：浙江古籍出版社，1996 年 1 月），頁 245。

宋詞人遺聞逸事，往往可資考證輯佚。〔註22〕葉夢得《石林詩話》則記載張先晚年仍耳聰目明，家中猶畜聲妓，蘇軾見此贈詩戲言之事：

> 張先郎中字子野，能為詩及樂府，至老不衰。居錢塘，蘇子瞻作倅時，先年已八十餘，視聽尚精強，家猶畜聲妓，子瞻嘗贈以詩云：「詩人老去鶯鶯在，公子歸來燕燕忙。」蓋全用張氏故事戲之。先和云：「愁似鰥魚知夜永，懶同蝴蝶為春忙。」極為子瞻所賞。〔註23〕

蘇軾贈詩均用張家故事。王楙《野客叢書》曰：「傳唐有張君瑞，遇崔氏女於蒲，崔小名鶯鶯，元稹與李紳語其事，作〈鶯鶯歌〉；漢童謠曰：『燕燕尾涎涎，張公子，時相見。』又曰：『張祐妾名燕燕。』事蹟與夫對偶精切如此，鶯鶯對燕燕，已見於杜牧詩，曰：『綠樹鶯鶯語，平沙燕燕飛。』前輩用者皆有所祖。」〔註24〕後以張先辭韻俱妙之聯語博得蘇軾讚賞作結，凸顯出張先風流才子之性格。

二、論張先「三影」名句

（一）論何謂「三影」

張先「三影」盛名，自宋代即流傳廣遠，然「三影」出自何詞何句，宋代詞論已眾說紛紜，所據版本文字亦有出入。〔註25〕關於「三

〔註22〕 朱崇才：《詞話史》，頁73。

〔註23〕 〔宋〕葉夢得：《石林詩話》，卷下，收錄於鄧子勉編：《宋金元詞話全編》，上冊，頁271。

〔註24〕 〔宋〕王楙：《野客叢書》卷二十九，收錄於鄧子勉編：《宋金元詞話全編》，中冊，1060～1061。

〔註25〕 張先「三影」詞句，各版本詞句不甚相同，如〈歸朝歡〉（聲轉轆轤聞露井）之「嬌柔懶起，簾押殘花影」（《全宋詞》）；《古今詩話》、《花草粹編》等作「簾押捲花影」；沈雄《古今詞話》、萬樹《詞律》等作「簾壓捲花影」；陳師道《後山詞話》、沈辰垣等編《歷代詩餘》作「簾幕捲花影」；馬端臨《文獻通考》又作「簾櫳捲花影」。〈翦牡丹〉（野綠連空）之「柔柳搖搖，墜輕絮無影」（《全宋詞》）；《古今詩話》等作「柳徑無人，墜風絮無影」；陳師道《後山詞話》等作「柳徑無人，墜輕絮無影」；沈雄《古今詞話》、馬端臨《文獻通考》、《知不足齋》本、《彊村叢書》本作「柳徑無人，墜飛絮無影」；《樂府紀

影」，約可歸爲下列三說：

其一，阮閱《詞話總龜》引《古今詩話》：「有謂張子野曰：『人皆謂公爲張三中，即「心中事」、「眼中淚」、「意中人」也。』公曰：『何不目之爲張三影？』客不諭，公曰：『「雲破月來花弄影」、「嬌柔懶起，簾押捲花影」、「柳徑無人，墜風絮無影」。此平生得意句也。』」〔註26〕此三句乃出自張先〈天仙子〉（水調數聲持酒聽）、〈歸朝歡〉（聲轉轆轤聞露井）與〈翦牡丹〉（野綠連空）三首。陳師道《後山詩話》、曾慥《類說》、陳應行《吟牕雜錄》俱錄之。〔註27〕

其二，談鑰《嘉泰吳興志》錄：「張先詩格清麗，尤長於樂府，有『雲破月來花弄影』『浮萍破處見山影』、『無數楊花過無影』之句，時號爲張三影。」〔註28〕乃出於張先〈天仙子〉（水調數聲持酒聽）、〈西溪無相院〉一詩〔註29〕及〈木蘭花〉（龍頭舴艋吳兒競）三首。王象之《輿地紀勝》〔註30〕據此收錄。

其三，陳思《兩宋名賢小集・張都官集》改「無數楊花過無影」爲「隔牆送過鞦韆影」句；〔註31〕曾慥《高齋詩話》亦云：「尚書郎

聞》則作「柳徑無人，墜絮輕無影」。而〈西溪無相院〉之「浮萍破處見山影」（蘇軾〈題張子野詩集後〉）一句，《道山清話》、《苕溪漁隱叢話》、《氏族大全》等則作「浮萍斷處見山影」。眾家說法，莫衷一是，爲尊重各家版本，筆者引用詞論資料時乃遵照原文文字抄錄，而用以敘述、說明時則統一以唐圭璋《全宋詞》版本爲據。特此說明，不再贅注。

〔註26〕〔宋〕阮閱撰：《詞話總龜》引《古今詩話》，收錄於鄧子勉編：《宋金元詞話全編》，上冊，頁163。

〔註27〕見鄧子勉編：《宋金元詞話全編》，上冊，頁213；中冊，頁919。

〔註28〕〔宋〕談鑰撰：《嘉泰吳興志・賢貴事實下・烏程縣》，卷十七，收錄於鄧子勉編：《宋金元詞話全編》，中冊，頁906。

〔註29〕張先〈西溪無相院〉詩云：「積水涵虛上下清，幾家門靜岸痕平。浮萍破處見山影，小艇歸時聞棹聲。入郭僧尋塵裡去，過橋人似鑒中行。已憑暫雨添秋色，莫放修林礙月生。」收錄於吳熊和、沈松勤校注：《張先集編年校注》，頁237。

〔註30〕〔宋〕王象之撰：《輿地紀勝》，收錄於鄧子勉編：《宋金元詞話全編》，中冊，頁1323。

〔註31〕〔宋〕陳思：《兩宋名賢小集・張都官集》卷四十八，收錄於鄧子勉

張先，字子野，嘗有詩云『浮萍斷處見山影』，又長短句云『雲破月
來花弄影』，又云『隔牆送過鞦韆影』，並膾炙人口，世謂之張三影。」
〔註32〕係取張先〈青門引〉（乍暖還輕冷）之句，替代〈木蘭花〉之
「無數楊花過無影」。

（二）專論「雲破月來花弄影」

　　摘句批評是中國詩歌批評手法之一，宋代詞論亦多以「摘句」作
爲批評方法，如晁補之〈評本朝樂章〉即以摘句方式評論北宋諸位著
名詞家作品。「摘句」本身就是一種進行批評的過程，而此種批評方
式在宋代對張先詞批評接受中相當常見，尤以針對張先「影詞」給予
的評論最多。張先「三影」中最爲人稱道者莫過於「雲破月來花弄影」
一句。宋代歐陽脩、宋祁等人即摘此句讚賞張先：

> 張子野郎中善歌詞，常作〈天仙子〉云「雲破月來花弄影」，
> 士大夫皆稱之。子野初謁歐公，迎之坐，語曰：「好『雲破
> 月來花弄影』。」恨相見之晚也。

> 張子野以樂章擅名，宋子京往見之，先令人戲曰：「尚書欲
> 見『雲破月來花弄影』郎中。」子野屏後呼曰：「得非『紅
> 杏枝頭春意鬧』尚書耶？」〔註33〕

張先自稱生平最得意即此句，此二段記述張先此詞一出即名傳當世，
連著名大家歐陽脩亦稱善不已，謂相見晚也；宋祁、張先兩人戲稱彼
此爲「雲破月來花弄影郎中」與「紅杏枝頭春意鬧尚書」，足見當時
即以摘錄佳句作爲詞家美稱，而「雲破月來花弄影」一句在宋時儼然
已成張先代表作。吳开《優古堂詩話》考張先此句，係借鑒古樂府詩
而來，謂「張子野長短句『雲破月來花弄影』往往以爲古今絕唱，然
予讀古樂府〈唐氏謠暗別離〉云：『朱絃暗斷不見人，風動花枝月中

編：《宋金元詞話全編》，中冊，頁 1468。
〔註32〕〔宋〕蔡正孫：《精選古今名賢叢話詩林廣記》引《高齋詩話》，收
　　　　錄於鄧子勉編：《宋金元詞話全編》，下冊，頁 1693。
〔註33〕〔宋〕胡仔撰：《苕溪漁隱叢話》前集卷三十七引《遯齋閑覽》，收
　　　　錄於鄧子勉編：《宋金元詞話全編》，中冊，頁 676。

影。』意子野本此。」〔註34〕指張先「雲破月來花弄影」係化用、引伸前人句意而得。吳曾《能改齋漫錄》〔註35〕亦據此收錄。歷來評論家對此句評價甚高，然王安石卻持相反意見：

> 尚書郎張先善著詞，有云「雲破月來花弄影」、「簾幕卷花影」「墜輕絮無影」，世稱誦之〔一本作云〕張三影。王介甫謂「雲破月來花弄影」不如李冠「朦朧淡月雲來去」也。冠，齊人，爲〈六州歌頭〉道劉、項事，慷慨雄偉。〔註36〕

王安石（1021～1086），字介甫，晚號半山，撫州臨川（今屬江西）人。工詩文，亦能詞。北宋時人普遍存在視詞體爲「豔科」、「小道」之態度，王安石亦不例外。魏泰《東軒筆錄》卷五即載：「王荊公初爲參政知事，閒日因閱讀晏元獻公小詞而笑曰：『爲宰相而作小詞可乎？』」〔註37〕由此可見，王安石認爲爲政者作詞有失氣度，自身雖偶一爲之，然終視「小詞」非屬大雅之音。

與張先詞相較之李冠，〔註38〕宋眞宗天禧中在世。王安石舉其「朦朧淡月雲來去」，出自〈蝶戀花〉（遙夜亭皋閒信步）之句，〔註39〕寫暮春傷懷。《全宋詞》錄李冠〈六州歌頭〉兩首，一爲詠唐明皇、楊貴妃事，一爲詠劉邦、項羽事。兩闋皆敘史事，讀來義憤塡膺，氣勢雄

〔註34〕　〔宋〕吳开：《優古堂詩話》，收錄於鄧子勉編：《宋金元詞話全編》，上冊，頁 208～209。

〔註35〕　〔宋〕吳曾：《能改齋漫錄》卷八，收錄於鄧子勉編：《宋金元詞話全編》，上冊，頁 506。

〔註36〕　〔宋〕陳師道：《後山詩話》，收錄於鄧子勉編：《宋金元詞話全編》，上冊，頁 213。

〔註37〕　〔宋〕魏泰：《東軒筆錄》卷五，收錄於鄧子勉編：《宋金元詞話全編》，上冊，頁 224。

〔註38〕　李冠，字世英，歷城（今濟南）人。以文學稱，與王樵、貫同齊名。官乾寧主簿。有《東皋集》，不傳。見錄於唐圭璋編：《全宋詞》，冊一，頁 113。

〔註39〕　李冠〈蝶戀花〉「春暮」詞云：「遙夜亭皋閒信步。才過清明，漸覺傷春暮。數點雨聲風約住。朦朧淡月雲來去。桃杏依稀香暗度。誰在秋千，笑裏輕輕語。一寸相思千萬緒。人間沒箇安排處。」同前註，頁 114。

健，爲宋代詞壇較早出現的豪放歌詞。王安石爲詞亦不作豔語、綺語，一洗《花間》舊習，並作〈桂枝香〉（登臨送目）、〈浪淘沙令〉（伊呂兩衰翁）、〈南鄉子〉（自古帝王州）咏史懷古詞三首，〔註40〕擴大詞體題材內容，開豪放詞之先聲。李冠非著名詞人，王安石卻論其作品勝於斐聲詞場之張先，可知其論詞傾向重雄偉而輕綺豔，即便李冠〈蝶戀花〉非豪放詞，王安石仍愛屋及烏，藉此論一表自身對詞體之審美標準。在當時普遍以「柔情曼聲」爲主流的詞壇上，獨具特識。

三、論張先塡詞技巧

（一）詩筆老健，詞乃餘技

蘇軾〈題張子野詩集後〉云：

張子野詩筆老健，歌詞乃其餘技耳。〈華州西溪〉詩云：「浮萍破處見山影，野艇歸時聞草聲」，與余和詩云：「愁似鰥魚知夜永，懶同蝴蝶爲春忙。」若此之類，亦可追配古人。而世俗但稱其歌詞，昔周昉畫人物皆入神品，而世但知有周昉士女，蓋所謂未見好德如好色者歟。〔註41〕

蘇軾（1036〜1101），字子瞻，眉州（今屬四川）人。蘇軾現存詞話，據朱崇才《詞話史》一書統計，約有五十餘則。〔註42〕蘇軾詞話內容有記本事者，有論述詞法、詞作者，有品評詞藝者，甚爲多元。蘇軾評張先詩筆老健、詞乃餘技，又於〈祭張子野文〉中有「清詩絕俗，甚典而麗」、「微詞宛轉，蓋詩之裔」〔註43〕之譽，足見蘇軾對張

〔註40〕 見錄於唐圭璋編：《全宋詞》，冊一，頁 204、207。

〔註41〕 〔宋〕蘇軾：〈題張子野詩集後〉，收錄於鄧子勉編：《宋金元詞話全編》，上冊，頁 98。

〔註42〕 其中書信談及詞者 21 則，序跋題記 13 則。另坡詞各本間有小序，然不盡可靠，如有些序明言「東坡」、「公」如何如何，一眼可見爲後人所加。可以確定爲蘇軾自作且有關詞學者，約有十餘則。二者合計，約有五十餘則。見朱崇才：《詞話史》，頁 38〜39。

〔註43〕 〔宋〕蘇軾：〈祭張子野文〉，收錄於鄧子勉編：《宋金元詞話全編》，上冊，頁 104。

先詩藝極爲讚賞，爲張先享譽詞壇然詩名不彰之現象發出不平之鳴，認爲張先詩風典麗，足可追配古人，並以唐代善畫人物肖像的周昉相擬。唐末畫評家朱景玄曰：「（周昉）佛像、眞仙、人物、仕女等畫，皆屬神品。」〔註44〕然世俗僅知周昉善畫華麗豐頤之仕女體態，猶如張先詩詞兼擅，卻只有婉麗柔艷的詞作傳世，富有「精神豐致」〔註45〕的詩作則多所亡佚，蓋有「未見好德如好色」之嘆。葉夢得《石林詩話》亦云：「俚俗多喜傳咏先樂府，遂掩其詩聲，識者皆以爲恨云。」〔註46〕蘇、葉二人特意突出張先詩歌成就，實乃針對時人評價偏頗而發。

（二）矯拂振起，張柳並稱

　　張先詞的特點，主要在「以小令作法寫慢詞」方面。隨著北宋社會經濟的繁榮，適應歌臺舞榭的需要，慢詞得到長足的發展，歐陽脩集中已有少量慢詞，柳永則大量創製慢詞。張先作爲一個繼承晏、歐小令作法的作家，在新的文壇氣氛息下也不能不寫慢詞，其《安陸集》即收錄不少慢詞，如〈山亭宴慢〉、〈謝池春慢〉、〈卜算子慢〉、〈喜朝天〉、〈破陣樂〉、〈傾杯〉、〈少年游慢〉、〈碧牡丹〉等作品。張先與柳永同時創製慢詞，卻走向不同風格：柳永慢詞學習宋玉〈高唐〉、〈神女〉賦的寫法，平鋪直敘，較爲單調；張先則以唐五代以來小令的作法，也就是以詩的作法來寫作，保留了詞的小令韻味。〔註47〕

　　宋代常將張先、柳永詞作一比較，論其優劣得失。如晁補之（1053

〔註44〕〔唐〕朱景玄：《唐朝名畫錄》，收錄於《景印文淵閣四庫全書》（臺北：臺灣商務印書館，1986年2月），冊812，頁365。

〔註45〕翁方綱《石州詩話》卷三云：「張子野吳江七律，於精神豐致，兩擅其奇，不獨〈西溪無相院〉之句膾炙人口也，〈過和靖居詩〉，亦絕唱。」見臺靜農編：《百種詩話類編》（臺北：藝文印書館，1974年5月）中冊，頁694。

〔註46〕〔宋〕葉夢得：《石林詩話》，卷下，收錄於鄧子勉編：《宋金元詞話全編》，上冊，頁271。

〔註47〕參孫維城著：《張先與北宋中前期詞壇關係探論》（合肥：安徽大學出版社，2007年12月），頁102～105。

～1110）〈評本朝樂章〉載：

> 張子野與柳耆卿齊名，人以為子野不及耆卿富，而子野韻
> 高，是耆卿所乏處。〔註48〕

晁補之〈評本朝樂章〉一文，見吳曾《能改齋漫錄》卷十六。列舉柳
永、歐陽脩、蘇軾、黃庭堅、晏幾道、張先、秦觀七位北宋大家之寫
作特色。晁補之論張先詞可分三層言之：一論張、柳齊名；二是當世
認為張先不如柳永，三取張詞韻高，為柳永所不及。張先與柳永齊名，
乃因兩人皆處於小令發展到長調的過渡階段，始嘗試創作長調慢詞。
在此方面，柳永創新求變的寫作態度，為詞體發展創造一全新局面。
再者由於柳詞通俗性較高，詞名遠播，此係張先不及柳永之處。然就
「韻高」特質而言，在「尚雅輕俗」的宋代文人眼中，「井水飲處皆
歌之」的柳詞，過於俚俗淺白，遠不及張詞自然有味。

又李之儀《姑溪居士前集·跋吳思道小詞》論：

> 長短句於遣詞中最為難工，自有一種風格，稍不如格，便覺
> 齟齬……至柳耆卿開始鋪敘展衍，備足無餘，形容盛明千載
> 如逢當日，較之《花間》所集，韻終不勝，由是知其為難能
> 也。張子野獨矯拂而振起之，雖刻意追逐，要是才不足而情
> 有餘，良可佳者。晏元獻、歐陽文忠、宋景文則以其餘力遊
> 戲，而風流閒雅，超乎意表，又非其類也。〔註49〕

李之儀（1048～1128），字端叔，自號姑溪居士，滄州無棣（今
屬山東）人，從蘇軾於定州幕府，撰《姑溪居士文集》，前集五十卷，
後集二十卷，另有《姑溪詞》。此段記載首云長短句「自有一種風格，
稍不如格，便覺齟齬」，此乃李清照「別是一家」說之先聲。其次，
自唐人歌詞論起，論及唐末、《花間集》、柳永、張先、晏殊、歐陽脩、
宋祁至吳思道。柳詞優點在鋪敘展衍，具太平氣象，然形式上的平鋪

〔註48〕〔宋〕吳曾：《能改齋漫錄》引晁補之〈評本朝樂章〉，收錄於鄧子
勉編：《宋金元詞話全編》，上冊，頁508。

〔註49〕〔宋〕李之儀：《姑溪居士前集》，收錄於鄧子勉編：《宋金元詞話全
編》，上冊，頁132。

直敘影響到詞的韻味；張先詞恰與柳詞相反，「刻意追逐」花間小令，其詞言短意長，格高韻勝，然終究跳脫不出花間小令侷限，才學受到評判。晁補之、李之儀皆蘇軾門下，他們的評價代表了北宋中期士大夫的詞學觀，尤其是蘇門的詞學觀。通過兩人對張先、柳永詞的點評，可見宋人尚雅，進而產生對「韻」的審美要求。宋代詞話若論及張、柳，大抵採得失並列之評價。然其中亦有「揚張抑柳」之言論，如嚴有翼《藝苑雌黃》謂：「柳之樂章，人多稱之，然大概非羈旅窮愁之詞，則閨門淫媟之語。若以歐陽永叔、晏叔原、蘇子瞻、黃魯直、張子野、秦少游輩較之，萬萬相遼。」〔註50〕對於當世給予柳詞之高度評價提出異議，仍為鄙薄柳詞之失而發。

（三）詞無名篇，佳句破碎

　　李清照（1084～卒年不詳），號易安居士，山東濟南人，著有《漱玉集》，亦稱《易安詞》，論詞有〈詞論〉。〈詞論〉為李清照探討詞體發展及品評當代詞人的一段論述，首見於胡仔《苕溪漁隱叢話》後集卷三三；但〈詞論〉原出何時何處，胡仔引述時是否有刪節等，已不可考。該段論述強調「詞別是一家」，與詩、文體格有異，並主張嚴聲律而主情致。「情致」作為詞的內容特徵必須純正，因而提倡典重、故實。詞境必求其渾成，反對支離破碎。〈詞論〉提出張先、宋祁兄弟、沈唐、元絳、晁端禮等人「雖時有妙語，而破碎何足名家。」（冊一，頁 202）所謂「破碎」，乃指這些詞家雖有妙語警言傳誦千古，但就整體結構而言，他們的詞是有佳句而無名篇的。張先以名句「雲破月來花弄影」、「嬌柔懶起，簾押殘花影」、「柔條搖搖，墜輕絮無影」取號張三影，宋祁也以「紅杏枝頭春意鬧」搏得「紅杏尚書」美名，然就作品整體觀之，兩人創作均注重出「妙語」，在體製、結構、風格與意境等方面的創新，則未有突出之處，導致詞作顯得單薄細巧，

〔註50〕　〔宋〕嚴有翼撰：《藝苑雌黃》，收錄於鄧子勉編：《宋金元詞話全編》，
　　　　　上冊，頁 174。

不足以建立流派,自成一家。

(四)張秦並提,俊逸精妙

王灼(1104~卒年不可確考),字晦叔,號頤堂,遂寧(今屬四川)人。著有《頤堂集》五卷、《碧雞漫志》五卷、《頤堂詞》一卷、《糖霜譜》一卷、佚文十二篇。《碧雞漫志》是現存第一部規模較大、體系較完整的詞話著作,內容大抵可分三部分:卷一論詞體、詞的起源等;卷二論唐五代以降之詞人、詞派;卷三至卷五論詞樂與詞調,極具文獻與理論價值。王灼針對北宋詞家五十餘人予以精湛評論,其中論及「張子野、秦少游俊逸精妙,少游屢困京洛,故疏蕩之風不除。」(冊一,頁 83)王灼詞論首見張、秦合稱,兩者皆屬婉約詞家。張先以「雲破月來花弄影」一句詞名遠播;秦觀則以〈滿庭芳〉(山抹微雲)名滿都下,所謂「俊逸精妙」,應為兩人詞作風格超逸拔俗、詞句精緻秀美而發。然兩人之間仍有區別,秦觀「屢困京洛,故疏蕩之風不除。」詞作中隱含屢受貶謫之感懷,有疏蕩之風;張先一生平靜順遂,作品則顯露閑雅之象。由此可見,王灼對兩人之評價,乃自創作風格、填詞技巧與詞人生平遭遇形塑之作品特質,論其異同之處。

(五)詞句借鑒,祖述《詩經》

許顗論張詞曰:

> 「燕燕于飛,差池其羽。之子于歸,遠送於野。瞻望弗及,泣涕如雨。」此辭可以泣鬼神矣。張子野長短句云:「眼力不知人遠、上江橋。」東坡〈送子由〉詩云:「登高回首坡壠隔,惟見烏帽出復沒。」皆遠紹其意。〔註51〕

許顗(生卒年不詳),襄邑(今河南睢縣)人,撰《詩話》一卷,其說多引述蘇軾、黃庭堅、陳師道語,議論多有根柢,品題亦具別裁。許顗主張張先〈虞美人〉(恩如明月家家到)之「眼力不知人遠、上

〔註51〕 〔宋〕許顗:《許彥周詩話》,收錄於鄧子勉編:《宋金元詞話全編》,上冊,頁551。

江橋」〔註52〕一句，乃祖述《詩經・邶風》：「燕燕于飛，差池其羽。之子于歸，遠送於野。瞻望弗及，泣涕如雨。」〔註53〕此詩敘寫莊姜送別戴媯大歸的不捨之情。〈序〉謂：「莊姜送歸妾」。孔氏曰：「隱三年《左傳》曰：『衛莊公娶於齊東宮得臣之妹，曰莊姜，美而無子。又娶於陳，曰厲媯，生孝伯，早死。其娣戴媯，生桓公，莊姜以爲己子。』四年春，州吁殺桓公，由其子見殺，故戴媯於是大歸。莊姜養其子，與之相善，故作此詩。知歸是戴媯者，經云：『先君之思』，則莊公薨矣。桓公之時，母不當輒歸，雖歸非莊姜所當送歸；明桓公死後，其母見子之殺故歸，莊姜養其子，同傷桓公之死，故泣涕而送之也。」孔疏此事甚詳，故錄之。〔註54〕薄暮曠野，莊姜目送戴媯離去，直至目光無以追隨處，淚如雨下，極度哀傷。張先〈虞美人〉則敘寫男女臨別，離情依依，登高望遠，目送行舟至眼力所不及處，寓情於景，流露出深情執著的一面。是以許顗認爲張先此句乃襲用《詩經》之意而另造新句而成。

第二節　金、元二代對張先詞的批評接受

　　金、元時期在中國文學批評史發展的歷程中，是一個頗爲特殊的時期。與前代相比，既缺少批評的大家，亦缺少分門別戶的流派。金代上承北宋前、中期之風，與南宋頗異，不論小令或長調均以情致爲本，以感發爲尚，不似南宋以聲律見長。這樣的詞風在詞論中亦有明顯反映。元詞上承金與南宋，詞人如趙文、戴表元、劉將孫、趙孟頫、仇遠、吳澄、詹正等均由南宋入元，他們自然承續南宋詞風，同時也

〔註52〕　〈虞美人〉詞云：「恩如明月家家到。無處無清照。一帆秋色共雲遙。眼力不知人遠、上江橋。　願君書札來雙鯉。古汴東流水。宋王臺畔楚宮西。正是節趣歸路、近沙堤。」見唐圭璋編：《全宋詞》，冊一，頁82。

〔註53〕　〔清〕姚際恆撰：《詩經通論・邶風》（臺北：廣文書局，1997年10月），頁51。

〔註54〕　同前註，頁52。

將宋際詞壇所重視的批評觀點帶入元代。〔註55〕下就金、元二代的批評視野與對張先詞的批評概況略述如次：

一、金代對張先詞的批評接受概況

　　金詞不如宋詞發達，詞論也較少。金人詞論資料據鄧子勉編《宋金元詞話全編》，得趙秉文（1159～1232）《閑閑老人滏水文集》錄詞話一則論秦觀詞，以〈題扇頭〉七絕遙寄對秦觀的追思之情。〔註56〕王若虛（1174～1243）《滹南遺老集》錄詞話二十三則，以「詩詞只是一理」〔註57〕立論，對宋代詞話諸多觀點表示不同意見，特別是對詞體淫豔之風進行批評；評點詞家則以論蘇軾之詞爲夥，如論蘇軾「爲小詞則無纖豔之失」〔註58〕、批評世人以蘇軾「小詞不工於少游」，是「豈知東坡也哉」。〔註59〕劉祁（1203～1259）《歸潛志》，錄有詞話十三則，論詞推重「雄峭」之作，而黜「宮腰纖弱」之詞。〔註60〕李俊民（1176～1260）《莊靖先生遺集》錄李仲紳題序文一則及詞話二則，無論及宋人之說。〔註61〕元好問（1190～1257）《續夷堅志》、《遺山先生文集》、《遺山樂府》、《中州集》錄詞話三十三則，論詞高度評價蘇、辛，嘗謂：「樂府以來，東坡爲第一，以後便到辛稼軒。」〔註62〕並以「尙情」角度論詞，注重情性的自然流露。佚名《煬王江

〔註55〕　參顧易生、蔣凡、劉明今著：《宋金元文學批評史》（上海：上海古籍出版社，1996 年 6 月），下冊，頁 1067～1068。

〔註56〕　〔金〕趙秉文：《閑閑老人滏水文集》，收錄於鄧子勉編：《宋金元詞話全編》，下冊，頁 1795。

〔註57〕　〔金〕王若虛：《滹南遺老集》，收錄於鄧子勉編：《宋金元詞話全編》，下冊，頁 1798。

〔註58〕　同前註，頁 1801。

〔註59〕　同前註。

〔註60〕　〔金〕劉祁：《歸潛志》，收錄於《文津閣四庫全書》（北京：商務印書館，2005 年），冊三四六，卷十，頁 182。

〔註61〕　〔金〕李俊民：《莊靖先生遺集》，收錄於鄧子勉編：《宋金元詞話全編》，下冊，頁 1804～1805。

〔註62〕　〔金〕元好問：《續夷堅志》、《遺山先生文集》、《遺山樂府》、《中州集》錄詞話三十三則，收錄於鄧子勉編：《宋金元詞話全編》，下冊，

上錄》錄詞話二則，〔註63〕則論當代之詞。經筆者檢索查詢，金人詞論未獲論張先詞之說。

　　總的來說，金詞中的道教詞雖占有極高比例，然詞話中卻絕少論及道教詞，似乎僅將此類詞作視為傳教修道的工具，而不屬於文學作品。此外，金代詞話較為提倡蘇、辛雄放剛健的寫作風格，對於張先及其他婉約詞家，往往闕而弗論。

二、元代對張先詞的批評接受概況

　　元代詞話，可分為前、後兩個時期。元代前期從事詞學活動者，主要是宋金遺民，在異族統治之下，詩詞活動，包括詞學批評，自然是他們懷念故國的形式之一。元代後期，隨著蒙古貴族採取尊孔讀經、開科取士等措施各民族對於華夏文化漸趨認同，話詞者亦不再注重於對前朝的懷念，轉而用平常心來處理或表述詞學問題。〔註64〕元人著錄論及張詞者係方回《瀛奎律髓》、馬端臨《文獻通考》及佚名《新編排韻增廣事類氏族大全》、陶宗儀《南村輟耕錄》四書，茲就「論張先生平事蹟」、「論張先詩名為詞所掩」、「論張先影詞成就」與「論〈天仙子〉為宋金十大曲之一」四部分探析如次：

（一）論張先生平事蹟

　　《文獻通考》，馬端臨（1254～1323）撰，元大德十一年（1307）成書，記載上古至宋寧宗嘉定末年歷代典章制度的沿革。以杜佑《通典》為藍本，增擴《通典》為田賦、錢幣、戶口、職役、徵榷、市糴、土貢、國用、選舉、學校、職官、郊社、宗廟、王禮、樂、兵、刑、經籍、帝系、封建、象緯、物異、輿地、四裔二十四門，各門再分子目，取材極為廣泛，除了各朝正史、歷代會要、《資治通鑑》等史書

　　　　頁 1806～1822。

〔註63〕　〔金〕佚名：《煬王江上錄》，收錄於鄧子勉編：《宋金元詞話全編》，下冊，頁 1823。

〔註64〕　朱崇才撰：《詞話史》，頁 167。

外，還採用了私家著述的史書、傳記等有關典章制度的記載。全書計
348 卷，附考證 3 卷。該書〈經籍考〉76 卷，共錄詞話一百十八則，
此中文獻網羅《張子野詞》一卷：

> 陳氏曰：「都官郎中吳興張先子野撰。」李常公擇爲六客堂，
> 子野與焉，所賦詞卒章云：「也應傍有老人星」蓋以自謂，
> 是時年八十餘矣。東坡倅杭，數與唱酬。聞其買妾，爲之
> 賦詩，首末皆用張姓事。《吳興志》稱其晚年漁釣自適，至
> 今號張釣魚灣。死葬弁山下，在今多寶寺。按：歐陽集有
> 〈張子野墓誌〉，死於寶元中者，乃博州人，名姓字偶皆同，
> 非吳中之子野也。〔註65〕

馬端臨《文獻通考・自序》敘及編撰〈經籍考〉的目的與方法：「今
所錄，先以四代史志列其目。其存於近世而可考者，則採諸家書目所
評，並旁搜史傳、文集、雜說、詩話。凡議論所及，可以紀其著作之
本末，考其流傳之眞僞，訂其文理之純駁者，則具載焉。」〔註66〕是
知《經籍考》的大小序和各書的解題，主要並非馬端臨本人所撰，而
是廣泛輯錄漢、隋、唐、宋四代的史志書目、公私藏書目、各家列傳、
序跋、詩話雜著中的評介文字，僅整理前代論點而未作新論。馬端臨
《文獻通考》論張先六客之會、蘇軾贈買妾詩、死後葬於弁山、宋時
有兩張先等生平記載，可謂集結宋代詞論之大成，使張先的批評接受
在金、元時期不至留白，極具保存、傳播之功。

　　《新編排韻增廣事類氏族大全》（下簡稱《氏族大全》），編者不詳，
依廣韻次第，以四聲分隸各姓，每姓俱引史傳人物，摘敘大略，以供
綴文之用。其中有爲史傳志乘所不詳而獨見於此者，足資旁證。是書
錄詞話計三十五則，其中論及張先生平曰：「張復守秀州郡，圃有六客
亭。先是，李公擇守此郡，張子野、劉孝叔在焉，楊元素、蘇軾、陳
令舉過之，會飲於碧澗堂，子野作六客詞令。張復守是邦，蘇軾、曹

〔註65〕　〔元〕馬端臨：《文獻通考》，收錄於《景印文淵閣四庫全書》，冊
　　　　　614，卷二百四十六，頁957。
〔註66〕　同前註，冊610，頁20。

子方、劉景山、蘇伯固、張秉道來過，與復爲六，可繼前事，坡爲後
六客詞。」〔註67〕記敘前、後六客之會的地點、參與人物與作品。

（二）論張先詩為詞掩

　　方回（1227～1307）字萬里，號虛谷，歙縣（今屬安徽）人。著
有《桐江集》與《桐江續集》，又編著《瀛奎律髓》，有世祖至元癸未
（1283）自序，是書兼選唐、宋二代之詩，分四十九類，所錄皆五、
七言近體。大旨排西崑而主江西，倡唯一祖三宗之說。《瀛奎律髓》
藉由類選、圈點、評論，合詩選、詩話於一書，其中評張先「張子野、
賀方回，以長短句尤有聲，故世人或不知其詩。」〔註68〕張先、賀鑄
向來以詞作名世，張先之「雲破月來花弄影」、賀鑄之「梅子黃時雨」，
〔註69〕皆爲兩人搏得「張三影」、「賀梅子」之雅號。然世人僅知其詞
而不知其詩，蘇軾嘗謂張先詩筆老健，詞乃餘技之說，方回亦站在詩
評角度，提出張先詩名爲詞所掩之現象。而馬端臨《文獻通考》對蘇
軾論張先「詩筆老健，詞乃餘技」之說亦有載錄。

（三）論張先影詞成就

　　馬端臨《文獻通考》載張先影詞曰：

　　《古今詩話》云：「客有謂張子野曰：『人皆謂公爲張三中，
　　即「心中事」、「眼中淚」、「意中人」也。』公曰：『何不目
　　爲張三影，客不曉，公曰：「雲破月來花弄影」、「嬌柔懶起，
　　簾櫳捲花影」、「柳徑無人，墜飛絮無影」，此余平生所得意
　　也。』」又《高齋詩話》云：「子野嘗有詩云：『浮萍斷處見

〔註67〕　〔元〕佚名：《新編排韻增廣事類氏族大全》，收錄於鄧子勉編：《宋
　　　　　金元詞話全編》，下冊，頁2242。
〔註68〕　〔元〕方回：《瀛奎律髓》，收錄於鄧子勉編：《宋金元詞話全編》，
　　　　　下冊，頁1850。
〔註69〕　賀鑄〈橫塘路〉：「凌波不過橫塘路。但目送、芳塵去。錦瑟年華誰
　　　　　與度。月橋花院，瑣窗朱戶，只有春知處。　　飛雲冉冉蘅皋暮。
　　　　　彩筆新題斷腸句。若問閒情都幾許。一川煙草，滿城風絮，梅子黃
　　　　　時雨。」見唐圭璋編：《全宋詞》，冊一，頁513。

> 山影」，又長短句『雲破月來花弄影』，又云：『隔牆送過鞦
> 韆影』，並膾炙人口，世謂張三影。」《苕溪漁隱》云：「細
> 味二說，當以《古今詩話》所載三影爲勝。」〔註70〕

《文獻通考》針對宋代有關張先三影之論述，僅作彙編整理而未發新
論。《氏族大全》則云：

> 張先「詩筆老健。倅秀州，創花月亭，詞中警句云：「雲破
> 月來花弄影」、「浮萍斷處見山影」、「隔牆送過鞦韆影」，世
> 號爲「張三影」。神宗朝爲郎中。〔註71〕

張先任職嘉禾（即秀州、嘉興）判官吟成〈天仙子〉一詞，當地因有
「花月亭」勝跡，陸游《入蜀記》載其乾道六年（1170）6月6日於
秀州「赴郡集於倅廨中，坐花月亭，有小碑，乃張先子野『雲破月來
花弄影』樂章，云得句於此亭也。」〔註72〕後以《高齋詩話》爲據，
認同張先「三影」乃「雲破月來花弄影」、「浮萍斷處見山影」、「隔牆
送過鞦韆影」三句。

（四）論〈天仙子〉為宋金名曲

陶宗儀（1329～1410），元末明初人。字九成，號南村。黃岩清
陽人（今屬浙江臺州路橋）人。著有《書史會要》、《南村輟耕錄》、《說
郛》、《南村詩集》等。《南村輟耕錄》卷二十七〈燕南芝庵先生唱論〉
載：

> 近世所謂大曲，蘇小小〈蝶戀花〉、蘇東坡〈念奴嬌〉、晏
> 叔原〈鷓鴣天〉、柳耆卿〈雨霖鈴〉、辛稼軒〈摸魚子〉、吳
> 彥高〈春草碧〉、蔡伯堅〈石州慢〉、張子野〈天仙子〉、朱
> 淑眞〈生查子〉、鄧千江〈望海潮〉。（冊四，頁3821）

此十首詞稱爲「宋金十大曲」，又稱「宋金十大樂」，指元代尚流行於

〔註70〕〔元〕馬端臨：《文獻通考》，收錄於《景印文淵閣四庫全書》，冊
614，卷二百四十六，頁957。

〔註71〕〔元〕佚名：《新編排韻增廣事類氏族大全》，收錄於鄧子勉編：《宋
金元詞話全編》，下冊，頁2242。

〔註72〕〔宋〕陸游：《入蜀記》，見《叢書集成初編》（北京：中華書局，1985
年），卷一，頁4。

歌壇的十首宋金名曲。元人楊朝英《樂府新編陽春白雪》卷一記載燕南芝庵的〈唱論〉，為最早明確錄有「十大樂」之版本，並詳載十首歌曲之篇名。後陶宗儀《南村輟耕錄》收〈燕南芝庵先生唱論〉、臧晉叔《元曲選》卷首亦載〈燕南芝庵論曲〉，均可見「宋金十大曲」之說法。所謂十大曲，乃擇錄宋代張先、柳永、晏幾道、蘇東坡、蘇小小（或作闕名）、朱淑眞、辛棄疾七首，金代吳激、蔡松年、鄧千江三首作品而成。這十首歌詞，大部分在宋、金時代就相當著名，經過時代的選汰而成為當時公認的典範作品。由此可知，張先〈天仙子〉不僅在宋時即流傳廣遠，至元代仍保留其音樂性，傳唱不歇，成為宋代詞曲之代表作。

第三節　明代對張先詞的批評接受

與宋詞之高峰與清詞之中興相比，明詞發展明顯遲滯。文廷式《雲起軒詞・序》云：「詞家至南宋而極盛，亦至南宋而漸衰。其衰之故，可得而言也：其聲多嘽緩，其意多柔靡，其用字則風雲月露紅紫芬芳之外，如有戒律，不敢稍有出入焉。邁往之士，無所用心。沿及元明，而詞遂亡，亦其宜也。」〔註73〕文廷式將詞之衰落追溯至南宋。時自南宋，詞體發展以臻成熟，無論在內容或聲律上，皆建構出一套完整而有系統之規則，為詞體定型。而雅俗文學的遞變，詞樂的失傳，亦致使士人轉移創作重心，造成明詞量多而質不精的困境。

明詞在創作成就上雖不及唐、宋、金、元，但明代詞籍無論總集、別集、選集之輯錄卻蔚為大觀。明代中期開始出現大型詞話專著，如陳霆《渚山堂詞話》、楊愼《詞品》等。這些詞話專著包括宋、元時期評藝文和言本事兩種體式，詞話各條目間也較前代更具系統性和條理性。〔註74〕詞籍之序跋題記，數量與成果亦遠勝前朝。明人論張詞

〔註73〕〔清〕文廷式：《雲起軒詞・序》，收錄於《續修四庫全書》（上海：上海古籍出版社，2002年），集部，冊1727，頁419。
〔註74〕參朱崇才：《詞話學》（臺北：文津出版社，1995年1月），頁126。

者，經筆者蒐羅、分析詞論資料，將之歸納爲「論張先詞爲詞之正宗」、「論張先詞之整體風格」以及「對張先詞篇之評」三種接受面向。

一、論張先詞爲詞之正宗

詞的正變問題，主要集中在對「婉約」、「豪放」兩大風格流派的論斷。明代張綖《詩餘圖譜》首先提出：「詞體大略有二：一體婉約，一體豪放。婉約者欲其詞情蘊藉，豪放者欲其氣象恢弘……大抵詞體以婉約爲正……」〔註75〕張綖僅提出詞的藝術風格有婉約、豪放兩大分野，未針對兩者有所褒貶，亦未涉及正變之論。其後徐師曾承襲張綖說法，於《文體明辨》中續言詞有二體，然立論重心顯然有所偏移：

> 蓋雖各因其質，而詞貴感人，要當以婉約爲正。否則雖極精工，終乖本色，非有識之士所取也。〔註76〕

徐師曾將詞之二體強分正變，並以婉約爲正，主要論據乃依宋代陳師道等人貶抑蘇軾豪放詞之「本色」而論。到了明代中期，王世貞進一步發揮徐氏「崇婉抑豪」之觀點，其《藝苑卮言》云：

> 故詞須宛轉綿麗，淺至儇俏，挾春月煙花於閨幨內奏之，一語之豔，令人魂絕，一字之工，令人色飛，乃爲貴耳。至於慷慨磊落，縱橫豪爽，抑亦其次。不作可耳，作則寧爲大雅罪人，勿儒冠而胡服也。（冊一，頁385）

> 即詞號稱詩餘，然而詩人不爲也。何者，其婉變而近情也，足以移情而奪嗜。其柔靡而近俗也，詩嘽緩而就之，而不知其下也。之詩而詞，非詞也。之詞而詩，非詩也。言其業，李氏、晏氏父子、耆卿、子野、美成、少游、易安至矣，詞之正宗也。溫韋豔而促，黃九精而險，長公麗而壯，幼安辨而奇，又其次也，詞之變體也。（冊一，頁385）

王世貞（1526～1590），太倉（今屬江蘇）人，字元美，號鳳洲，

〔註75〕〔明〕張綖撰：《詩餘圖譜》，收錄於《續修四庫全書》，集部，冊1735，頁473。

〔註76〕〔明〕徐師曾撰：《文體明辨》收錄於《四庫全書存目叢書》，集部，冊312，頁545。

又號弇州山人。《藝苑巵言》正集八卷，評論詩文，附錄四卷，分詞、曲、書、畫。其中附錄卷一為詞話，計二十九則，涉及唐宋金元明詞人詞作。王世貞突出詞體婉孌近情、柔靡近俗之特質，將李煜、晏氏父子、柳永、張先、周邦彥、秦觀、李清照等婉約諸家視為「詞之正宗」，而將溫庭筠、韋莊、黃庭堅、蘇軾、辛棄疾等人視為「詞之變體」，尤其對蘇、辛豪放一脈頗有微辭，顯然站在宋人偏好「雅詞」立場來衡量蘇、辛詞之價值。而溫、韋詞與豪放一派相提並論，此係花間體「猶傷促碎」，故王世貞一律視為變體之作。

　　明代詞論家多數贊成「詞以婉約為正」之看法，並視張先詞為婉約一脈。何良俊《草堂詩餘・序》則稱張詞為「當行本色」：

　　　樂府以皦逕揚厲為工，詩餘以婉麗流暢為美，如周清真、
　　　張子野、秦少游、晁叔用諸人之作，柔情曼聲，摹寫殆盡，
　　　正詞家所謂當行、所謂本色者也。後人即其舊詞，稍加檃
　　　括，便成名曲，至今歌之，猶聳耳以動聽。嗚呼！是可不
　　　謂工哉。〔註77〕

　　何良俊（1506～1573），字元朗，華亭（今屬江蘇）人，著《何氏語林》三十卷、《四友齋叢說》三十八卷。所著〈草堂詩餘・序〉將樂府與詞體作一區別，主張詞體應以「婉麗流暢」為正。周邦彥、張先、秦觀、晁沖之諸子作詞溫婉工麗，音律和暢，以摹情寫景見長，正所謂詞家當行本色者也。李濂《碧雲清嘯・序》亦論：

　　　逮宋盛時，歐陽永叔、蘇子瞻、黃魯直、秦少游、晏同叔、
　　　張子野諸子，咸富填腔之作，要之以蘊藉婉約者為入格。
　　　故陳無己評子瞻詞高才健筆，雖極天下之工，然終非本色，
　　　以其豪氣太露也。〔註78〕

　　李濂（生卒年不詳），字川父，祥符（今屬河南）人，少負俊才，

<hr>

〔註77〕〔明〕何良俊撰：《草堂詩餘・序》，收錄於施蟄存主編：《詞籍序跋萃編》，頁670。

〔註78〕〔明〕李濂撰：《碧雲清嘯・序》，收錄於《四庫全書存目叢書》，集部，冊71，卷56，頁96。

少年聯騎出城，搏獸射雉，酒酣悲歌，慨然慕信陵君、侯生之為人，畢生肆力為學，著述甚豐，尤以古文名聞當代。李濂論宋時歐陽脩、蘇軾、黃庭堅、秦觀、晏殊、張先諸家多有詞作傳世，然蘇詞豪氣太露，要非本色，而張先則符合「蘊藉婉約」之標準。秦士奇《古香岑草堂詩餘‧序》亦採此觀點：「夫詩亡而餘騷賦，騷賦變而餘樂府，樂府缺而餘詞曲。粵古之樂章、樂歌、樂曲皆出於雅正……其間可歌可誦者如李、晏、柳五、秦七、『雲破月來花弄影』郎中、『紅杏枝頭春意鬧』尚書，閨彥若易安居士，詞之正也。」〔註79〕主張詞體出於雅正，而視李煜、晏氏父子、柳永、秦觀、張先、宋祁、李清照等人為詞家正宗。

　　明代詞壇普遍以婉約本色為宗，而孟稱舜《古今詞統‧序》則提出不同見解：「樂府以嫩逷揚厲為工，詩餘以宛麗流暢為美。故作詞者率取柔音曼聲，如張三影、柳三變之屬。而蘇子瞻、辛稼軒之清俊雄放，皆以為豪而不入於格。宋伶人所評〈雨霖鈴〉與〈酹江月〉〈按：即〈念奴嬌〉〉之優劣，遂為後世填詞者定律矣。予竊以為不然……作者極情盡態，而聽者動心聳耳，如是者皆為當行，皆為本色。寧必姝姝媛媛，學兒女語而後為詞哉？故幽思曲想，則張、柳之詞工矣，然其失則俗而膩也。古者妖童冶婦之所遺也。傷時弔古，蘇、辛之詞工矣，然其失則莽而俚也。古者征夫放士之所托也。兩家各有其美，亦各有其病。然達其情而不以詞掩，則皆填詞者之所宗，不可以優劣言也。」〔註80〕孟稱舜特舉張先為婉約詞代表，認為無論是婉約或豪放詞，皆應遵循「達其情而不以詞掩」的共同創作原則，駁斥何良俊等人以柔音曼聲為當行本色之片面觀點。此處孟氏既肯定張、柳「幽思曲想」、蘇、辛「傷時弔古」之特色，亦不諱言兩者有「俗而膩」、

〔註79〕　〔明〕秦士奇：《古香岑草堂詩餘‧序》，明崇禎間末翁少麓刊本，現藏於國家圖書館，頁8～9。
〔註80〕　〔明〕孟稱舜：《古今詞統‧序》，收錄於《續修四庫全書》，集部，冊1728，頁439～440。。

「莽而俚」之缺失，立論較爲客觀公允。綜上所論，可知明代論詞之正變以「婉約柔美」作爲評判標準，而張先詞因符合當代詞體審美要求，多入「正宗」、「本色」之列。

二、論張先詞之整體風格

明代論張先詞整體風格爲黃河清之《續草堂詩餘・序》：

> 所刻續集中，如李後主之秋閨，李易安之閨思，晏叔原之
> 春景，蕭竹屋之紀夢、懷舊，周美成之春情，無名氏之有
> 感，張子野之楊華，歐陽永叔之閨情、採蓮，蘇子瞻之佳
> 人，楊孟載之暮春，朱淑眞之閨情，程正伯之秋夜，以此
> 數闋，授一小青蛾拔銀箏、倚綠窗作曼聲，則繞梁過雲，
> 亦足令多情人魂銷也。〔註81〕

黃河清列舉李煜、李清照、晏幾道、蕭允之、周邦彥、張先、歐陽脩、蘇軾、楊基、朱淑眞、程垓諸家之詞作特色，其中論張先以「楊華」二字概之。張先詞涉「楊華」二字者計有三闋，乃〈減字木蘭花〉（垂螺近額）「文鴛繡履。去似楊花塵不起。」、〈木蘭花〉（龍頭舴艋吳兒競）「中庭月色正清明，無數楊花過無影」、〈浪淘沙〉（腸斷送韶華）「腸斷送韶華。爲惜楊花」三首。〔註82〕此中〈木蘭花〉「無數楊花過無影」〔註83〕乃張先著名「三影」之一。黃氏以「楊華」二字概論張詞，實就楊花意象輕柔多情，往往隨風飄逝而不可得，遷客騷人與異鄉遊子常以此作爲寄託感情與哀思的信物。而張先詞多寫春景，內容常爲離愁別緒、纏綿悱惻的戀情之作，故黃河清以「楊華」喻其風格輕柔軟膩，深情繾綣，足令多情人魂牽夢縈。

三、對張先詞篇之評

明人論張先詞，以隨筆批注的評點資料最爲豐富，可於短小的篇

〔註81〕　〔明〕顧從敬輯、沈際飛評：《草堂詩餘續集》，頁4〜5。

〔註82〕　唐圭璋編：《全宋詞》，冊一，頁68、75、84。

〔註83〕　同前註，頁75。

幅中見其接受角度。明人論著中涉及張先單篇詞作者，有楊愼《詞品》、王世貞《藝苑巵言》、茅暎《詞的》與沈際飛《草堂詩餘四集》四部，分別探析如次：

（一）楊愼《詞品》

1、評〈滿江紅〉（飄盡寒梅）：清新自來無人道

　　楊愼（1488～1559）字用修，號升庵，新都（今屬四川）人，著有《詞品》。全書六卷、拾遺一卷，共收錄三百二十餘則詞論，爲詞話歷來篇幅之最。《詞品》內容論詞體起源、詞體性質與音樂的關係，廣收歷代詞人詞作及前人品評之語，頗有見地，開後世「詞話彙編」一體之先河。《詞品》主要品評對象爲當時流行之《花庵詞選》、《草堂詩餘》，並將六朝樂府詩歌推爲詞之起源而加以考證，從遣詞、造句、韻律、立意等各方面，辨六朝、唐宋詩歌對歷代詞之影響。其中論張先〈滿江紅〉云：

> 「晴鴿試鈴風力軟，雛鶯弄舌春寒薄」，清新自來無人道。
>
> （冊一，頁477）

〈滿江紅・初春〉詞云：「飄盡寒梅，笑粉蝶游蜂未覺。漸迤邐、水明山秀，暖生簾幕。過雨小桃紅未透，舞煙新柳青猶弱。記畫橋深處水邊亭，曾偷約。　　多少恨，今猶昨。愁和悶，都忘卻。拚從前爛醉，被花迷著。晴鴿試鈴風力軟，雛鶯弄舌春寒薄。但只愁、錦繡鬧妝時，東風惡。」〔註84〕此詞雖題爲「初春」，實乃藉春天追懷舊情。上片回憶初戀歡情，換頭寫現今緬懷舊歡之感受，「晴鴿」二句，正面描寫女子的出色，道出主人公癡情迷戀的原因。張先寫女子出色，並非直接敘寫姣好的容貌，而著力寫其超群歌藝，有如在晴空中飛翔的鴿子，自雲端、微風中傳來悅耳的鈴聲；又如調舌的幼鶯，在初春時節宛轉嬌啼。楊愼評爲「清新自來無人道」，即讚賞張先此句意象創新，不落俗套，具清新自然之致。

〔註84〕唐圭璋編：《全宋詞》，冊一，頁83。

2、評〈御街行〉（天非花豔輕非霧）：亦有出藍之色

《詞品》評白居易自度曲〈花非花〉，亦涉論張先借鑒此詞所作之〈御街行〉：

> 白樂天之詞，〈望江南〉三首在樂府，〈長相思〉二首見《花庵詞選》。予獨愛其〈花非花〉一首云：「花非花，霧非霧。夜半來，天明去。來如春夢不多時，去似朝雲無覓處。」蓋其自度之曲，因情生文者也。花非花，霧非霧。雖高唐、洛神，奇麗不及也。張子野衍之爲〈御街行〉，亦有出藍之色。（冊一，頁427）

張先〈御街行〉詞云：

> 天非花豔輕非霧。來夜半，天明去。來如春夢不多時，去似朝雲何處。遠雞栖燕，落星沉月，紞紞城頭鼓。　　參差漸辨西池樹。珠閣斜開戶。綠苔深徑少人行，苔上屐痕無數。餘香遺粉，膩衾剩枕，天把多情付。〔註85〕

楊愼評白居易詞，尤愛〈花非花〉一首，謂之因情生文。詞中追憶與女子邂逅歡會的情景，末句「去似朝雲無覓處」，典用宋玉〈高唐賦〉之「妾在巫山之陽，高丘之阻，旦爲朝雲，暮爲行雨。朝朝暮暮，陽臺之下。」〔註86〕又宋玉對楚王問朝雲之狀，有云：「湫兮如風，淒兮如雨。風止雨霽，雲無處所。」〔註87〕而白居易〈花非花〉塑造出奇豔穠麗、迷離朦朧之意境，乃〈高唐〉、〈洛神〉賦中神女形象所不能企及。張先上片襲用白居易全首詞句，略加改易，並衍伸詞意，末句「餘香遺粉，膩衾剩枕，天把多情付」，則化用元稹〈會眞詩三十韻〉之「衣香猶染麝，枕膩尚殘紅。」〔註88〕楊愼謂之「亦有出藍之色」，係肯定張先此詞描寫男女歡會，繾綣難終之情，與白居易〈花

〔註85〕唐圭璋編：《全宋詞》，冊一，頁80。
〔註86〕〔梁〕蕭統撰；張啓成、徐達等譯注：《昭明文選》（臺北：臺灣古籍出版社，2001年3月），冊三，頁1109。
〔註87〕同前註。
〔註88〕清聖祖御定：《全唐詩》（臺北：明倫出版社，1971年10月），冊六，頁4644。

非花〉相較，實猶有過之而無不及。

3、考「聞笛詞」非張先作

除品評詞篇外，楊慎亦著力於詞作之考證，如考「聞笛詞」〈玉樓春〉云：

> 南渡後，有題聞笛〈玉樓春〉詞於杭京者。其詞云：「玉樓十二春寒側。樓角暮寒吹玉笛。天津橋上舊曾聽，三十六宮秋草碧。　　昭華人去無消息。江上青山空晚色。一聲落盡短亭花，無數行人歸未得。」其詞悲感悽惻，在陳去非憶昔午橋之上，而不知名。或以為張子野，非也。子野卒於南渡之前，何得云「三十六宮秋草碧」乎。（冊一，頁441）

據《花草粹編》卷六題為王武子作。楊慎評此詞悲感悽惻，可凌駕陳與義〈臨江仙〉笛詞，〔註89〕世人以此詞為張先作，然「三十六宮秋草碧」乃亡國之音，如漢·班固〈西都賦〉：「離宮別館，三十六所」〔註90〕溫庭筠〈郭處士擊甌歌〉：「吾聞三十六宮花離離，軟風吹春星斗稀。」〔註91〕辛棄疾〈酒泉子〉（流水無情）：「三十六宮花濺淚，春聲何處說興亡。」〔註92〕皆以「三十六宮」為景，敘寫國破家亡的悲哀。張先生於北宋清明盛世，何來喪國之痛？楊慎自詞作內容判定寫作年代應為宋朝南渡以後，故此詞當非張先作品。然楊慎《詞品》卷一以此首為無名氏作，惟《詞林萬選》卷二又以為杜安世作，《升庵詩話》卷九又引「玉樓十二春寒側」句以為許奕作，頗為矛盾。

4、考〈歸朝歡〉「等身金」出處

楊慎《詞品》考張先〈歸朝歡〉詞中「等身金」一語，乃出自宋

〔註89〕陳與義〈臨江仙〉詞云：「憶昔午橋橋上飲，坐中多是豪英。長溝流月去無聲。杏花疏影裏，吹笛到天明。　　二十餘年如一夢，此身雖在堪驚。閒登小閣看新晴。古今多少事，漁唱起三更。」見唐圭璋編：《全宋詞》，冊三，頁1070。

〔註90〕〔漢〕班固：〈西都賦〉，見《昭明文選》，冊一，頁15。

〔註91〕曾昭岷、曹濟平、王兆鵬、劉尊明編：《全唐五代詞》（北京：中華書局，1999年），上冊，頁458。

〔註92〕唐圭璋編：《全宋詞》，冊三，頁1971。

代賈黃中之「等身書」：

> 宋賈黃中，幼日聰悟過人。父取書與其身相等，令誦之，
> 謂之等身書。張子野〈歸朝歡〉詞云：「聲轉轆轤聞露井。
> 曉汲銀瓶牽素綆。西園人語夜來風，叢英飄墜紅成逕。寶
> 猊煙未冷。蓮臺香燭殘痕凝，等身金，誰能得意，買此好
> 光景。　　粉落輕粧紅玉瑩。月枕橫釵雲墜領。有情無物
> 不雙棲，文禽只合長交頸。晝長懽宣定。爭如囊做春宵永。
> 日瞳曨，嬌柔嬾起，簾押捲花影。」此詞極工，全錄之。
> 不觀賈黃中傳，知等身金爲何語乎。（冊一，頁 441）

賈黃中（945～1001），字媧民。滄州南皮（今屬河北）人。輯有
《神醫普救方》七十四卷，今佚。據《宋史》卷二六五〈賈黃中傳〉
載：

> （賈黃中）父玭嚴毅，善教子……黃中幼聰悟，方五歲，
> 每旦令正立，展書卷比之，謂之「等身書」，課其誦讀。父
> 常令疏食，曰：「俟業成，乃得食肉。」十五舉進士，授校
> 書郎、集賢校理，遷著作佐郎，直史館。〔註93〕

賈父性嚴毅，黃中年方五歲，賈父即令端正站立，展開書卷比量他的
身高，謂之「等身書」，並按規定考察其誦讀。楊慎認爲張先以此故
實創「等身金」一語，謂與人體重量相等之金，用以形容女子色藝超
群，身價不凡。楊慎謂此詞極爲工巧，然不觀〈賈黃中傳〉，則不知
「等身金」作何解。事實上，「等身金」一語於《舊唐書》卷一五二
〈郝玭傳〉即有之。唐德宗時涇原行營節度使郝玭勇猛嗜殺，與之對
壘的吐蕃贊普對其國人下令道：「有生得郝玭者，賞之以等身金。」
〔註94〕意謂若能得到如此驍勇善戰的大將，願賞賜與其體重相等的黃
金。至宋朝「等身」自重量變成了高度，故有賈黃中「等身書」之說。
在批評專著中，楊慎《詞品》爲考證張詞引用典故出處之濫觴，「等

〔註93〕　〔元〕脫脫等奉敕撰：《宋史・賈黃中傳》，收錄於《景印文淵閣四
庫叢書》，冊 285，卷二百六十五，頁 292。

〔註94〕　〔後晉〕劉昫等奉敕撰：《舊唐書・郝玭傳》，收錄於《景印文淵閣
四庫叢書》，冊 270，卷一百五十二，頁 823。

身金」出於賈黃中教子之說雖未必詳確，然瑕不掩瑜，對張詞之接受
層面仍具推展之功。

（二）王世貞《藝苑卮言》

1、評〈青門引〉（乍暖還輕冷）：句字皆佳

《藝苑卮言》論張先〈青門引〉〔註95〕、万俟詠〈江城梅花引〉
〔註96〕、〈青玉案〉〔註97〕三詞：

> 張子野〈青門引〉，万俟雅言〈江城梅花引〉、〈青玉案〉，
> 句字皆佳。（冊一，頁390）

王世貞對詞家與詞篇之評論，多採直觀領悟及個人感受，以概括式爲
主，論張先、万俟詠之詞「句字皆佳」，僅就其用字、造句作大方向
之評驚，未見深入析論，故吾人僅知王世貞以語言技巧立論，對張先
〈青門引〉之造語相當青睞，卻無從得知確實評論標準爲何。

〔註95〕 張先〈青門引〉詞云：「乍暖還輕冷。風雨晚來方定。庭軒寂寞近清
明，殘花中酒，又是去年病。　　樓頭畫角風吹醒。入夜重門靜。
那堪更被明月，隔牆送過秋千影。」見唐圭璋編：《全宋詞》，冊一，
頁83。

〔註96〕 万俟詠〈梅花引〉詞云：「曉風酸。曉霜乾。一雁南飛人度關。客衣
單。客衣單。千里斷魂，空歌行路難。　　寒梅驚破前村雪。寒雞
啼破西樓月。酒腸寬。酒腸寬。家在日邊，不堪頻倚闌。」見唐圭
璋編：《全宋詞》，冊二，頁810。

〔註97〕 經檢索唐圭璋編《全宋詞》與万俟詠撰《大聲集》，均無〈青玉案〉
詞調。案：《全宋詞》載：「万俟詠，詠字雅言，自號詞隱，遊上庠
不第。充大晟府製撰。紹興五年（1120），補下州文學。有《大聲集》
五卷，不傳。」（冊二，頁807）又陳果青編《詞學詞典》云：「万
俟詠（約1090年前後在世），字雅言，自號詞隱……著有《大聲集》
五卷，不傳。近人趙萬里有輯本。有詞〈驀山溪〉、〈南歌子〉、〈尉
遲杯慢〉、〈春草碧〉、〈梅花引〉、〈憶秦娥〉等多首，散見於《苕溪
漁隱叢話》後集、《歲時廣記》、《全芳備祖》前集、《唐宋諸賢絕妙
詞選》等。」（貴陽：貴州人民出版社，1990年），頁25～26。可見
万俟詠《大聲集》早已失傳。王世貞謂万俟詠有〈青玉案〉，或時見
某選本收錄而轉引，其後選本失傳，遂致今無輯本可見；或王世貞
因轉引他著之誤而致誤；又或王世貞所言〈青玉案〉之作者，非指
万俟詠，然因評論之疏失，而致〈青玉案〉前少冠某一詞家名，遂
教人誤以爲是万俟詠之詞。

2、評〈天仙子〉（水調數聲持酒聽）：句小不逮，然亦佳

　　王世貞論張先〈天仙子〉之「雲破月來花弄影」，係取南唐李璟、馮延巳君臣相戲之言，與張先、宋祁互以名句戲稱相較：

> 花間猶傷促碎，至南唐李王子而妙矣。「風乍起。吹皺一池春水，干卿何事。」與「未若小樓吹徹玉笙寒，此語不可聞鄰國」，然是詞林本色佳話。雲破月來花弄影郎中，紅杏枝頭春意鬧尚書，意似祖述之，而句小不逮，然亦佳。（冊一，頁387）

此處首論花間詞句細碎之失，復以南唐馮延巳〈謁金門〉名句：「風乍起，吹縐一池春水」〔註98〕與南唐元宗李璟「小樓吹徹玉笙寒」〔註99〕並稱於當世作一評論。馬令《南唐書》載：「元宗嘗戲延巳曰：『吹縐一池春水，干卿何事？』延巳曰：『未如陛下小樓吹徹玉笙寒。』元宗悅。」〔註100〕由此記載足見君臣善詞，以詞相戲的風流才情。李璟、馮延巳將唐五代文人詞的發展推上最高峰，此種君臣上行下效，相為欣賞、戲謔的態度和關係，也成為推動詞體發展的重要原因之一。後張先、宋祁以「雲破月來花弄影郎中」與「紅杏枝頭春意鬧尚書」彼此戲稱，王世貞謂之祖述李、馮。同為戲謔之語，但相較之下，南唐李璟、馮延巳詞句應對最妙，張先、宋祁之句則略顯刻露次之。

（三）茅暎《詞的》

　　茅暎（生卒年不詳），字遠士，浙江歸安（今吳興）人，編有《詞的》，選錄唐五代至明代詞計392闋（參見第二章第三節）。茅暎評張

〔註98〕〔南唐〕馮延巳：〈謁金門〉詞曰：「風乍起，吹縐一池春水。閑引鴛鴦香徑裏，手挼紅杏蕊。　　鬥鴨闌干獨倚，碧玉搔頭斜墜。終日望君君不至，舉頭聞鵲喜。」《全唐五代詞》，上冊，卷三，頁676。

〔註99〕〔南唐〕李璟：〈山花子〉詞曰：「菡萏香銷翠葉殘，西風愁起綠波間。還與韶光共憔悴，不堪看。　　細雨夢回雞塞遠，小樓吹徹玉笙寒。多少淚珠無限恨，倚闌干。」《全唐五代詞》，上冊，卷三，頁726。

〔註100〕〔宋〕馬令：《南唐書》（臺北：臺灣商務印書館，1966年），冊三，卷二十一，頁4。

先〈減字木蘭花〉（垂螺近額）一詞謂：「纖豔」，〔註101〕論其風格纖麗濃豔；〈歸朝歡〉（聲轉轆轤聞露井）謂：「當老此溫柔鄉矣」，〔註102〕此詞極盡刻畫女子慵懶嬌羞之神態，惹人憐惜，茅氏故有此評；〈繫裙腰〉（清霜淡照夜雲天）則謂：「著眼」，〔註103〕「著眼」乃注重、注目之意，〔註104〕意指此詞深獲喜愛，備受矚目；評〈天仙子〉（水調數聲持酒聽）：「一語不磨，便足千秋」，〔註105〕則謂此詞用語造字自然清新，不須修飾即能遍傳天下。茅暎對張詞之品評極為精簡，然在寥寥數語間，卻可見茅暎對張詞思想內容、藝術風格等多層次之接受面向。

（四）沈際飛《草堂詩餘四集》

1、論張先詞「情深意摯」

沈際飛評〈歸朝歡〉（聲轉轆轤聞露井）曰：「『西園人語夜來風』兩句，嬌軟工新。『有情無物不雙棲』兩句，桂英詩：『靈沼文禽皆有匹。仙園美木盡交枝。無情微物猶如此，何事風流言別離。』可以釋此。」〔註106〕沈際飛稱此詞之「西園人語夜來風，叢英飄墜紅成徑。寶猊煙未冷。」〔註107〕兩句，嬌軟工新。認為宋代戲文《王魁負桂英》中桂英贈詩「無物不雙棲」之意象，恰與張先此詞所營造出「物猶如此，人何以堪」〔註108〕的孤寂愁思頗能相互對照、解釋。沈際

〔註101〕〔明〕茅暎編：《詞的》，收錄於《四庫未收書輯刊》（北京：北京出版社，2000年1月），捌輯，冊三十，卷二，頁487。

〔註102〕同前註，卷四，頁530。

〔註103〕同前註，卷三，頁512。

〔註104〕張相著：《詩詞曲語辭匯釋》（臺北：洪葉文化事業有限公司，1993年4月），上冊，頁302。

〔註105〕〔明〕茅暎編：《詞的》，收錄於《四庫未收書輯刊》，捌輯，冊三十，卷三，頁515。

〔註106〕〔明〕顧從敬輯、沈際飛評：《草堂詩餘正集》，卷五，頁19。

〔註107〕見唐圭璋編：《全宋詞》，冊一，頁64。

〔註108〕〔明〕劉基：〈伐寄生賦〉，收錄於《文津閣四庫全書‧誠意伯文集》，集部，冊四〇九，卷一，頁203。

飛評〈青門引〉（乍暖還輕冷）謂：「懷則多觸，觸則愈懷，未有觸之，至此極者。」〔註109〕評〈浣溪沙〉（樓倚春江百尺高）謂：「日長才過又今宵」一句「又味愈深」；〔註110〕評〈燕春臺慢〉（麗日千門）曰：「『雕觴』六句，致。『猶有花上月』二句，清貴說得住。」〔註111〕評〈西江月〉（憶昔錢塘話別）：「言者聽者俱苦。」〔註112〕均論張詞情感豐沛、筆觸細膩，讀來深有餘韻；評〈一叢花〉（傷高懷遠幾時窮）云：「不如桃杏，不如者多矣，有傷深情。」〔註113〕張先寫女子為情所苦，由愛生悔，雖言「不如桃杏」，然非真的悔恨莫及，而是藉由桃花、杏花猶解嫁東風之意象，嗟嘆自身相思苦悶的處境。沈際飛言「不如者多矣」，將此句以實處解之，而謂此「有傷深情」。

2、論張先詞「情景交融」

　　沈際飛評〈浪淘沙〉（腸斷送韶華）曰：「眼中這樣，句中也是這樣，大好。」〔註114〕評〈天仙子〉（水調數聲持酒聽）曰：「『雲破月來』句，心與景會，落筆即是，著意即非，故當膾炙。」〔註115〕兩者均就張詞情景交融、著筆自然之寫作特色立論。是知沈際飛論詞特重「天然無雕飾」，〔註116〕因而對張詞落筆即是而不造作的自然風味讚譽有加。

3、論張先詞「善寫佳人」

　　沈際飛評〈生查子〉（含羞整翠鬟）：「『雁柱』二句，摹彈箏神。」〔註117〕評〈醉落魄〉（雲輕柳弱）曰：「『香』生『色』真，真佳人如

〔註109〕　〔明〕顧從敬輯、沈際飛評：《草堂詩餘正集》，卷一，頁34。
〔註110〕　同前註，頁10。
〔註111〕　同前註，卷三，頁19。
〔註112〕　〔明〕顧從敬輯、沈際飛評：《草堂詩餘續集》，卷上，頁28。
〔註113〕　〔明〕顧從敬輯、沈際飛評：《草堂詩餘別集》，卷三，頁14。
〔註114〕　〔明〕顧從敬輯、沈際飛評：《草堂詩餘續集》，卷上，頁32。
〔註115〕　〔明〕顧從敬輯、沈際飛評：《草堂詩餘正集》，卷二，頁26～27。
〔註116〕　〔明〕顧從敬輯、沈際飛評：《草堂詩餘四集・序》，頁8～9。
〔註117〕　〔明〕顧從敬輯、沈際飛評：《草堂詩餘正集》，卷一，頁5。

是。『淺破櫻桃』非佳人無此吹口。『蕚』字、『角』字，景狀欲細。」
〔註118〕評〈醉紅妝〉（瓊林玉樹不相饒）曰：「女俠」；〔註119〕評〈清
平樂〉（輕歌逐酒）曰：「果有此美人耶？」〔註120〕此處論張先描摹
女子神韻、情態之功力，往往自細微處精心刻畫，使佳人形象如在目
前。

〔註118〕〔明〕顧從敬輯、沈際飛評：《草堂詩餘別集》，卷二，頁5。
〔註119〕同前註，卷一，頁39。
〔註120〕同前註，頁27。

第五章　張先詞的批評接受——清代

　　有清一代，號稱詞學中興，詞學批評蓬勃發展，蔚爲大觀。選詞、作詞、唱和、結社的盛行，詞學流派的形成，造成詞學理論的進步，致使帶有詞派傾向的詞話專著大量湧現。清代詞話在體製上，除了言本事、評藝文、論作法等常見形式外，亦自詞的風格、作法、結構、源流等多方面對詞的本質進行探討、考辨，藉此凸顯作品特色與成就，爲詞人定位。許多詞話專著將評論重心放在創作方法的傳授上，多元地研究了前人詞調、詞體、詞譜、詞韻、詞律等各方面的塡詞規範，將詞話批評帶入創作教學的新局面。〔註1〕在形式上，清代詞話專著亦延續宋、明以來隨感隨記的眉批式型態，此種評點形式以簡潔、妙悟爲特徵，少則一兩個字、多則兩、三句話，以體現讀者（亦是評論者）對文本的直覺感悟與接受層面。而以韻文形式出現的詞學評論，作品質量亦遠邁前朝，爲清代詞學批評開創新徑。本節擬就清人評述張詞「整體風格與詞史定位」、「考論本事」、「塡詞筆法」及「藉韻文評論張詞」之四種接受面向，分述析論如次：

第一節　論張先詞之整體風格與詞史定位

一、論張先詞歸屬何期

　　劉體仁（1612～1677），字公勇，號蒲庵，潁州衛（今安徽阜陽）

〔註1〕　參朱崇才：《詞話史》，頁218～222。

人。著有《七頌堂詞繹》一卷，計三十二則，多論詞之作法與要求，間或品評詞人詞作。詞論敘及宋詞若唐詩可分初、盛、中、晚四期：

> 詞亦有初盛中晚，不以代也。牛嶠、和凝、張泌、歐陽炯、韓偓、鹿虔扆輩，不離唐絕句，如唐之初未脫隋調也，然皆小令耳。至宋則極盛，周、張、柳、康，蔚然大家。至姜白石、史邦卿，則如唐之中。而明初比唐晚，蓋非不欲勝前人，而中實枵然，取給而已，於神味處，全未夢見。（冊一，頁618）

尤侗（1618～1704）〈詞苑叢談・序〉亦云詞分四期：

> 詞之繫宋，猶詩繫唐也。唐詩有初盛中晚，宋詞亦有之。唐之詩由六朝樂府而變，宋之詞由五代長短句而變。約而次之，小山、安陸，其詞之初乎。淮海、清眞，其詞之盛乎。石帚、夢窗，似得其中。碧山、玉田，風斯晚矣。（冊四，頁3227）

時至清代，詞論家已不能滿足於傳統詞體「婉約」、「豪放」或「正宗」、「變體」等過於簡單之劃分，始對唐宋詞辨認體性，考鏡源流，對詞派問題提出各自的見解。劉體仁與尤侗不約而同將詞體比照唐詩分爲初、盛、中、晚四期，然兩人判別之法略有差異。劉體仁以牛嶠、和凝等唐五代遺音歸爲初期之作，此時詩詞之分尚不明顯，小令中仍帶有絕句特色；至北宋時期，周邦彥、張先、柳永、康與之等名家輩出，詞體臻至極盛；南渡之後，姜夔、史達祖承繼北宋，詞體發展已達成熟階段；至明代則進入晚期，詞體缺乏新變，由盛轉衰。劉體仁以文學的發展規律分期，雖說「不以代也」，然仍以朝代爲斷限，將唐五代、北宋、南宋、明代粗分爲初、盛、中、晚期，而張先則屬北宋詞體最蓬勃發展之階段。

尤侗劃分範圍則著眼於宋代，論詞體源流自五代小令而變，晏幾道、張先乃詞之初，詞作仍有小令風味，風格閑雅自然；秦觀、周邦彥善寫長調慢詞，摛章繪句，情意深摯，號爲極盛；姜夔、吳文英詞清新俊拔，倚聲協律，開清空騷雅一派，爲宋詞中期；而王沂孫、張

炎工於咏物，備極家國衰亡之痛，是爲詞之晚期。尤侗以詞近五代小
令，將張先與風格相近之晏幾道同視爲初期代表，不僅考慮到詞體發
展之流變及創作技巧之偏向，亦能針對詞家風格進行歸納、分類，較
劉體仁之分期更爲細緻。

二、論張先詞「娟潔」

　　宋徵璧（約 1602～1672），字尚木，原名存楠，江南華亭人，著
有《三秋詞》等。田同之《西圃詞說》引宋徵璧論宋詞七家曰：

> 吾於宋詞，得七人焉，曰永叔秀逸，子瞻放誕，少游清華，
> 子野娟潔，方回鮮清，小山聰俊，易安妍婉。（冊二，頁 1458）

宋徵璧屬雲間詞派，崇尚南唐、北宋之詞，主張北宋詞「境由情生，
辭隨意啓，天機偶發，元音自成」，[註2]追求純情自然的高渾之格，
此爲南渡之後詞人所不能及。故宋氏所舉歐陽脩、蘇軾、秦觀、張先、
賀鑄、晏幾道、李清照等七位代表詞家，均屬北宋，又謂「詞至南宋
而繁，亦至南宋而敝」（冊二，頁 1458），審美傾向偏於北宋甚明。
觀其評語，所稱道的創作特色仍不脫「妍婉」、「秀逸」等傳統論婉約
詞之範疇。宋氏以「娟潔」一語概括張詞，係以張先「秀麗清新」之
詞作風格而言。除標舉宋詞代表作家外，宋徵璧亦兼論其餘諸家之缺
失，如「魯直之蒼老，而或傷於頹；介甫之劖削，而或傷於拗；无咎
之規檢，而或傷於樸……」（冊二，頁 1458），皆站在本於「花間」
麗而則的立場上進行論斷。嚴沆（1617～1678）《古今詞選・序》亦
提出「同叔、永叔、方回、子野咸本花間而漸近流暢。」[註3]之論
點，同以「婉麗流暢」之風爲張詞定位。後人江順詒《詞學集成》針
對宋氏此說提出看法：「（宋徵璧）舉宋人詞不下數十家，可謂崇論閎
議矣。而不及碧山、竹屋、玉田、草窗，何也？其評語亦不甚允當。

〔註2〕　〔清〕陳子龍：《幽蘭草・序》，見施蟄存主編：《詞籍序跋萃編》，
　　　　頁 505。
〔註3〕　〔清〕嚴沆：《古今詞選・序》，見孫克強編著：《唐宋人詞話》（鄭
　　　　州：河南文藝出版社，1999 年 8 月），頁 160。

觀『詞至南宋而敝』一語，非篤論矣。」（冊四，頁3272）江順詒認
爲宋氏尊北宋而抑南宋之接受態度失之片面，評論中甚至直接忽略王
沂孫、高觀國、張炎、周密等南宋大家在詞體上的表現，對所舉詞家
之評語亦不甚允當，尤對「詞至南宋而敝」全然否定之態度相當不滿。

三、論張先詞勝於詩

　　清・乾隆三十八年（1773）至五十四年（1789）所編纂的《四庫
全書總目提要》（下簡稱《提要》），可謂中國文化史上空前的浩大工
程，共歷時十六年。詞曲類「著錄」與「存目」所載詞籍時代涵蓋五
代、宋、金、元、明、清各朝，以宋代爲主。內容除敘述作者生平考
辨、篇章分合、文字增刪外，尚考證是書得失，權眾說之異同。〔註4〕
《提要》乃清代總結前代文學批評之巨著，代表清代官方的文學觀。
其〈安陸集一卷，附錄一卷提要〉論張詞云：

> 此本乃近時安邑葛鳴陽所輯，凡詩八首，詞六十八首，其
> 編次雖以詩列詞前，而爲數無幾。今從其多者爲主，錄之
> 於詞曲類中。考蘇軾集有〈題張子野詩集後〉曰：「子野詩
> 筆老妙，歌詞乃其餘技耳。〈華州西溪〉詩云：『浮萍破處
> 見山影，小艇歸時聞草聲。』與余和詩云：『愁似鰾魚知夜
> 永，懶同蝴蝶爲春忙』，若此之類，皆可以追配古人……」
> 然軾所舉二聯，皆涉纖巧，自此二聯外，今所傳者，唯〈吳
> 江〉一首稍可觀，然「欲圖江色不上筆，靜覓鳥聲深在蘆」
> 一聯，亦有纖巧之病。平心而論，要爲詞勝於詩，當時以
> 張三影得名，殆非無故。軾所題跋，當由好爲高論，未可
> 據爲定評也。〔註5〕

《提要》所據《安陸集》乃安邑葛鳴陽版本，收詩八首，詞六十八首。

〔註4〕　參包根弟著：〈《四庫全書總目提要》詞評析論〉，見錄於《第一屆詞
　　　　學國際研討會論文集》（臺北：中央研究院中國文哲研究所編委會，
　　　　1994年11月），頁383。
〔註5〕　〔清〕永瑢、紀昀等撰：《四庫全書總目・安陸集一卷，附錄一卷提
　　　　要》，見施蟄存主編：《詞籍序跋萃編》，頁45。

張先詩多亡佚，與詞合錄於詞曲類。鮑廷博《張子野詞·跋》亦載：
「惜（張子野詩）全集久亡，無從綴輯，以存其梗概耳。」〔註6〕蘇
軾列舉張先詩作佳聯，鄙薄世俗只賞其詞而不知詩作方爲絕詣，然四
庫館臣則指張先詩作小巧柔弱，成就遠不及歌詞，時人傳詠其「三影」
詞句，良有以也，認爲蘇軾之評有欠允當。《提要》之說，實乃頌揚
張先「三影」歷久不衰之聲譽，誠爲古今詞壇之作手。

四、論張、柳高下

　　鮑廷博（1728～1814）字以文，號淥飲，安徽歙縣人。家世經商，
殷富好文，不惜鉅金求購宋元書籍，築室收藏，取「學然後知不足」
〔註7〕義，名其室爲「知不足齋」。其後將家藏善本刊刻爲《知不足齋
叢書》，公諸海內，前後共三十集，計781卷。內容博採眾長，廣搜
遺編，凡經史考訂、算書、金石、地理、書畫、詩文集、書目等皆擇
優收入。其中《張子野詞·跋》載：

　　　　張都官以歌詞擅名當代，與柳耆卿齊名，尤以韻高見推同
　　　　調，三中、三影流聲樂府，至今豔稱云。〔註8〕

張詞以「韻高」見長，並以「三中」、「三影」之雅譽流傳千古。張先、
柳永同爲仁宗時人，率多尊前花間、傷離怨別之作，歷代常以兩人並
稱，相較高下。清時錢裴仲、李慈銘、樊增祥等人對此亦有著墨。

　　錢裴仲（1809～1860後），字餐霞，秀水（今浙江嘉興）人。德
清戚士元妻。著有《雨華盦詩餘》，附錄詞話十二則於卷末。此中載
錄「柳七不能與張先齊名」一條：

　　　　柳七詞中，美景良辰、風流憐惜等字，十調九見。即如〈雨
　　　　霖鈴〉一闋，只「今宵酒醒」二句膾炙人口，實亦無甚好

〔註6〕〔清〕鮑廷博：《張子野詞·跋》，見施蟄存主編：《詞籍序跋萃編》，
　　　　頁45。

〔註7〕孫希旦撰：《禮記集解·學記》（臺北：文史哲出版社，1984年10
　　　　月）卷三十六，頁878。

〔註8〕〔清〕鮑廷博：《張子野詞·跋》，見施蟄存主編：《詞籍序跋萃編》，
　　　　頁45。

處。張、柳齊名，秦、黃並譽，冤哉。（冊四，頁3013）

錢氏論柳永詞中「良辰美景」、「風流憐惜」等用語在詞體中極爲常見，而名作〈雨霖鈴〉之「今宵酒醒何處，楊柳岸、曉風殘月」，〔註9〕歷來盛稱人口，然錢氏則不以爲然。《雨華盦詩餘》論柳永，以爲柳詞與曲相近，「其爲詞無非舞館魂迷，歌樓腸斷，無一毫清氣。」（冊四，頁3012）是知錢氏以「清」作爲評判標準，柳詞間有輕狎、浮豔之筆，故遭鄙俗淫野之譏。此處錢氏未對張詞直接議論，反藉褒揚張先來貶抑柳永，認爲張、柳高下有別，不應相提並論。

李慈銘（1830～1895）《越縵堂讀書記》曰：「（詞）蓋必若近若遠，忽去忽來，如蛺蝶穿花，深深款款；又須於無情無緒中，令人十步九回，如佛言食蜜，中邊皆甜。古來得此旨者，南唐二主、六一、安陸、淮海、小山及李易安《漱玉詞》耳。屯田近俗，稼軒近霸，而兩家佳處，均契淵微。」〔註10〕李氏之論主張詞須含蓄空靈，予人無限感發聯想。李璟、李煜、歐陽脩、張先、秦觀、晏幾道、李清照等婉約詞家深得其旨；而柳永、辛棄疾雖有「淵微」之美，然柳詞口語俚俗，辛詞豪邁，缺少「雅」之興味，列爲次等。由此可見，李氏對張先及柳永的評價，仍以婉約正宗之觀念，揚張抑柳。樊增祥（1846～1931）〈東溪草堂詞選・自敍〉曰：「子野歌詞，亞於小晏，晁无咎稱其高韻，耆卿所無，韙哉言已。」〔註11〕樊氏論張先，稱其詞亞於晏幾道，並肯定晁補之稱子野韻高，是耆卿所乏之語，是以「韻」來論斷張、柳之高下。張德瀛（1861～卒年不詳），字秉珊，號禺麓，廣東番禺（今廣州）人。著有《詞徵》六卷，舉凡歷代詞人、詞作、詞籍版本、詞律及詞法等皆有論列，頗具文獻價值和理論價值。《詞徵》載：「同叔之詞溫潤，東坡之詞軒驍，美成之詞精邃，少游之詞

〔註9〕 唐圭璋編：《全宋詞》，冊一，頁21。

〔註10〕〔清〕李慈銘著；由雲龍輯：《越縵堂讀書記》（上海：上海書店出版社，2000年6月），集部，詞曲類，頁1230。

〔註11〕〔清〕樊增祥著：〈東溪草堂詞選・自敍〉，見《續修四庫全書・樊山集》，冊1574，卷二十三，頁467。

幽艷，无咎之詞雄邈，北宋惟五子可稱大家。若柳耆卿、張子野，則
又當時所翕然歎服者也。」（冊五，頁4153）張德瀛稱美晏殊、蘇軾、
周邦彥、秦觀、晁補之詞作各具風貌，爲北宋五大家。張先雖未入大
家之列，但與柳永齊名，亦爲當世所一致稱頌者。此處張氏僅提出北
宋著名詞家及其詞作風格，未對張、柳詞高下作進一步評判。

五、論張先詞以「秀」字見稱

　　吳衡照（1771～卒年不詳），字夏治，號子律，海昌（今浙江海
寧）人。著有《蓮子居詞話》四卷，成書於嘉慶二十三年（1818）。
屠倬〈序〉謂其書「有校正詞律訛缺之處，有考訂詞韻分並之處，有
評定詞家優劣之處，有折衷古今論詞異同之處。至於博徵明辨，搜羅
散佚，信足爲詞苑有功之書。」（冊三，頁2387）泛論填詞之格律、
協韻、技法、風格、本事，評騭詞人詞作，詮釋古今詞論，對萬樹《詞
律》多有校正，亦考訂詞韻之分合。吳氏論張詞曰：

　　　夫北宋也，蘇之大，張之秀，柳之豔，秦之韻，周之圓融，
　　　南宋諸老，何以尚茲。（冊三，頁2468）

吳衡照特別標舉北宋蘇軾、張先、柳永、秦觀、周邦彥五位詞家爲代
表，其中以「秀」字論張先詞，實指張先清新自然之詞作風格。劉勰
《文心雕龍・隱秀》言：「隱也者，文外之重旨者也；秀也者，篇中
之獨拔者也。隱以複意爲工，秀以卓絕爲巧。」〔註12〕故所謂隱者，
詞約而義蘊，含蓄無窮；所謂秀者，乃自然而得，不必力強而致。張
詞之「秀」，即以自然爲尚，詞作多歌咏男女之愛、同僚之情、朋友
之誼、離別之愁、羈旅之勞、里閭之事，皆發自眞情，感動人心，妙
手天成而不刻意造作。

六、以韋應物、陳子昂詩喻張先詞

　　劉熙載（1813～1881），字融齋，江蘇興化人。劉氏以精博的學

─────────────

〔註12〕〔梁〕劉勰撰；周振甫譯注：《文心雕龍》（臺北：錦繡出版事業股
　　　　份有限公司，1992年4月），頁391。

識撰著《藝概》六卷，在一定程度上總結了詞史和詞學批評史的經驗，批判吸吸收浙、常兩派之論點。劉熙載《藝概》論張詞風格，著重以其詞品喻唐詩：

> 詞品喻諸詩，東坡、稼軒，李杜也。耆卿，香山也。夢窗，義山也。白石、玉田，大歷十子也。其有似韋蘇州者，張子野當之。（冊四，頁 3697）

劉熙載認為張詞若以唐詩為喻，堪與中唐詩人韋應物（737～792？）較論爭勝。韋應物詩作內容多以現實關懷為主題，亦有田園、山水之作為人習知。劉熙載於〈詩概〉提出對韋應物詩之評價：「陶、謝並稱，韋、柳並稱。蘇州出於淵明，柳州出於康樂，迨各得其性之所近。」〔註13〕評韋應物田園、山水之作，與陶淵明詩相近。此論足見劉氏對韋詩之接受，著重於沖和平淡、自然閑適之寫作特色。清人沈德潛（1673～1769）《唐詩別裁》論：「韋詩至處，每在淡然無意，所謂天籟也。」〔註14〕翁方綱（1733～1818）《石洲詩話》亦云：「其奇妙全在淡處，實無跡可求。」〔註15〕將韋應物「閑淡」之味視為天籟，讚賞不已。張先詞作亦多敘寫日常生活、普世情感，在平淡的外表下，蘊涵深遠無窮之韻味，創造出詞體「言有盡而意無窮」的風神。清代評論者如先著在《詞潔》中評論張詞：「子野雅淡處，便疑是後來姜堯章出藍之助。」（冊二，頁 1346）黃蘇《蓼園詞選》評〈醉落魄〉（雲輕柳弱）云：「『雲輕柳弱』，寫佳人神韻清遠。」（冊四，頁 3047）陳廷焯《詞則·大雅集》則論〈青門引〉曰：「韻流弦外，神泣箇中。耆卿而後，聲調漸變，子野猶多古意。」〔註16〕均以張先詞富有神韻

〔註13〕〔清〕劉熙載：《藝概·詩概》（臺北：廣文書局，1964 年 3 月），卷二，頁 9。

〔註14〕〔清〕沈德潛：《唐詩別裁》（臺北：臺灣商務印書館，1978 年 1 月），上冊，頁 72。

〔註15〕〔清〕翁方綱撰：《石洲詩話》（北京：中華書局，1985 年），冊一，卷二，頁 19。

〔註16〕〔清〕陳廷焯輯：《詞則》（上海：上海古籍出版社，1984 年 5 月），冊上，頁 7。

爲論述重心。總的來說，清人對韋應物澄澹高遠，流露自然韻味之作
品較爲重視，此與論張詞之「簡古」、「韻高」頗能相通，故劉熙載以
韋詩比附之。

　　此外，同以唐代詩人喻張先者尙有陳廷焯（1852～1892），陳廷
焯《白雨齋詞話》載：「子昂高古，摩詰名貴，則子野、碧山，正不
多讓。」（冊四，頁3977）陳廷焯以陳子昂（661～702）詩喻張先之
詞，並以「高古」二字槪之。陳子昂的詩學思想體現在〈與東方左史
虬修竹篇・序〉中：

> 東方公足下：文章道弊五百年矣。漢魏風骨，晉宋莫傳，然
> 而文獻有可徵者。僕嘗暇時觀齊、梁間詩，彩麗競繁，而興
> 寄都絕，每以永嘆。思古人常恐逶迤頹靡，風雅不作，以耿耿
> 也。一昨於解三處見明公〈詠孤桐〉篇，骨氣端翔，音情頓
> 挫，光英朗練，有金石聲。遂用洗心飾視，發揮幽鬱。不圖
> 正始之音，復睹於茲，可使建安作者相視而笑。〔註17〕

從〈序〉中可見，陳子昂針對彩麗競繁的齊梁詩作出批判，標舉漢魏
風骨、正始之音，強調詩應「骨氣端翔，音情頓挫」，提倡復古，爲
唐代詩歌革新之先驅，故陳廷焯以「高古」譽之。至評張先詞，陳氏
亦以「古雋深厚」論其風格，如《白雨齋詞話》批評吳衡照《蓮子居
詞話》論北宋詞家：

> 《蓮子居詞話》云：「蘇之大、張之秀、柳之豔、秦之韻，
> 周之圓融，南宋諸老，何以尙茲。」此論殊屬淺陋。謂北
> 宋不讓南宋則可，而以秀豔等字尊北宋則不可。如徒曰秀
> 豔圓融而已，則北宋豈但不及南宋，並不及金元矣……又
> 以秀字目子野，韻字目少游，圓融字目美成，皆屬不切。
> 即以大字目東坡，豔字目耆卿，亦不甚確。大抵北宋之詞，
> 周、秦兩家皆極頓挫沉鬱之妙。而少游託興尤深，美成規
> 模較大，此周、秦之異同也。子野詞於古雋中見深厚，東

〔註17〕　〔唐〕陳子昂著；王嵐譯注：《陳子昂詩文選譯》（成都：巴蜀書社，
　　　1994年7月），頁65～66。

坡詞則超然物外，別有天地。（冊四，頁 3890）

陳廷焯對吳衡照以「秀」字稱張先頗爲不滿，認爲張先詞不僅表象上清新秀麗，更能於「古雋中見深厚」，具深蘊之致。「古雋」指張詞古樸雋永，承襲唐絕句與五代小令之風；「深厚」則指詞中意蘊幽深窈曲，沉鬱而有寄託之義。《詞則·閑情集》論〈減字木蘭花〉（垂螺近額）云：「子野詞最爲近古，耆卿而後，聲色大開，古調不復彈矣。」〔註18〕《別調集》亦謂〈漁家傲〉（巴子城頭青草暮）：「筆意高古。情必深，語必古。」〔註19〕兩者均以張詞蘊含古風爲關注焦點。又《白雨齋詞話》云：「張子野詞，最見古致。如云：『江水東流郎在西，問尺素，何由到。』情詞淒怨，猶存古詩遺意。後之爲詞者，更不究心於此。」（冊四，頁 3921）引張先〈卜算子〉（夢短寒夜長）〔註20〕一詞，言此詞敘寫女子的相思與等待，情眞意切，凝重古拙，頗具古樂府民歌風味，堪與陳子昂「復古」之作相提並論。

七、論張先詞「沉鬱」

陳廷焯，字亦烽，丹徒（今江蘇鎮江）人。常州詞派詞論家，其論詞著作有《白雨齋詞話》十卷。陳氏論詞講究比興寄託，風格上首重「沉鬱」二字。〈序〉云：「本諸風騷，正其情性。溫厚以爲體，沉鬱以爲用。」（冊四，頁 3751）又云：「非沉鬱無以見深厚」（冊四，頁 3776），足見「沉鬱」乃陳廷焯論詞核心。

陳廷焯詞學理論以「沉鬱」爲標準，並以此衡量、評價歷代詞人詞作：

> 唐五代詞，不可及處，正在沉鬱。宋詞不盡沉鬱，然如子
> 野、少游、美成、白石、碧山、梅溪諸家，未有不沉鬱者。

〔註18〕〔清〕陳廷焯輯：《詞則·閑情集》，冊下，頁 531。

〔註19〕〔清〕陳廷焯輯：《詞則·別調集》，冊下，頁 841。

〔註20〕〈卜算子〉詞云：「夢短寒夜長，坐待清霜曉。臨鏡無人爲整妝，但自學、孤鸞照。　樓臺紅樹杪。風月依前好。江水東流郎在西，問尺素、何由到。」見唐圭璋編：《全宋詞》，冊一，頁 78。

即東坡、方回、稼軒、夢窗、玉田等，似不必盡以沉鬱勝，
然其佳處，亦未有不沉鬱者。詞中所貴，尚未可以知耶。（冊
四，頁 3776）

何謂「沉鬱」？陳廷焯提出概括性闡釋：「所謂沉鬱者，意在筆先，
神餘言外。寫怨夫思婦之懷，寓孽子孤臣之感。凡交情之冷淡，身世
之飄零，皆可於一草一木發之。而發之又必若隱若現，欲露不露，反
覆纏綿，終不許一語道破。匪獨體格之高，亦見情性之厚。」（冊四，
頁 3777）是知「沉鬱」在思想情感上以儒家思想之「溫厚」為本，
取法《詩經》、屈騷寄託之義；在表現型態上，則重言有盡而意無窮
之韻味，不可失之淺露。陳氏此處首論唐五代詞最能符合「沉鬱」標
準，而宋詞不盡「沉鬱」，但推重張先、秦觀、周邦彥、姜夔、王沂
孫、史達祖諸家無處不鬱。陳廷焯評兩宋詞又有所謂「四聖」之說：
「詞法莫密於清真，詞理莫深於少游，詞筆莫超於白石，詞品莫高於
碧山，皆聖於詞者。」（冊四，頁 3814）北宋以周、秦二家為代表，
而論「沉鬱」則以張先與周、秦並稱，足見陳廷焯對張詞評價之高。

陳氏論張先詞「沉鬱」外，另外有「古今一大轉移」、「獨為一體」
與「質過於文」數端，茲分述如次：

（一）論張詞為「古今一大轉移」

陳廷焯《白雨齋詞話》論張詞乃「古今一大轉移」曰：

張子野詞，古今一大轉移也。前此則為晏、歐，為溫、韋，
體段雖具，聲色未開。後此則為秦、柳，為蘇、辛，為美
成、白石，發揚蹈厲，氣局一新，而古意漸失。子野適得
其中，有含蓄處，亦有發越處。但含蓄不似溫、韋，發越
亦不似豪蘇膩柳。規模雖隘，氣格卻近古。自子野後，一
千年來，溫、韋之風不作矣，益令我思子野不置。（冊四，
頁 3782）

宋初以溫庭筠、韋莊、晏氏父子、歐陽脩為豔詞，而以張先為一轉折，
下開秦觀、柳永、蘇軾、辛棄疾、周邦彥、姜夔等名家，使詞體臻於

極致。陳廷焯著重詞體的發展脈絡，刻意凸顯張先承先啓後的詞壇地位，論張詞位於古今轉折處，適得其中，既繼承唐五代及北宋前期詞作溫婉含蓄之特點，又能自闢蹊徑，以清新自然的語言風格，對後代詞家產生影響，並以小令之法寫作慢詞，爲詞體開創更寬廣的境界。

（二）論「張子野為一體」

　　清代以來，隨著詞之「中興」，辨流析派之風始盛，三派、四派之說雜然紛陳，但無論三派或四派之說，仍過於粗略，未能概括唐宋詞之全貌。時至晚清，出現更精細之劃分，影響較大的，首推陳廷焯論唐宋名家十四體之說：

> 唐宋名家，流派不同，本原則一。論其派別，大約溫飛卿
> 爲一體，皇甫子奇、南唐二主附之。韋端己爲一體，牛松
> 卿附之。馮正中爲一體，唐五代諸詞人以暨北宋晏、歐、
> 小山等附之。張子野爲一體，秦淮海爲一體，柳詞高者附
> 之。蘇東坡爲一體，賀方回爲一體，毛澤民、晁具茨高者
> 附之。周美成爲一體，竹屋、草窗附之。辛稼軒爲一體，
> 張、陸、劉、蔣、陳、杜合者附之。姜白石爲一體，史梅
> 溪爲一體，吳夢窗爲一體，王碧山爲一體，黃公度、陳西
> 麓附之。張玉田爲一體。（冊四，頁 3962）

此中陳氏視溫庭筠、韋莊、馮延巳、張先、秦觀、蘇東坡、賀鑄、周邦彥、辛棄疾、姜夔、史達祖、吳文英、王沂孫、張炎十四家爲一體。《白雨齋詞話》謂：「所謂詞者，意內而言外，格淺而韻深，其發攄性情之微，尤不可掩。」（冊四，頁 3748）陳氏主張詞要韻深，且要情眞，以此接受態度則論張詞曰：「張子野詞，才不大而情有餘，別於秦、柳、晏、歐諸家，獨開妙境，詞壇中不可無此一家。」（冊四，頁 3722）陳廷焯《詞壇叢話》引李之儀《姑溪居士前集·跋吳思道小詞》「才不大而情有餘」之論，側重張先情韻無窮的寫作風格，評其詞獨開妙境，有別於秦觀、柳永、晏氏父子、歐陽脩等北宋大家，在詞體發展的脈絡上實爲不可闕論的重要人物，故將張先獨作一體。

劉熙載《詞概》亦論及張先之「體」:「宋子京詞是宋初體。張子野始創瘦硬之體,雖以佳句互相稱美,其實趣尚不同。」(冊四,頁 3689)劉氏比較宋祁、張先之詞,認為兩人雖同以佳句並稱於世,然宋祁屬宋初體,張先則自創「瘦硬」之體。木齋論宋初體與瘦硬體,主張宋初體量少而缺乏個性,既有早期文人詞的政治抒懷,亦有花間豔科風格的一種詞體,而瘦硬體則指張先首開詞體「應社酬贈」之風,一轉香軟柔媚的詞體特徵,將士大夫日常生活及思想情感帶入詞中,使詞風轉為「瘦硬」,如張先詞大量使用詞序,詞序內容敘事真實、詳細,詞作亦多記士人交游與生活情趣,澈底與花間、宋初等前代應歌、應制詞體劃清界限。〔註21〕

(三) 論張詞「質過於文」

陳廷焯《白雨齋詞話》論歷代詞曰:

> 詞有表裏俱佳,文質適中者,溫飛卿、秦少游、周美成、黃公度、姜白石、史梅溪、吳夢窗、陳西麓、王碧山、張玉田、莊中白是也。詞中之上乘也。有質過於文者,韋端己、馮正中、張子野、蘇東坡、賀方回、辛稼軒、張皋文是也。亦詞中之上乘也。(冊四,頁 3968)

陳廷焯將詞人區分為「文質適中」、「質過於文」、「文過於質」、「有文無質」、「質亡而並無文」五種品階,張先與韋莊、馮延巳、蘇軾、賀鑄、辛棄疾、張惠言同屬「質過於文」,位於詞之上乘。所謂「質過於文」者,係指詞之內容沉鬱深厚而蘊涵真實情感,勝過字面雕琢之文采。由陳廷焯對張先「氣格近古」、「才不大而情有餘」等評價視之,可知陳氏重視張先曲折委婉、意境深厚的情感表現勝於文辭藻飾、聲律鏗鏘等形式要求。

〔註21〕 參見木齋著:〈論張先詞古今一大轉變及始創瘦硬之體〉,《山西大學學報(哲學社會科學版)》第 28 卷第 1 期(2005 年 1 月),頁 41~46。

八、論張先詞「流麗」

王鵬運（1848～1904），字佑遐，一字幼霞，自號半塘老人，廣西臨桂（今桂林）人。著有《袖墨集》、《蟲秋集》、《庚子秋詞》等詞集。王氏於《半塘遺稿》論「張子野之流麗」〔註22〕況周頤《蕙風詞話》亦載：

> 唐賢為詞，往往麗而不流，與其詩不甚相遠……流麗之筆，
> 下開北宋子野、少游一派。唯其出自唐音，故能流而不靡。
> 所謂風流高格調，其在斯乎。（冊五，頁 4423）

況周頤（1859～1926），原名周儀，字夔笙，號蕙風，廣西臨桂（今桂林）人。嗜倚聲，為晚清詞四大家之一。著詞九種，合刊為《第一生修梅花館詞》，後刪定為《蕙風詞》二卷。論詞有《蕙風詞話》五卷，《續編》二卷。又有《詞學講義》、《織餘瑣述》，可與《蕙風詞話》相參考。況周頤此處言唐人作詞「麗而不流」，意謂文人詞初起，仿民間曲詞作歌，尚未明晰詩、詞之別，習慣以詩法填詞，風格華麗唯美卻猶是唐詩本色，如陸游〈跋花間集〉云：「唐季五代，詩愈衰，而倚聲者輒簡古可愛。」〔註23〕自劉禹錫〈和樂天春詞依憶江南曲拍為句〉始見流麗之筆，直至宋代張先、秦觀之輩，為詞既能出自唐音並華美曉暢，與後世淫靡之豔科不可同日而語。張先更以小令之法創作慢詞，保留唐詩的凝重古拙而又自創新境，實乃「高格調」之筆。

況周頤論詞有方圓之別，「詞中轉折宜圓。筆圓，下乘也。意圓，中乘也。神圓，上乘也。」（冊五，頁 4407）又謂「詞不嫌方，能圓，見學力。能方，見天分。但須一落筆圓，通首皆圓；一落筆方，通首皆方。圓中不見方，易。方中不見圓，難。」（冊五，頁 4407～4408）夏敬觀（1875～1953）《蕙風詞話附錄》解釋：「轉折筆圓，恃虛字為轉折耳。意圓，則前後呼應一貫。神圓，則不假轉折之筆，不假呼應

〔註22〕〔清〕王鵬運：《半塘遺稿》，引自龍榆生編：《唐宋名家詞選》（臺北：宏業書局，1983 年），頁 53。

〔註23〕〔宋〕陸游：《花間集‧跋》，見施蟄存主編：《詞籍序跋萃編》，頁 632。

之意，而潛氣內轉。方者，本質，天所賦也。圓者，功力，學所致也。
方圓二字，不易解釋。夢窗，能方者也，白石、玉田，能圓者也。知
此可悟方圓之義。方中不見圓，蓋神圓也。惟北宋人能之。子野、方
回、耆卿、清眞皆是也。」（冊五，頁 4587）是知況氏論詞之方者，
乃出自本性天賦；而詞之圓者，實乃學力所致。作詞以學力堆簇而成，
較爲容易，而通篇發揮天賦，不假轉折之筆、呼應之意而渾成者，此
乃詞之最高境界，惟北宋張先、賀鑄、柳永、周邦彥當之。

第二節　考論張先詞之本事

一、質疑「宋代有兩張先」說

　　宋代王明清《玉照新志》載「兩張先」說，謂時有兩張先，一爲
博州張先，一爲吳興張先，兩張先於宋代論著中已見混淆。有清一代，
沈雄《古今詞話》引胡應麟之論曰：

> 天聖間，一時有兩張先者，皆字子野，俱進士，其能詩壽
> 考悉同。一博山人，號三影者。一吳興人，爲都官郎中。
> 見《齊東野語》。愚按紅杏枝頭春意鬧尚書，欲見雲破月來
> 花弄影郎中，將命之語，人或疑之，子野自謂，何不謂之
> 張三影。如「嬌柔嬾起，簾壓卷花影」，「柳徑無人，墜飛
> 絮無影」，并前句爲三影，豈博山人爲之乎。且吳興近杭，
> 子野至，多爲官妓作詞。常與東坡作六客詞，而年最耄，
> 載在《癸辛雜識》。不聞有兩人同號張三影者也。（冊一，頁
> 770）

胡應麟論周密《齊東野語》載兩張先姓字皆同，俱登進士之說，又謂
博州張先號三影，吳興張先乃都官郎中。〔註24〕然按宋祁戲稱「雲破

〔註24〕據周密《齊東野語》卷十五載：「本朝有兩張先，皆字子野。其一博
　　　　州人，天聖三年進士，歐陽公爲作墓志；其一天聖八年進士，則吾
　　　　（湖）州人也。二人姓字偶皆同，而又適同時，不可不知也。」未
　　　　見博州張先號三影之論，胡氏之說誤也。見鄧子勉編：《宋金元詞話
　　　　全編》，下冊，頁 1603。

月來花弄影郎中」本事，三影稱號與都官郎中應作同一張先，而胡氏以地域觀點論博山（今屬山東）張先不可能寫出如此清柔細膩之作，將三影作品判爲身處江南水鄉的吳興（浙江湖州古稱）張先所作，且周密《癸辛雜識》亦載張先曾與東坡會於湖州，作六客詞，不聞兩人同號「張三影」，故「三影」雅號當屬吳興張先爲是。吳衡照《蓮子居詞話》引錢大昕（1728～1804）《十駕齋養新錄》云：

> 竹汀先生《養新錄》記宋人同姓名者。曹輔、王存……凡
> 七十有五，獨不及張先。兩張先俱字子野，尤奇。（冊三，
> 頁 2452）

《十駕齋養新錄》並《餘錄》凡二十三卷，涉及經學、小學、史學、官制、地理、姓氏、典籍、詞章、數術、儒術等諸多領域。其中記宋人同姓名者七十五人，卻無列張先之名，吳衡照於文末特舉傳云兩張先姓字皆同過於巧合，質疑此說之眞實性。後王奕清將「宋代有兩張先」及質疑之說輯於《歷代詞話》之中。是知「兩張先」說自宋代流傳，清時學者欲透過相關旁證考辨此事，雖無直接證據證明宋代無兩張先，然由此足見清代學者面對史料精審嚴察之謹愼態度，洵非虛譽。

二、論張先「贈妓李師師」眞僞

沈雄（約 1653 年前後在世），字偶僧，江蘇吳江人。著有《古今詞話》八卷，分詞話、詞品、詞辨、詞評四門，匯輯前人詞話。自著詞話，亦雜其間。或標「沈雄曰」，或注「《柳塘詞話》曰」以別之。此書又經江尚質增補，故其間亦有江尚質之評。其書錄「張先贈妓李師師」云：

> 按《東都遺事》，李師師汴京角妓，道君微行幸之。秦觀贈
> 以〈生查子〉，周美成贈以〈蘭陵王〉，是也。子野晚年多
> 爲官妓作詞以此。（冊一，頁 933）

據傳李師師爲汴京名妓，早年豔滿京城，於仕子官宦中頗具聲名，曾受宋徽宗（自稱教主道君皇帝）寵幸，事跡多見於野史，筆記小說。秦觀、周邦彥嘗以〈生查子〉、〈蘭陵王〉二詞贈之。葉申薌《本事詞》

載：「李師師，汴中名妓，不獨周美成爲之傾倒，一時諸名士，亦多有題贈焉……張子野則特製新調，直題曰〈師師令〉。」（冊三，頁2324）馮金伯《詞苑萃編》亦錄之。然吳衡照《蓮子居詞話》考：

> 張子野〈師師令〉，相傳爲贈李師師作。按子野天聖八年進士，見《齊東野語》。至熙寧六年，年八十五，見《東坡集》。熙寧十年，年八十九卒，見《吳興志》。自子野之卒，距政和、重和、宣和年間，又三十餘年，是子野已不及見師師，何由而爲是言乎。調名〈師師令〉，非因李師師也。好事者率意附會，並忘子野年幾何矣，豈不疎與。（冊三，頁2420）

吳衡照據周密《齊東野語》考張先天聖八年（1030）進士，據《東坡集》載熙寧六年（1073），張先年八十五，《吳興志》載熙寧十年（1077）張先卒。而據張邦基（約1131年前後在世）《墨莊漫錄》曰：「政和間……李師師、崔念月二妓，名著一時。」〔註25〕可見李師師乃政和年間（1111～1118）前後在世，距張先在世時間已三十餘年之遙，張先如何以李師師之名自製新調？吳衡照以張先生卒年之推算，論〈師師令〉一調非出於李師師，乃好事者有意附會。許宗彥〈序〉曰：「（蓮子居詞話）間有考訂古韻，辨證軼事，無不精審詳當。學者之津梁，譚者之園囿也。」（冊三，頁2388），此言甚確。《四庫全書總目·詞林萬選四卷提要》考：「明末毛晉窮搜宋本，只得六十家耳……其中時有評注，俱極疏陋，如晏幾道〈生查子〉云：『看遍潁州花，不似師師好。』注曰：『此李師師也』雖與潁州不合，然幾道死靖康之難，得見李師師，猶可言也。又秦觀〈一叢花〉題下注曰：『師師：子野、小山、淮海詞中皆見，豈即李師師乎？』考師師得幸徽宗，雖不能確詳其年月，然劉葺〈汴京書事〉詩曰：『輦轂繁華事可傷，師師垂老過湖湘，縷衣檀板無顏色，一曲當年動帝王。』則南渡以後，師師流落楚南，尚追隨歌席。計其盛時，必在宣、政之間。張先登天聖八年

〔註25〕　〔宋〕張邦基撰：《墨莊漫錄》，收錄於《景印文淵閣四庫全書》，冊864，卷八，頁76。

進士，爲仁宗時人。蘇軾爲作『鴛鴛燕燕』之句，時已八十餘矣。秦觀則於哲宗紹聖初業已南竄，後即卒於藤州，未嘗北返。何由得見師師。」〔註26〕此外，丁紹儀《聽秋聲館詞話》亦云：「張子野〈師師令〉……蓋爲汴京妓李師師作……《耆舊續聞》謂記徽宗幸師師家事，美成因是詞幾被譴，師師聲價鄭重可知……惟子野係仁宗時人，少游於哲宗初貶死藤州，均去徽宗時甚遠，豈宋有兩師師耶？」（冊三，頁 2792）此皆以張先乃仁宗時人，與徽宗之李師師相去甚遠，論張先之〈師師令〉與李師師無涉。

三、論張先「贈妓之作」尤多

歷代評張先贈妓詞者甚夥，至清代則有葉申薌《本事詞》錄之：

> 張子野風流瀟灑，尤擅歌詞，燈筵舞席贈妓之作絕多。其有名可考者，〈謝池春慢〉爲謝媚卿作也……又〈南鄉子〉聽二玉鼓胡琴也……又〈望江南〉贈龍靚也……他如贈年十二琵琶娘者，有〈醉垂鞭〉……又聽九人鼓胡琴者，有〈定西番〉……又舟中聞雙琵琶者，有〈翦牡丹〉，而咏吹笛、咏舞、贈善歌諸作，又不勝枚舉矣。（冊三，頁 2306）

《本事詞》，葉申薌撰。此書二卷，上卷載唐五代、北宋詞本事，下卷載南宋、金、元詞本事。所錄資料，多從舊聞軼事剪裁而出，既不據原書徵引，又不註明出處，實難信據。〔註27〕王兆鵬《詞學史料學》以爲此書資料價值遠不如張宗橚的《詞林紀事》及馮金伯的《詞苑萃編》。此書專錄詞作本事，且偏於艷冶故事，故葉氏論張詞側重其風流軼聞，此處彙整張先贈妓詞及贈詞對象，如〈謝池春慢〉贈謝媚卿、〈南鄉子〉聽天隱二玉鼓胡琴、〈望江南〉贈龍靚、〈醉垂鞭〉贈年十二琵琶娘、〈定西番〉聽九人鼓胡琴、〈翦牡丹〉贈舟中琵琶女等作品，又評張先咏歌伎吹笛、起舞、善歌諸作不勝枚舉。《本事詞·自序》

〔註26〕〔清〕永瑢、紀昀等撰：《四庫全書總目·詞林萬選四卷提要》，見施蟄存主編：《詞籍序跋萃編》，頁 709。

〔註27〕王兆鵬著：《詞學史料學》（北京：中華書局，2009 年 2 月），頁 449。

並以張先路逢謝媚卿，兩相慕悅卻悵然而去之本事，寫成「被掩餘寒，張子野偏逢謝女」（冊三，頁 2295）一句，凸顯張先風流逸樂又多情銳感之形象。

四、論「六客詞」貴得本地風光

劉熙載（1813～1881），字伯簡，號融齋，晚號寤崖子，江蘇興化人。著有《藝概》，分文概、詩概、賦概、詞曲概、書概、經義概六卷，分體評論各種文體的特徵及作家的藝術表現。《詞概》一卷，凡一百十五則，前五則為總論，中間四十八則評論唐宋金元詞人詞作，後六十二則論述詞的章法技巧，見解精闢，多成經典之論。劉熙載評張先「六客詞」曰：

> 詞貴得本地風光，張子野游垂虹亭作〈定風波〉有云：「見說賢人聚吳分。試問。也應傍有老人星。」是時子野年八十五，而坐客皆一時名人，意確切而語自然，洵非易到。（冊四，頁 3709）

《文心雕龍‧物色》：「若乃山林皋壤，實文思之奧府……然屈平所以能洞鑒《風》《騷》者，抑亦江山之助乎！」[註 28] 此言作家創作之泉源來自地域文化之助。劉熙載亦以張先「六客之會」遊垂虹亭作〈定風波〉論詞貴得本地風光，揭示了作家、作品與地域空間的密切關係。張先此詞之所以「意確切而語自然」，實乃受到山川景物與文人風雅情思的交互激盪。同以地域觀點論張詞者尚有劉承幹（1881～1963）《湖州詞徵‧跋》：「吾郡山水清遠，素為詞人漫浪之鄉。天水一代，子野、石林，振清響於前；草窗、二隱，並芳鑣於後。」[註29]《湖州詞徵》編者朱祖謀（1857～1931）與劉承幹皆浙江吳興（今湖州）人，論湖州「山水清遠」，孕育出許多天性爛漫的詞人，如宋時張先、

〔註28〕　〔梁〕劉勰撰；周振甫譯注：《文心雕龍》（臺北：錦繡出版事業股份有限公司，1992 年 4 月），頁 208。

〔註29〕　〔清〕劉承幹：《湖州詞徵‧跋》，見施蟄存主編：《詞籍序跋萃編》，頁 821。

葉夢得、周密與李萊老等,皆在氤氳迷濛的湖州佳色之中,創造出一首首動人心弦的絕妙好詞。

第三節　論張先之塡詞筆法

陳匪石《聲執》卷上云:「珠玉、小山、子野、屯田、東山、淮海、清眞,其詞皆神於鍊。」(冊五,頁4948)清人對張詞之藝術筆法,頗爲關注,可就「泛論影詞盛稱人口」、「專論『雲破月來花弄影』」與「論張先其它詞篇」三端分述。

一、泛論「影詞」盛稱人口

朱彝尊(1629～1709),字錫鬯,號竹垞,秀水(今浙江嘉興)人,著有《曝書亭集》、《靜志居詩話》、《經義考》、《明詩綜》、《詞綜》等。其《靜志居詩話》評張先〈木蘭花〉(龍頭舴艋吳兒競)一詞:「『中庭月色正清明,無數楊花過無影。』余嘗歎其工絕,在世所傳『三影』之上。」〔註30〕讚揚「無數楊花過無影」工麗卓絕,勝於世傳三影。同予此詞高評價者尚有李調元《雨村詞話》,評「張三影已盛稱人口矣,尚有一詞云:『無數楊花過無影』,合之應名四影。」(冊二,頁1391)李調元(1734～1803),字羹堂,號雨村,又號墨莊、蠢翁等,綿州(今四川綿陽)人。著有《雨村詞話》四卷,凡一百六十八則,卷一至卷三論唐宋人詞,卷四論明清人詞。或評其詞,或紀其事,或辨正是非。李調元論「雲破月來花弄影」、「嬌柔懶起,簾押捲花影」與「柳徑無人,墜風絮無影」三影名句已眾所周知,成古今絕唱,並肯定談鑰《嘉泰吳興志》等著述所錄〈木蘭花〉爲三影之一的說法,將「無數楊花過無影」與三影結合,進而提出「四影」之說。丁紹儀亦論:「昔張子野有『雲破月來花弄影』、『嬌柔嬾起,簾幕捲花影』、『柔柳搖搖,墜輕絮無影』句,自詡爲張三影。尚有『隔牆飛過鞦韆

〔註30〕 〔清〕朱彝尊著,清‧姚祖恩編,黃君坦校點:《靜志居詩話》(北京:人民文學出版社,1990年),卷十六,頁496。

影』、『無數楊花過無影』二語，均工絕。」（冊三，頁2633）丁紹儀
（生卒年不詳），字杏舲，無錫（今屬江蘇）人，撰有《聽秋聲館詞
話》。此書二十卷，爲清代篇帙最富的一部詞話。作者熟諳清代詞學
文獻，編有《國朝詞綜補》，故此書大半記述清人詞作，對《詞律》、
《詞譜》、《詞綜》亦有訂補。此處除前述四影之外，尙添入〈青門引〉
（乍暖還輕冷）之「隔牆送過鞦韆影」，〔註31〕謂之工絕，與宋代陳
思《兩宋名賢小集》、曾慥《高齋詩話》將此句視爲「三影」之一論
點相同。蔣敦復（1808～1867）《芬陀利室詞話》則審定「無數楊花
過無影」、「隔牆送過鞦韆影」、「雲破月來花弄影」三句爲「三影」代
表（冊四，3675）。是知清人評論張先影詞成就，乃綜合宋人對「三
影」之理解而發，對張先諸影詞各有不同評價。

　　黃蘇（1908～1935），原名道溥，字蓼園。臨桂（今廣西桂林）
人。《蓼園詞選》共錄唐宋人詞85家，詞作213首。每詞之下先擇錄
名家詞話作箋，繫以按語，舉凡作者之身世、詞作之本事及具體旨意
均加評述。是書論及張先「影詞」曰：

> 子野第進士，爲都官郎中。此詞或係未第時作。子野吳興
> 人。聽水調而愁，爲自傷卑賤也。送春四句傷其流光易去，
> 而後期茫茫也。沙上之句，言其所居岑寂，以沙禽與花自
> 喻也。重重三句，當多蔽障也。結句仍繳送春本題，恐其
> 時之晚也。（冊四，頁3058）

黃蘇《蓼園詞選》之詞學觀點，近似於常州詞派。據孫克強《清代詞
學批評史論》云：「嘉、道間張惠言倡『意內言外』之旨，常州詞人
聞風響應，很快取浙西而代之，風靡天下……常州派由董晉卿、周濟
達到鼎盛，經譚獻、莊棫、陳廷焯以及王鵬運、況周頤等晚清四大家
的承轉，影響幾乎整個清後期。」〔註32〕所謂「意內言外」之旨，強

〔註31〕　唐圭璋編：《全宋詞》，冊一，頁83。
〔註32〕　孫克強撰：《清代詞學批評史論》（上海：上海古籍出版社，2008年
　　　　　11月），頁235。

調詞「非苟爲雕琢曼辭而已」（冊二，頁 1617），即要有「意」。詞「緣情造端，興於微言，以相感動。極命風謠裡巷男女哀樂，以道賢人君子幽約怨悱不能自言之情，低徊要眇以喻其致。」（冊二，頁 1617）詞體與《詩經》的變風、屈原的《離騷》相近，援引儒家詩教入詞，將儒家的教化及移風易俗的詩教精神稱爲「風雅」，從義理上制約「意」，又以「比興寄託」之法作爲表現「意」的手段，從而求得「低徊要眇以喻其致」的標準境界。黃蘇發揮常州詞派之旨，將張先〈天仙子〉中的閨情、離愁視爲自傷不得志於時也；將春光易逝，好景不常之慨嘆，詮釋爲前途渺茫而有所託也。自此詞題序「時爲嘉禾小倅，以病眠不赴府會」及其詞作內容與風格來看，張先當時雖爲地方小官，但尚能於自家持酒聽歌，可見生活閑適安穩，若有愁緒，也僅是百無聊賴之「閑愁」。蘇軾〈寄張子野文〉曾論張先：「優遊故鄉，若復一世。遇人坦率，眞古愷悌……嘯歌自得，有酒輒詣。」〔註33〕可見張先性格率眞浪漫，曠達疏放，一生平靜順適，未遇重大波折，詞集中亦未見其他感慨仕途受挫之作品。黃蘇受常州詞派影響，強將此首慨嘆時光流逝的感懷之作導向落第遭遇加以解讀，爲免生硬。此種詮釋方法雖發揚了讀者理解的權利，卻忽略了作者、作品本身的制約，「過度詮釋」而致穿鑿附會的現象亦是常州詞派之流弊。

他如陳廷焯《詞壇叢話》謂：「山抹微雲秦學士，露華倒影柳屯田，曉風殘月柳三變，滴粉搓酥左與言。一句之工，形諸口號。他如賀梅子、張三影、王桐花、崔紅葉、竹影詞人之類，古今不可悉數，品騭自應不爽。」（冊四，頁 3740）《白雨齋詞話》云：「宋與柳、左無論矣。獨惜張、秦、賀三家，不乏傑作，而傳誦者轉以次乘。豈〈白雪〉、〈陽春〉竟無和者與，爲之三歎。」（冊四，頁 3928）、「飛卿、端己、正中、子野、東坡、少游、白石、梅溪諸家，膾炙人口之詞，多不過二三十闋，少則十餘闋或數闋，自足雄峙千古，無與爲敵。」

〔註33〕 〔宋〕蘇軾：〈祭張子野文〉，收錄於鄧子勉編：《宋金元詞話全編》，上冊，頁 104。

（冊四，頁 3959）張先因一語之工而得名，詞品超絕，然後代傳誦者不識張先才華，將之視爲次乘，陳廷焯爲此而發曲高和寡之感慨，並稱著作不以多爲貴，張先數首膾炙人口的名篇、佳句，即足以萬古流芳。此外，周曾錦（1882～1921）《臥廬詞話》論張先詞：「語並精妙，然則不止三影也。此公專好繪影，亦是一癖。」（冊五，頁 4646）更站在張先善於繪影之角度，譽其藝術手法精妙獨到。

二、專論「雲破月來花弄影」

李漁（1611～1680），字笠鴻，後字笠翁、謫凡，號天徒、湖上笠翁、隨庵主人等。平生著述甚豐，兼擅詞曲。著《窺詞管見》一卷，凡二十二則，以論詞法爲主，頗具理論價值。該書主張「文字莫不貴新，而詞爲尤甚，不新可以不作。意新爲上，語新次之，字句之新又次之。」（冊一，頁 551）與宋金元詞話以擬古學唐爲上的價值觀不同。李漁站在「文字貴新」之立場推崇張先〈天仙子〉一詞曰：

> 琢句鍊字，雖貴新奇，亦須新而妥，奇而確。妥與確，總不越一理字，欲望句之驚人，先求理之服眾。時賢勿論，吾論古人。古人多工於此技，有最服予心者，「雲破月來花弄影」郎中是也。有蚩聲千載上下，而不能服強項之笠翁者，「紅杏枝頭春意鬧」尚書是也。雲破月來句，詞極尖新，而實爲理之所有。若紅杏之在枝頭，忽然加一鬧字，此語殊難著解。爭鬥有聲之謂鬧，桃李爭春則有之，紅杏鬧春，予實未之見也……予謂鬧字極粗極俗，且聽不入耳，非但不可加於此句，併不當見之詩詞。近日詞中，爭尚此字者，子京一人之流毒也。（冊一，頁 553）

李漁首論雕琢字句應符合「新奇」而「妥確」之理。既要語出驚人，又須能以理服眾。李氏特舉張先「雲破月來花弄影」一句，論此詞語極尖新。雲散月明，微風輕拂使花朵搖曳生姿，意境優美且合乎邏輯，極富動態之美；而宋祁同以「紅杏枝頭春意鬧」佳句名世，然以「鬧」字形容紅杏綻放，實屬不當，且「鬧」字意象、聲韻皆俗，不適用於

詩詞之中。李漁爲凸顯「作品意象應講究邏輯」概念，將宋代以來齊名之句作一高下區隔，盛讚張先用字新奇，且能合乎妥切之理，遠勝宋祁之作。尤侗（1618～1704），字同人，一字展成，號悔庵，又號艮齋，江蘇長洲（今吳縣）人，著述頗豐，有《西堂全集》五十卷。尤侗於徐釚《詞苑叢壇》〈序〉中論及張先：「詞之見於話者，如後主之『小樓昨夜』、延巳之『一池春水』、子京之『紅杏枝頭』、子野之『雲破月來』、東坡之『大江東去』，耆卿之『曉風殘月』、少游之『山抹微雲』……皆其膾炙齒牙者。」〔註34〕標舉「雲破月來花弄影」與其他流傳千古之詞較論爭勝。

沈謙（1620～1670），字去矜，號東江，仁和（今浙江杭州）人，著有《塡詞雜說》一卷。是書既論作法，又品評前人詞作得失，其中論及張詞：

> 「紅杏枝頭春意鬧」、「雲破月來花弄影」，俱不及「數點雨聲風約住，朦朧淡月雲來去」。予嘗謂李後主拙於治國，在詞中猶不失爲南面王，覺張郎中、宋尚書，直衙官耳。（冊一，頁632～633）

沈謙認爲宋祁、張先兩人之名句雖傳誦千古，然其藝術成就仍不敵李煜〈蝶戀花〉（遙夜亭皋閑信步）之「數點雨聲風約住，朦朧淡月雲來去」〔註35〕一句。沈謙提出「作詞要訣」：「詞要不亢不卑，不觸不悖，驀然而來，悠然而逝。立意貴新，設色貴雅，構局貴變。言情貴含蓄，如驕馬弄銜而欲行，粲女窺帘而未出，得之矣。」（冊一，頁634）論詞體創作應在立意、設色、構局中求新求變，在情感上須含蓄有味，餘韻無窮。沈謙以此審美傾向品評李煜、宋祁、張先三人名句，得出李煜勝霸一方，爲詞中之南面王，又謂「男中李後主，女中李易安，極是當行本色。」（冊一，頁631）足見沈謙對李煜的高度

〔註34〕〔清〕尤侗：《詞苑叢壇·序》，見施蟄存主編：《詞籍序跋萃編》，頁863。
〔註35〕曾昭岷、曹濟平、王兆鵬、劉尊明編：《全唐五代詞》（北京：中華書局，1999年），上冊，頁748。

肯定。而宋祁、張先之句雖好，但與李煜相比，也僅是軍府屬官，不
若李煜君王之勢，以政治地位喻之，高下立見。

王奕清（生年不詳～1737），字幼芬，江蘇太倉人。康熙四十六
年（1707），王奕清及侍讀學士沈辰垣等奉旨纂輯《歷代詩餘》一百
卷，王氏另輯《詞人姓氏》、《詞話》各十卷附於書末。《詞話叢編》
析出《詞話》十卷，名爲《歷代詞話》。此書搜羅唐五代至清初各種
載籍論詞評詞之語，以及詞壇掌故軼事，共錄詞話 763 則。其中論張
先「雲破月來花弄影」曰：「張先以三影名者，因其詞中有三影字，
故自譽也。然以『雲破月來花弄影』爲最，餘二影字不及。」（冊二，
頁 1160）王奕清論張先以影詞著名，其中當以「雲破月來花弄影」
境界最高，最受青睞，餘二影無以企及。

陳廷焯《白雨齋詞話》亦載：

> 王介甫謂張子野「雲破月來花弄影」不及李世英「朦朧淡
> 月雲來去」。此僅就一句言之，未觀全體，殊覺武斷。即以
> 一句論，亦安見其不及也。（冊四，頁 3902）

陳廷焯不滿宋代王安石對「雲破月來花弄影」之評，認爲詞應觀全體，
而不能僅就一句論其優劣。陳氏評張詞，多自「沉鬱」、「古雋」落筆，
乃就其整體風格言之，對〈天仙子〉一闋之推重仍在全篇，可知陳氏
對張先三影名句關注較少。此外，沈祥龍與王國維對此句亦有評騭，
沈祥龍《論詞隨筆》曰：「詞以自然爲尚，自然者，不雕琢、不假借、
不著色相、不落言詮也。古人名句，如『梅子黃時雨』、『雲破月來花
弄影』，不外自然而已。」（冊五，頁 4054）沈祥龍（1849～1929），
字約齋，婁縣（今上海松江）人。著有《論詞隨筆》一卷，凡六十一
則，主要論詞的風格流派、作法及格律等。沈氏論賀鑄、張先名句以
「自然」爲尚，可見沈氏對此句之接受角度偏重於造境上生趣盎然、
不落言詮的美感要求。王國維《人間詞話》云：「『雲破月來花弄影』，
著一『弄』字，而境界全出矣。」（冊五，頁 4240）王國維（1877～
1927），號靜安，浙江海寧人。早歲治詞曲，後乃專力經史、出土器

物古文字，發前人所未發。爲世推重。詞學專著有《人間詞話》、《觀堂長短句》等。王國維論詞標舉「境界」之說，以其所論，甄綜中西美學藝術理論傳統，多獨到精闢之見，且前期銳意倚聲，創作實踐又爲之證驗。此處論「雲破月來花弄影」之「弄」字境界全出。所謂境界，王國維表明：「詞以境界爲上，有境界則自成高格，自有名句。五代、北宋之詞所以獨絕者在此。」（冊五，頁 4239），又謂「喜怒哀樂亦心中之一境界」、「能寫眞景物眞感情者謂之有境界，否則謂之無境界也。」（冊五，頁 4240）。是知詞的境界欲高，必須對所寫景物及感情懷有眞切感受，並能以文字適當表現出來。依葉嘉瑩《王國維及其文學評論》定義：「境界之產生全賴吾人感受之作用，境界之存在全在吾人感受之所及，因此外在世界在未經吾人感受之功能而予以再現時，並不得稱之爲『境界』。」〔註 36〕此處的感受作用乃一直觀式的美感經驗，透過人生經驗或閱讀文本達到會心感情、物我交融之境地，並將此種感受作用眞切地表達於作品之中，使讀者感知。張先「弄」字一出，跳脫傳統對雲、月、花、夜的呆板敘述，將幽微月光對花之映照寫得極富動態之美，表現出詞人對外在景物生動而眞切之感受，如此高明的表達能力，完全符合王國維對「境界」的審美要求，故稱此字「境界全出」矣。

三、論張先「慢詞多用小令筆法」

夏敬觀（1875～1953），字劍丞，一作鑑丞，又字盥人、緘齋，晚號吷庵，別署玄修、牛鄰叟，新建（今屬江西）人。其《吷庵詞評》論張先詞：

> 子野詞凝重古拙，有唐五代之遺音，慢詞亦多用小令作法。
> 後來澀體，煉詞煉句，師其法度，方能近古。〔註 37〕

〔註36〕 葉嘉瑩著：《王國維及其文學評論》（臺北：桂冠圖書股份有限公司，1992 年 4 月），頁 240。
〔註37〕 〔清〕夏敬觀撰：《吷庵詞評》，收錄於《詞學》第五輯（上海：華東師範大學出版社，1986 年 10 月），頁 197。

夏敬觀對張詞之接受態度與陳廷焯、況周頤頗爲相似，亦認爲張先詞
風格近古，爲唐五代遺音，並提出張先繼承唐五代小令作法創作慢詞
之說，主張張先慢詞以「情韻」爲主，不事鋪敘，使詞作古意含蓄。
沈祥龍《論詞隨筆》：「小令須突然而來，悠然而去，數語曲折含蓄，
有言外不盡之致。著一直語、粗語、鋪排語、說盡語，便索然矣。」
（冊五，頁 4050）顧璟芳曰：「詞之小令猶詩之絕句，字句雖少，音
節雖短，而風情神韻正自悠長，作者須有一唱三嘆之致，淡而豔，淺
而深，近而遠，方是勝場。」（田同之《西圃詞說》引，冊二，頁 1467）
此皆論小令作法，比諸張先慢詞，頗多相近。夏敬觀以此論張詞，乃
與柳永「多平鋪直敘」〔註38〕形成強烈對比。

　　蔣兆蘭（1855～1938？），字香谷，宜興（今屬江蘇）人，著《清
藙庵詞》四卷、《詞說》一卷。《詞說》中論及張詞曰：「詞家正軌，
自以婉約爲宗。歐、晏、張、賀，時多小令，慢詞寥寥，傳作較少。
逮乎秦、柳，始極慢詞之能事。」（冊五，頁 4632）又曰：「歐陽、
大小晏、安陸、東山，皆工小令，足爲師法，詞家醉心南宋慢詞，往
往忽視小令，難臻極詣。」（冊五，頁 4637）蔣氏論詞以婉約爲宗，
列舉北宋諸公作爲典範，如歐陽脩、晏氏父子、張先、賀鑄工於小令，
至秦觀、柳永始工於長調，論後世詞家往往偏重南宋慢詞而忽略小令
之美，無以登峰造極。

四、論張先其他詞篇

　　清代論詞著作除論張先三影成就之外，餘論及張先其它詞篇者，
尚有〈一叢花〉、〈青門引〉、〈醉落魄〉、〈繫裙腰〉、〈師師令〉、〈翦牡
丹〉、〈木蘭花〉等詞，茲析論如次：

（一）論〈一叢花〉「無理而妙」

　　賀裳（生卒年不詳），字黃公，號檗齋，又號白鳳詞人，江蘇丹

〔註38〕〔清〕夏敬觀撰：《映庵詞評》，收錄於《詞學》第五輯（上海：華
　　　　東師範大學出版社，1986 年 10 月），頁 197。

陽人，著有《皺水軒詞筌》五十四則。是書論張詞「無理而妙」，與
王士禛「神韻說」相呼應：

> 唐李益詞曰：「嫁得瞿塘賈，朝朝誤妾期。早知潮有信，嫁
> 與弄潮兒。」子野〈一叢花〉末句云：「沉恨細思，不如桃
> 杏，猶解嫁春風。」此皆無理而妙，吾亦不敢定為所見略
> 同，然較之寒鴉數點，則略無痕跡矣。（冊一，頁695）

賀裳將張先〈一叢花〉與唐代李益（748～829）〈江南曲〉〔註39〕齊
論。兩者同寫女子閨怨，語言平實而有情味，末句皆翻轉詞境，曲折
而傳神地表達自身的苦悶及悔不當初的怨懟心情。李益寫思婦想到潮
水有信，慨嘆不如嫁給弄潮之人；而張先則寫女子透過桃花、杏花隨
風飛舞之景，聯想成桃杏嫁與春風，反襯自身獨守空閨的孤寂與落
寞。此兩句之妙正在看似無理、荒唐的發想，卻是最真實、直率地表
達出女子的相思之情。其後賀裳以秦觀〈滿庭芳〉（山抹微雲）「斜陽
外，寒鴉數點，流水繞孤村。」〔註40〕與前兩句相較，〈滿庭芳〉為
秦觀名作，歷來論秦觀此句皆謂之融情入景、出語自然，晁補之即評
此句：「近來作者皆不及少游，如『斜陽外，寒鴉數點，流水繞孤村』，
雖不識字人，亦知是天生好語。」（冊二，頁1184～1185）然就「無
理而妙」而論，賀裳認為還是李益、張先情真意摯之句略勝一籌。

（二）論〈青門引〉、〈醉落魄〉「浙派主雅淡，常派主韻致」

先著（1651～卒年不詳），字渭求，號遷甫，一號染庵，晚號之
溪老生，瀘州（今屬四川）人，著有《之溪老生集》。先著恐詞流於
淫鄙穢雜，故選輯《詞潔》正之，其中論及張先〈青門引〉（乍暖還
輕冷）一詞曰：

〔註39〕清聖祖御定：《全唐詩》，冊五，頁3222。
〔註40〕詞云：「山抹微雲，天連衰草，畫角聲斷譙門。暫停征棹，聊共引離
樽。多少蓬萊舊事，空回首煙靄紛紛。斜陽外，寒鴉數點，流水繞
孤村。　銷魂，當此際。香囊暗解，羅帶輕分。謾贏得青樓薄倖
名存。此去何時見也，襟袖上空惹啼痕。傷情處，高城望斷，燈火
已黃昏。」見唐圭璋編：《全宋詞》，冊一，頁458。

子野雅淡處，便疑是後來姜堯章出藍之助。（冊二，頁 1346）

評〈醉落魄〉（雲輕柳弱）一詞則謂：

> 「生香眞色」四字，可以移評石帚、玉田之詞。（冊二，頁
> 1348）

先著以「美成、堯章，宮調、語句兩皆無憾，斯爲冠絕。」（冊二，頁 1329）論北宋周邦彥、南宋姜夔音律諧和、語句工巧，誦之始能感人。浙西詞派宗奉姜夔，而先著則視張先〈青門引〉清雅幽淡之寫作風格爲姜夔先驅，並認爲張先〈醉落魄〉中「生香眞色」一句可移評姜夔、張炎之詞，兩度將張先與姜夔並論，提高了張詞在浙西詞派中之地位。相較於浙西詞派以「雅淡」論張詞，常州詞派黃蘇則以「寄託」評之：

> 落寞情懷，寫來幽雋無匹。不得志於時者，往往借閨情以
> 寫其幽思。角聲而曰「風吹醒」，醒字極尖刻。至末句那堪
> 送影，眞是描神之筆，極希賓渺之致。（冊四，頁 3040）

黃蘇論此詞乃藉閨情以寫不得志於時之慨嘆，其中「樓頭畫角風吹醒」一句，用「醒」字摹寫號角劃破寧靜夜晚之聲響，予以生動之形象。陸鎣（生卒年不詳）《問花樓詞話》亦言：「無論三唐五季，佳詞林立。即論兩宋，廬陵翠樹，元獻清商，秦少游山抹微雲，張子野樓頭畫角，竹屋之幽蒨，花影之生新，其見於《草堂》、《花間》，不下數百家。」（冊三，頁 2544）將此句視爲張詞代表。陳廷焯《詞則》更評：「韻流弦外，神泣箇中。耆卿而後，聲調漸變，子野尤多古意。」〔註41〕論張先〈青門引〉情致深遠，餘韻無窮。

而黃蘇《蓼園詞選》論〈醉落魄〉則謂：

> 「雲輕柳弱」寫佳人神韻清遠。「生香眞色」尤爲高雅。至
> 「聲入霜林」，「梅」亦能「落」，此又是眞藝矣。寫得佳人
> 色藝天然。惟一「眞」字，豈是尋常所有寫佳人耶。借佳
> 人以寫照耶。須玩味於筆墨之外，方可不是買櫝還珠也。（冊
> 四，頁 3047）

〔註41〕〔清〕陳廷焯編：《詞則・大雅集》，冊上，頁 7。

浙西詞派評此詞主「生香眞色」一句，謂之可移評姜夔，然常州之黃蘇不僅論此句「高雅」，更在意張先描寫佳人之使用的藝術技巧，如「雲輕柳弱」形容佳人神態清遠柔弱，「聲入霜林，簌簌驚梅落」〔註42〕一語則形容佳人歌藝絕妙，末以「眞」字爲詞眼，論此字不僅寫佳人，更是張先自我寫照。讀者玩味此詞，對此味外之味須有所認識，否則恐陷買櫝還珠之失。陳廷焯評此詞則謂：「情詞並茂，姿態橫生，李端叔謂子野才短情長，豈其然歟？」〔註43〕由此可知，先著評張詞，多簡短品評詞作幽雋雅淡的整體詞風，且屢以姜夔對比，宗奉「清空騷雅」之旨甚明；常州詞派的黃蘇、陳廷焯，除了肯定張先清新自然的詞風外，更主張詞中含有寄託遙深的言外之致，將張先生平經歷與其作品相互連結。

（三）論〈繫裙腰〉、〈師師令〉「清便可人，白描寫手」

先著《詞潔》評〈繫裙腰〉與〈師師令〉曰：

> 以「憐偶」字隱語入詞，亦清便可人。（冊二，頁1349）

> 白描寫手，爲姜白石之前驅。（冊二，頁1352）

先著評〈繫裙腰〉及〈師師令〉，著重在其用字遣詞親切易解，不刻意賣弄學力。〈繫裙腰〉以雙關隱語入詞，頗具民歌風味。〈師師令〉文字樸素簡煉，不重詞藻修飾與渲染烘托，刻畫出鮮明生動的形象，先著稱之爲「白描寫手」，而論浙西詞派所宗奉之姜夔亦熟諳此法，爲張詞之嗣響。

（四）論〈剪牡丹〉、〈木蘭花〉「語似白居易、晏幾道」

許昂霄（生卒年不詳），字誦蔚，號蒿廬，浙江海寧人。許昂霄教授生徒時，以朱彝尊《詞綜》爲教材，並漸次評點，指示學詞途徑。其門人張載華將其評點匯輯成《詞綜偶評》一書，張載華〈跋〉云：「（蒿廬夫子謂）《詞綜》一書，竹垞先生博采唐宋，迄於金元，搜羅

〔註42〕唐圭璋編：《全宋詞》，冊一，頁69。
〔註43〕〔清〕陳廷焯編：《詞則·閒情集》，冊下，頁841。

廣而選擇精，舍是無從入之方也。乃漸次評點，授余讀之。每一闋中，
凡抒寫情懷，描摹景物，以及音韻律法，靡不指示詳明，直欲使作者
洗髮性靈，而後學得爲繩墨，洵詞家之鄭箋也。」（冊三，頁 2453）
清人吳衡照亦推崇此書：「凡夫抒情之妙，寫景之工，以及起結過換
襯貼之法，靡不指示詳明，洵詞壇廣劫燈也。」（冊三，頁 2453）由
此可見是書對《詞綜》以詮解得當，考訂精嚴著稱。許氏更就張先〈翦
牡丹〉（野綠連空）進行分析：

> 前闋說舟中，後闋說琵琶。末句即香山所謂「唯見江心秋
> 月白」也。（冊二，頁 1551）

上片敘寫湖面平靜，岸邊柳條迎風搖曳之景；下片則描繪兩位琵琶女
彈奏之情態，以及技藝相競所激發出的悅耳琴聲。末句「盡漢妃一曲，
江空月靜。」〔註44〕許昂霄比之白居易〈琵琶行〉「東船西舫悄無言，
唯見江心秋月白。」〔註45〕白居易與張先之作皆極力描寫琵琶女彈奏
的美妙聲響，白居易「大絃嘈嘈如急雨，小絃切切如私語；嘈嘈切切
錯雜彈，大珠小珠落玉盤……銀瓶乍破水漿迸，鐵騎突出刀槍鳴。曲
終收撥當心畫，四絃一聲如裂帛。」〔註46〕張先則謂「金鳳響雙槽，
彈出今古幽思誰省。玉盤大小亂珠迸。」〔註47〕顯有襲用白詩之跡。
兩者皆在琵琶演奏最爲激昂之時，戛然而止，畫面一轉，只見舟外寧
靜之江月閃耀著皎潔餘暉，儘管演奏已經結束，但聽眾仍沉浸在音樂
的境界裡，對照外在景色的波瀾不興，反襯音樂強大之渲染力。

又陳廷焯論張先〈木蘭花〉（西湖楊柳風流絕）〔註48〕一詞之「『驪
駒應亦解人情，欲出重城嘶不歇。』與晏小山〈玉樓春〉結二語相似。」

〔註44〕唐圭璋編：《全宋詞》，冊一，頁 79。
〔註45〕〔唐〕白居易：《琵琶行》，見清聖祖御定：《全唐詩》，冊七，頁 4822。
〔註46〕同前註。
〔註47〕唐圭璋編：《全宋詞》，冊一，頁 79。
〔註48〕詞云：「西湖楊柳風流絕，滿樓青春看贈別。牆頭簌簌暗飛花，山外
　　　　陰陰初落月。　　秦姬穠麗雲梳髮。持酒唱歌留晚發。驪駒應解惱
　　　　人情，欲出重城嘶不歇。」見唐圭璋編：《全宋詞》，冊一，頁 68。

（冊二，頁 1575）又《詞則‧閑情集》謂：「『驪駒』二句，較叔原『紫騮認得舊遊蹤，嘶過畫橋東畔路』，更覺有味。」〔註49〕晏幾道此句實出於〈木蘭花〉（鞦韆院落重簾暮）〔註50〕一詞。張先此詞描寫西湖送別不捨之情，離別後駿馬竟不停嘶鳴，似有無限感嘆。晏幾道此闋言情，寫佳人音信斷絕，舊地重遊的相思之苦。結拍不正面寫情，反託諸紫騮馬，因時常來往而記得遊蹤，與張詞結句如出一轍，凸顯出「馬尚有情，況於人乎」（黃蘇《蓼園詞選》，冊四，頁 3044）之意蘊。沈謙於《填詞雜說》亦謂此詞：「填詞結句，或以動盪見奇，或以迷離稱雋，著一實語，敗矣。康伯可『正是銷魂時候也，撩亂花飛』；晏叔原『紫騮認得舊遊蹤，嘶過畫橋東畔路』；秦少游『放花無語對斜暉，此恨誰知』，深得此法。」（冊一，頁 633）所說切中肯綮。陳廷焯比較兩句，則謂張詞更覺有味，更富有「以迷離稱雋」之韻。

第四節　藉韻文評論張先詞

　　王師偉勇《清代論詞絕句初編》云：「就詞人『接受史』之研究而言，欲具體掌握其研究材料，宜自十方面著手：一曰他人和韻之作，二曰他人仿擬之作，三曰詩話，四曰筆記，五曰詞籍（集）序跋，六曰詞話，七曰論詞長短句，八曰論詞絕句，九曰評點資料，十曰詞選。」〔註51〕清人論詞絕句與論詞長短句於極短篇幅中，針對作家或詞派、詞風，予以精簡生動之批評，易使讀者獲得鮮明深刻之印象，不僅能擴大詞學批評之視野、廣泛反映詞人之接受、輔助建構論詞之觀點，尚能指出詞壇歷來爭議之論題，誠足與詞話、詞籍序跋、詞作評點等

〔註49〕《詞則‧閑情集》，冊下，頁 841。
〔註50〕 詞云：「鞦韆院落重簾暮，彩筆閒來題繡戶。牆頭丹杏雨餘花，門外綠楊風後絮。　朝雲信斷知何處，應作襄王春夢去。紫騮認得舊遊蹤，嘶過畫橋東畔路。」見唐圭璋編：《全宋詞》，冊一，頁 233。
〔註51〕王偉勇著：《清代論詞絕句初編》（臺北：里仁書局，2010 年 9 月），頁 1。

詞學資料相發明、印證。﹝註52﹞

一、以「論詞絕句」論張先詞

清代論詞絕句經王師偉勇整理輯佚，計得 133 家，1067 首作品，﹝註53﹞萃成《清代論詞絕句初編》一書，筆者依據此書檢索清代涉及論張先之論詞絕句，共得陳矞恆、沈道寬、江昱、張峋亭、譚瑩、李其永、汪筠、謝啓昆、華長卿、厲鶚、馮煦等十一家，計十四首論詞絕句，約可歸納爲：雅號「三影」，詞壇稱勝；風流才情，紅顏知音；張柳並稱，風貌各具等三端，以下逐項析論。

（一）雅號「三影」，詞壇稱勝

張先以「三中」、「三影」見稱，歷來論張詞之「論詞絕句」多據此爲評，陳矞恆〈讀宋詞偶成絕句十首〉之一即云：

> 三影郎中老放顛，自標好句與人傳；尚書紅杏詞人耳，何
> 事歐公也見憐。﹝註54﹞

陳矞恆（生卒年不詳），字曾起，武進（今屬江蘇）人。著有《栩園詞》、《朴齋文集》、《邊州聞見錄》、《嶺海歸程記》。首兩句寫張先老來狂放，自選三影之句傳與後世，雅號「張三影」。而末兩句則指宋祁與歐陽脩對張先「雲破月來花弄影」之稱美。范正敏《遯齋閑覽》載：「張子野郎中，以樂章擅名一時。宋子京尚書奇其才，先往見之，遣將命者，謂曰：『尚書欲見「雲破月來花弄影」郎中乎？』子野屏後呼曰：『得非「紅杏枝頭春意鬧」尚書邪？』遂出，置酒盡歡。蓋二人所舉，皆其警策也。」﹝註55﹞又李頎《古今詩話》云：「子野嘗

﹝註52﹞ 王偉勇著：《清代論詞絕句初編》，頁 42。
﹝註53﹞ 據王師偉勇及趙福勇最新所得，確認原「清代論詞絕句初編（附錄）」中邱晉成、歐陽述與陳芸三家詩篇，作於清代，宜改入「清代論詞絕句初編（正編）」，而所收清代論詞絕句應改爲 136 家，1137 首。趙福勇著：《清代「論詞絕句」論北宋詞人及其作品研究》（彰化：國立彰化師範大學國文研究所博士論文，2011 年 1 月），頁 38。
﹝註54﹞ 同註 52，頁 90。
﹝註55﹞ 〔宋〕胡仔：《苕溪漁隱叢話》引范正敏《遯齋閑覽》，收錄於鄧子

作〈天仙子〉詞云：『雲破月來花弄影』，士大夫皆稱之。張初謁見歐公，迎謂曰：『好「雲破月來花弄影」，恨相見之晚也。』」〔註56〕足見宋祁、歐陽脩兩人對張先此句之激賞。沈道寬〈論詞絕句〉之一亦見對宋祁、張先之評騭，詩曰：

> 六字猶人一字殊，春風紅杏宋尚書；何當更遇張三影，好句交稱一笑初。〔註57〕

沈道寬（1772～1853），字栗仲，鄞縣（今屬浙江）人，著有《話山草堂雜著》。首句論宋祁〈玉樓春〉（東城漸覺風光好）「紅杏枝頭春意鬧」之句，其中「鬧」字最獲好評，用以比喻紅杏競放爭豔，使春景生機盎然。清初劉體仁曾譽：「『紅杏枝頭春意鬧』，一『鬧』字卓絕千古。」（《七頌堂詞繹》，冊一，頁622）其後王國維亦稱：「『紅杏枝頭春意鬧』，著一『鬧』字，而境界全出。」（《人間詞話》，冊五，頁4240）故沈道寬曰：「六字猶人一字殊」，實乃此句前六字「紅杏枝頭春意」為常人所能道，然用「鬧」字，則意境全出，博得「紅杏枝頭春意鬧尚書」之美稱。三、四句則寫宋祁、張先均有佳句傳世，初次見面即以此相戲，是為「好句交稱一笑初」。

江昱〈論詞十八首〉之三除論張先、宋祁，更以婉約大家秦觀佳句與之並論，詩云：

> 紅杏尚書艷齒牙，郎中更與助聲華；天生好語秦淮海，流水孤邨數點鴉。〔註58〕

江昱（1706～1775），字賓谷，號松泉，儀徵（今屬江蘇）人，著有《松泉詩集》、《梅鶴詞》等。首兩句論宋祁、張先以「紅杏枝頭春意鬧」、「雲破月來花弄影」之警句相互標榜，膾炙人口。三、四句則論秦觀〈滿庭芳〉（山抹微雲）「斜陽外，寒鴉數點，流水繞孤村」之句，晁補之曾稱道：「比來作者皆不及秦少游，如『斜陽外，寒雅

勉編：《宋金元詞話全編》，中冊，頁676。
〔註56〕 同前註。
〔註57〕 王偉勇著：《清代論詞絕句初編》，頁170。
〔註58〕 王偉勇著：《清代論詞絕句初編》，頁120。

數點，流水繞孤村』，雖不識字人，亦知是天生好言語也」，〔註59〕肯定此句構思巧妙、平實天然，故世有「山抹微雲秦學士」〔註60〕之稱。蓋江昱以宋祁、張先、秦觀三者相提並論，實就詞之造語立論，宋祁工於鍊字，張先擅於取境，秦觀長於白描，三人皆以名作名句傳誦當代，爲北宋文人詞壇留下不朽佳話。

　　「三影」佳句爲張先在北宋詞壇奠定名家地位，終宋不衰。蘇軾雖有張先「歌詞乃餘技」〔註61〕之說，然譚瑩〈論詞絕句一百首〉之一爲之辯駁：

　　　　歌詞餘技豈知音，三影名胡擅古今；碧牡丹纏歌一曲，頓
　　　　令同叔也情深。〔註62〕

　　譚瑩（1800～1871）字兆仁，號玉生，南海縣捕屬（今廣東佛山）人。首兩句替張先詞平反，並舉「三影」之例推舉張先誠爲古今詞壇之能手。今傳張先詩作二十五首，〔註63〕蘇軾讚揚其詩「浮萍破處見山影，小艇歸時聞草聲」與「愁似鰶魚知夜永，懶同蝴蝶爲春忙」之類「可以追配古人」，〔註64〕然《四庫全書總目提要》則指出張先詩小巧纖弱，聲名不及於詞，批評蘇軾之論過於偏頗，不可引以爲據。蘇軾或因鄙薄世俗只賞其詞而不知詩作方爲絕詣而有此論，然《提要》與譚瑩則站在「張三影」名擅古今的立場上頌揚其詞。末兩句則檃括晏殊出姬本事，凸顯張先作詞功力之深，擅於摹情寫意且能感動人心，再次強調張先詞勝於詩之立論。

〔註59〕　〔宋〕趙令畤撰，孔凡禮點校：《侯鯖錄》（北京：中華書局，2002
　　　　年），卷八，頁205～206。按：「寒雅數點」之「雅」乃「鴉」之古字。
〔註60〕　〔宋〕蘇軾撰；王文誥輯注、孔凡禮點校：《蘇軾詩集・殘句》（北
　　　　京：中華書局，1992年4月），冊八，頁2791。
〔註61〕　〔宋〕蘇軾：〈題張子野詩集後〉，收錄於鄧子勉編：《宋金元詞話全
　　　　編》，上冊，頁98。
〔註62〕　王偉勇著：《清代論詞絕句初編》，頁207。
〔註63〕　詳見宋・張先著；吳熊和、沈松勤校注：《張先集編年校注》，頁235
　　　　～264。
〔註64〕　〔宋〕蘇軾：〈題張子野詩集後〉，收錄於鄧子勉編：《宋金元詞話全
　　　　編》，上冊，頁98。

　　而譚瑩〈論詞絕句一百首〉之四八論徐伸（生卒年不詳，字幹臣，號青山翁，著有《青山樂府》），亦以張先之「影」爲準繩，詩曰：

　　　碧山樂府世交稱，獨二郎神得未曾；攪碎一簾花影語，張
　　　郎中後竟誰能。〔註65〕

首兩句論王沂孫詞舉世相傳，而徐伸詞則僅存〈轉調二郎神〉一首。黃昇《唐宋諸賢絕妙詞選》嘗謂徐伸「有《青山樂府》一卷行於世，然多雜周詞，惟此一曲（案：即〈轉調二郎神〉），天下稱之」〔註66〕足見此篇亦曾見稱於世。譚瑩將王沂孫與徐伸相較，或出於兩者字號、詞集名稱一號「碧山」，一號「青山」之故。譚瑩絕句第三句「攪碎一簾花影語」係出自〈轉調二郎神〉，詞云：

　　　悶來彈雀，又攪破、一簾花影。謾試著春衫，還思纖手，
　　　燻徹金爐燼冷。動是愁多如何向，但怪得、新來多病。想
　　　舊日沈腰，而今潘鬢，不看臨鏡。　　　重省。別來淚滴，
　　　羅衣猶凝。料爲我厭厭，日高慵起，長托春酲未醒。雁翼
　　　不來馬蹄輕駐，門閉一庭芳景。空竚立，盡日闌干倚遍，
　　　晝長人靜。〔註67〕

此詞係徐伸爲「色藝冠絕，前歲以亡室不容，逐去」之侍兒所作（張侃《拙軒詞話》，冊一，頁 193～194），上片敘寫己思佳人，多愁多病，面容憔悴，不堪臨鏡；下片揣想佳人念己，相見無由，倚闌淚垂。次句「又攪破、一簾花影」，指鵲鳥驚飛，掠過靜定之花叢，不寫實象而寫虛影，婉曲朦朧。花影爲鵲鳥所壞，心緒又將隨之縈擾起伏。徐伸此句摹景，頗具匠心，又能融情入景，難能可貴，譚瑩因此譽此句「張郎中後竟誰能」，一方面肯定徐伸寫影之功力步武張先，另一方面間接奠定張先寫「影」之宗師地位。〔註68〕

〔註65〕 王偉勇著：《清代論詞絕句初編》，頁 210。

〔註66〕 〔宋〕黃昇輯：《唐宋諸賢絕妙詞選》，收錄於唐圭璋編：《唐宋人選唐宋詞》（上海：上海古籍出版社，2004 年 10 月），下冊，頁 669。

〔註67〕 唐圭璋編：《全宋詞》，冊二，頁 814。

〔註68〕 參趙福勇撰：《清代「論詞絕句」論北宋詞人及其作品研究》（彰化：國立彰化師範大學國文研究所博士論文，2011 年 1 月），頁 129。

　　張峙亭〈論詞絕句〉之一亦由「三影」佳句論斷張先詞壇地位，詩云：

　　一身花月張三影，千古評來此射雕；儷白妃青詞愈妙，好
　　教風調繼南朝。〔註69〕

　　張峙亭（生卒年不詳）之「論詞絕句」僅有三首，論及李白、張先、秦觀，三者地位之特出，可見一斑。首句稱美張先「三影」佳句，張先任職嘉禾（即浙江秀州、嘉興）判官時吟成〈天仙子〉「雲破月來花弄影」之句，當地因有「花月亭」勝跡。而朱彝尊〈鴛鴦湖櫂歌一百首〉暢敘故里嘉興歷史人文、風土民情，亦曾論及張先與花月亭，詩曰：

　　倅廨偏宜置酒過，亭前花月至今多；不知三影吟成後，可
　　載兜娘此地歌。〔註70〕

朱彝尊首兩句寫花月亭風華依舊，三、四句則檃括《侯鯖錄》所載張先與兜娘事，〔註71〕以諧謔口吻揣想張先作「三影」名句後，是否曾偕兜娘共遊花月亭？張峙亭論張先之「花月」，不僅指稱張先浪漫多情的寫作風格，亦指係「雲破月來花弄影」而得名的當地勝景——花月亭。而「三影」名句歷來傳誦千載，歷久不歇，張先誠可謂詞家之射雕能手。第三句「儷白妃青」即「儷白駢青」，係指詞句對仗工穩、用字穠豔華麗，足以接武南朝駢儷華美之文風。綜觀《張子野詞》，如〈木蘭花‧和孫公素別安陸〉之「怨歌留待醉時聽，遠目不堪空際送」、〈南歌子〉之「蟬抱高高柳，蓮開淺淺波」與「浮世歡會少，勞生怨別多」，皆屬工整對句；〈少年游慢〉一詞更有「仙籥生香，輕雲凝紫」、「歌掌明珠滑，酒臉紅霞發」、「玉殿初宣，銀袍齊脫」、「花探

〔註69〕　王偉勇著：《清代論詞絕句初編》，頁271。
〔註70〕　王偉勇著：《清代論詞絕句初編》，頁83。
〔註71〕　〔宋〕趙令時《侯鯖錄》載：「張子野云：『往歲吳興守滕子京席上見小妓兜娘，子京賞其佳色。後十年，再見於京口，絕非疇時之容態，感之，作詩云：十載芳洲採白蘋，移舟弄水賞青春。當時自倚青春力，不信東風解誤人。』」收錄於《叢書集成初編》，冊2859，卷二，頁19。

都門曉，馬躍芳衢闊」四處對句，〔註72〕皆色彩穠麗，堪與南朝駢文
爭勝。

（二）風流多情，紅顏知音

張先生性浪漫疏放，「論詞絕句」中對其風流韻事之傳述亦多所
著墨，如李其永〈讀歷朝詞雜興〉之一，詩曰：

> 風流八十尚書郎，花月吟多鬢亦香；扶杖歸來忘己老，自
> 穿紅影入茅堂。〔註73〕

李其永（生卒年不詳），首兩句寫張先耄耋長壽，風流不減，仍
流連風花雪月，至老不衰。末兩句寫張先扶杖歸來猶意氣風發，「紅
影」意謂家中蓄姬身影，切合蘇軾「詩人老去鶯鶯在，公子歸來燕燕
忙」一詩，又深契張先寫「影」之功力，營造張先風流自適的晚年生
活。而汪筠〈讀《詞綜》書後二十首〉之一則曰：

> 處士深憐碧草芳，情鍾我輩詎相忘；叔原子野多新製，題
> 向尊前總斷腸。〔註74〕

汪筠（1715～卒年不詳），字珊立，號謙谷，爲《詞綜》編輯者
汪森之孫，著有《謙谷集》。汪筠〈讀《詞綜》書後二十首〉，論及唐、
五代、宋、金、元代詞人，尤以宋人爲夥，其一論及張先。此絕首兩
句論林逋及其詞作〈點絳脣〉（金谷年年），三、四句則合論晏幾道與
張先。詞本興於酒筵宴席之間，用以娛興遣懷，林逋、晏幾道、張先
多情易感，或作離情相思之書寫，或由傷春悲秋、登高望遠抒發一己
之慨，或藉女子口吻寄託哀感愁情，如張先〈千秋歲〉（數聲鶗鴂）
寫殘春衰景，藉此抒發哀怨情志；〈一叢花令〉（傷春懷遠幾時窮），
則以登高懷遠，細訴離別相思之情。張先曉暢宮商，能自度曲，〈雙
韻子〉、〈醉紅妝〉、〈恨春遲〉、〈惜瓊花〉、〈師師令〉、〈百媚娘〉、〈離
亭宴〉、〈少年遊慢〉、〈熙州慢〉、〈燕春臺〉、〈山亭宴〉、〈泛清苕〉等

〔註72〕見唐圭璋編：《全宋詞》，冊一，頁67、74、79。
〔註73〕王偉勇著：《清代論詞絕句初編》，頁118。
〔註74〕王偉勇著：《清代論詞絕句初編》，頁123。

調均爲張先創製之新腔，是以汪筠以「主情」立場論詞，推舉林逋、晏幾道、張先爲鍾情之輩，創作出一首首動人心弦的好詞。〔註75〕

謝啓昆〈讀《全宋詩》仿元遺山論詩絕句二百首〉之五七，詩曰：

　　秋千三影泥郎中，傾倒詞場六一翁；燕燕鶯鶯狂興在，老隨蝴蝶逐花叢。〔註76〕

謝啓昆（1737～1802），字良璧，號蘊山，又號蘇潭。謝啓昆少年即以文學知名，博聞強識，尤善作詩，著有《樹經堂集》、《西魏書》、《小學考》，晚年纂《廣西通志》，深爲世人稱道。此絕首句引陳思《兩宋名賢小集》與曾慥《高齋詩話》所載之「隔牆送過秋千影」等三影名句，並隱括李頎《古今詩話》所載歐陽脩讚賞其「雲破月來花弄影」之軼事。末兩句則隱括蘇軾「詩人老去鶯鶯在，公子歸來燕燕忙」及張先和詞：「愁似鰥魚知夜永，懶同蝴蝶爲春忙。」〔註77〕咏張先老年仍遊戲於群芳之間，可謂狂性不減矣。

「論詞絕句」除論張先晚年風情外，也論及張先與歌伎間的互動交流，如華長卿〈論詞絕句〉之一，詩曰：

　　拚改三中作三影，侑觴度曲眤紅顏；牡丹一闋銷魂否，贖得文姬返漢關。〔註78〕

華長卿（1804～1881），本名長楙，字枚宗，號梅莊，著《梅莊詩鈔》、《黛香館詞鈔》。首句隱括張先改「三中」爲「三影」之事，次句則寫張先倚聲塡詞多爲侑觴佐歡，題贈名妓而作。陳師道《後山詩話》載：「杭妓胡楚、龍靚，皆有詩名……張子野老於杭，多爲官妓作詞……與胡而不及靚，靚獻詩……子野於是爲作詞也。」〔註79〕

〔註75〕參趙福勇撰：《清代「論詞絕句」論北宋詞人及其作品研究》，頁131～133。

〔註76〕王偉勇著：《清代論詞絕句初編》，頁144。

〔註77〕〔宋〕蘇軾撰；王文誥輯注、孔凡禮點校：《蘇軾詩集·張子野年八十五，尚聞買妾，述古令作詩》，冊二，頁523。

〔註78〕王偉勇著：《清代論詞絕句初編》，頁231。

〔註79〕〔宋〕阮閱撰：《詞話總龜》引《後山詩話》，收錄於鄧子勉編：《宋金元詞話全編》，上冊，頁195。

龍靚以未得張先詞爲憾，足見張先詞在歌妓間受歡迎之程度。三、四句則涉及晏殊出姬及其相關本事。張先以一曲〈碧牡丹〉寫侍兒遭出，心斷望絕之哀怨情態，最終感動晏殊念舊之情，出錢復取侍兒。華長卿以曹操重金自南匈奴贖回蔡琰（字文姬）之事，〔註80〕比況此則詞苑美談。

（三）張柳並稱，風貌各具

歷代詞評多以張先、柳永並論，清人「論詞絕句」亦不例外，譚瑩〈論詞絕句一百首〉之三四論晁補之，對張、柳二人之高下即有論斷，詩曰：

> 未遜秦黃語畧偏，買陂塘曲世先傳；歐蘇張柳評量當，位
> 置生平豈漫然。〔註81〕

前聯論晁補之詞作，堪與秦觀、黃庭堅頡頏；後聯則論晁補之今傳「評本朝樂章」等語。「評本朝樂章」評柳永、歐陽脩、蘇軾、黃庭堅、晏殊、張先、秦觀等大家，而譚瑩謂「歐蘇張柳評量當」，指晁補之對歐陽脩、蘇軾、張先、柳永之見尤爲中肯。晁補之論張先：「張子野與耆卿齊名，而時以子野不及耆卿，然子野韻高，是耆卿所乏處。」〔註82〕實就「韻」處著論，謂張先詞含蓄蘊藉，爲柳永所不及。由此絕即知，譚瑩對晁氏予以張詞之品評，高度肯定。

厲鶚〈論詞絕句十二首〉之一亦循晁補之評論，較論張、柳，詩云：

> 張（子野）柳（耆卿）詞名枉並驅，格高韻勝屬西吳；可

〔註80〕《後漢書‧列女傳‧董祀妻》：「陳留董祀妻者，同郡蔡邕之女也，名琰，字文姬。博學有才辯，又妙於音律。適河東衛仲道，夫亡無子，歸寧于家。興平中，天下喪亂，文姬爲胡騎所獲，沒於南匈奴左賢王，在胡中十二年，生二子。曹操素與邕善，痛其無嗣，乃遣使者以金璧贖之，而重嫁於祀。」南朝宋‧范曄：《後漢書》（臺北：鼎文書局，1981年），卷84，頁2800。

〔註81〕王偉勇著：《清代論詞絕句初編》，頁208。

〔註82〕〔宋〕吳曾：《能改齋漫錄》引晁補之〈評本朝樂章〉，收錄於鄧子勉編：《宋金元詞話全編》，上冊，頁508。

人風絮墮無影，低唱淺斟能道無。〔註83〕

厲鶚（1692～1752），字太鴻，號樊榭，錢塘（今浙江杭州）人。精治宋代詩詞，有《宋詩紀事》、《絕妙好詞箋》；工詩文詞，有《樊榭山房集》，其中有詞四卷。其詞幽深窈曲，語清調高，深得姜、史神髓。詞論則有〈論詞絕句〉、〈紅蘭閣詞序〉、〈陸南香白蕉詞序〉等。此絕首句即明言對張、柳齊名之評論，抱持不以爲然的態度，次句之「西吳」，係指湖州地區。周祈《名義考》曰：「蘇州，東吳也；潤州，中吳也；湖州，西吳也。」〔註84〕而張先乃湖州烏程人，故此句則論張先「格高韻勝」，具揚張抑柳之意味；三、四句則以兩人詞作爲例，強調張先〈翦牡丹・舟中聞雙琵琶〉之「柳徑無人，墜風絮無影」，〔註85〕較柳永〈鶴沖天〉（黃金榜上）之「忍把浮名，換了淺斟低唱」〔註86〕境界更高。此處厲鶚就「雅俗」標準論張、柳之詞，所謂佳詞，係指格調高尚、餘韻無窮之作品，以此評比，柳詞則過於浮豔直露，故遭厲鶚所譏。

然馮煦據厲鶚此詩持相反意見，於「論詞絕句」中爲柳永平反，詩曰：

曉風殘月劇淒清，三影郎中浪得名；卻怪西湖老居士，強將子野右耆卿。〔註87〕

馮煦（1843～1927），字夢華，號蒿庵，晚號蒿叟，辛亥後稱蒿隱。江蘇金壇人。著有《蒿庵論詞》，另編有《唐五代詞選》。此絕首句取柳永〈雨霖鈴〉（寒蟬淒切）：「今宵酒醒何處，楊柳岸、曉風殘月」與張詞爭雄，此詞意境清冷，以岸邊風月之景襯托出秋色之蕭颯寥落，爲張先「三影」詞所不能企及。末兩句之「西湖老居士」係指

〔註83〕 王偉勇著：《清代論詞絕句初編》，頁102。
〔註84〕 〔明〕周祈：《名義考》，收錄於《叢書集成續編》（上海：上海書店，1994年），冊92，卷三，頁116。
〔註85〕 唐圭璋編：《全宋詞》，冊一，頁79。
〔註86〕 同前註，頁51～52。
〔註87〕 王偉勇著：《清代論詞絕句初編》，頁245～246。

厲鶚，厲鶚先世家於慈谿，徙居錢塘（杭州），學殖深厚，詩詞軼群，賦性孤峭勁直、沖恬高邁，功名蹭蹬，〔註88〕故馮煦以「西湖老居士」稱之，論厲鶚強把張先、柳永相較，高舉尚雅大纛作揚張抑柳之說，實乃過於片面、主觀，顯然不滿浙西巨匠厲鶚之見解，而予以糾正。

二、以「論詞長短句」論張先詞

清代論詞長短句涉及論張先者僅焦袁熹〈采桑子〉（三中三影風流甚）一闋，詞曰：

> 三中三影風流甚，粉色生春。寫出鮮新。不道無才只是貧。
>
> 露華倒影誰堪比，竊恐非倫。莫鬭喉唇。好與中書作舍人。
>
> 〔註89〕

焦袁熹（1661～1736），字廣期，號南浦，江蘇金山（今屬上海）人。工詩文，喜研究經傳，諸經注疏皆有筆記。著有《白雲樓詩話》、《此木軒直寄詞》、《此木軒贅語》、《此木軒論詩》及《此木軒歷科詩經文》等書。此闋詞首句點出張先以「三中」、「三影」之雅號傳世，且詞作多與他風流多情的性格結合，「粉色生春」四字出於張先〈行香子〉（舞雪歌雲）一闋：

> 舞雪歌雲。閒淡妝勻。藍溪水、深染輕裙。酒香醺臉，粉色生春。更巧談話，美情性，好精神。　　江空無畔，凌波何處，月橋邊、青柳朱門。斷鐘殘角，又送黃昏。奈心中事，眼中淚，意中人。〔註90〕

「張三中」稱號取徑於此詞末句「心中事」、「眼中淚」、「意中人」也。焦袁熹特舉「粉色生春」概括張詞，意謂其詞多寫詩酒交歡、男女情愛，並以女子感官情態來點綴紙醉金迷的生活，風格嬌豔柔媚。言「不道無才只是貧」，則認為張先雖有佳句破碎，詞境較窄之失，然詞風

〔註88〕趙爾巽撰：《清史稿》（北京：中華書局，1977年），卷四百八十五，頁13373。

〔註89〕南京大學中國語言文學系全清詞編纂研究室編：《全清詞‧順康卷》（北京：中華書局，2002年5月），冊18，頁10580。

〔註90〕唐圭璋編：《全宋詞》，冊一，頁81。

清新，時有妙語，仍肯定其創作才華。蘇軾嘗戲作「山抹微雲秦學士，露花倒影柳屯田」（沈雄《古今詞話》，冊一，頁764）一聯，取笑秦觀、柳永氣格低落。此聯語出秦觀〈滿庭芳〉（山抹微雲）與柳永〈破陣樂〉（露花倒影）詞，自此之後，「山抹微雲」與「露花倒影」即成二人之別稱。然焦袁熹對蘇軾之評不以為然，於論詞長短句〈采桑子・柳耆卿、蘇子瞻〉中嘗比較柳、蘇高下，詞曰：「大唐盛際詩天子，穆穆垂裳。樂句琳琅。宋代王維柳七郎。　　誰交銅鐵將軍唱。不是毛嬙。卻似文鴦。可笑髯蘇不自量。」〔註91〕焦袁熹盛讚柳永的詞壇地位猶如天子，而批評蘇軾為銅鐵將軍，與柳永較之，乃不自量力之舉，由此可見焦袁熹對柳永評價極高，而對蘇軾豪放的創作風格多所貶抑。歷代評論者對張、柳評價不一，有論張、柳各有專擅者，如宋代蔡伯世曰：「子野詞勝乎情，耆卿情勝乎詞」（冊一，頁766）；有揚張抑柳者，如宋・晁補之謂：「子野韻高，是耆卿所乏處」〔註92〕、清・錢裴仲論柳永用字，十調九見，張、柳齊名，冤哉；亦有揚柳抑張者，如清代馮煦之論詞絕句，謂張先「三影」浪得虛名。焦氏則贊成馮煦之見，認為不應「強將子野右耆卿」，〔註93〕論柳永之「露花倒影」不應與張先「雲破月來花弄影」相提並論，並勸諫評論者「莫鬪喉唇」。詞中末句則謂柳永若為詞家天子之尊，張先只可稱為掌握行政大權的中書舍人，雖然兩者地位皆極崇高，但與柳永相較，張先仍屈居次位，顯然焦袁熹認為張詞成就不敵柳永。

小　結

本章係就詞話、詞籍（集）序跋、詩話、筆記、史書、各類地理

〔註91〕南京大學中國語言文學系全清詞編纂研究室編：《全清詞》編纂研究室編：《全清詞・順康卷》，冊18，頁10580。

〔註92〕〔宋〕吳曾：《能改齋漫錄》引晁補之〈評本朝樂章〉，收錄於鄧子勉編：《宋金元詞話全編》，上冊，頁508。

〔註93〕王偉勇著：《清代論詞絕句初編》，頁245～246。

志及方志、類書、公私書目、總集、別集、論詞絕句、論詞長短句、詞選評點等所得資料進行歸納分析,探究歷代對張先詞的批評接受之態度,茲就所得結果臚列如次:

一、宋代詞論對張先詞的接受態度,以記本事爲主,偏重於記載張先生平與文友、歌伎之間的交往互動。詞作品評則多爲摘句批評,尤關注張先三影名作及「雲破月來花弄影」之鑒賞,建構出張先的經典名句。而在論張詞風格特色的部分,評論者切入角度頗多,有以張先詩、詞進行比較,爲張先詩名不彰抱屈;有以詞人並列互爭高下,以同時期之柳永較論尤多;或就詞作整體結構與風格情致立論,論張詞有佳句而無名篇;或針對詞句借鑒考察出處,研究張先的創作軌跡。是知宋代對張先詞的批評接受,無論在記事、評點、考證、論述上均有所表現,廣泛而多元,爲後世詞學批評之發展奠基。

二、金代詞話較爲提倡蘇、辛豪放詞風,對北宋屬婉約詞派之張先並無品評。元代論張先詞則多踵武宋代詞論,且以本事記載爲主,僅存傳生平事跡而未對其詞深入鑒賞,所引資料亦取自宋人文獻,未見新論,唯陶宗儀《南村輟耕錄》記載宋金十大曲篇名,張先〈天仙子〉名列其中,足見此詞不僅以名句傳世,其音樂性至元代仍具影響力。

三、綜觀明人詞話資料,對張詞之接受角度主要表現在「論詞的正變關係」與「單篇詞作評點」兩方面。明代詞論家多數贊成詞以婉約爲正之看法,並視張先爲婉約一脈,柔情曼聲,摹寫殆盡,正所謂詞家之「當行」、「本色」。而對張先詞作之評騭,或就作品整體風格論張先句字皆佳,清新自然;或著力於詞作考證,論張詞借鑒、作品真僞及典故出處;明人隨筆評點資料豐富,眼光細膩獨到,往往就作品字句進行較爲深入之探討。受尙情風潮影響,明人評點張詞多肯定其情深意摯、情景交融之寫作特色,並讚許張先造語自然,尤善刻畫女子情態之特色。

四、清代詞論蔚爲大觀,帶有詞派傾向的詞話專著大量湧現,以

韻文形式爲載體之評論亦蓬勃發展，質量遠邁前代，對張先之接受面向亦更爲多元、全面。清人評論張詞整體風格與詞史地位，跳脫以往「婉約」、「豪放」傳統二分法，以「娟潔」、「秀韻」、「閑淡」、「沉鬱」、「流麗」等多種評論角度，對張先詞風進行深入探討，並將詞體發展與詞家風格劃分得更爲精細。張先因處於北宋小令與慢詞發展與詞體應歌、應社性質的承啓地位，故受清人重視，將他獨列一體。歷代評張先詞，常與柳永齊名並論，清人在此基礎之上，多於詞話、論詞絕句中闡述個人觀點，其中以「韻勝」或「尚雅」角度揚張抑柳者仍占多數，亦偶有爲柳詞平反之論。清代考據之風大盛，應用在詞學上則注重詞人生平、版本流傳、詞作本事、內容真僞的辨證，如質疑「宋代有兩張先」、「〈師師令〉乃贈妓李師師」之說，對張先「贈妓之作」與「六客之會」等本事亦有品鑒。在塡詞技巧上，清人對張詞的關注集中在「影詞」成就上，尤以「雲破月來花弄影」一句評論最多。除甄綜宋人對「三影」的理解外，或加入自我審美標準品騭影詞，提出「四影」、「張郎中爲直衙官」之說；或隨詞學流派詮釋闡發，主張張先影詞具「意內言外」、「境界全出」之旨。此外，各家詞選透過眉批評點強化詞派理論，對張詞之接受面向亦各異其趣。浙西詞派標舉張先雅淡幽雋之風，視張詞爲姜夔先驅；常州詞派則以張先韻致立論，認爲品評張詞應究其深意，將張先生平經歷與其作品相互連結。値得注意的是，清人評論張詞，常與詩體「越界」較論，如將張先比作陳子昂、韋應物等前代詩人，或論張詞借鑒李益、白居易詩句，對張先之批評接受極具開拓意義。

第六章 結 論

　　本文受西方接受美學理論啓迪，援引中國詞學史料考察歷代對於張先詞之傳播、創作、批評等接受面向，茲就各代對張詞接受之發展、變化總結如次：

一、宋代對張先詞之接受

　　宋時刻書系統發展迅速，刻印技術、質量日益精美，諸多名家文集透過印刷傳播得以廣泛流傳。然北宋時期普遍輕視詞體，因此北宋人集外單印的詞集不多，一般也不把詞收入文集之中。南宋時期，隨著詞學地位的提高，張先詞集始刊刻流傳。在詞選傳播方面，宋代詞選作爲「便歌」到「傳人」的過渡時期，「口頭傳播」與「書面傳播」並行，詞選之編著多爲「應歌」而設，選詞較不重文字優劣，而以音律諧暢的柔情曼聲爲主。張先詞因內容常寫春景、閨情，風格雅麗、用語雅緻，適合歌伎在宴席酬唱而屢獲青睞。其後詞選逐漸脫離歌本形式，向純文學發展，且選詞重心傾向南宋，故宋代後期詞選對張先詞的接受態度漸趨平淡。

　　宋人對創作接受，可分爲「共時創作接受」與「歷時創作接受」兩部分加以探究。「共時創作接受」主要探討蘇軾與張先交遊唱和之作：在用韻上，蘇軾對張詞並非和「韻」，而是針對詞作內容及筵席

場景作個人情感之抒發；在詞牌擇用上，張先作品多爲小令、中調；蘇軾倅杭期間交往應酬之作亦以短章爲夥；在詞題（序）使用上，宋代開始以詞題（序）敘事始於張先，其詞使用詞題（序）者占總數之四成，至蘇詞則增至近八成，張先的詞題（序）較短，發展至蘇軾漸長，可見兩人在此方面的創新與承繼；在內容方面，兩人唱和酬贈之作首開「以詞應社」之風；而在「以詩爲詞」的接受層面上，張先「借鑒唐詩詩句」及「以小令之法寫作慢詞」，間接影響蘇軾提出「詞爲詩裔」之觀點，明確表達自己在詞體創作上借鑒唐詩的創作手法；張先以「韻」勝場，而蘇軾亦多處以「韻」的內涵評價文學作品，展現對文學藝術整體之審美傾向。而在「歷時創作接受」上，宋人和韻張詞〈宴春臺〉、〈一叢花〉兩闋，並集用〈天仙子〉「雲破月來花弄影」之句入詞咏物，〈孤雁兒〉一闋化用張先與女尼私會軼聞。就整體觀之，宋人對張先的創作接受以「共時效應」影響層面較爲廣泛，後人之追和、模擬則以名作、名句爲學習典範。

在理論批評方面，宋人以記本事爲主，偏重記載張先生平與文友、歌伎之間的交往互動。詞作品評則多爲摘句批評，尤關注張先三影名作及「雲破月來花弄影」之鑒賞，建構出張先的經典名句。宋人論張先塡詞風格特色，有以張先詩、詞進行比較，爲張先詩名不彰抱屈；有以詞人並列互爭高下，以同時期之柳永較論尤多；或就詞作整體結構與風格情致立論，論張詞有佳句而無名篇；或針對詞句借鑒考察出處，研究張先的創作軌跡。是知宋代對張先詞的批評接受，無論在記事、評點、考證、論述上均有所表現，廣泛而多元，爲後世詞學批評之發展奠基。

二、金、元二代對張先詞之接受

金、元二代可謂張先詞各項接受的停滯期。由於金元詞壇缺乏大型詞選之編著，詞選偏好收錄南宋遺民詞及當代詞作，專題詞選則以宣揚特定群體概念爲主，並無收錄張詞，且因元代階級與科舉制度、

城市商業化與俗文學的發展以及詞體本身漸趨衰微三大因素之影響，造成張詞在金、元時期傳播與創作接受上的停頓。金人對詞壇的批評接受，力主蘇、辛豪放詞風，對北宋屬婉約詞派之張先並無品評。而元代論張先詞則多踵武宋代詞論，以本事記載爲主，僅存傳生平事跡而未對其詞深入鑒賞，所引資料亦取自宋人文獻，未見新論，唯陶宗儀《南村輟耕錄》記載宋金十大曲篇名，張先〈天仙子〉名列其中，足見此詞不僅以名句傳世，其音樂性至元代仍具影響力。

三、明代對張先詞之接受

明代詞選編纂風行，詞譜選輯亦萌芽發展，但受到金、元時期詞學發展停擺之影響，明初選詞仍以宋代《花間集》和《草堂詩餘》爲範式，對張詞的接受態度亦以二集爲主，以柔婉豔麗之作評價爲高。其後因詞壇反對復古模擬之風及一味承襲《草堂》之弊，反映在選詞上，刻意大幅增錄南宋及元、明作品，對張詞之態度亦轉爲褒貶相當的持平之論。在注重音樂節奏的詞譜形式中，則普遍肯定張先柔緩詞風與在詞調創製上承先啓後的成就。

明人對張先的創作接受，可見於和韻、集句、仿擬三端。在和韻詞方面：陳鐸喜塡和作，尤好步武婉約詞人，陳鐸和韻張詞兩闋，除在用韻上效仿張先，在內容風格上亦力求相近；呂希周兩首次韻之作，前首〈玉聯環〉在句式、用韻上均與張詞有所出入，後首次韻張先名作〈天仙子〉，乃用心於形式之齊整，風格則偏綺豔。在集句方面：張旭詞雖標明「集張子野詞」，然經檢索判定應爲張旭誤錄或原作亡佚俟考；汪廷訥標明集用張先詞句乃見於秦觀詞，爲汪氏誤用。在仿擬方面：汪廷訥仿擬張先〈西江月〉（憶昔錢塘話別）一詞，係取此詞字面、用韻及贈別類型等方面進行仿效，然此詞經考據亦非張先所作。由汪廷訥集句及仿擬作品得知唐五代、北宋初期詞作相混、互見所造成作品傳播的混亂，已影響到後代詞人對作品創作接受的正確性。

綜觀明人詞話資料，對張詞之接受角度主要表現在「論詞的正變關係」與「單篇詞作評點」兩方面。明代詞論家多數贊成詞以婉約爲正之看法，並視張先爲婉約一脈，柔情曼聲，摹寫殆盡，正所謂詞家之「當行」、「本色」。而對張先詞作之評騭，或就作品整體風格論張先句字皆佳，清新自然；或著力於詞作考證，論張詞借鑒、作品眞僞及典故出處；明人隨筆評點資料豐富，眼光細膩獨到，往往就作品字句進行較爲深入之探討。受尚情風潮影響，明人評點張詞多肯定其情深意摯、情景交融之寫作特色，並讚許張先造語自然，尤善刻畫女子情態之特色。

四、清代對張先詞之接受

清代詞學中興，詞選、詞譜之編纂蔚爲大觀，流派之形成、觀念之推衍皆有賴選本傳播。清人對張先的印象多爲「才不大而情有餘」，選詞則偏好「含蓄雋永」之作，尤愛張先「影」詞，以〈天仙子〉（水調數聲持酒聽）及〈青門引〉（乍暖還輕冷）兩闋最受歡迎。筆者蒐羅宋代至清代共 57 種詞選、詞譜，其中 49 種版本收錄張先詞作，〈青門引〉一詞即有 34 種選本收錄，〈天仙子〉一詞亦高達 33 種，均占總數七成以上。可知是詞不僅在清代備受肯定，亦是歷代選本對張先詞關注之焦點。浙西詞派講究「清空騷雅」，喜愛張詞自然流露的淡雅韻味；常州詞派則注重「意內言外」，尤好張詞凝重古意，借閨情以寫幽思的比興之義。在詞譜方面，無論在字句、韻協或律調上張詞亦時爲範式，可知清代爲張詞傳播接受之鼎盛期。

清代詞人對張先詞的創作接受，以和韻作品爲夥，計有六人七首。此中〈天仙子〉、〈一叢花〉各占兩闋，比例甚高。在用韻方面，清人和韻多屬「次韻」作品；在內容上，則以傷春、戀情兩種類型最獲青睞。清人和詞或截取、增損詞句以求契合原作，或化用、引伸原意，描情寫事，一抒己慨。在風格上，均因襲張詞而偏向婉約詞風。集句方面：傅燮詷集用張先〈偷聲木蘭花〉（雪籠瓊苑梅花瘦）之句，

與唐、宋著名詞句合爲新作,提高張先此詞之知名度;侯晰詞雖注爲集張詞,然張詞中並無此句,經檢索當爲集用柳永作品,與張詞之創作接受無涉。

　　清代詞論蔚爲大觀,帶有詞派傾向的詞話專著大量湧現,以韻文形式爲載體之評論亦蓬勃發展,質量遠邁前代,對張先之接受面向亦更爲多元、全面。清人評論張詞整體風格與詞史地位,跳脫以往「婉約」、「豪放」傳統二分法,以「娟潔」、「秀韻」、「閒淡」、「沉鬱」、「流麗」等多種評論角度,對張先詞風進行深入探討,並將詞體發展與詞家風格劃分得更爲精細。張先因處於北宋小令與慢詞發展與詞體應歌、應社性質的承啓地位,故受清人重視,將他獨列一體。歷代評張先詞,常與柳永齊名並論,清人在此基礎之上,多於詞話、論詞絕句中闡述個人觀點,其中以「韻勝」或「尙雅」角度揚張抑柳者仍占多數,亦偶有爲柳詞平反之論。清代考據之風大盛,應用在詞學上則注重詞人生平、版本流傳、詞作本事、內容眞僞的辨證,如質疑「宋代有兩張先」、「〈師師令〉乃贈妓李師師」之說,對張先「贈妓之作」與「六客之會」等本事亦有品鑒。在塡詞技巧上,清人對張詞的關注集中在「影詞」成就上,尤以「雲破月來花弄影」一句評論最多。除甄綜宋人對「三影」的理解外,或加入自我審美標準品鑒影詞,提出「四影」與「張郎中爲直衛官」之說;或隨詞學流派詮釋闡發,主張張先影詞具「意內言外」、「境界全出」之旨。此外,各家詞選透過眉批評點強化詞派理論,對張詞之接受面向亦各異其趣。浙西詞派標舉張先雅淡幽雋之風,視張詞爲姜夔先驅;常州詞派則以張先韻致立論,認爲品評張詞應究其深意,將張先生平經歷與其作品相互連結。值得注意的是,清人評論張詞,常與詩體「越界」較論,如將張先比作陳子昂、韋應物等前代詩人,或論張詞借鑒李益、白居易詩句,對張先之批評接受極具開拓意義。

　　綜上所述,在各代傳播、創作、批評接受橫的交流與縱的影響之下,建構出張先詞「含蓄雋永」之風格及「三影詞人」之成就,其中

以張先〈天仙子〉一詞流傳最廣、評騭最多，深獲世人喜愛而仿作者眾，審美趣味亦圍繞在對「雲破月來花弄影」一句之品評，凸顯出此句的經典地位。然透過歷代讀者期待視野之發展、變化，吾人亦能自共時交流與歷時影響中發現各代對張先詞審美趨向、理解詮釋之差異，使張先詞之接受呈現出「同中有異」、「異中見同」的多元風貌。

參考文獻

一、專　書

（一）張先詞集、研究專著

1. 夏承燾著：《唐宋詞人年譜》，臺北，明倫出版社，1970 年。
2. 劉文注著：《張先及其《安陸詞》研究》，北京：北京大學出版社，1990 年。
3. 吳熊和、沈松勤校注：《張先集編年校注》，杭州：浙江古籍出版社，1996 年。
4. 孫維城著：《張先與北宋中前期詞壇關係探論》，合肥：安徽大學出版社，2007 年 12 月。

（二）其它詞集

【總集】

1. 楊家駱主編：《清詞別集百三十四種》，臺北：鼎文書局，1976 年。
2. 唐圭璋編：《全金元詞》，臺北：洪氏出版社，1980 年。
3. 趙尊嶽輯：《明詞彙刊》，上海：上海古籍出版社，1992 年。
4. 唐圭璋編：《全宋詞》，北京：中華書局，1998 年。
5. 孫克強編：《唐宋人詞話》，鄭州：河南文藝出版社，1999 年。
6. 曾昭岷、王兆鵬編：《全唐五代詞》，北京：中華書局，1999 年。
7. 南京大學中國語言文學系全清詞編纂研究室編：《全清詞‧順康卷》，北京：中華書局，2002 年。
8. 饒宗頤初纂，張璋總纂：《全明詞》，北京：中華書局，2004 年。

9. 周明初，葉曄編纂：《全明詞‧補編》，杭州：浙江大學出版社，2007年。

10. 張宏生主編：《全清詞‧順康卷補編》，南京：南京大學出版社，2008年。

【選集‧詞選】

1. 〔宋〕黃大輿輯：《梅苑》，《唐宋人選唐宋詞》本，上海：上海古籍出版社，2004年。

2. 〔宋〕曾慥輯：《樂府雅詞》，《唐宋人選唐宋詞》本，上海：上海古籍出版社，2004年。

3. 〔宋〕書坊原編、何士信增修：《增修箋注妙選群英草堂詩餘》，《唐宋人選唐宋詞》本，上海：上海古籍出版社，2004年。

4. 〔宋〕黃昇輯：《唐宋諸賢絕妙詞選》，《唐宋人選唐宋詞》本，上海：上海古籍出版社，2004年。

5. 〔宋〕趙聞禮輯：《陽春白雪》，《唐宋人選唐宋詞》本，上海：上海古籍出版社，2004年。

6. 〔宋〕周密輯：《絕妙好詞》，《唐宋人選唐宋詞》本，上海：上海古籍出版社，2004年。

7. 〔金〕元好問輯：《中州樂府》，臺北：臺灣商務印書館，1979年。

8. 〔金〕仇遠輯：《樂府補題》，《文津閣四庫全書》本，北京：商務印書館，2005年。

9. 〔元〕彭致中輯：《鳴鶴餘音》，臺北：藝文印書館，1962年。

10. 〔元〕鳳林書院輯、程端麟校點：《精選名儒草堂詩餘》，瀋陽：遼寧教育出版社，2003年。

11. 〔元〕周南瑞輯：《天下同文》，臺北：臺灣商務印書館，出版年月不詳。

12. 〔明〕周履靖輯：《唐宋元明酒詞》，臺北：臺灣商務印書館，1969年。

13. 〔明〕陳耀文：《花草粹編》，《景印文淵閣四庫全書》本，臺北：臺灣商務印書館，1983年。

14. 〔明〕南宋書賈輯：王兆鵬、黃文吉、童向飛校點：《天機餘錦》，瀋陽：遼寧教育出版社，2000年。

15. 〔明〕茅暎：《詞的》，《四庫未收書輯刊》本，北京：北京出版社，2000年。

16. 〔明〕顧從敬輯：《類選箋釋草堂詩餘》，《續修四庫全書》本，上海：

上海古籍出版社，2002 年。

17. 〔明〕錢允治、陳仁錫箋釋：《類選箋釋續選草堂詩餘》，《續修四庫全書》本，上海：上海古籍出版社，2002 年。

18. 〔明〕卓人月、徐士俊輯：《古今詞統》，《續修四庫全書》本，上海：上海古籍出版社，2002 年。

19. 〔明〕楊慎：《詞林萬選》，《楊升庵叢書》本，成都：天地出版社，2002 年。

20. 〔明〕楊慎：《百琲明珠》，《楊升庵叢書》本，成都：天地出版社，2002 年。

21. 〔明〕潘游龍輯、梁穎校點：《精選古今詩餘醉》，瀋陽：遼寧教育出版社，2003 年。

22. 〔明〕陸雲龍輯：《翠娛閣評選行笈必攜詞菁》，藏於中國國家圖書館。

23. 〔清〕許寶善輯：《自怡軒詞選》，清嘉慶元年許氏刊本，現藏於國家圖書館。

24. 〔清〕夏秉衡輯：《清綺軒詞選》，清道光間刊本，現藏於國家圖書館。

25. 〔清〕葉申薌輯：《天籟軒詞選》，清道光間刊本，現藏於國家圖書館。

26. 〔清〕王闓運輯：《湘綺樓詞選》〈王氏湘綺樓刊本〉，1917 年。

27. 〔清〕馮煦輯：《宋六十一家詞選》，臺北：文化圖書公司，1956 年。

28. 〔清〕梁令嫻輯：《藝蘅館詞選》，臺北：臺灣中華書局，1970 年。

29. 〔清〕沈辰垣、王奕清等：《御選歷代詩餘》，臺北：廣文書局，1972 年。

30. 〔清〕端木埰輯：《宋詞十九首》，臺北：正中書局，1977 年。

31. 〔清〕戈載輯、杜文瀾校注：《宋七家詞選》，臺北：河洛圖書，1978 年。

32. 〔清〕陳廷焯輯：《詞則》，上海：上海古籍出版社，1984 年。

33. 〔清〕黃蘇輯：《蓼園詞選》，濟南：齊魯書社，1988 年。

34. 〔清〕張惠言輯：《詞選》，《續修四庫全書》本，上海：上海古籍出版社，2002 年。

35. 〔清〕董毅輯：《續詞選》，《續修四庫全書》本，上海：上海古籍出版社，2002 年。

36. 〔清〕樊增祥著：〈東溪草堂詞選〉，《續修四庫全書》本，2002 年。

37. 〔清〕周濟輯：《詞辨》，《續修四庫全書》本，上海：上海古籍出版社，2002 年。

38. 〔清〕周濟輯：《宋四家詞選》，《續修四庫全書》本，上海：上海古籍出版社，2002 年。

39. 〔清〕朱祖謀輯：《宋詞三百首》，臺北：臺灣古籍出版社，2005 年。

40. 〔清〕先著、程洪輯；劉崇德、徐文武點校：《詞潔》，保定：河南大學出版社，2007 年。

41. 〔清〕朱彝尊、汪森編：《詞綜》，上海：上海古籍出版社，2008 年。

【選集・詞譜】

1. 〔明〕周瑛輯：《詞學筌蹄》，《續修四庫全書》本，上海：上海古籍出版社，2002 年。

2. 〔明〕張綖撰：《詩餘圖譜》，《續修四庫全書》本，上海：上海古籍出版社，2002 年。

3. 〔明〕程明善輯：《嘯餘譜》，《續修四庫全書》本，上海：上海古籍出版社，2002 年。

4. 〔清〕葉申薌輯：《天籟軒詞譜》，清道光間刊本，現藏於國家圖書館。

5. 〔清〕賴以邠輯：《填詞圖譜》，《詞學全書》本，1971 年。

6. 〔清〕王奕清奉敕撰：《欽定詞譜》，《景印文淵閣四庫全書》本，1983 年。

7. 〔清〕孫默輯：《十五家詞》，《景印文淵閣四庫全書》本，臺北：臺灣商務印書館，1986 年。

8. 〔清〕秦巘編著；鄧魁英、劉永泰校點：《詞繫》，北京：北京師範大學出版社，1996 年。

9. 〔清〕吳綺輯《選聲集》，《四庫全書叢目叢書》本，1997 年。

10. 〔清〕周祥鈺、劉崇德校譯：《新定九宮大成南北詞宮譜校譯》，天津：天津古籍出版社，1998 年。

11. 〔清〕郭鞏輯：《詩餘譜式》，《四庫未收書輯刊》本，北京：北京出版社，2000 年。

12. 〔清〕謝元淮撰：《碎金詞譜》，《續修四庫全書》本，上海：上海古籍出版社，2002 年。

13. 〔清〕舒夢蘭、謝朝徵箋：《白香詞譜箋》，臺北：世界書局，2006 年。

14. 〔清〕萬樹輯：《詞律》，上海：上海古籍出版社，2009 年。

15. 〔清〕陳銳撰：《詞比》，今藏於中國國家圖書館。

【別集】

1. 〔宋〕蘇軾撰；龍沐勛校箋：《東坡樂府箋》，臺北：臺灣商務印書館，1988 年。

2. 〔宋〕柳永撰；薛瑞生校注：《樂章集校注》，北京：中華書局，1994年。

3. 〔宋〕蘇軾撰；鄒同慶、王宗堂校注：《蘇軾詞編年校註》，北京：中華書局，2002 年。

4. 〔清〕文廷式：《雲起軒詞》，《續修四庫全書》本，上海：上海古籍出版社，2002 年。

【詞韻】

1. 〔元〕周德清：《中原音韻》，臺北：藝文印書館，1979 年。

（三）詩文集、全集

【總集】

1. 〔梁〕蕭統編，〔唐〕李善注：《文選》，臺北：五南圖書出版有限公司，1994 年。

2. 〔明〕清聖祖御定：《全唐詩》，臺北：明倫出版社，1976 年 5 月。

3. 〔清〕姚際恆撰：《詩經通論》，臺北：廣文書局，1997 年。

【別集】

1. 〔唐〕陳子昂著；王嵐譯注：《陳子昂詩文選譯》，成都：巴蜀書社，1994 年。

2. 〔宋〕蘇軾撰；王文誥輯注、孔凡禮點校：《蘇軾詩集》，北京：中華書局，1992 年。

3. 〔宋〕蘇軾撰；王文誥輯、孔凡禮點校：《蘇軾文集》，北京：中華書局，1992 年。

4. 〔宋〕歐陽脩撰；李逸安校注：《歐陽脩全集》，北京：中華書局，2001 年。

5. 〔明〕楊愼：《楊升庵叢書》，成都：天地出版社，2002 年 12 月。

6. 魯迅：《魯迅全集》，臺北：谷風出版社，1980 年。

（四）筆記雜錄

1. 〔唐〕朱景玄：《唐朝名畫錄》，《景印文淵閣四庫全書》本，臺北：

臺灣商務印書館，1986 年。

2. 〔宋〕吳曾：《能改齋漫錄》，《景印文淵閣四庫全書》本，臺北：臺灣商務印書館，1983 年。

3. 〔宋〕周密：《齊東野語》，《景印文淵閣四庫全書》本，臺北：臺灣商務印書館，1983 年。

4. 〔宋〕張舜民：《畫墁錄》，《景印文淵閣四庫全書》本，臺北：臺灣商務印書館，1983 年。

5. 〔宋〕趙令畤：《侯鯖錄》，《景印文淵閣四庫全書》本，臺北：臺灣商務印書館，1983 年。

6. 〔宋〕張邦基撰：《墨莊漫錄》，《景印文淵閣四庫全書》本，臺北：臺灣商務印書館，1983 年。

7. 〔宋〕陸游：《入蜀記》，《叢書集成初編》本，北京：中華書局，1985 年。

8. 〔元〕陶宗儀編纂：《說郛》，現藏於國家圖書館（藍格舊鈔本）。

9. 〔明〕周祈：《名義考》，《叢書集成續編》本，上海：上海書店，1994 年。

10. 鄧子勉編：《宋金元詞話全編》，南京：鳳凰出版社，2008 年。

〔宋〕李之儀：《姑溪居士前集》。

〔宋〕嚴有翼撰：《藝苑雌黃》。

〔宋〕魏泰：《東軒筆錄》。

〔宋〕張舜民：《過庭錄》。

〔宋〕王明清：《玉照新志》。

〔宋〕談鑰：《嘉泰吳興志》。

〔宋〕王楙：《野客叢書》。

〔宋〕王象之：《輿地紀勝》。

〔宋〕陳思：《兩宋名賢小集》。

〔宋〕蔡正孫：《精選古今名賢叢話詩林廣記》。

〔金〕趙秉文：《閑閑老人滏水文集》。

〔金〕王若虛：《滹南遺老集》。

〔金〕李俊民：《莊靖先生遺集》。

〔金〕元好問：《續夷堅志》。

〔金〕佚名：《煬王江上錄》。

〔元〕方回：《瀛奎律髓》。

〔元〕佚名：《新編排韻增廣事類氏族大全》。

（五）經、史部諸集

1. 〔後晉〕劉昫等奉敕撰：《舊唐書》，《景印文淵閣四庫叢書》本，臺北：臺灣商務印書館，1983 年。
2. 〔南朝宋〕范曄：《後漢書》，臺北：鼎文書局，1981 年。
3. 〔宋〕馬令：《南唐書》，臺北：臺灣商務印書館，1966 年。
4. 〔元〕馬端臨：《文獻通考》，《景印文淵閣四庫全書》本，臺北：臺灣商務印書館，1983 年。
5. 〔元〕脫脫奉敕撰：《宋史》，《景印文淵閣四庫全書》本，臺北：臺灣商務印書館，1983 年。
6. 〔明〕宋濂撰：《元史》，《四庫備要》本，臺北：中華書局，1981 年。
7. 趙爾巽著：《清史稿》，北京：中華書局，1977 年。
8. 孫希旦撰：《禮記集解》，臺北：文史哲出版社，1990 年。

（六）評論資料

1. 〔梁〕劉勰：《文心雕龍》，《景印文淵閣四庫全書》本，臺北：臺灣商務印書館 1983 年。
2. 〔宋〕胡仔：《苕溪漁隱叢話》，臺北：木鐸出版社，1982 年。
3. 〔宋〕阮閱編著、周本淳校點：《詩話總龜》，北京：人民文學出版社，2006 年。
4. 〔明〕徐師曾著：《詩體明辨》，臺北：廣文書局，1972 年。
5. 〔清〕劉熙載：《藝概》，臺北：廣文書局，1964 年。
6. 〔清〕李調元撰：《雨村詩話》，臺北：宏業書局，1972 年。
7. 〔清〕沈德潛：《唐詩別裁》，臺北：臺灣商務印書館，1978 年。
8. 〔清〕王夫之撰：《薑齋詩話》，臺北：木鐸出版社，1982 年。
9. 〔清〕何文煥輯：《歷代詩話》，臺北：漢京文化事業有限公司，1983 年。
10. 〔清〕翁方綱撰：《石洲詩話》，北京：中華書局，1985 年。
11. 〔清〕朱彝尊撰、姚祖恩輯：《靜志居詩話》，《明代傳記叢刊》本，臺北：明文書局，1991 年。
12. 〔清〕徐釚著、王百里校箋：《詞苑叢談校箋》，北京：人民文學出版社，1998 年。

13. 〔清〕張宗橚編、楊寶霖補正：《詞林紀事，詞林紀事補正合編》，
    上海：上海古籍出版社，1998 年。
14. 臺靜農編：《百種詩話類編》，臺北：藝文印書館，1974 年。
15. 郭紹虞：《宋詩話輯佚》，北京：中華書局，1980 年。
16. 葉德輝：《書林清話》，臺北：文史哲出版社，1988 年。
17. 周駿富輯：《明代傳記叢刊》，臺北：明文書局，1991 年。
18. 尤振中、尤以丁編著：《明詞紀事會評》，合肥：黃山書社，1995 年。
19. 尤振中、尤以丁編著：《清詞紀事會評》，合肥：黃山書社，1995 年。
20. 唐圭璋：《詞話叢編》，北京：中華書局，2005 年。
    〔宋〕楊湜撰：《古今詞話》。
    〔宋〕王灼撰：《碧雞漫志》。
    〔宋〕胡仔撰：《苕溪漁隱詞話》。
    〔宋〕張侃撰：《拙軒詞話》。
    〔宋〕魏慶之：《魏慶之詞話》。
    〔宋〕周密撰：《浩然齋詞話》。
    〔宋〕張炎撰：《詞源》。
    〔宋〕沈義父：《樂府指迷》。
    〔元〕陸輔之：《詞旨》。
    〔明〕陳霆撰：《渚山堂詞話》。
    〔明〕王世貞：《藝苑卮言》。
    〔明〕彥撰：《爰園詞話》。
    〔明〕楊慎撰：《詞品》。
    〔清〕劉體仁：《七頌堂詞繹》。
    〔清〕沈謙撰：《填詞雜說》。
    〔清〕鄒祗謨：《遠志齋詞衷》。
    〔清〕王士禎：《花草蒙拾》。
    〔清〕賀裳撰：《皺水軒詞筌》。
    〔清〕彭孫遹：《金粟詞話》。
    〔清〕沈雄撰：《古今詞話》。
    〔清〕王奕清等撰：《歷代詞話》。
    〔清〕李調元：《雨村詞話》。
    〔清〕田同之：《西圃詞說》。

〔清〕焦循撰:《雕菰樓詞話》。

〔清〕郭麐撰:《靈芬館詞話》。

〔清〕許昂霄:《詞綜偶評》。

〔清〕張惠言:《詞選》。

〔清〕周濟撰:《詞辨》。

〔清〕周濟撰:《宋四家詞選目錄序論》。

〔清〕馮金伯:《詞苑萃編》。

〔清〕葉申薌:《本事詞》。

〔清〕吳衡照:《蓮子居詞話》。

〔清〕宋翔鳳:《樂府餘論》。

〔清〕丁紹儀:《聽秋聲館詞話》。

〔清〕杜文瀾:《憩園詞話》。

〔清〕黃蘇撰:《蓼園詞評》。

〔清〕李佳撰:《左庵詞選》。

〔清〕江順詒:《詞學集成》。

〔清〕謝章鋌:《賭棋山莊詞話》。

〔清〕馮煦撰:《蒿庵論詞》。

〔清〕蔣敦復:《芬陀利室詞話》。

〔清〕劉熙載:《詞概》。

〔清〕陳廷焯:《詞壇叢話》。

〔清〕陳廷焯:《白雨齋詞話》。

〔清〕譚獻撰:《復堂詞話》。

〔清〕胡薇元:《歲寒居詞話》。

〔清〕沈祥龍:《論詞隨筆》。

〔清〕張德瀛:《詞徵》。

〔清〕張祥齡:《詞論》。

〔清〕王國維:《人間詞話》。

〔清〕王闓運:《湘綺樓評詞》。

〔清〕況周頤:《蕙風詞話》。

〔清〕蔣兆蘭:《詞說》。

21. 鄧子勉編:《宋金元詞話全編》,南京:鳳凰出版社,2008 年。

〔宋〕吳开：《優古堂詩話》。

〔宋〕陳師道：《後山詩話》。

〔宋〕葉夢得：《石林詩話》。

〔宋〕王暐：《道山清話》。

〔宋〕許顗：《許彦周詩話》

（七）文學研究專著

1. 〔清〕劉子庚著：《詞史》，臺北：學生書局，1982 年。

2. 王國維撰：《宋元戲曲考》，臺北：藝文出版社，1957 年。

3. 薛礪若：《宋詞通論》，臺北：開明書店，1958 年。

4. 聞汝賢著：《詞牌彙釋》，臺北：自印本，1963 年。

5. 繆鉞撰：《詩詞散論》，臺北：臺灣開明書局，1966 年。

6. 唐圭璋：《宋詞四考》，臺北：明倫出版社，1971 年。

7. 鄭騫著：《景午叢編》，臺北：臺灣中華書局，1972 年。

8. 昌彼得等著：《宋人傳記資料索引》，臺北：鼎文書局，1975 年。

9. 裴普賢著：《集句詩研究》，臺北：臺灣學生書局，1975 年。

10. 《詞學》編輯委員會編：《詞學》，上海：華東師範大學出版社，1981 年。

11. 葉嘉瑩著：《嘉瑩論詞叢稿》，臺北：明文書局股份有限公司，1982 年。

12. 夏承燾著：《唐宋詞人年譜》，臺北：金圓出版社，1982 年。

13. 吳熊和著：《唐宋詞通論》，杭州：浙江古籍出版社，1985 年。

14. 葉嘉瑩著：《唐宋詞名家論集》，臺北：國文天地雜誌社，1987 年。

15. 吳梅著：《詞學通論》，臺北：臺灣商務印書館，1988 年。

16. 俞陛雲著：《唐五代兩宋詞選釋》，臺北：文史哲出版社，1988 年。

17. 唐圭璋著：《詞學論叢》，臺北：宏業書局，1988 年。

18. 唐圭璋等著：《唐宋詞鑑賞集成》，臺北：五南圖書，1991 年。

19. 葉程義著：《王國維詞論研究》臺北：文史哲出版社，1991 年。

20. 蕭鵬著：《群體的選擇─唐宋人選詞與詞選通論》，臺北：文津出版社，1992 年。

21. 陳如江著：《唐宋五十名家詞論》，上海：華東師範大學出版社，1992 年。

22. 葉嘉瑩著：《王國維及其文學評論》，臺北：桂冠圖書股份有限公司，

1992 年。

23. 黃兆漢著：《金元詞史》，臺北：臺灣學生書局，1992 年。

24. 張葆全著：《詩話和詞話》，臺北：萬卷樓圖書公司，1993 年。

25. 謝桃坊著：《中國詞學史》，成都：巴蜀書社，1993 年。

26. 葉嘉瑩著：《靈谿詞說》，臺北：正中書局，1993 年。

27. 孫康宜著，李奭學譯著：《晚唐迄北宋詞體演進與詞人風格》，臺北：聯經出版社，1994 年。

28. 朱崇才著：《詞話學》，臺北：文津出版社，1995 年。

29. 劉慶雲著：《詞話十論》，臺北：祺齡出版社，1995 年。

30. 黃文吉著：《北宋十大詞家研究》，臺北：文史哲出版社，1996 年。

31. 顧易生、蔣凡、劉明今著：《宋金元文學批評史》，上海：上海古籍出版社，1996 年。

32. 龍沐勛著：《龍榆生詞學論文集》，上海：上海古籍出版社，1997 年。

33. 孫琴安著：《中國評點文學史》，上海：上海社會科學出版社，1999 年。

34. 艾治平著：《清詞論說》，上海：學林出版社，1999 年。

35. 葉嘉瑩著：《中國詞學的現代觀》，臺北，大安出版社，1999 年。

36. 張宏生著：《清代詞學的建構》，南京：江蘇古籍出版社，1999 年。

37. 馬可波羅著；A. J. H. Charighon 注；馮承鈞譯：《馬可波羅行紀》，臺北：臺灣商務印書館，2000 年。

38. 沈松勤著：《唐宋詞社會文化學研究》浙江：浙江大學出版社，2001 年。

39. 陶然著：《金元詞通論》，上海：上海古籍出版社，2001 年。

40. 嚴迪昌著：《清詞史》，南京：江蘇古籍出版社，2001 年。

41. 張仲謀著：《明詞史》，北京：人民文學出版社，2002 年。

42. 邱世友著：《詞論史論稿》，北京：人民文學出版社，2002 年。

43. 鄔雲湖著：《中國選本批評》，上海：上海三聯書店，2002 年。

44. 皮述平著：《晚清詞學的思想與方法》，北京：學苑出版社，2003 年。

45. 卓清芬著：《清末四大家詞學及詞作研究》，臺北：國立臺灣大學出版委員會，2003 年。

46. 王偉勇著：《詞學專題研究》，臺北：文史哲出版社，2003 年。

47. 王嵐著：《宋人文集編刻流傳叢考》，南京：江蘇古籍出版社，2003 年。

48. 黃文吉著：《黃文吉詞學論集》，臺北：臺灣學生書局，2003 年。

49. 陶子珍著：《明代詞選研究》，臺北：秀威資訊科技股份有限公司，2003 年。

50. 龍沐勛著：《倚聲學》，臺北：鼎文書局，2003 年。

51. 吳熊和著：《唐宋詞通論》，北京：商務印書館，2003 年。

52. 王偉勇著：《宋詞與唐詩之對應研究》，臺北：文史哲出版蔽社，2004 年。

53. 王兆鵬著：《詞學史料學》，北京：中華書局，2004 年。

54. 楊柏嶺著：《晚清民初詞學思想建構》，合肥：安徽大學出版社，2004 年。

55. 陶爾夫、諸葛憶兵著：《南宋詞史》，哈爾濱：黑龍江人民出版社，2004 年。

56. 孫克強著：《清代詞學》，北京：中國社會科學出版社，2004 年。

57. 陶爾夫、諸葛憶兵著：《北宋詞史》，哈爾濱：黑龍江人民出版社，2005 年。

58. 顏翔林著：《宋代詞話的美學研究》，長沙：湖南師範大學出版社，2005 年。

59. 朱惠國著：《中國近世詞學思想研究》，上海：上海古籍出版社，2005 年。

60. 王兆鵬著：《唐宋詞史的還原與建構》，武漢：湖北人民出版社，2005 年。

61. 王易著：《詞曲史》，南京：江蘇教育出版社，2005 年。

62. 楊柏嶺著：《晚清民初詞學思想建構》，合肥：安徽大學出版社，2006 年。

63. 陶子珍著：《明代四種詞集叢編研究》，臺北：秀威資訊科技股份有限公司，2006 年。

64. 吳梅著：《詞學通論》，上海：上海古籍出版社，2006 年。

65. 孫望、常國武主編：《宋代文學史》，北京：人民文學出版社，2006 年。

66. 李劍亮撰：《唐宋詞與唐宋歌妓制度》，杭州：浙江大學出版社，2006 年。

67. 黃昭寅、張士獻著：《唐宋詞史論稿》濟南：山東大學出版社，2006 年。

68. 劉揚忠著：《唐宋詞流派史》，北京：中國社會科學出版社，2007 年。

69. 徐安琴著:《唐五代北宋詞學思想史論》,北京:人民文學出版社,2007 年。

70. 朱崇才著:《詞話史》,北京:中華書局,2007 年。

71. 黃雅莉著:《宋代詞學批評專題研究》,臺北:文津出版社,2008 年。

72. 江合友著:《明清詞譜史》,上海:上海古籍出版社,2008 年。

73. 沙先一、張暉著:《清詞的傳承與開拓》,上海:上海古籍出版社,2008 年。

74. 王兆鵬著:《宋代研究方法十講》,北京:北京大學出版社,2008 年。

75. 孫克強著:《清代詞學批評史論》,上海:上海古籍出版社,2008 年。

76. 黃志浩著:《常州詞派研究》,北京:中國社會科學出版社,2008 年。

77. 宛敏灝著:《詞學概論》,北京:中華書局,2009 年。

78. 余意著:《明代詞學之建構》,上海:上海古籍出版社,2009 年。

79. 龍榆生著:《龍榆生詞學論文集》,上海:上海古籍出版社,2009 年。

80. 王偉勇著:《清代論詞絕句初編》,臺北:里仁書局,2010 年。

(八)接受美學理論及研究專著

【文學理論】

1. 〔德〕姚斯、霍拉勃著,周寧、金元浦譯:《接受美學與接受理論》,瀋陽:遼寧人民出版社,1987 年。

2. 〔德〕沃爾夫岡‧伊瑟爾著,周寧、金元浦譯:《閱讀活動─審美反應理論》,北京:中國社會科學出版社,1991 年。

3. 赫魯伯著,董之林譯:《接受美學理論》,板橋:駱駝出版社,1994 年。

4. 馬以鑫著:《接受美學新論》,上海:學林出版社,1995 年。

5. 金元浦著:《接受反應文論》,濟南:山東教育出版社,1998 年。

【接受史專著】

1. 高中甫著:《歌德接受史》,北京:社會科學文獻出版社,1993 年。

2. 陳文忠著:《中國古典詩歌接受史研究》,合肥:安徽大學出版社,1998 年。

3. 楊文雄著:《李白詩歌接受史》,臺北:五南圖書出版股份有限公司,2000 年。

4. 鄧新華著:《中國古代接受詩學》,武漢:武漢出版社,2000 年。

5. 蔡振念著:《杜詩唐宋接受史》,臺北:五南圖書出版股份有限公司,

2002 年。

6. 陳文忠著：《文學美學與接受史研究》，合肥：安徽大學出版社，2008 年。

7. 張璟著：《蘇軾接受史研究》，北京：光明日報出版社，2009 年。

（九）目錄、辭典、彙編

【目錄】

1. 〔宋〕陳振孫撰：《直齋書錄解題》，《文津閣四庫全書》本，北京：商務印書館，2005 年。

2. 〔清〕永瑢、紀昀等撰：《四庫全書總目提要》，《景印文淵閣四庫全書》本，臺北：臺灣商務印書館，1983 年。

3. 王重民編：《中國古籍善本提要》，上海：上海古籍出版社，1986 年。

4. 王重民編：《中國古籍善本提要補編》，北京：北京圖書館出版社出版發行，1991 年。

5. 黃文吉主編：《詞學研究書目（1912～1992）》，臺北：文津出版社，1993 年。

6. 林玫儀主編：《詞學論著總目（1901～1992）》，臺北：中研院中國文哲研究所籌備處，1995 年。

7. 朱德慈著：《近代詞人考錄》，北京：中國社會科學出版社，2004 年。

【辭典】

1. 張相著：《詩詞曲語詞匯釋》，北京：中華書局，1955 年。

2. 臧勵龢等編輯：《中國古今地名大辭典》，臺北：臺灣商務印書館，1987 年。

3. 馬興榮、吳熊和、曹濟平主編：《中國詞學大辭典》，杭州：浙江教育出版社，1996 年。

4. 王兆鵬、劉尊明主編：《宋詞大辭典》，南京：鳳凰出版社，2003 年。

【彙編】

1. 金啟華、張惠民等編：《唐宋詞集序跋匯編》，臺北：臺灣商務印書館，1993 年。

2. 張惠民編：《宋代詞學資料匯編》，廣東：汕頭大學出版社，1993 年。

3. 施蟄存編：《詞籍序跋萃編》，北京：中國社會科學出版社，1994 年。

4. 吳熊和主編：《唐宋詞匯評‧兩宋卷》，杭州：浙江教育出版社，2004 年。

5. 吳熊和主編：《唐宋詞匯評・唐五代卷》，杭州：浙江教育出版社，2007 年。

二、論　文

【碩博士論文】

1. 李京奎著：《子野詞研究》，臺中：東海大學中國文學系碩士論文，1978 年。
2. 程志媛著：《宋代詞學批評研究──批評形式與文化詮釋》，南投：暨南國際大學中國文學系碩士論文，2001 年。
3. 謝旻琪著：《明代評點詞集研究》，臺北：東吳大學中國文學系博士論文，2004 年。
4. 薛乃文著：《馮延巳詞接受史》，臺南：國立成功大學中國文學系碩士論文，2009 年。
5. 顏文郁著：《韋莊詞接受史》，臺南：國立成功大學中國文學系碩士論文，2009 年。
6. 許淑惠著：《秦觀詞接受史》，臺南：國立成功大學中國文學系碩士論文，2010 年。
7. 柯瑋郁著：《晏幾道小山詞接受史》，臺南：國立成功大學中國文學系碩士論文，2010 年。
8. 趙福勇著：《清代「論詞絕句」論北宋詞人及其作品研究》，彰化：國立彰化師範大學國文研究所博士論文，2011 年。

【期刊論文】

1. 包根弟著：〈《四庫全書總目提要》詞評析論〉，《第一屆詞學國際研討會論文集》，臺北：中央研究院中國文哲研究所編委會，1994 年。
2. 符有明：〈讀者的期待視野〉，《寫作》第 10 期，2001 年。
3. 陳文忠：〈二十年文學接受史研究回顧與思考〉，《安徽師範大學學報（人文社會科學版）》，31 卷，2003 年。
4. 木齋著：〈論張先詞古今一大轉變及始創瘦硬之體〉，《山西大學學報（哲學社會科學版）》，第 28 卷第 1 期，2005 年。
5. 謝雪清：〈論北宋初、中期「以詩為詞」創作傾向的發展軌跡〉，《廣西梧州師範高等專科學校學報》第 22 卷第 3 期，2006 年。
6. 王偉勇：〈兩宋詞人仿蘇辛體析論〉，《宋代文學研究叢刊》，第 14 期，高雄：麗文文化事業公司，2007 年。

7. 王偉勇：〈兩宋詞人仿擬典範作品析論—以「效他體」爲例〉，《文藝典範與創意研發學術研討會》，2007 年。

8. 袁志成撰：〈天籟軒詞譜研究〉，《廣西大學學報》（哲學社會科學版），第 30 卷第 5 期，2008 年。

9. 張海鷗：〈熙寧四年至七年西湖詞人群體敘事——以蘇軾爲中心〉，《政大中文學報》，第 11 期，2009 年。

10. 王偉勇、林宏達：〈兩宋「和韻詞」析論〉，「2010 西安·詞學國際學術研討會」，西安：陝西師範大學主辦，2010 年。

附錄一：歷代詞選擇錄張先詞概況（包含通代詞選、斷代詞選、專題詞選）

朝代	宋編詞選六部					明編詞選十二部											清編詞選二十一部																		各闋入選總計	各闋入選排名
作者	黃大輿	曾慥	書坊	趙聞禮	周密	顧從敬	錢允治	佚名	楊慎	陳耀文	陸雲龍	茅暎	潘游龍	周覆靖	沈際飛	朱彝尊	先著	沈辰垣	沈時棟	夏秉衡	許寶善	黃蘇	張惠言	董毅	葉申薌	周濟	陳廷焯	陳廷焯	陳廷焯	王闓運	梁令嫻	周濟	戈載	馮煦	端木埰	朱祖謀		
詞選名稱（詞文首句兩字）	梅苑	樂府雅詞	唐宋諸賢絕妙詞選	陽春白雪	絕妙好詞	類選箋釋草堂詩餘	類選箋釋續草堂詩餘	天機餘錦	詞林萬選	花草粹編	詞菁	詞的	精選古今詩餘醉	唐元明酒詞	草堂詩餘四集	詞綜	詞潔	御選歷代詩餘	古今詞選	清綺軒詞選	自怡軒詞選	蓼園詞選	詞選	續詞選	天籟軒詞選	詞辨	詞則・大雅集	詞則・閒情集	詞則・別調集	湘綺樓詞選	藝蘅館詞選	宋四家詞選	宋七家詞選	宋六十一家詞選	宋詞十九首	宋詞三百首		
青門引・乍暖	●	●	●			●	●			●		●	●	●	●	●		●	●	●	●		●		●		●				●				●		23	1
天仙子・水調	●	●	●			●	●		●	●		●	●	●	●	●		●	●	●	●		●		●		●								●		21	2
醉落魄・雲輕	●	●					●			●	●	●	●	●	●	●		●		●	●	●			●			●									18	3
生查子・含羞													●	●	●		●	●		●	●				●			●									12	4
師師令・香細														●	●			●	●	●								●	●								11	5
減字木蘭花・垂螺		●						●		●															●				●		●						11	5
繫裙腰・惜霜																			●	●	●				●												10	7
浣溪沙・樓倚		●			●													●												●							10	7
歸朝歡・聲轉													●	●	●	●									●						●						8	9
謝池春慢・繚	●													●		●																					7	10
宴春臺慢・麗	●	●	●		●	●			●																●												7	10
木蘭花・龍頭																											●									●	7	10
菩薩蠻・哀箏																	●																●			●	7	10
醉垂鞭・雙蝶																									●						●				●	●	6	14
一叢花令・傷					●														●																●	●	6	14

朝代		宋編詞選六部					明編詞選十二部											清編詞選二十一部																						各闋入選總計	各闋入選排名
作者		黃大輿	曾慥	黃昇	趙聞禮	周密	顧從敬	錢允治	佚名	楊慎	陳耀文	陸雲龍	茅暎	卓人月	潘游龍	周履靖	沈際飛	朱彝尊	先著	沈辰垣	沈時棟	夏秉衡	許寶善	黃蘇	張惠言	董毅	葉申薌	周濟	陳廷焯	陳廷焯	陳廷焯	王國運	梁令嫻	周濟	戈載	馮煦	端木埰	朱祖謀		
詞選名稱（詞文首句·兩字）		梅苑	樂府雅詞	唐宋諸賢絕妙詞選	陽春白雪	絕妙好詞	類選箋釋草堂	類選箋釋續草堂	百琲明珠	詞林萬選	花草稡編	詞菁	詞的	古今詞統	精選古今詩餘醉	唐宋元明酒詞	草堂詩餘四集	詞綜	詞潔	歷代詩餘	古今詞選	清綺軒詞選	自怡軒詞選	蓼園詞選	詞選	續詞選	天籟軒詞選	詞辨	詞則·大雅集	詞則·閒情集	詞則·別調集	湘綺樓詞選	藝蘅館詞錄	宋四家詞選	宋七家詞選	宋六十一家詞選	宋詞十九首	宋詞三百首		
卜算子慢·溪											●							●	●	●							●							●					6	14
漁家傲·巴子										●								●	●	●							●				●								6	14
浪淘沙·腸斷											●							●	●	●							●							●					6	14
山亭宴慢·宴															●	●	●			●							●							●					5	19
清平樂·清歌		●																●	●	●							●							●					5	19
惜瓊花·汀蘋																		●	●	●											●								5	19
踏莎行·衰鳳											●								●	●									●										4	22
木蘭花·西湖										●	●									●										●									4	22
虞美人·苕花				●														●	●									●											4	22
醉紅妝·瓊枝											●						●			●																			4	22
霜牡丹·野綠											●										●	●							●										4	22
行香子·舞雪				●								●	●																	●									4	22
碧牡丹·步帳															●	●	●										●				●								4	22
浣溪沙·錦幛							●							●	●	●	●			●							●												4	22
浣溪沙·水滿							●									●								●															4	22
滿庭芳·紅蓼							●												●		●																		4	22
百媚娘·珠闕								●		●									●																				3	32
千秋歲合·寶																		●	●																				3	32
天仙子·醉笑		●									●							●	●																				3	32

詞選名稱（詞文錄 首句兩字）	黃大輿 梅苑	曾慥 樂府雅詞	黃昇 唐宋諸賢絕妙詞選	趙聞禮 陽春白雪	周密 絕妙好詞	顧從敬 類選箋釋續草堂	錢允治 類選箋釋草堂	佚名 天機餘錦	楊慎 百琲明珠	陳耀文 花草粹編	陸雲龍 詞菁	茅暎 草堂詩餘雋	卓人月 古今詞統	潘游龍 精選古今詩餘醉	周履靖 唐宋元明酒詞	沈際飛 草堂詩餘四集	朱彝尊 詞綜	先著 詞潔	沈辰垣 御選歷代詩餘	沈時棟 古今詞選	夏秉衡 清綺軒詞選	許寶善 白怡軒詞選	黃蘇 蓼園詞選	張惠言 詞選	董毅 續詞選	葉申薌 天籟軒詞選	周濟 詞辨	陳廷焯 詞則·大雅集	陳廷焯 詞則·閑情集	陳廷焯 詞則·別調集	王國運 湘綺樓詞選	梁令嫻 藝蘅館詞錄	周清 宋四家詞選	戈載 宋七家詞選	馮煦 宋六十一家詞選	朱祖謀 宋詞三百首	端木埰 宋詞十九首	各闋入選總計	各闋入選排名
醉垂鞭·酒面										●									●							●												3	32
御街行·天非										●									●							●												3	32
何滿子·溪女										●							●		●																			3	32
漢宮春·紅粉	●									●									●																			3	32
西江月·憶昔														●		●	●																					3	32
南鄉子·何慶		●																	●																			2	40
南鄉子·潮上		●																	●																			2	40
浣溪沙·輕霞																	●		●																			2	40
菩薩雙雙·城上									●										●																			2	40
西江月·汛汛										●									●																			2	40
感皇恩·廊廟										●									●																			2	40
好事近·月色										●									●																			2	40
清平樂·屏山										●									●																			2	40
恨春遲·好夢										●									●																			2	40
御街行·畫船										●									●																			2	40
夢仙鄉·江東																	●		●																			2	40
蝶戀花·移得										●									●																			2	40
木蘭花·青錢																	●		●																			2	40
少年游·碎霞										●									●																			2	40

詞文名稱（首句兩字）	梅大鼐·草堂詩餘	黃大輿·梅苑	曾慥·樂府雅詞	黃昇·唐宋諸賢絕妙詞選	趙聞禮·陽春白雪	周密·絕妙好詞	顧從敬·類選箋釋草堂詩餘	錢允治·類選箋釋續選草堂詩餘	佚名·天機餘錦	百琲明珠	楊慎·詞林萬選	陳耀文·花草粹編	陸雲龍·詞菁	茅暎·詞的	卓人月·古今詞統	潘游龍·精選古今詩餘醉	周覆靖·唐宋元明酒詞	沈際飛·草堂詩餘四集	朱彝尊·詞綜	先著·詞潔	沈辰垣·御選歷代詩餘	沈時棟·古今詞選	夏秉衡·清綺軒詞選	許寶善·自怡軒詞選	黃蘇·蓼園詞選	張惠言·詞選	董毅·續詞選	葉申薌·天籟軒詞選	周濟·詞辨	陳廷焯·詞則·大雅集	陳廷焯·詞則·閑情集	陳廷焯·詞則·別調集	王國維·湘綺樓詞選	梁令嫻·藝蘅館詞錄	周濟·宋四家詞選	戈載·宋七家詞選	馮煦·宋六十一家詞選	端木埰·宋詞十九首	朱祖謀·宋詞三百首	各闋入選總計	各闋入選排名
喜朝天·曉雲												●									●																			2	40
破陣樂·四堂												●									●																			2	40
菊花新·墜髻												●									●																			2	40
燕歸梁·去歲												●									●																			2	40
河傳·花暮												●									●																			2	40
偷聲木蘭花·雪籠												●									●																			2	40
偷聲木蘭花·畫橋												●									●																			2	40
千秋歲·數聲	●																																						●	2	40
定風波令·談												●																●												2	40
定風波令·西												●									●																			2	40
木蘭花·相離												●									●																			2	40
木蘭花·去年												●									●																			2	40
傾杯·飛雲																			●		●																			2	40
感皇恩·延壽												●									●																			2	40
憶秦娥·參差																			●		●																			2	40
慶春澤·夢閣																			●		●																			2	40
卜算子·夢短																					●									●										2	40

（詞句首句錄兩字）	黃大輿 梅苑	曾慥 樂府雅詞	書坊 草堂詩餘	黃昇 唐宋諸賢絕妙詞選	趙聞禮 陽春白雪	周密 絕妙好詞	顧從敬 類選箋釋草堂詩餘	錢允治 類選箋釋草堂詩餘續	佚名 天機餘錦續草堂	楊慎 詞林萬選	楊慎 百琲明珠	陳耀文 花草粹編	陸雲龍 詞菁	茅暎·卓人月 古今詞統	潘游龍 精選古今詩餘醉	周覆靖 唐宋元明酒詞	沈際飛 草堂詩餘四集	朱彝尊 詞綜	先著 詞潔	沈辰垣 御選歷代詩餘	沈時棟 古今詞選	夏秉衡 清綺軒詞選	許寶善 白怡軒詞選	黃蘇 蓼園詞選	張惠言 詞選	董毅 續詞選	葉申薌 天籟軒詞選	周濟 詞辨	陳廷焯 詞則·大雅集	陳廷焯 詞則·閑情集	陳廷焯 詞則·別調集	王國運 湘綺樓詞選	梁令嫻 藝蘅館詞錄	周濟 宋四家詞選	戈載 宋七家詞選	馮煦 宋六十一家詞選	端木埰 宋詞十九首	朱祖謀 宋詞三百首	各闋入選總計	各闋入選排名
雙調子·鳴鞘												●								●																			2	40
望江南·青樓												●								●																			2	40
畫堂春·外湖																		●		●																			2	40
芳草渡·雙門												●								●																			2	40
芳草渡·主人												●								●																			2	40
醉落魄·山圍												●								●																			2	40
更漏子·杜陵												●								●																			2	40
熙州慢·武林												●								●																			2	40
泛清苕·綠淨												●								●																			2	40
勸金船·流泉												●								●																			2	40
菩薩蠻·惜別																				●																			1	81
菩薩蠻·聞人																				●																			1	81
慶金枝·青螺												●																											1	81
醉桃源·落花												●																											1	81
玉聯環·永時																				●																			1	81
定風波·素藕									●																														1	81
相思令·蘋滿																				●																			1	81
鳳棲梧·密宴																				●																			1	81
更漏子·相君																				●																			1	81

朝代	作者	詞名名稱（詞句 首字 兩字）	黃大輿 梅苑	曾慥 樂府雅詞	書坊 隨筆	趙聞禮 陽春白雪	黃昇 唐宋諸賢絕妙詞選	顧從敬 類選箋釋草堂詩餘	錢允治 類選箋釋續選草堂詩餘	佚名 天機餘錦	楊慎 詞林萬選	陳耀文 花草粹編	陸雲龍 詞菁	茅暎 詞的	卓人月 古今詞統	潘游龍 精選古今詩餘醉	周覆靖 唐宋元明酒詞	沈際飛 草堂詩餘四集	朱彝尊 詞綜	先著 詞潔	沈辰垣 御選歷代詩餘	沈時棟 古今詞選	夏秉衡 清綺軒詞選	許寶善 自怡軒詞選	黃蘇 蓼園詞選	張惠言 詞選	董毅 續詞選	葉申薌 天籟軒詞選	周濟 詞辨	陳廷焯 詞則·大雅集	陳廷焯 詞則·閒情集	陳廷焯 詞則·別調集	王闓運 湘綺樓詞選	梁令嫻 藝蘅館詞錄	周濟 宋四家詞選	戈載 宋七家詞選	馮煦 宋六十一家詞選	馮煦 宋詞十九首	朱祖謀 宋詞三百首	各闋入選總計	各闋入選排名
		少年游·帽檐																			●																			1	81
		天仙子·持節																			●																			1	81
		怨春風·無由																			●																			1	81
		轉聲虞美人·使君												●																										1	81
		天仙子·十歲																			●																			1	81
		天仙子·坐治																			●																			1	81
		南鄉子·相並																			●																			1	81
		少年游·聽歌																			●																			1	81
		定風波令·碧																			●																			1	81
		定風波令·沾																			●																			1	81
		木蘭花·人意																			●																			1	81
		木蘭花·插花																			●																			1	81
		木蘭花·輕牙																			●																			1	81
		傾杯·橫塘																			●																			1	81
		離亭宴·捧黃																			●																			1	81
		沁園春·心臆																			●																			1	81
		清平樂·青袍																				●																		1	81
		偷聲木蘭花·曾居																			●																			1	81

詞選名稱（詞文首句兩字錄）	梅苑 黃大輿	樂府雅詞 曾慥	草堂詩餘 書坊	陽春白雪 趙聞禮	唐宋諸賢絕妙詞選 黃昇	絕妙好詞 周密	類選箋釋草堂詩餘 顧從敬	類選箋釋續草堂詩餘 錢允治	詞林萬選 楊慎	百琲明珠 楊慎	花草粹編 陳耀文	詞菁 陸雲龍	詞的 茅暎	古今詞統 卓人月	精選古今詩餘醉 潘游龍	唐宋元明酒詞 周覆靖	草堂詩餘四集 沈際飛	詞綜 朱彝尊	詞潔 先著	御選歷代詩餘 沈辰垣	古今詞選 沈時棟	清綺軒詞選 夏秉衡	白怡軒詞選 許寶善	蓼園詞選 黃蘇	詞選 張惠言	續詞選 董毅	天籟軒詞選 葉申薌	詞辨 周濟	詞則・大雅集 陳廷焯	詞則・閒情集 陳廷焯	詞則・別調集 陳廷焯	湘綺樓詞選 王國運	藝蘅館詞錄 梁令嫻	宋四家詞選 周濟	宋七家詞選 戈載	宋六十一家詞選 馮煦	宋詞三百首 朱孝臧	宋詞十九首 朱祖謀	各闋入選總計	各闋入選排名
菩薩蠻・佳人											●																												1	81
菩薩蠻・牛星											●																												1	81
慶春澤・驪色																				●																			1	81
玉聯環・南園																				●																			1	81
玉樹後庭花・華橙											●																												1	81
玉樹後庭花・寶珠											●																												1	81
鵲橋仙・星橋																				●																			1	81
少年游慢・春																				●																			1	81
蘇幕遮・柳飛																				●																			1	81
醉桃源・仙郎																				●																			1	81
虞美人・恩如																				●																			1	81
慶同天・海宇											●																												1	81
雨中花令・近																				●																			1	81
滿江紅・飄盡				●																																			1	81
望江南・香閨											●																												1	81
菩薩蠻・五雲											●																												1	81
菩薩蠻・青梅											●																												1	81

朝代	作者	詞題名稱（詞文首句兩字）	宋編詞選八部								明編詞選十二部										清編詞選三十一部																					各家入選總計	各家入選排名
			黃大輿《梅苑》	曾慥《樂府雅詞》	黃昇《唐宋諸賢絕妙詞選》	趙聞禮《陽春白雪詞選》	周密《絕妙好詞》	顧從敬《類選箋釋草堂詩餘》	錢允治《類選箋釋續草堂》	佚名《天機餘錦》	楊慎《詞林萬選》	楊慎《百琲明珠》	陳耀文《花草粹編》	陸雲龍《詞菁》	茅暎《詞的》	卓人月《古今詞統》	潘游龍《精選古今詩餘醉》	周覆靖《唐詞紀》	沈際飛《草堂詩餘四集》	朱彝尊《詞綜》	先著《詞潔》	沈辰垣《歷代詩餘》	沈時棟《古今詞選》	夏秉衡《清綺軒詞選》	許寶善《自怡軒詞選》	黃蘇《蓼園詞選》	張惠言《詞選》	董毅《續詞選》	周濟《詞辨》	陳廷焯《詞則·大雅集》	陳廷焯《詞則·閒情集》	陳廷焯《詞則·別調集》	王闓運《湘綺樓詞選》	梁令嫻《藝蘅館詞錄》	周濟《宋四家詞選》	戈載《宋七家詞選》	馮煦《宋六十一家詞選》	端木埰《宋詞十九首》	朱祖謀《宋詞三百首》		
		漢宮春·玉減											●																											1	81
		醉垂鞭·朱粉																																						0	126
		菩薩蠻·夜深																																						0	126
		菩薩蠻·簟紋																																						0	126
		踏莎行·波湜																																						0	126
		感皇恩·廉承																																						0	126
		西江月·體態																																						0	126
		相思兒令·春																																						0	126
		江南柳·隋堤																																						0	126
		八寶裝·錦屛																																						0	126
		好事近·燈燭																																						0	126
		恨春遲·欲借																																						0	126
		慶佳節·莫風																																						0	126
		慶佳節·芳菲																																						0	126
		探桑子·水雲																																						0	126
		玉聯環·都人																																						0	126
		武陵人·秋染																																						0	126
		少年游·紅葉																																						0	126
		賀聖朝·淡黃																																						0	126

詞文（詞句前兩字）	梅苑（黃大輿）	樂府雅詞（曾慥）	唐宋諸賢絕妙詞選（黃昇·書坊）	陽春白雪（趙聞禮）	絕妙好詞（周密）	類選箋釋草堂詩餘（顧從敬）	類選箋釋續選草堂詩餘（錢允治）	詞林萬選（楊慎）	花草粹編（陳耀文）	詞的（茅暎）	古今詞統（卓人月）	精選古今詩餘醉（潘游龍）	唐宋元明酒詞（周覆靖）	草堂詩餘四集（沈際飛）	詞綜（朱彝尊）	詞潔（先著）	御選歷代詩餘（沈辰垣）	古今詞選（沈時棟）	清綺軒詞選（夏秉衡）	自怡軒詞選（許寶善）	蓼園詞選（黃蘇）	詞選（張惠言）	續詞選（董毅）	天籟軒詞選（葉申薌）	詞辨（周濟）	詞則·大雅集（陳廷焯）	詞則·閑情集（陳廷焯）	詞則·別調集（陳廷焯）	湘綺樓詞選（王闓運）	藝蘅館詞錄（梁令嫻）	宋四家詞選（周濟）	宋七家詞選（戈載）	宋六十一家詞選（馮煦）	宋詞十九首（端木埰）	宋詞三百首（朱祖謀）	各闋入選總計	各闋入選排名
	宋編詞選六部					**明編詞選十二部**											**清編詞選三十一部**																				
生查子·當初																																				0	126
夜厭厭·昨夜																																				0	126
迎春樂·城頭																																				0	126
雙燕兒·榴花																																				0	126
更漏子·錦筵																																				0	126
南歌子·醉後																																				0	126
南歌子·嬋娟																																				0	126
南歌子·殘照																																				0	126
蝶戀花·臨水																																				0	126
蝶戀花·檻菊																																				0	126
蝶戀花·綠水																																				0	126
訴衷情·花前																																				0	126
訴衷情·數枝																																				0	126
木蘭花·樓下																																				0	126
菩薩蠻·玉人																																				0	126
臨江仙·自古																																				0	126
江城子·鏤牙																																				0	126
燕歸梁·夜月																																				0	126
定西番·年少																																				0	126

張先詞接受史

詞文名稱（錄首句兩字）	黃大輿 梅苑	曾慥 樂府雅詞	黃昇 唐宋諸賢絕妙詞選	周密 絕妙好詞	趙聞禮 陽春白雪	顧從敬 類選箋釋草堂詩餘	錢允治 類選箋釋續草堂詩餘	佚名 天機餘錦	楊慎 詞林萬選	陳耀文 花草粹編	陸雲龍 詞菁	茅暎 詞的	潘游龍 精選古今詩餘醉	周覆靖 唐宋元明酒詞	沈際飛 草堂詩餘四集	朱彝尊 詞綜	先著 詞潔	沈辰垣 御選歷代詩餘	沈時棟 古今詞選	夏秉衡 清綺軒詞選	許寶善 自怡軒詞選	黃蘇 蓼園詞選	張惠言 詞選	董毅 續詞選	葉申薌 天籟軒詞選	周濟 詞辨	陳廷焯 詞則·大雅集	陳廷焯 詞則·閒情集	陳廷焯 詞則·別調集	王國運 湘綺樓詞選	梁令嫻 藝蘅館詞錄	周濟 宋四家詞選	戈載 宋七家詞選	馮煦 宋六十一家詞選	端木埰 宋詞十九首	朱祖謀 宋詞三百首	各闋入選總計	各闋入選排名
醉桃源·雙花																																					0	126
木蘭花·檀槽																																					0	126
菩薩蠻·藕綜																																					0	126
菩薩蠻·雙針																																					0	126
定西番·秀眼																																					0	126
定西番·錚縱																																					0	126
武陵春·桿見																																					0	126
長相思·粉罏																																					0	126
江城子·小圓																																					0	126
西江月·肅蘭																																					0	126
寒垣春·野樹																																					0	126
山亭宴·碧波																																					0	126
菩薩蠻·牡丹																																					0	126
醉桃源·歌停																																					0	126
醉桃源·湘天																																					0	126
夜厭厭·昨夜																																					0	126
更漏子·星斗																																					0	126
三字令·春欲																																					0	126
虞美人·畫堂																																					0	126

—267—

歷代詞選選錄張先詞概況表

詞選名稱（詞文首句兩字）	黃大輿《梅苑》	曾慥《樂府雅詞》	周密《絕妙好詞》	趙聞禮《陽春白雪》	顧從敬《類選箋釋草堂詩餘》	錢允治《類選箋釋續草堂詩餘》	楊慎《詞林萬選》	陳耀文《花草粹編》	陸雲龍《詞菁》	卓人月《古今詞統》	茅暎《詞的》	潘游龍《精選古今詩餘醉》	周履靖《唐宋元明酒詞醉》	沈際飛《草堂詩餘四集》	（明編）	（明編）	（明編）	（明編）	朱彝尊《詞綜》	先著《詞潔》	沈辰垣《歷代詩餘》	沈時棟《古今詞選》	夏秉衡《清綺軒詞選》	許寶善《白香詞譜》	黃蘇《蓼園詞選》	張惠言《詞選》	董毅《續詞選》	葉申薌《天籟軒詞選》	周濟《詞辨》	陳廷焯《詞則‧大雅集》	陳廷焯《詞則‧閒情集》	陳廷焯《詞則‧別調集》	王國運《湘綺樓詞選》	梁令嫻《藝蘅館詞選》	周濟《宋四家詞選》	戈載《宋七家詞選》	馮煦《宋六十一家詞選》	端木埰《宋詞十九首》	朱祖謀《宋詞三百首》	各闋入選總計	各闋入選排名
虞美人‧碧波																																								0	126
酒泉子‧亭下																																								0	126
酒泉子‧人散																																								0	126
酒泉子‧春色																																								0	126
酒泉子‧亭柳																																								0	126
酒泉子‧芳草																																								0	126
端美子‧又遷																																								0	126
斷句‧閒愁																																								0	126
如夢令‧為向																																								0	126
滿江紅‧斗帳																																								0	126
落梅風‧宮燭																																								0	126
點絳脣‧九日																																								0	126
擇錄數量	1	12	7	7	1	0	11	3	8	7	1	79	4	9	15	18	0	19	27	12	96	3	9	6	6	3	0	18	0	4	5	5	2	3	5	0	0	0	6		

（朝代分組：采編詞選六部／明編詞選十二部／清編詞選二十一部）

版本：

1、〔宋〕黃大輿輯：《梅苑》，收錄於唐圭璋編：《唐宋人選唐宋詞》（上海：上海古籍出版社，2004年10月），上冊。

2、[宋] 曾慥輯：《樂府雅詞》，收錄於唐圭璋編：《唐宋人選唐宋詞》（上海：上海古籍出版社，2004年10月），上冊。

3、[宋] 書坊原編、何士信增修：《增修箋注妙選群英草堂詩餘》，收錄於唐圭璋編：《唐宋人選唐宋詞》（上海：上海古籍出版社，2004年10月），上冊。

4、[宋] 黃昇輯：《唐宋諸賢絕妙詞選》，收錄於唐圭璋編：《唐宋人選唐宋詞》（上海：上海古籍出版社，2004年10月），下冊。

5、[宋] 趙聞禮輯：《陽春白雪》，收錄於唐圭璋編：《唐宋人選唐宋詞》（上海：上海古籍出版社，2004年10月），下冊。

6、[宋] 周密輯：《絕妙好詞》，收錄於唐圭璋編：《唐宋人選唐宋詞》（上海：上海古籍出版社，2004年10月），下冊。

7、[明] 顧從敬輯：《類選箋釋草堂詩餘》，收錄於《續修四庫全書》（上海：上海古籍出版社，2002年3月，集部，冊1728。

8、[明] 錢允治、陳仁錫箋釋：《類選箋釋續選草堂詩餘》，收錄於《續修四庫全書》（上海：上海古籍出版社，2002年3月），集部，冊1728。

9、[明] 南宋書賈輯；王兆鵬、黃文吉、童向飛校點：《天機餘錦》（瀋陽：遼寧教育出版社，2000年1月）。

10、[明] 楊慎輯：《詞林萬選》，收錄於王文才、萬光治等編注《楊升庵叢書》（成都：天地出版社，2002年），冊六。

11、〔明〕楊慎輯：《百琲明珠》，收錄於王文才、萬光治等編注《楊升庵叢書》（成都：天地出版社，2002年），冊六。

12、〔明〕陳耀文輯：《花草粹編》，收錄於《景印文淵閣四庫全書》（臺北：臺灣商務印書館，1985年2月），集部，冊498~499。

13、〔明〕茅暎輯：《詞的》，收錄於《四庫未收書輯刊》（北京：北京出版社，2000年1月）捌輯，冊三十。

14、〔明〕陸雲龍輯：《翠娛閣評選行笈必攜詞菁》，現藏於中國國家圖書館。

15、〔明〕潘游龍輯、梁穎校點：《精選古今詩餘醉》（潘陽：遼寧教育出版社，2003年3月）。

16、〔明〕卓人月、徐士俊輯：《古今詞統》，收錄於《續修四庫全書》（上海：上海古籍出版社，2002年3月），集部，冊1728~1729。

17、〔明〕周覆靖輯：《唐末元明酒詞》（臺北：臺灣商務印書館，1969年4月）。

18、〔明〕顧從敬輯、沈際飛評：《草堂詩餘四集》，明崇禎間末翁少麓刊本，現藏於國家圖書館。

19、〔清〕朱彝尊、汪森編：《詞綜》（呼和浩特：遠方出版社，1998年2月），冊1~5。

20、〔清〕先著、程洪輯、劉崇德、徐文武點校：《詞絜》（保定：河南大學出版社，2007年8月）。

21、〔清〕沈辰垣、王奕清等：《御選歷代詩餘》（臺北：廣文書局，1972年5月）。

22、〔清〕沈時棟輯：《古今詞選》（臺北：東方書局，1956年5月）。

23、〔清〕夏秉衡輯：《清綺軒詞選》，收錄於《歷代名人詞選》（臺北：大西洋圖書公司，1966年5月）。

24、〔清〕張惠言輯：《詞選》，收錄於《續修四庫全書》（上海：上海古籍出版社，2002年3月），集部，

冊 1732。

25、〔清〕董毅輯：《續詞選》，收錄於《續修四庫全書》（上海：上海古籍出版社，2002 年 3 月），集部，冊 1732。

26、〔清〕黃蘇輯：《蓼園詞選》（濟南，齊魯書社，1988 年 9 月）。

27、〔清〕周濟輯：《詞辨》，收錄於《續修四庫全書》（上海：上海古籍出版社，2002 年 3 月），集部，冊 1732。

28、〔清〕陳廷焯輯：《詞則》（上海：上海古籍出版社，1984 年 5 月）。

29、〔清〕王鵬運輯：《湘綺樓詞選》（王氏湘綺樓刊本），1917 年。

30、〔清〕梁令嫻輯：《藝蘅館詞選》（臺北：中華書局，1970 年 10 月）。

31、〔清〕周濟輯：《宋四家詞選》，收錄於《續修四庫全書》（上海：上海古籍出版社，2002 年 3 月），集部，冊 1732。

32、〔清〕戈載輯、杜文瀾校注：《宋七家詞選》（臺北：河洛圖書出版社，1978 年）。

33、〔清〕馮煦輯：《宋六十一家詞選》（臺北：文化圖書公司，1956 年 3 月）。

34、〔清〕端木埰輯：《宋詞十九首》（臺北：正中書局，1977 年 7 月）。

35、〔清〕朱祖謀輯；唐圭璋箋注：《宋詞三百首箋注》（臺北：臺灣中華書局，1972 年 10 月）。

36、〔清〕葉申薌輯：《天籟軒詞選》（清道光間刊本），現藏於國家圖書館。

37、〔清〕許寶善輯：《自怡軒詞選》（清嘉慶元年許氏刊本），現藏於國家圖書館。

附錄二：歷代譜體詞選擇錄張先詞概況（包含格律譜及音樂譜）

分組：明編譜體詞選四部（周瑛～程明善）／清編譜體詞選（格律譜）十一部（吳綺～陳鋭）／清編譜體詞選三部・清編譜體詞選（音樂譜）（周祥鈺～謝元淮）

詞調名稱	周瑛 詞學筌蹄	張綖 詩餘圖譜	徐師曾 文體明辨	程明善 嘯餘譜	吳綺 選聲集	賴以邠 填詞圖譜	郭鞏 詩餘譜式	萬樹 詞律	徐本立 詞律拾遺	杜文瀾 詞律補遺	王奕清 欽定詞譜	秦巘 詞繫	葉申薌 天籟軒詞譜	舒夢蘭 白香詞譜	陳鋭 詞比	周祥鈺 九宮大成曲譜	謝元淮 碎金詞譜	謝元淮 碎金續譜	各闋入選數量	各闋入選排名
天仙子・水調	●	●	●	●	●						●	●	●	●		●	●	●	12	1
青門引・乍暖	●	●	●	●	●	●					●	●	●				●	●	11	2
宴春臺慢・麗	●	●	●	●		●		●			●	●	●			●	●		11	2
師師令・香鈿		●	●	●		●		●			●	●	●			●	●		10	4
醉紅妝・瓊枝		●	●	●				●			●	●	●			●	●	●	10	4
繫裙腰・惜霜	●		●	●				●			●	●	●			●	●	●	10	4
玉聯環・來時		●		●				●			●	●	●			●	●	●	9	7
謝池春・纈	●					●		●				●	●			●	●	●	8	8
一叢花令・傷			●			●	●				●	●	●				●	●	8	8
感皇恩・廊爾				●				●			●	●	●			●	●	●	8	8
白媚娘・珠闕		●										●	●		●	●	●	●	7	10
偷聲木蘭花・雪						●						●	●			●	●	●	6	11
惜瓊花・汀蘋					●							●	●			●	●	●	6	11
山亭宴慢・宴											●	●	●			●	●	●	6	11
醉落魄・雲輕	●											●	●		●		●		5	14
喜朝天・曉雲												●	●			●	●	●	5	14

詞選名稱	周瑛 詞學筌蹄	張綖 詩餘圖譜	徐師曾 文體明辯	程明善 嘯餘譜	吳綺 選聲集	賴以邠 填詞圖譜	郭鞏 詩餘譜式	萬樹 詞律	徐本立 詞律拾遺	杜文瀾 詞律補遺	王奕清 欽定詞譜	秦巘 詞繫	葉申薌 天籟軒詞譜	舒夢蘭 白香詞譜	陳銳 詞比	周祥鈺 九宮大成曲譜	謝元淮 碎金詞譜	謝元淮 碎金續譜	各闋入選數量	各闋入選排名
明編譜體詞選四部					清編譜體詞選（格律譜）十一部											清編譜體詞選（音樂譜）三部				
千秋樂令·賀						●		●			●	●	●						5	14
雙韻子·鳴鞘											●	●	●				●	●	5	14
醉垂鞭·酒面						●		●			●	●	●						5	14
謝牡丹·野綠								●	●		●	●	●						5	14
芳草渡·主人									●		●	●	●		●				5	14
慶金枝·青鏤									●		●	●	●						4	22
恨春遲·好夢											●	●	●					●	4	22
夢仙鄉·江東									●		●	●	●						4	22
雙燕兒·江東						●					●	●	●						4	22
卜算子慢·溪								●			●	●	●						4	22
菊花新·墮髻											●	●	●		●				4	22
傾杯·飛霙									●		●	●	●						4	22
離亭宴·捧黃								●			●	●	●						4	22
憶秦娥·參差								●			●	●	●						4	22
慶春澤·飛閣									●		●	●	●						4	22
玉闋後庭花·華		●									●	●	●						4	22
定西番·銅綻									●		●	●	●						4	22
少年游慢·春									●		●	●	●						4	22
御街行·天非									●		●	●	●						4	22

明編譜體詞選四部／清編譜體詞選（格律譜）十一部／清編譜體詞選（音樂譜）三部

詞選名稱	周瑛 詞學筌蹄	張綖 詩餘圖譜	徐師曾 文體明辨	程明善 嘯餘譜	吳綺 選聲集	賴以邠 填詞圖譜	郭鞏 詩餘譜式	萬樹 詞律	徐本立 詞律拾遺	杜文瀾 詞律補遺	王奕清 欽定詞譜	秦巘 詞繫	葉申薌 天籟軒詞譜	舒夢蘭 白香詞譜	陳銳 詞比	周祥鈺 九宮大成曲譜	謝元淮 碎金詞譜	謝元淮 碎金續譜	各闋入選數量	各闋入選排名
熙州慢・武林									●		●	●	●						4	22
汎清苕・綠淨									●		●	●	●						4	22
惜雙雙・城上									●		●	●							3	38
八寶裝・錦屏									●		●	●							3	38
恨春遲・欲借									●		●	●							3	38
慶佳節・莫風									●		●	●							3	38
慶佳節・芳菲									●		●	●							3	38
破陣樂・四堂		●										●	●					●	3	38
行香子・舞雪									●		●	●							3	38
勸金船・流泉									●		●	●							3	38
慶同天・海宇											●	●						●	3	38
雨中花令・近											●	●				●			3	38
漢宮春・紅粉												●	●				●		3	38
碧牡丹・步帳												●	●				●		3	38
菩薩蠻・哀箏			●	●									●						3	38
洛梅風・宮煙	●											●	●						3	38
歸朝歡・碎霞			●	●															2	38
少年游・聲轉								●			●								2	52
慶春澤・豔色											●							●	2	52

朝代	作者	詞選名稱	周瑛 詞學筌蹄	張綖 詩餘圖譜	徐師曾 文體明辨	程明善 嘯餘譜	吳綺 選聲集	賴以邠 填詞圖譜	郭鞏 詩餘譜式	萬樹 詞律	徐本立 詞律拾遺	杜文瀾 詞律補遺	王奕清 欽定詞譜	秦巘 詞繫	葉申薌 天籟軒詞譜	舒夢蘭 白香詞譜	陳銳 詞比	周祥鈺 九宮大成曲譜	謝元淮 碎金詞譜	謝元淮 碎金續譜	各闋入選數量	各闋入選排名
		卜算子·夢短											●	●							2	52
		芳草渡·雙門											●	●							2	52
		感皇恩·萬乘												●							1	57
		相思兒令·春												●							1	57
		江南柳·隋堤												●							1	57
		御街行·畫船													●						1	57
		武陵春·秋夜												●							1	57
		相思令·蘋滿		●																	1	57
		賀聖朝·淡黃												●							1	57
		夜厭厭·昨夜												●							1	57
		迎春樂·城頭												●							1	57
		慶美人·召花												●							1	57
		轉聲虞美人·使												●							1	57
		河傳·花簪													●						1	57
		偷聲木蘭花·畫												●							1	57
		天仙子·醉笑											●								1	57
		傾杯·橫塘												●							1	57
		沁園春·心膂												●							1	57
		偷聲木蘭花·曾												●							1	57

朝代 作者 詞選名稱	周瑛 詞學筌蹄（明）	張綖 詩餘圖譜	徐師曾 文體明辯	程明善 嘯餘譜	吳綺 選聲集	賴以邠 填詞圖譜	郭鞏 詩餘譜式	萬樹 詞律	徐本立 詞律拾遺	杜文瀾 詞律補遺	王奕清 欽定詞譜	秦巘 詞繫	葉申薌 天籟軒詞譜	舒夢蘭 白香詞譜	陳銳 詞比	周祥鈺 九宮大成曲譜	謝元淮 碎金詞譜	謝元淮 碎金續譜	各譜入選數量	各譜入選排名
玉聯環・南園												●							1	57
畫堂春・外湖												●							1	57
武陵春・每見												●							1	57
醉落魄・山圃												●							1	57
浣溪沙・樓倚											●								1	57
滿江紅・飄盡											●								1	57
山亭宴・碧波												●							1	57
酒泉子・亭下												●							1	57
酒泉子・春色												●							1	57
生查子・含羞	●																		1	57
滿庭芳・紅蓼	●																		1	57
菩薩蠻・五雲												●							1	57
漢宮春・玉滅												●							1	57
醉垂鞭・雙蝶																			0	87
醉垂鞭・朱粉																			0	87
南鄉子・何處																			0	87
南鄉子・潮上																			0	87
菩薩蠻・檜郎																			0	87
菩薩蠻・閒人																			0	87

明編譜體詞選四部　　清編譜體詞選（格律譜）十一部　　清編譜體詞選（音樂譜）三部

張先詞接受史

朝代				明編譜體詞選四部				清編譜體詞選（格律譜）十一部											清編譜體樂譜詞選（音樂譜）三部				
作者			周瑛	張綖	徐師曾	程明善	吳綺	賴以邠	郭麐	萬樹	徐本立	杜文瀾	王奕清	蔡嵩	葉申薌	舒夢蘭	陳銳	周祥鈺	謝元淮	謝元淮	各闋入選數量	各闋入選排名
詞選名稱			詞學筌蹄	詩餘圖譜	文體明辨	嘯餘譜	選聲集	填詞圖譜	詩餘譜式	詞律	詞律拾遺	詞律補遺	欽定詞譜	詞繋	天籟軒詞譜	白香詞譜	詞比	九宮大成曲譜	碎金詞譜	碎金讀譜		
菩薩蠻·夜深																					0	87
菩薩蠻·簞紋																					0	87
踏莎行·衾鳳																					0	87
踏莎行·波湛																					0	87
西江月·體態																					0	87
浣溪沙·輕霧																					0	87
西江月·汎汎																					0	87
好事近·月色																					0	87
好事近·燈燭																					0	87
清平樂·屏山																					0	87
清平樂·清歌																					0	87
醉桃源·落花																					0	87
採桑子·水堂																					0	87
玉聯環·都人																					0	87
定風波·素靨																					0	87
少年游·紅藥																					0	87
生查子·當初																					0	87
鳳栖梧·密宴																					0	87
更漏子·錦筵																					0	87

朝代			明編譜體詞選四部				清編譜體詞選（格律譜）十一部											清編譜體詞選（音樂譜）三部			各闋入選數量	各闋入選排名
作者			周瑛 詞學筌蹄	張綖 詩餘圖譜	徐師曾 文體明辨	程明善 嘯餘譜	吳綺 選聲集	賴以邠 填詞圖譜	郭鞏 詩餘譜式	萬樹 詞律	徐本立 詞律拾遺	杜文瀾 詞律補遺	王奕清 欽定詞譜	秦巘 詞繫	葉申薌 天籟軒詞譜	舒夢蘭 白香詞譜	陳銳 詞比	謝元淮 碎金續譜	謝元淮 碎金詞譜	周祥鈺 九宮大成曲譜		
詞選名稱																						
更漏子·相君																					0	87
南歌子·醉後																					0	87
南歌子·蟬抱																					0	87
南歌子·殘照																					0	87
蝶戀花·臨水																					0	87
蝶戀花·檻菊																					0	87
蝶戀花·綠水																					0	87
蝶戀花·移得																					0	87
訴衷情·花前																					0	87
訴衷情·數枝																					0	87
木蘭花·青錢																					0	87
木蘭花·西湖																					0	87
木蘭花·樓下																					0	87
減字木蘭花·垂																					0	87
少年游·帽檐																					0	87
天仙子·持節																					0	87
菩薩蠻·玉人																					0	87
怨春風·無由																					0	87
臨江仙·自古																					0	87

朝代	作者	詞選名稱	明編譜體詞選四部				清編譜體詞選（格律譜）十一部											清編譜體詞選（音樂譜）三部			各闋入選數量	各闋入選排名
			周瑛 詞學筌蹄	張綖 詩餘圖譜	徐師曾 文體明辨	程明善 嘯餘譜	吳綺 選聲集	賴以邠 填詞圖譜	郭鞏 詩餘譜式	萬樹 詞律	徐本立 詞律拾遺	杜文瀾 詞律補遺	王奕清 欽定詞譜	秦巘 詞繫	葉申薌 天籟軒詞譜	舒夢蘭 白香詞譜	陳銳 詞比	周祥鈺 九宮大成曲譜	謝元淮 碎金詞譜	謝元淮 碎金續譜		
		江城子·鑾牙																			0	87
		燕歸梁·去歲																			0	87
		燕歸梁·夜月																			0	87
		定西番·年少																			0	87
		醉桃源·雙花																			0	87
		千秋歲·數聲																			0	87
		天仙子·醉笑																			0	87
		漁家傲·巴子																			0	87
		天仙子·十歲																			0	87
		天仙子·坐冶																			0	87
		南鄉子·相並																			0	87
		少年游·聽歌																			0	87
		定風波令·碧																			0	87
		定風波令·洽																			0	87
		定風波令·談																			0	87
		定風波令·西																			0	87
		木蘭花·人意																			0	87
		木蘭花·相離																			0	87
		木蘭花·檀槽																			0	87

朝代	作者	詞選名稱	周瑛 詞學筌蹄	張綖 詩餘圖譜	徐師曾 文體明辨	程明善 嘯餘譜	吳綺 選聲集	賴以邠 填詞圖譜	郭鞏 詩餘譜式	萬樹 詞律	徐本立 詞律拾遺	杜文瀾 詞律補遺	王奕清 欽定詞譜	秦巘 詞繫	葉申薌 天籟軒詞譜	舒夢蘭 白香詞譜	陳銳 詞比	周祥鈺 九宮大成曲譜	謝元淮 碎金詞譜	謝元淮 碎金續譜	各闋入選數量	各闋入選排名
		木蘭花・插花																			0	87
		木蘭花・去年																			0	87
		木蘭花・龍頭																			0	87
		木蘭花・輕牙																			0	87
		感皇恩・延壽																			0	87
		清平樂・青袍																			0	87
		菩薩蠻・佳人																			0	87
		菩薩蠻・藕絲																			0	87
		菩薩蠻・牛星																			0	87
		菩薩蠻・雙針																			0	87
		玉樹後庭花・寶																			0	87
		鵲橋仙・星橋																			0	87
		定西番・秀眼																			0	87
		望江南・青樓																			0	87
		蘇幕遮・柳飛																			0	87
		長相思・粉鹽																			0	87
		更漏子・杜陵																			0	87
		醉桃源・仙郎																			0	87
		慶美人・恩如																			0	87

詞選名稱	明編詞譜體詞選四部				清編詞譜體詞選（格律譜）十一部											清編詞譜體詞選（音樂譜）三部			各闋入選數量	各闋入選排名
	周瑛 詞學筌蹄	張綖 詩餘圖譜	徐師曾 文體明辨	程明善 嘯餘譜	吳綺 選聲集	賴以邠 填詞圖譜	郭鞏 詩餘譜式	萬樹 詞律	徐本立 詞律拾遺	杜文瀾 詞律補遺	王奕清 欽定詞譜	秦巘 詞繫	葉申薌 天籟軒詞譜	舒夢蘭 白香詞譜	陳銳 詞比	周祥鈺 九宮大成曲譜	謝元淮 碎金詞譜	謝元淮 碎金續譜		
何滿子‧溪女																			0	87
江城子‧小圓																			0	87
西江月‧蕭蕭																			0	87
塞垣春‧野樹																			0	87
浪淘沙‧暘斷																			0	87
望江南‧香閨																			0	87
菩薩蠻‧牡丹																			0	87
醉落魄‧歌停																			0	87
醉桃源‧湘天																			0	87
夜厭厭‧昨夜																			0	87
更漏子‧星斗																			0	87
三字令‧春欲																			0	87
虞美人‧晝堂																			0	87
虞美人‧碧波																			0	87
酒泉子‧人散																			0	87
酒泉子‧亭柳																			0	87
酒泉子‧芳草																			0	87
端午詞‧又還																			0	87
斷句‧閒愁閒																			0	87

朝代	明編譜體詞選四部				清編譜體詞選（格律譜）十一部											清編譜體詞選（音樂譜）三部			各闋入選數量	各闋入選排名
作者	周瑛	張綖	徐師曾	程明善	吳綺	賴以邠	郭鞏	萬樹	徐本立	杜文瀾	王奕清	秦巘	葉申薌	舒夢蘭	陳銳	周祥鈺	謝元淮	謝元淮		
詞選名稱	詞學筌蹄	詩餘圖譜	文體明辨	嘯餘譜	選聲集	填詞圖譜	詩餘譜式	詞律	詞律拾遺	詞律補遺	欽定詞譜	詞繫	天籟軒詞譜	白香詞譜	詞比	九宮大成曲譜	碎金詞譜	碎金續譜		
浣溪沙·錦帳																			0	87
浣溪沙·水滿																			0	87
如夢令·為向																			0	87
菩薩蠻·青梅																			0	87
滿江紅·斗帳																			0	87
西江月·憶昔																			0	87
點絳脣·九日																			0	87
擇錄數量	7	12	14	13	8	20	9	18	22	0	40	71	45	1	4	2	6	8		

版本：

1、〔明〕周瑛輯：《詞學筌蹄》，收錄於《續修四庫全書》（上海：上海古籍出版社，2002年3月），集部，冊1735。

2、〔明〕張綖撰、謝天瑞補遺：《詩餘圖譜》，收錄於《四庫全書存目叢書》（臺南：莊嚴文化出版公司，1997年6月），集部，冊425。

3、〔明〕徐師曾會輯：《文體明辨》，收錄於《四庫全書存目叢書》（臺南：莊嚴文化出版公司，1997年6月），集部，冊312。

4、［明］程明善輯：《嘯餘譜》，收錄於《續修四庫全書》（上海：上海古籍出版社，2002 年 3 月），集部，冊 1736。

5、［清］吳綺輯：《選聲集》，收錄於《四庫全書存目叢書》（臺南：莊嚴文化出版公司，1997 年 6 月），集部，冊 424。

6、［清］賴以邠輯：《塡詞圖譜》，收錄於清・查培繼輯《詞學全書》（臺北：廣文書局，1971 年 4 月）。

7、［清］郭鞏輯：《詩餘譜式》，收錄於《四庫未收書輯刊》（北京：北京出版社，2000 年 1 月），第拾輯，冊 30。

8、［清］萬樹輯：《詞律》（臺北：世界書局，1959 年 12 月）。

9、［清］徐本立輯：《詞律拾遺》，收錄於《詞律》。

10、［清］杜文瀾輯：《詞律補遺》，收錄於《詞律》。

11、［清］王奕清奉敕傳：《欽定詞譜》，收錄於《景印文淵閣四庫全書》（臺北：臺灣商務印書館，1988 年 2 月），集部，冊 1495。

12、［清］秦巘編著，鄧魁英、劉永泰校點：《詞繫》（北京：北京師範大學出版社，1996 年 9 月）。

13、［清］葉申薌輯：《天籟軒詞譜》，清道光間刊本，現藏於國家圖書館。

14、［清］陳銳撰：《詞比》，見錄於龍沐勛主編：《詞學季刊》（上海：民智書局，1922 年）創刊號、一卷二號連載。

15、［清］舒夢蘭輯，謝朝徵箋：《白香詞譜箋》（臺北：世界書局，1956 年 2 月）。

16、［清］周祥鈺輯、劉崇德校譯《新定九宮大成南北詞宮譜校譯》（天津：天津古籍出版社，1998 年 7

月），冊 1～6。

17、〔清〕謝元淮撰：《碎金詞譜》，收錄於《續修四庫全書》（上海：上海古籍出版社，2002 年 3 月），集部，冊 1737。

18、〔清〕謝元淮撰：《碎金續譜》，同《碎金詞譜》。

附錄三：歷代創作取法張先詞一覽表

序號	取法技巧	朝代	作者	詞調名詩題	詞題（序）	詞（詩）文	出處
1	和韻	宋	王之道	宴春臺	追和張子野韻贈陳德甫侍兒	絮竹扶疏，丹葵隱映。綠窗時戶縈迴。廉捲蝦鬚，清風時自南來。題輿好客延賓，玉兒浮紅。嚴新妝，深出雲街。令傳三杏，情寄雙梅。歌珠繁貫，一時傾坐。全勝腰帶。金鏤里遺音，憶當年，曾賦春臺。樓頭暗落花埃。醉眠春臺。歸歟無緒。想餘韻俳徊。	《全宋詞》，冊二，頁1151。
2	和韻	宋	趙長卿	一叢花	和張子野	當歌臨酒恨難醻。酒不似愁濃。楚夢乍回，吳音初聽。誰念我孤蹤。烏雲有意重梳攏。便安排、金屋房櫳。藏春小院初煙融融。眼色與心通。芳草萋萋，岸東西，風帆正起歸與興。雲雨厚肉，鴛鴦宿債，作個好家風。	《全宋詞》，冊三，頁1808。
3	化用	宋	王安中	蝶戀花	紅梅口號：千林臘雪緻瑤瑰。晴日南枝暖綻開。知有和有藥尋開賓，未春先發看紅梅。	青玉一枝紅類吐。粉類秾妝。辨杏猜桃莫誤。天姿不到凡塵處。雲破月來花下住。只有暗香穿繡戶。昭華一曲鳳吹去。弄影參差舞。要令佳人、	《全宋詞》，冊二，頁748。
4	化用	宋	程垓	孤雁兒	有尼從人而復出者，戲用張子野事賦此	雙鸞乍綰橫波畫。記當日，春心透。誰教容易易逢雞手。放出花枝嫩。春輪卻春風先手。問何事，來相約。幾曾和月來相候。何時為我，小橋橫閣，試約黃昏後。天公元也、拚教風流。抵應深深院花時候。	《全宋詞》，冊三，頁1994。
5	和韻	明	陳鐸	青門引	和張子野	鬥鎖頻頻暮。飛絮晚來初定。一春歡笑不曾全。新月簾櫳靜。子規啼處、特地撩花影。騰騰好夢方驚醒。誰道東風，知是甚般病。	《全明詞》，冊2，頁452。
6	和韻	明	陳鐸	燕春臺	和張子野	寶馬頻嘶，朱門不閉，內家傳宴芳回。星彩正依微、香塵拂面吹來。綺羅屏障交開。看鳥鶯飛、洪鐙照回。畫輪車子、闕響春雷。行人絲柳初梅，小幅輕蓋。清風二里、翠霏滿路薰來。既住目、宿鳥驚飛。歸疑夢裏瑤臺。近蓬萊、踏絮俳徊。	《全明詞》，冊2，頁453。
7	和韻	明	呂希周	玉聯環	懷人作，次張子野韻	夢中謾認金運闕。蓬萊夢孤舟。湘江春雨的孤舟、雲雨盡、情難盡。若遇東風莫同。是他吹散了、陽臺雲雨佳期。片片行雲相近。	《全明詞補編》，上冊，頁368。

序號	類型	朝代	作者	詞牌	題序	詞作	出處
8	和韻	明	呂希周	天仙子	後樂園作，次張子野韻	臥穩明非渾不聽，夢魂慳援今初醒。睡黃光陰容易過，慵照鏡，嗟餘景。冰輪冷浸梅花影，醉起開窗恣放。多少先壟君莫會，對酒慶游不覺昏。月來，池水定，行人靜，更沒羊求到三逕。	《全明詞補編》上冊，頁368。
9	集句	明	張旭	喜遷鶯	集古，送歐陽令君考贛之京	清風明月（陳剛中）正暘鷗青青（陶元亮）屠林驛客（貫太甫）飛騰時節。（張子野）赤子有懷慈母，（岑嘉州）此際怎生離別（胡浩然）恨不得，情十萬雄夫，（李太白）攀帳隊鐮（蘇轍）。（賀鑄庵）豪傑。（兒無咎）此一去，（方虛谷）秦晨明廷，（蘇老泉）聖俞，六事都奇絕（胡致堂）楊震四知（徐一夔）魯杰三異（蘇老泉）未許名岳前列，（盧夢昜堂）元首胘際會，（楊巨會）風虎雲龍交接（吳草盧）只恐我，這一官借冠，（許白雲）中心空切，（阮逸女）	《全明詞》2，頁387。
10	集句	明	汪廷訥	踏莎行		晚免雲開，秦少游）風簾翠幕（王禹）衡陽眉去無留意。（范希文）閒敲棋子落鐙花（司馬君實）辛有散髮林邊醉。（柳耆卿）庭戶無聲，（柳耆卿）蘇子瞻壹山居士（宋謙父）枕上夢魂飛不去（張子野）娟娟雙月冷侵（康伯可）鷗鷺唭起南窗睡。（謝無逸）	《全明詞》3，頁1221。
11	仿擬	明	汪廷訥	西江月	贈別慎度道人，戲改張子野詞	儿憎小園話別，幾年社燕秋鴻。今朝何得過仙翁。對坐長松說夢。 上青紅霞覆，盤中黑白雲籠。參玄人麼兩相同。何日乘轎跨鳳。	《全明詞》3，頁1213。
12	和韻	清	梁清標	謝池春慢	寒食，用先韻	湘簾繡幕，早吹得、東風到。禁火碧烟疏。上塚香塵渺。柳岸青方嫩。花墨紅嬌少。酒旗斜。嵐咻妙。沙汀草細。野水遙隄照。 五陵挾彈。爭走馬、長林道。天氣晴兼雨。人面嚬墨笑。霧衣香衫濕。歌貓鴛聲小。時墅度。調笙何處。總入伊凉調。愁未了。	《全清詞》4，頁2268。
13	和韻	清	魏學渠	師師令	和張子野韻	翠鈿蟬珥。照明嬌黯如水。眼波流去欲生秋。銀柚裊、金籌香意。舞邊霓裳軟不起。碎落霞橫也。滿城羅綺嬌桃李。擬佳人能似。深情宛轉。在心頭、檀畫顰。手按紅藥。和夢和啼和露墜。此夕八千里。	《全清詞》5，頁2583。
14	和韻	清	徐倬	天仙子	題張禹韶梅菜圖即用張子野原韻	月滿晴空風滿廳。花白矇矓人自醒。酒渴未消雲瞑瞑。詩正狂。魂不定。香初靜。付與閒居潘岳省。 多俏才子可憐春。天上鏡。人中景。偷得楊家一半影。又引詩魔芳草逕。	《全清詞》6，頁3430。
15	和韻	清	王士禎	天仙子	用張子野韻	河滿不堪臨別聽。別酒醉來容易醒。持懷只問幾時來。明月又還愁色瞑。 此意幽愁怕憶省。離緒晨愁窗隻影。鄰光景。空房應怪去。孤眼，風欲定。鎖過合歡廊下逕。	《全清詞》8，頁4734。

					內容	出處
16	清	王士祿	一叢花	用張子野韻	生平逢較阮公嬾。何物抵愁緒。更拖煙、杏雨濛濛，春冰化水已溶溶。幽鬱好教通。魔去不遙、喚來便至、防煞更無蹤。延歡送恨渾無計、若黃夕、遮斷簾櫳。一當春晚，吹盡任東風。	《全清詞》，冊8，頁4737。
17	清	尤珍	醉落魄	旅思，次張子野韻	花嬌柳弱。流鶯乳燕臨風掠。晝眉人遠無心學。細雨黃昏、孤館垂簾幕。鼠姑漸吐新紅萼。綠楊斜映高樓角。踏青女伴春衣薄。夢入誰家、牆外鞦韆落。	《全清詞》，冊15，頁8506。
18	清	唐之鳳	一叢花	恨別，次張子野韻	琵琶一曲恨何窮。琥珀酒光濃。情懷正似千條柳、誰道又、雨細煙濛。征馬頻嘶青山迴繞、別去總無蹤。江南萬里水波浴、到處畫船通。彈箏重手銀屏倚、怕疑是、舊日房櫳。三疊清歌、兩行紅淚、暗自逐東風。	《全清詞補編》，冊2，頁1235。
19	清	傅燮詷	搗練子	戲集古句	心耿耿、(秦觀) 思悠悠、(白居易) 物是人非事事休。(李清照) 今夜夜長爭得曉、(張光) 蘭缸背帳月當樓。(顧敻)	《全清詞》，冊14，頁8224。
20	清	侯晰	滿庭芳	集句送春	燕子呢喃、(宋祁) 梨花寂寞、(韓玉) 王爐煖霧霏濃。(李珣) 秋千影裏、(歐陽脩) 低按漸嬌慵。(元積) 下有游人歸路、(王安石) 空目斷、(柳永) 嬌馬華驄、(趙長卿) 橄欖瘦、(李之儀) 留春無計、(趙彥端) 背立、(向子諲) 漫天飛絮、(毛滂) 愁紅。(顧敻) 吹鬢影、(蔣捷) 幽恨千重、(黃昇) 惆悵、(馮延巳) 密愛濃歡、(姜夔) 溶溶漾漾、(張泌) 蔣勝欲、(吳文英) 啟語猶慵。(馮延巳) 曉驚殘月、(辛莊) 眼未足、(張仙) 也應相憶。(張仙) 鴛衾冷、(柳永) 昨夜夢魂中。(李後主)	《全清詞》，冊16，頁9509。